아! 나는 조선인이다

아! 나는 조선인이다

18세기 실학자들의 삶과 사상

간호윤 지음

朝鮮

實學

새물결플러스

나는 조선인인가?

아! 18세기, 실학은 없었다. 실학은 오로지 저이들만의 용어였다. 조선의 권력은 실학을 사용치 않았다. 조선의 권력은 실학을 자신들의 권력과 기득권을 탐하려는 불온한 용어로 여겼다.

18세기는 정관사 'The'의 세계였다. 정관사(定冠詞)는 명사 앞에 붙어서 지시나 한정을 뜻한다. 인간 앞에 '양반'이란 정관사가 붙어야만 인간이던 시절이었다. 18세기 조선은 양반의, 양반에 의한, 양반을 위한, 양반, 그들만의 세계였다. 이 세계에서 조선의 일부 지식인들은 도발적인 의문을 품었다. 혁신은 그렇게 위기를 품은 변방에서 시작되었다. 저이들은 글을 통해 조선이 위기임을 적시하고 있었다. 중앙에는 아직도 새날을 알리는 미명조차 보이지 않았다. 이 책은 이러한 변방에서 혁신을 외친 저이들과 저이들의 글을 독해한다.

흔히들 문예부흥시대라 하는 영·정조 시대였지만 조선은 아직도 중세라는 어둡고 긴 터널을 통과 중이었다. 조선은 왕의 나라였다. 만인지상(萬人之上) 임금과 만인(萬人) 백성만이 존재하고 왕국과 가문의 질서만이 삶이었다. 저이들의 글을 통해 본 조선의 정치·경제·사회·문화는 모두 마치 고드름처럼 한 방향으로만 자랐다. 첫새벽부터 일어나 오체투지로 살아가는 조선 백성들로서는 극한의 한계 상황이었다. 더욱이 관료들 사이에는 부패와 무능, 금권

만능과 협잡, 지식인 사이에는 패거리 문화와 사치 풍조가 만연했다. 조선의 지도층은 고약하고 폭력적으로 변해버린 18세기 조선식 유학을 숙주로 곳곳에서 악취를 무한 배설했다.

유학은 왕권을 강화하는 취면제, 향신료 혹은 도구적 지식으로 전락했다. 글쓰기는 출세를 돕는 주요 수단일 뿐이었다. 유학이 지향하는 대동세계(大同世界)라는 이상향은 중세의 터널에 갇혀버렸다. 조선은 그들만의 이상향을 제시하며 빈 소리와 헛소리만 가득한 채 먹을 것을 준비해놓지도 않고 굶주린 백성들에게 식사를 권하는 양반세계(兩班世界)일 뿐이었다.

이러한 국가 현안에 '일부 유학자들'이 나섰다. '일부 유학자들'을 풀이하면 조선 변방에서 근근이 살아가는 가난한 지식인들이었다. 정치에 참여했더라도 미관말직에 지나지 않는 이들이었다. 인생역정은 기구하였으며, 가난은 삶 자체였지만 분명 전복적 유학 지식인의 출현이었다. 저이들의 삶은 '무엇'이 될 것인가가 아닌, '어떻게' 살아가야 하는 것인가에 초점을 맞추었다. 그렇게 중세 조선의 터널 저 멀리 미미한 빛이 비쳤다. 그것은 분명 한 방향으로만 자라는 고드름을 녹이기에 충분한 실학이라는 빛의 내비침이었다.

저이들, 즉 일부 유학 지식인들은 자기 삶을 스스로 통제하였다. 핵심은 신민(臣民)과 문중(門中)이 아닌 '나'였다. 저이들은 존엄한 개인으로서 길을 비틀거리며 걸었다. 개개인의 삶이라곤 없는 왕권 사회에서 저이들은 '나는 조선인인가?'라는 도발적인 질문에 대한 답을 찾으려 삶을 송두리째 빈천과 바꾸었다.

저이들에게 학문과 글쓰기는 더 이상 관료가 되기 위한 학문도 아니었고, 성정을 읊조리는 문학도 아니었다. 저이들은 가난과 멸시의 삶을 글쓰기와 환전하여 학문을 통한 사회 개혁을 꿈꾸었다. 개인에서 국가로 학문의 영역이 확대됨이요, 성리담론이란 학문 알고리즘에서 실용적 배움이란 패러다임으로의 전환이었다. 문자가 상층문화의 전유물에서 하층문화를 조망하는 공유물로 전환되는 것이기도 했다. 이게 '신조선'이라는 이상향에 대한 '실학'이었다.

이른바 실학, 혹은 북학을 통해 저이들은 요동치는 대외적 현실과 영·정조의 탕평책 속에서 조선을 중세라는 터널에서 벗어나게 하는 빛이 되었다.

탈중화(脫中華), 탈성리학(脫性理學)은 그 시작이었다. 이를 '조선학'(朝鮮學)이라 부르고 싶다. 조선학은 관념화되고 박제된 정신에서 생생히 살아 요동치는 몸으로의 전환이었다. 유학은 비정한 정신에서 색성향미촉(色聲香味觸) 오감이 감도는 인간적 몸으로 바뀌기 시작했다. 비정한 유학에서 몸은 정신의 타자일 뿐이었다. 하지만 저이들의 글은 몸이 주체임을 분명히 했다. 몸은 주체로서 정적인 문화에서 동적인 문화로 급격히 방향을 틀었다.

저이들의 글은 단순히 읽고 쓰는 게 아니었다. 시각·청각·후각·미각·촉각 다섯 가지 감각이 모두 작동하여 살아 숨쉬는, '민족성과 고유성', '인간성과 보편성', '민중성과 현실성'을 아우르는 학문으로서 '실존실학'이었다. 글줄마다 경세치용이요, 이용후생이 자연스럽게 언급되었다. 글에는 건전한 가치관과 도덕과 정의와 양심을 본밀으로 한 인간주의 샘물이 흘렀다. 좋고 싫음이 아닌 옳고 그름이란 인간 중심의 실존실학 논리였다. 실존실학은 바퀴살처럼 사방으로 내뻗치며 조선의 미래를 방사(放射)했다. 저이들 글은 정치·경제·사회·문화에 걸쳐 다양하면서도 전문적인 식견과 철학으로 조선의 비전을 담았다.

나는 조선인이다!

도발적인 질문은 이 일곱 자에 방점을 찍었다. 이게 '조선학'으로서 유학의 현대성이요, '학'(學)으로서의 엄밀성, 즉 논리적 준거다.

이 책은 그 18세기를 대표하는 15명 지식인들의 조선학을 살피고 나아가 이 시대 우리가 나아갈 바를 짚었다. 18세기 저 지식인들의 목소리는 오래된 미래요, 이 시대에 지남(指南)으로 작동할 기제로서 필요충분조건을 갖추고 있다. 이 시절 대한민국 또한 저 시절과 다를 바 없어서다.

이 책은 저 지식인들의 집사를 자임하고 쓴 결과물이다. 이 시절에 저이들의 글을 충실히 내놓고 싶어서다. 저이들이 내놓은 해묵은 숙제를 이 시절에 하고 싶어서 말이다. '근대'와 '실학'이라는 말을 다시 생각해보자. 근대는 저 시절에 이미 시작되었고 실학은 아직도 우리가 나아가야 할 길을 알려주는 학문으로서 기능한다. 저들은 지금 우리가 추구하고자 하는 사회를 앞서 그려낸 바 있다.

마지막으로 이런 질문을 독자들에게 던진다.

'당신은 한국인인가?'

2017년 8월 15일 휴휴헌에서

간호윤

3부 인간이란 무엇인가?
연암학파와 인간주의, 이용후생 정덕, 정의와 양심

4부 글쓰기란 무엇인가?
인간의 존재 의의, 사실적 글쓰기

국가란 무엇인가?

성호학파, 중농주의

──────── 1부 ────────

18세기에 일어난 변혁의 조짐은 이미 16세기부터 보였다. 그것은 임진왜란이라는 전대미문의 사건에서부터 움텄다. 임란을 거친 조선의 선각자들은 이미 유학의 한계성을 인식하였다. 바로 그 한계성 때문에 정서 함양에 치중하는 성리학적 학문에서 탈피하여 이념의 지형도가 바뀌기 시작하였다.『동국지리지』를 저술한 구암(久庵) 한백겸(韓百謙, 1552-1615),『어우야담』을 지은 어우당(於于堂) 유몽인(柳夢寅, 1559-1623),『지봉유설』을 지은 지봉(芝峯) 이수광(李睟光, 1563-1628) 등이 대표적이다. 그리고 이러한 이념 지형도를 바꾸고자 한 저이들의 학문적 산물들이 실학을 이끌었다.

뒤이어 기존 학문의 권위와 논리에 대한 항의를 체계화하여 실학을 이끈 학자는 반계(磻溪) 유형원(柳馨遠, 1622-1673)이었다. 유형원이야말로 18세기 실학의 시대를 연 성호 이익의 스승이기 때문이다.『반계수록』은 유형원이 관직 생활을 포기하고 전라북도 부안군 보안면에 칩거하며 22년간 연구하여 지은 책이다. 반계는 조선의 제반 제도를 고증하고 그 개혁안을 중심으로 이 책을 엮었다.

이덕무는『아정유고』권6,「문」에서 도학(道學)에 이이(李珥, 1536-1584)가 1575년(선조 8)에 제왕의 학문 내용을 정리해 바친『성학집요』, 방술(方術)에 1613년(광해군 5) 허준(許浚, 1546-1615)이 저술한 의서『동의보감』과 경제에 이『반계수록』까지 총 세 권을 우리나라의 양서로 꼽았다.

『반계수록』은 중농사상(重農思想)이 바탕이다. 이 책에서 유형원은 토지겸병을 억제하고 토지균점(土地均霑)을 주장하였다. 토지균점이란 '모든 사람에게 고른 혜택을 주자'는 취지를 가진 제도다. 토지 제도를 개편하여 공전제로 누구에게나 기초 생활을 보장하고 지급한 토지를 대상으로 조세와 군역을 부과하며 다른 잡세는 폐지하자고 주장하였다. 또 관료 임기제와 녹봉제 확립, 과거제 폐지, 천거제 실시, 신분·직업 세습제 탈피, 관제·학제의 전면적 개편 등을 주장하였다. 안타까운 것은 이와 같은 혁신적인 내용을 담고 있는 『반계수록』 개혁안이 채택되지 못했다는 점이다. 이 책은 이익과 안정복 등을 거쳐 일제치하 학자들에게까지 이어지며 학문과 사회 제반 사상 형성에 영향을 끼쳤다.

1부에서는 이익과 우하형, 두 분을 다루었다. 몸은 조선 변방에 있는 실학자 겸 농부였지만 저이들이 쓴 글 속에는 조선을 이상향으로 만들어보려는 야심찬 거대담론이 잔뜩 웅크리고 있다. 조선 변방에서 선생들은 어떤 세상을 꿈꾸었을까?

하지만 저 시절 조선을 이상향으로 만들고자 하는 두 선생의 계획은 실패로 돌아갔다. 저 시절로부터 2세기도 더 지난 이 시절, 조선의 후예 대한민국은 대통령 탄핵 문제로 한바탕 아수라장이 되었다. '이 땅에 선생들이 꿈꾼 세상이 도래하였는가?' 하는 의문과 회의를 동시에 품은 채 1장을 시작한다.

아! 나는 조선인이다

1장

—

성호 이익 『곽우록』

이 계책이 지금은 끝내 시행되지 못하더라도
후세에 만일 채택되어 시행됨으로
평범한 한 남편과 아내가 그 혜택을 받게 된다면
내가 죽은 후라도 어찌 큰 행복이 아니겠느냐

이익의 생애

이름 이익(李瀷)

별칭 자는 자신(自新), 호는 성호(星湖)

시대 1681(숙종 7)-1763년(영조 39) 조선 후기

지역 고향은 안산 첨성리, 살았던 곳은 근기 지방

본관 여주(驪州)

직업 농부이자 실학자

당파 남인

가족 증조부 상의(尙毅)는 의정부좌찬성, 할아버지 지안(志安)은 사헌
부지평을 지냈고, 아버지 하진(夏鎭, 1628-1682)은 사헌부대사헌에
서 사간원대사간으로 환임되었다가 1680년(숙종 6) 경신대출척 때
진주목사로 좌천, 다시 평안도 운산에 유배되었다.

출생배경 1681년 10월 18일 운산 출생으로, 아버지 하진과 그의 후
부인 권씨(權氏) 사이에서 사내 중 막내로 태어났다.

어린 시절 하진은 1682년 6월에 전부인 이씨(李氏)와의 사이에서 낳
은 3남 2녀와 후부인 권씨와의 사이에서 낳은 2남 1녀를 남긴 채 55
세를 일기로 유배지 운산에서 사망하였다. 선생은 아버지를 여읜 뒤
에 선영이 있는 안산의 첨성리(瞻星里)로 돌아와 어머니 권씨 슬하에
서 자랐다. 그는 10세가 되어서도 글을 배울 수 없으리만큼 병약했
다. 후일 둘째 형 잠(潛)에게 글을 배웠다.

그 후 삶의 여정 25세 되던 1705년 증광시에 합격하였으나, 녹명[1]이 격
식에 맞지 않았던 탓으로 회시에 응할 자격을 박탈당했다. 바로 다음

해 9월에 둘째 형 잠이 47세를 일기로 옥사하였다.[2] 선생은 이 사건을 계기로 과거에 응할 뜻을 버리고 평생을 첨성리에 칩거하며 셋째 형 서(漵)와 사촌형 진(溍)과 어울리며 학문에만 전념하였다. 마침 근처에 성호(星湖)라는 호수가 있어 호로 삼았다. 선생은 이곳에서 재야의 선비로서 일평생 은둔생활을 하였다.

35세에 어머니 권씨를 여의었다. 노비와 집기를 모두 종가(宗家)로 돌려보냈으나 형제자질에 대한 은애(恩愛)가 지극해 실제로는 일가의 지주가 되었다.

47세 되던 해에 조정에서 그의 명성을 듣고 선공감가감역(繕工監假監役)을 제수했으나 나가지 않았다. 세월이 지남에 따라 가세는 퇴락하였다.

64, 65세 때에 잔등에 좌달(痤疸, 등창)이 악화되었다.

70세가 넘어서는 일찍이 괴과(魁科)에 급제해 예조정랑, 만경현감을 지낸 외아들 맹휴(孟休)마저 오랜 병고 끝에 죽었다.

75세에 들어서는 반신불수가 되어 기거마저 불편할 지경이었다.

---

1 녹명(錄名): 과거 응시자의 자격을 심사하는 제도다. 과거를 응시하기 전에 들른 녹명소에 먼저 시조 및 그 아버지·할아버지·외할아버지·증조부의 관직과 성명·본관·거주지를 적은 사조단자(四祖單子)와 보단자(保單子)를 제출해야 하였다. 보단자는 종6품 이상의 조정 관리가 서명 날인한 신원보증서다. 녹명을 받은 관리는 사조단자와 보단자를 접수한 다음 응시자의 사조 가운데 『경국대전』에 어긋나는 결격 사유가 없을 때 녹명록에 기입하였다. 선조를 따져 과거에 응시할 자격을 준다는 말이다. '부모가 반 팔자'란 속담과 꼭 들어맞는 셈이니, 인재 선출과는 거리가 영판 먼 법이다.

2 잠이 옥사한 이유는 장희빈을 두둔하는 소를 올렸기 때문이다. 잠은 역적으로 몰려 17, 18차의 형신(刑訊) 끝에 죽었고 이에 선생은 큰 충격을 받아 과거를 단념한다.

염병까지 돌아 단 한 명의 고노(雇奴)조차 목숨이 위태로웠다.

76세에는 어쩌나 굶주림이 심한지 "졸지에 송곳 꽂을 땅조차 없게 되었으나 어쩌할 수가 없다"고 한탄하였다. 특히 선생이 살던 공주는 사정이 더욱 나빠 기근과 질병, 아전의 관곡 독촉 때문에 "공주는 사람 살 곳이 아니"라는 말까지 돌 정도였다. 당시 상황을 선생은 이렇게 적어놓았다.

요즈음 선비집이 극도로 가난하지 않은 데가 없다. 내 궁핍은 차치하고라도 만나는 사람마다 누구나 살기 어렵다고 한다.

80세 되던 해인 1760년, 권철신(權哲身, 1736-1801)에게 보낸 편지의 내용은 세상에 대한 푸념 반, 자기 학문에 대한 체념 반이었다. 특히 평생 해온 유학 학술조차도 무익하다고 한다. 평생 유학자로서 실천궁행을 하였지만 소득이 없는(?) 학문에 대한 소회를 담아낸 게 아닌가 한다.

요즘 세상 풍습이 물과 같이 기울어져 수십 년 전에 비하면 판연히 달라졌소. 나는 사람과 대면하여 일찍이 유술(儒術)을 갖고 말하지 않았소. 무익하기 때문이오.

83세 되던 1763년(영조 39) 조정에서는 우로예전(優老例典)에 따라 그에게 첨지중추부사로서 승자[3]의 은전을 베풀었으나 이미 선생에게는 의미 없는 일이었다. 선생은 그해 12월 17일 오랜 병고 끝에 한 많은 삶을 마무리하였다.

　평생 지속된 선생의 검소함은 장례에서도 드러났다. 선생은 별세 후 수의는 평소 입던 옷으로 하고 종이 이불을 덮고 선생이 미리 종이에 써놓은 "성호징사여주이공지구"(星湖徵士驪州李公之柩)를 관을 덮는 명정으로 삼았다. 관도 칠하지 않고 송진을 발랐다. 유해는 선영이 있는 첨성리에 안장[4]되었다.

3　승자(陞資): 직위가 정3품 이상의 품계에 오르던 일.
4　현재의 안산시 일동 555번지.

촉나라 개가 눈을 보고 짖다!

촉(蜀)나라는 중국 남방이다. 사시사철 더운 곳이기에 눈이 내릴 리 없다. 그곳 개가 아마도 눈이 오는 다른 지역에 갔나 보다. 그러니 눈을 보고는 짖어댄 것이다. 촉견폐설은 흔히 식견이 좁은 사람이 저보다 나은 사람을 비난한다는 의미로 쓰이는 촉견폐일⁵과 같은 말이다.

성호 선생은 『곽우록』을 쓰는 자신을 이 개에 비유하였지만 성호 선생 말이 개소리일 리는 만무하다.

성호 선생은 "퇴계가 공자라면 선생은 주자이다"고 할 정도로 퇴계 이황을 흠모하였다. 그 흔적이 『이자수어』다. 이 책은 주자와 여조겸이, 주무숙·정명도·정이천·장횡거·장재의 저서나 어록 중에서 일상 수양에 긴요한 장구를 뽑아 엮은 『근사록』⁶에 빗대어 엮은 이황 언행록이다. 선생은 퇴계(退溪) 이황(李滉, 1501-1570)이 소백산 아래에서, 남명(南溟) 조식(曺植, 1501-1572)이 두류산 동편에서 태어났다며 영남 땅을 한사(寒士, 가난한 선비)의 낙토(樂土)라고까지 극찬하였다. 또 심성이기설(心性理氣說)로 퇴계와 쌍벽을 이뤘던 이이의 견해를 배척하기까지 하였다.

---

5   촉견폐일(蜀犬吠日): 촉나라는 산이 높고 늘 안개가 짙어 해를 보기가 어렵다. 그래 개가 어쩌다 본 해를 보고 짖는다는 뜻.
6   『근사록』(近思錄)의 "근사"는 『논어』 「자장」(子張)에 나오는 "절실하게 묻고 가까이 생각하라"(切問而近思)는 구절에서 따왔다. 학문이 일상생활과 긴밀히 연결되었다는 뜻으로 학문의 일상성, 혹은 실용성을 강조하는 말이다.

하지만 정작 선생은 사안에 따라 의견을 달리할 줄 알았다. 식무자(識務者)에 대한 견해가 그 대표적인 사례다. 율곡 이이와 반계 유형원을 식무자로 꼽았기 때문이다. 식무자란 시무'를 아는 자다. 식무자는 나라를 경영하는 준걸로 『삼국지』에도 보인다. 유비가 사마덕조에게 세상일에 대해 물으니, 사마덕조가 "속된 선비가 어찌 시무를 알겠습니까. 시무를 아는 자는 준걸이니 오늘날 준걸로는 복룡(伏龍)과 봉추(鳳雛)가 있습니다" 하였다. 『삼국지』 「제갈량전」에서다.

선생은 "국조 이래로 식무자는 오직 이율곡과 유반계 두 사람뿐"[8]이라고 한 바 있다. 또 선생은 정주(程朱)와 이황의 학문을 탐독한 성리학적 질서를 존숭하면서도 주자에게만 치우치는 폐풍에서 벗어나 수사학적(洙泗學的)인 수기치인(修己治人)학을 추구하였다. 그것은 당시 사회 실정에 깊은 관심을 가지고 경세치용에 실효를 거둘 준비가 되어 있어야만 한다는 실학이었다. 당연히 사장(詞章)과 예론(禮論), 장구(章句) 풀이에만 경도된 주자학적 학풍을 배격하였으며 나아가 중국을 통해 전래된 서학(西學)까지 독서 폭을 넓혔다. 선생이 정통 유학자이면서도 당대의 성리학적 사고에 경도되지 않은 이유는 이러한 독서 덕분이었다.

선생은 그래서 "한 자라도 의심을 가지면 망언이라 하고 참고·대조만으로도 범죄라 한다. 주자의 글도 이러하니 고대 경전은 말할 것도 없다. 이렇게 되면 우리나라 학문은 고루와 무지를 면하지

---

7   시무(時務): 시급한 일이나 그 시대에 중요하게 다루어야 할 일.
8   國朝以來識務者惟李栗谷 柳磻溪二公在.

못한다"(『성호사설』권2상, 「논학문」)고 하였다. 다만 선생이 도가, 불가, 패관 등의 책을 읽지 않은 게 아쉽다.

선생의 실학은 아들 맹휴, 손자 구환(九煥), 종자(從子) 병휴(秉休), 종손인 중환(重煥), 가환(家煥), 삼환, 정환, 철환 등에게로 이어졌다. 다산 정약용은 환갑 때 지은 「자찬묘지명」(自撰墓誌銘)에서 15살에 선생의 글을 접하고 사숙했고 선생의 종손인 이가환과 자형 이승훈(李承薰) 등과 사귀었다고 했다.

이 외에 『지봉유설』의 저자인 이수광과는 집안끼리 세교해 증조부 상의가 일찍이 이수광과 중국에 다녀온 일이 있고, 선생의 딸이 이수광의 후손과 혼인을 하였다. 다산 정약용은 이를 이익 선생의 '일가 학자들이 숲을 이루었다' 하여 "일가학림"(一家學林)이라고 불렀다.

선생의 학통을 이은 제자로는 소남(邵南) 윤동규(尹東奎, 1695-1773), 산학(算學)의 하빈(河濱) 신후담(愼後聃, 1702-1761), 『동사강목』을 지은 순암 안정복, 경학(經學) 분야의 녹암(鹿菴) 권철신(權哲身, 1736-1801), 천문학을 연구한 황운대(黃運大) 등이 있다. 이 흐름이 후일 다산 정약용에게까지 이른다.

선생은 주자학만을 가장 우듬지로 여기고 화이론과 춘추대의 등의 위계질서를 따르지 않았기에 독자적인 세계관을 펼쳤다. 또한 흥미롭게도 "천하일은 시세(時勢, 당시 형편)가 제1이요, 요행(僥倖)이 다음이요, 시비(是非)가 마지막"이라고 했다.[9]

선생의 학문과 세계관은 중농주의를 바탕으로 했다. 따라서 상업을 노골적으로 배척했지만 최종적으로는 실학에 초점을 두었다. 선생은 "어려서 배움은 성장해서 행하려 함이다. 평소에 자신을 알아주지 않는다 하는데 알려질 만하게 되기를 힘써야 한다. 반드시 그만한 재료를 준비해놓아야만 실학(實學)이라 할 수 있다"고 하였다.

이를 보면 선생은 학문이란 성장해서 행하려는 것으로 알려질 만한 실력을 쌓고 구해야 된다고 한다. 결국 학문을 하는 목적은 현실에 적용하기 위함이다. 이것을 넉 자로 줄이면 경세치용(經世致用)이다. 경세치용이란 학문은 실제 사회에 이바지되는 것으로 유학에서 추구하는 명제이기도 하다.

선생의 『성호사설』(星湖僿說)은 바로 이러한 경세치용을 담아낸 역저다. 『성호사설』은 '이익이 지은 자질구레한 글'이라는 뜻으로서 선생이 자신의 책을 겸허히 낮추어 지은 이름이다. 내용은 「천지문」(天地門), 「만물문」(萬物門), 「인사문」(人事門), 「경사문」(經史門), 「시문문」(詩文門), 5문으로 분류하였고 모두 3,007편을 실었다. 각 편은 수시로 듣고 생각나고 의심나는 점을 그때그때 적어둔 수문수록(隨聞隨錄) 형식으로 되어 있다. 『성호사설』의 내용을 좀 더 구체적으로 살펴보면 우선 「천지문」은 천문·지리에 관한 서술로서 특히 새로운 서양 문물을 적극 수용하자고 주장한다. 「만물문」은 생활에 직간접적으로 관련이 있는 복식·음식·농상·가축·화초 및 화

---

9   이익, 『성호사설』 9, 권20, 「경사문」, "독사료성패", 47-48. 『성호사설』 같은 책을 유서(類書)라 한다. 유서는 같거나 비슷한 사물을 일정한 기준과 방법에 따라 편찬한 책으로 백과사전적 기능을 한다. 우리나라 최초의 유서는 이수광이 펴낸 『지봉유설』로 20권 10책, 25부문 182세목 3,405조목으로 되어 있다. 다음이 『성호사설』로 30권 30책, 5문 3,057칙이다. 여기에 조재삼(趙在三)이 1855년 편찬한 『송남잡지』(松南雜識) 6책 14권, 총 33류 4,432칙을 더하면 조선 3대 유서가 된다.

폐와 도량형, 병기와 서양기기 등에 관한 서술이다. 「인사문」은 정치와 제도, 사회와 경제, 학문과 사상, 인물과 사건 등을 폭넓게 다루면서 노비제도 및 서얼 차별제도 폐지, 과거제도 개선, 고리대의 근원인 화폐제도 폐지 등 현실을 비판 및 개혁하는 내용을 담고 있다. 「경사문」은 육경사서(六經四書)와 중국·한국 역사서를 읽으면서 잘못 해석된 내용과 그에 대한 자신의 견해, 그리고 역사적 사실에 대한 자신의 해석을 붙인 사론(史論)을 싣고 있으며, 「시문문」은 중국과 한국의 역대 문인 시문에 대한 비평을 싣고 있다.

이 『성호사설』의 부록격인 책이 이 글에서 다루고자 하는 『곽우록』이다. 『성호사설』과 『곽우록』은 유형원의 『반계수록』에 많은 영향을 받았다.

『곽우록』,[10] 곽식자가 육식자를 근심하다

『곽우록』(藿憂錄)의 집필 목적은 간뇌도지(肝腦塗地)다.

육식자(肉食者, 고기를 먹는 관리)가 묘당(廟堂, 당시의 의정부, 지금은 정부)에서 하루아침이라도 계획을 잘못하면 곽식자(藿食者, 콩잎을 먹는 백성)의 간(肝)과 뇌(腦)가 들판에 흩어지는 일이 어찌 없겠습니까?[11]

---

10 간행본으로는 1929년에 홍익표(洪翼杓)가 문광서림(文光書林)에서 간행한 『성호사설유설』(星湖僿說類說)의 부록으로 나온 게 유일하였다. 『성호문집』의 "잡저" 부분에 일부가 기록되어 있으나 『곽우록』에 저자 스스로 붙인 서문은 보이지 않는다.
11 이익, 이우성 역, 『곽우록』(한길사, 1992), 11.

'콩잎 곽'(藿)은 백성이요, '근심 우'(憂)는 걱정이니 책 제목은 곧 '백성 걱정'이라는 뜻이다. 즉 "곽식자"는 콩잎을 먹고사는 백성으로, 고기 반찬을 먹고사는 관리인 '육식자'에 빗댄 말이다.

조조(祖朝)라는 백성이 진헌공(晉獻公)에게 글을 올려 나라 다스리는 계책을 듣기 요청하자 헌공이 "고기 먹는 자가 이미 다 염려하고 있는데 콩잎 먹는 자가 정사에 참견할 게 뭐 있느냐"(肉食者謀之藿食者何有)고 했다는 데서 유래했다. 그렇다면 끝은 어떻게 되었을까? 진헌공은 조조를 스승으로 삼는다(『설원』, "선설" 항).

선생은 "관리가 잘못하면 간과 뇌수가 들판에 흩어져 죽는 것은 백성"이니 "어찌 목숨이 달린 일에 간여하지 않을 수 있겠는가?"라고 묻는다. 선생은 백성들의 간과 뇌수가 들판에 흩어지는 참혹한 죽음을 형상화한 '간뇌도지'라는 표현을 끌어왔다.

이 말을 하는 선생의 심정을 구차하게 몇 자 글줄로 설명할 필요 없다. "나는 곽식자인 천한 백성이기에 국가 문제를 논할 자격이 없지만 육식자인 당신들이 잘못된 정책을 실시하니 우리 백성들이 이렇게 간뇌도지하지 않느냐"는 항변이요, 자신이 『곽우록』을 지을 수밖에 없다는 격정적 절규인 것이다.

사실 국민이 백성인 이 시대에도 국민들이 관리를 상대하기가 버겁다. 더욱이 저 시절 조선은 왕국이었다. 왕에게 대드는 글줄을 쓴다는 것은 목숨줄이 여러 개가 아니라면 할 수 없는 매우 비효율적인 행위였다.

각설하고 『곽우록』의 내용부터 살펴보면 국가에서 해결해야 할 시급한 문제를 조목별로 정리하였다. 즉 「경연」(經筵)·「육재」(育

才)·「입법」(立法)·「치민」(治民)·「생재」(生財)·「국용」(國用)·「한변」(捍邊)·「병제」(兵制)·「학교」(學校)·「숭례」(崇禮)·「식년시」(式年試)·「치군」(治郡)·「입사」(入仕)·「공거사의」(貢擧私議)·「선거사의」(選擧私議)·「전론」(錢論)·「균전론」(均田論)·「붕당론」(朋黨論)·「논과거지폐」(論科擧之弊) 등 19개 항목에 논학제(論學制)를 첨부하였다.

경연·육재·입법·치민·생재·국용·한변·학교·숭례·식년시·치군·입사 등 12개 항목은 『성호문집』에는 없고 『곽우록』에만 보인다. 이를 당시의 통치법인 『경국대전』(經國大典) 「육전」(六典)에 의거하여 나누어보면 아래와 같다.

① 이(吏): 관리의 종류와 임명에 대한 내용
경연·육재·입법·치민·입사·공거사의·선거사의·붕당론(8항)

② 예(禮): 교육, 과거 시험과 여러 가지 의례에 대한 내용
학교·숭례·식년시·논과거지폐·논학제(5항)

③ 호(戶): 인구와 조세, 봉급 등에 대한 내용
생재·국용·전론·균전론(4항)

④ 병(兵): 국방에 대한 내용
한변·병제(2항)

⑤ 형(刑): 재판과 형벌, 재산 상속, 노비에 대한 내용
병제(1항)

이로 미루어보면 선생이 가장 강조하는 것은 관리제도와 교육, 과거제도다. 다리, 산업 등에 대한 공조(工曹)와 관련된 내용은 전연

보이지 않는다. 이제 항별로 하나씩 살펴보자.

「경연」

전임 대통령은 임기 내내 국민과의 소통 부재로 문제가 되었다. 선생의 견해를 끌어오자면 이것은 전적으로 대통령을 보좌하는 관리들의 문제다. 성호 선생은 국가 통치의 잘잘못은 오직 군주의 마음에 달려 있고, 군주가 마음을 바로잡게 하는 게 학문이며, 왕에게 학문을 알려주는 것이 경연관(經筵官)의 역할이라고 했다.

경연의 목적은 왕에게 경사를 가르쳐 유교 이상 정치를 실현하는 것이다. 우리나라에서는 공민왕 이후에 틀이 마련되었다. 조선 시대에는 세종 때에 집현전 관원을 중심으로 하여 기본적인 내용이 갖추어졌다. 성종 때 예문관을 거쳐 홍문관으로 다시 복구되면서 개편 정비되어 경국대전에 실렸다.

하지만 왕에 따라 경연 본래의 임무가 퇴색되기도 하였다. 17세기에 붕당정치가 펼쳐지면서 경연은 왕이 산림 유현을 불러 그들의 학덕과 정치 이론을 듣고 국정에 반영하는 자리가 되었다. 하지만 탕평책(蕩平策)[12]이 추진된 영조·정조 연간에는 거꾸로 왕이 신하 말을 듣지 않고 경연을 유교 경전에 근거하여 자신의 주장을 합

---

[12] 탕평책은 『서경』(書經) 「홍범」(洪範) 14장 "탕탕평평"(蕩蕩平平)에서 나왔다.

치우침과 무리 지음이 없으면	무편무당(無偏無黨)
왕도는 탕탕하다	왕도탕탕(王道蕩蕩)
무리 지음과 치우침이 없으면	무당무편(無黨無偏)
왕도는 평평하다	왕도평평(王道平平)

리화하는 자리로 만들기도 하였다. 문제는 여기에 있었다. 왕을 위한 탕평이었지, 백성을 위한 탕평은 아니었다. 신하들이 무리를 짓지 않고 당쟁을 하지 않으니 왕으로서는 탕탕평평이었다.

경연 좌석 배치는 왕이 북쪽에 남향하여 앉고 1품은 동편에 서향, 2품은 서편에 동향, 3품 이하는 남쪽에 북향하여 부복(俯伏)했다. 강의 교재는 사서오경 및 역사책인 『자치통감』과 『자치통감강목』을 기본으로 했다. 그밖에 『성리대전』, 『근사록』, 『소학』, 『심경』, 『대학연의』, 『정관정요』, 『국조보감』, 『고려사』 등이 쓰였다.

처음에는 경전 중심이었다가 차츰 성리서와 사서가 추가되는 경향을 보였다. 강의는 한 사람이 교재 원문을 음독·번역·설명하고 나면 왕이 질문하고 다른 참석자들이 보충 설명을 하는 식이었다. 주로 홍문관에서 근무하는 참상관이 강의를 맡았으나 필요한 경우에는 그 분야의 전문가를 불러 강의를 맡기기도 하였다.

때론 강의 내용과 연관하여 자연스럽게 정치 현안이 논의되기도 하였다. 그렇기에 강의가 끝난 뒤 정치 문제도 협의하였다. 대간(臺諫)이 경연이 끝난 뒤에 왕 앞에서 시사성이 있는 문제를 제기하면 왕과 대신이 논의하여 처리하기도 하였다. 요즈음으로 치면 전제왕권을 반관반민(半官半民)·비영리·자원봉사 등의 조직이 수행하는 공공활동인 거버넌스(governance) 체제로 바꾸자는 의미다.

따라서 경연은 나라를 다스리는 데 가장 중요한 기능을 하였다. 그렇기에 왕에게 시강을 하는 경연관들이 수행하는 역할이 매우 중대하였다. 당시 선생은 이 경연 기능에 문제가 있다고 보았다. 잠시 『곽우록』으로 들어가 선생의 육성을 들어보자.

지금 강연하는 자들이 모두 사과[13] 출신이기는 하지만 경서의 뜻을 연구하지 않았습니다. 그리고 연신으로 선발하는 데에도 다만 문벌이 빛나고 번성함을 택해 인원을 보충하고 승진하는 발판으로 할 뿐이고 그 능한가 않은가는 애당초 생각지도 않습니다.

선생이 하는 말을 들어보면 당시 경연관들에게 문제가 있음을 알 수 있다. 경서를 연구하지 않는 경연관은 경연관이 아니다. 더욱이 문벌로 경연관을 선발하니 임금에게 가르침을 주는 경연관 본연의 임무를 다할 수 없음은 당연한 결과였다. 유수원도 『우서』 권5에 "논관제연격득실" 항에서 "우리나라에서 숭상하는 것은 오로지 문벌"(我國所尙者門閥)이라 일침을 가하고 같은 책 권2에서는 아예 "논문벌폐"와 "논구문벌지폐" 두 항을 따로 적바림해 이를 강력히 규탄하고 있다. 하지만 문벌의 폐단은 지금까지도 장구히 이어져 온다. 이 글을 쓰는 이 시절 금수저, 은수저, 동수저, 그리고 흙수저라는 카르텔의 최상단에 있는 금수저가 바로 저 문벌이다. 문벌과 금수저라는 '그들만의 리그'는 지금도 연면하다는 사실에 몸서리쳐진다.

또한 선생은 한번 벼슬자리에 오르면 "승진하는 경우는 있어도 좌천은 없으며 남에게 나무람을 당하고 비웃음을 당해도 손해를 보지 않는다.…상 주고 벌하는 일이 없으면 잘 다스릴 도리가 없다"라는 일갈로 끝맺는다.

---

13   사과(詞科): 사부(詞賦)로 선발한 과거란 뜻으로, 문과를 달리 이르는 말.

「육재」

벼슬하는 자를 군자라 하고 이 군자를 양성하는 방법에 대해 말하고 있다. 선생은 학문 시험인 과거를 통해서만 인재를 발탁하는데 벌열(閥閱) 자손만이 등용되는 폐단을 시정해야 한다고 하였다. 그리고 잘한 자와 못한 자를 분명히 가려내 포상하거나 파면할 것을 주장한다. 특히 지방 사람에 대한 차별에 대해 이렇게 말한다.

인재가 나는 것은 사방을 고르게 해야 한다. 서울에서 멀고 가까움이 무슨 상관있겠는가. 그런데 먼 지방 사람이 혹 벼슬길에 나아가지 못하는 것은 특히 조정에서 사람을 사는 곳에 의거하여 뽑고 인재를 뽑지 않아서다.

성호 선생은 벼슬자리가 근기 지방 출신에게 쏠리는 현상을 지적한다. 지금의 지방자치제에 대한 선견인 셈이다. 요즈음 서울대학교 학생들이 배곧으로 학교를 이전한다고 하니 반대하는 것과 유사한 견해다.

「입법」

법제 개혁에 대한 글이다. 선생은 당시 조선이 깊게 병들었다고 보았다. 그래서 마치 겨울에 입는 갖옷을 여름까지 입거나, 여름에 입는 베옷을 겨울까지 입다가는 얼어 죽거나 더위를 먹어 죽는다고 비유한다. 그리고 병이 든 이유를 나라 세운 지 300여 년이 지나면서 법이 느슨해져 생겨난 폐단에서 찾았다. 그러면서 법이 오래되면 폐단이 생기고 폐단이 있으면 고치는 것은 자연 형세라고 한다. 계절에 맞지 않는 옷을 입다가는 죽듯이 상황에 맞지 않는 법도 뜯어고쳐야 한다는 말이다.

그래서 선생은 나라의 법률서인 『경국대전』을 고치자며 그 상책, 중책, 하책을 이렇게 내놓는다. 그것은 점진적인 개혁이었다.

이러므로 점차 개혁해나가는 게 상책이고 차라리 풍한으로 감기를 얻을지라도 무거운 갖옷으로 더위를 먹어 죽는 걱정은 면하려는 게 다음이고 우물쭈물 변통하지 못하다가 필경 고질이 되어 구제하기 어렵게 되는 게 하책이다.

선생은 점진적인 개혁을 말한다. 또한 법을 운용하는 관리의 폐단을 들며 "한가한 관청과 요긴치 않은 관원"을 모두 없앨 것을 주장한다.

「치민」

선생은 백성을 직접 다스리는 자는 임금이 아니라 수령인데, 수령의 공적에 대한 평가를 백성을 어찌 다스렸는지를 중심으로 하지 않는 폐단을 지적하였다. 그런데 그 발언이 여간 매서운 게 아니다.

대저 백성이 있은 다음이라야 임금이 있다. 그런데 백성을 다스리는 것은 임금이 아니라 수령이다. 후세 임금은 백성을 얻어서 임금이 되어 그

존귀함을 누리면서도 수령이라는 관직을 오로지 자신을 가까이 모시던 용렬한 무리에게 맡긴다.

「생재」

선생은 생산에 종사하지 않고 놀고먹는 자가 많은 폐단을 지적하였다. 선생은 그 놀고먹는 자를 병충해 같은 좀벌레, 즉 "육두"(六蠹)라 부른다. 육두는 농업에 힘 안 쓰는 농민, 과거 시험 준비만 하는 사대부, 힘깨나 쓰는 벌열, 기교를 부리는 광대, 승려, 게으름뱅이를 가리킨다.

과거 시험만 준비하는 사대부(양반)가 저기에 보인다. 양반들은 실제 생업에 종사하지 않기 때문에 먹고살자면 오로지 관작만을 목표로 삼았다. 관작을 얻어 관리가 되면 생재가 따르기 때문이다. 따라서 양반이라면 누구나 먼저 관리 되기에만 열중한다는 것이다.

반면에 양반 신분은 세습되므로 그들의 수가 늘어나는 만큼 관리 후보자 수도 늘게 마련이라는 논리를 편다. 따라서 정례적인 과거 시험 합격자 수만을 따져도 한정된 관직에 모든 양반을 수용할 수가 없다며 재물을 낭비하는 관서, 특히 군현이 너무 많이 설치된 점을 지적해 토지 개발의 중요성을 강조하였다.

각 관청의 많은 직위에 허울만 좋은 명색(名色, 이름)과 직위는 모자람이 없어서 거의 큰 나라와 비슷하다. 수많은 관리는 일찍이 마음도 수고롭게 하지 않는데 백성들의 살을 벗기고 기름을 짜내어서 기르는 그 뜻은 어디에 있는가?

반문하는 선생의 말에 당대의 고통스러운 현실이 적나라하게 드러난다. 또한 선생은 요역을 피하기 위해 승려가 되는 세태를 지적한다. 이러한 것을 감안하여 선생은 생재를 늘리는 방법으로 네 가지를 제시하였다. 첫째 생중(生衆)으로 생산하는 자가 많을 것, 둘째 식과(食寡)로 놀고먹는 자가 적을 것, 셋째 위질(爲疾)로 벌기를 빨리 할 것, 넷째 용서(用徐)로 쓰기를 천천히 할 것이다.

「국용」

나라 살림에 대한 글이다. 선생은 나라 조세를 걷지만 관가나 사가에도 재물이 없기는 마찬가지라고 한다. 그 이유를 들어보자.

> 청렴한 관리를 중하게 여기지 않아 포상하는 법은 있으나 실시한 적이 없고 백성이 지닌 재물을 마구 빼앗는 게 풍습으로 되었으나 작게 벌할 뿐이고 끝장을 내지 않는다.…가혹하게 받아내어 제 몸을 살찌우면서도 그것을 예사로 알고 괴이하게 여기지 않으니 백성의 힘이 억눌리지 않겠는가.…쓸데없는 관직을 없애지 않고 이문만 주장하는 입을 억제하지 않으니 기교만 날뛰고 종사는 천해지는데 놀고먹는 자가 어찌 불어나지 않겠는가?…사삿집 종이 나라 안에 꽉 차고 양민은 10분의 1도 못 된다.

이 시절 민주주의 사회에서도 "민주주의의 적은 공산주의가 아니라 관료주의"라는 말이 있다. 저 시절 조선이 쇠망한 이유를 들자면 왕보다 관리들에게서 그 원인을 찾을 수 있다. 관리들의 가렴주구는 가히 폭압적이었다. 위의 글을 보면 순리[14]보다는 혹리[15]가 많았음을 알 수 있다. 고양이가 반찬 맛을 알면 도적질을 하지 않고는 견디지 못하는 법이다. 저들은 백성에게 기생하며 자기 복제를 거듭하는 좀비가 되어 백성들을 물고 뜯었다.

선생은 관리들의 적폐를 세금을 내는 양민이 적은 데서 찾았다. 지금의 시각으로도 꽤 의미 있는 현실 인식이다. 한번은 선생의 아들인 맹휴가 만경현령으로 부임하여 고을에서 나는 물품을 보냈다. 그러나 선생은 이를 꾸짖어 되돌려 보냈다. 그 이유는 이렇다.

"백성에게 거둔 게 십 분에 팔구분이니 이는 비리다. 이것으로 부모를 받드는 게 옳은 게냐? 나는 내 집에 있으면서 농사지어 거둔 것으로 스스로 살아가기 충분하니 이런 짓을 아예 말아라."

그렇다면 선생 시대로부터 한 세기쯤 뒤, 다산 시대는 어떠했을까? 잠시 정약용의 「파지리」(波池吏)라는 시를 보고 가자.

「파지리」[16]

아전들이 파지 마을 들이닥쳐	吏打波池坊
군대 점호하듯 떠들어대는데	喧呼如點兵
손님마마에 죽고 굶어서 죽고	疫鬼雜餓莩
마을에 농부라고는 없어	村墅無農丁

---

14 순리(循吏): 백성을 사랑과 온정으로 통치하던 관료를 지칭하는 말.
15 혹리(酷吏): 순리와 반대로 법령을 앞세워 백성들에게 혹독하게 군림하는 관리.
16 『다산시문집』 권5, 「시」(詩) 양홍렬 역, 한국고전번역원, 전재. 파지는 지금의 전라남도 강진군 도암면이다.

애꿎은 고아 과부 결박하여	催聲縛孤寡
앞세우고 채찍으로 등치면서	鞭背使前行
개 닭 몰 듯 몰아다가	驅叱如犬鷄
성에 닿게 뻗대어놓았네	彌亙薄縣城
그중 가난한 선비 한 사람	中有一貧士
가장 수척하고 외로워 보이는데	瘠弱最伶俜
하늘을 불러 죄 없음을 호소하며	號天訴無辜
원망을 하고도 남을 일이지만	哀怨有餘聲
감히 속엣말을 못하고	未敢敍衷臆
눈물만 듣거니 맺거니라네	但見涕縱橫
아전놈 멍청하다고 화를 내며	吏怒謂其頑
욕보여 곁의 사람들 겁주려고	僇辱怵衆情
나뭇가지에다 거꾸로 매다니	倒懸高樹枝
상투가 나무뿌리에 닿았네	髮與樹根平
"소견 없는 놈아 무서운 줄 모르고	鰍生瞥不畏
네까짓 게 감히 관아 명을 거역해	敢爾逆上營
글을 읽었으면 의리를 알 터이니	讀書會知義
나라님께 내는 세금 서울에다 바쳐야 할 것 아니냐	王稅輸王京
너에게 유월까지 말미 준 것만 해도	饒爾到季夏
네놈을 적잖이 생각한 일인데	念爾恩非輕
포구에 묵고 있는 저 큰 배가	艤舸滯浦口
네 눈깔에는 보이지 않는단 말이냐"	爾眼胡不明
그 위세 언제 또 부리리요	立威更何時

공형(公兄)이[17] 나서서 지휘하는구나　　　　　　指揮有公兄

저러하니 눈물로 벼 포기마다 심어도 남는 것이 없었다. 다시 다
산으로부터 반세기 뒤인 19세기 말, 조선에 가장 근접한 기록을 남
긴 영국 여인 이사벨라 비숍(Isabella Bird Bishop, 1831-1904)은 『한
국과 그 이웃 나라들』이란 책에서 저 관리들을 "하층민들의 피를
빨아먹는 면허받은 흡혈귀"라고까지 저주스럽게 묘사해놓았다.

선생은 나라 안 병폐의 근원을 분명히 수령과 관리로 적시하고,
이들에 대한 포상과 형벌을 철저하게 시행하라고 주문한다.

「한변」

국방 경계에 대한 글이다. 중국은 섬기라 하고 왜국은 『맹자』 「등
문공 상」의 말처럼 교화하라고 한다. 왜국을 얕잡아보는 인식이
그대로 보인다. '중화 문물을 이용하여 오랑캐를 변화시키자'(用夏
變夷)는 취지로 집필했다.

「학교」

학교에 대한 선생의 평이 상당히 흥미롭다.

지금 상태로 보면 학교란 것은 있어도 도움되는 것을 볼 수 없고 또한 없
어도 해됨을 볼 수 없다. 이렇게 무익한 데 어찌 비용을 쓰리오.

17　조선조 각 고을 호장(戶長)·이방(吏房)·수형리(首刑吏)를 일러 삼공형(三公兄)이라고 함.

안타깝게도 왜 무익한 것인지에 대한 설명 없이 다만 학교 규칙을 엄히 하고 벼슬에 나아가는 자를 성균관에서 추천하라고 한다. 현재 우리의 학교와도 비견되는 장면이다.

「숭례」

예(禮)를 숭상하자는 글이다. 한·당 시대 주소[18]를 시험 과목으로 삼자고 한다.

「식년시」

대리 시험이라는 과거 시험의 폐단이 그대로 드러나 있다.

초시(初試)에 바친 문자는 딴 사람이 대신 지은 게 아님이 없고 회시[19]에 돌아앉아 외우는 것은 다만 구두(句讀)를 기억하는 데 그칠 뿐이다.

선생은 우리 시험의 폐단을 극복하기 위한 대안으로 '필답' 시험을 보자고 한다. 과거에 온 정신을 다 바치는 것은 지금이라고 별반 다르지 않다. 당시 항간을 떠들썩하게 만든 '2005학년도 대입수능 부정사건'은 그 단적인 예다. 매스컴에서는 학생 개개인의 부도덕한 행위쯤으로 간주하나 문제는 그리 간단치 않다. 저들에게 낯익

---

18 주소(注疏): 고서 문자를 주(注) 혹은 전(傳)이라 하고 그것을 해석한 글을 소(疏)라 하는데 이 둘을 합친 것.
19 회시(會試): 과거 초시 급제자가 서울에 모여 제2차로 보는 시험으로 복시(覆試)라 고도 한다.

은 우리 선조들의 냄새가 나기 때문이다.

학생, 학부모, 입시학원 원장 사이의 부적절한 관계와 돈, 시험 감독을 하는 교사의 온정주의, 교육 당국의 해이가 똘똘 뭉쳐 빚어내는 웃지 못할 이 광경의 연출을 총지휘한 장본인은 다름 아닌 우리 사회에 만연한 '학벌의식'이다. 어느 대학을 나왔느냐에 따라 '인생 대박'으로 가는 고속철을 탈 수 있다는데 누군들 승차하지 않겠는가. 그러니 뒷구멍으로 몰래 표를 구하고 슬쩍 새치기도 하는 협잡과 부정이 판을 친다. 다른 차를 타면 영 길을 잘못 들어서니 그럴 수밖에. 따지고 보면 이것도 우리네 조상으로부터 대물림된 것이다. 뫼비우스의 띠가 그리는 동선을 따라가 보자.

때는 1699년 10월이었다. 단종의 복위를 축하하기 위하여 실시한 증광과(增廣科)에서 한세량(韓世良) 등 34명을 뽑았다. 그런데 이때 부정이 적발되었기 때문에 시험 자체가 무효가 되어 파방[20]되는 등 커다란 파문이 일어났다. 물론 이들 사이에 오간 것은 평생의 부귀와 부정을 입막음하는 돈이었다. 이 사건으로 병조판서 오도일 등이 유배되었으며 부동역서를 한 서리 이제, 윤귀열은 3년간 병역 복무를 하였다. 고군을 대신 세운 위장소, 서원 안구서, 최석기는 가족과 추방되고 고군을 선 자들은 응시자들 대신 제주도로 보내져 3년간 병역에 복무했다. 고군(雇軍)이란 시험 감독관이니 시험 감독관을 바꾸었다는 소리다.

조선의 과거 시험이 얼마나 부패했는지 부동역서(符同易書, 시험

---

20 파방(罷榜): 과거에 합격한 사람의 발표를 취소하던 일.

지 바꿔치기), **차술차작**(借述借作, 대리 시험), **수종협책**(隨從挾冊, 시험장 내 책 반입), **입문유린**(入門蹂躪, 시험장에 드나들기), **정권분답**(呈券分遝, 답안지 바꿔치기), **외장서입**(外場書入, 시험장 밖에서 답안작성) 등 그 행태도 다양하다. 그러니 거벽[21]이니 사수[22]니 하는 대리 시험을 보는 사람들까지 생겨났다. 조정에서는 이를 막기 위해 과거 응시 자격을 제한하는 정거(停擧)를 강화하였다. 정거는 시장에서 실시한 부정행위 방지책으로, 수협관(授挾官)이 문밖에 서서 시험장으로 들어가는 응시자들의 옷깃, 겨드랑이, 고의춤 등을 살펴서 책을 숨겨 들어가려는 자가 있으면 묶되 1식년[23] 정거에 처하고, 시험장 안에서 발각되면 2식년 정거에 처하였다.

하지만 응시자들은 필요한 책을 고의춤 등에 넣고 들어가거나 출제 예상 문제들을 아주 작은 글씨로 써서 콧구멍에다 넣고 들어가다 적발되기도 하였다. 조선 후기로 오며 과거 시험의 폐단은 점점 성하였다. 지금 우리가 쓰는 '난장판'(亂場-)이란 말은 과거 시험 장소가 매우 어수선하다는 데서 나온 말이다.

무혈복(無穴鰒)이란 말도 있다. 사전적 의미는 '꼬챙이에 꿰지 않고 그대로 말린 큰 전복'이지만 과거를 볼 때 감시를 엄하게 하여 협잡을 부리지 못하게 하던 일을 비유적으로 이르기도 한다. 과거의 타락상을 반증하는 이런 말이 나올 정도로 과거제도의 폐단이

---

21 거벽(巨擘): 전문적으로 과거 대리 시험을 보는 자.
22 사수(寫手): 전문적으로 과거 답안 글씨를 써주는 자.
23 식년(式年): 자(子), 묘(卯), 오(午), 유(酉) 따위의 간지(干支)가 들어 있는 해. 3년마다 돌아온다.

점점 심해진 것이다.

오죽하면 "어사화야 금은화야"(御賜花耶 金銀花耶) 하고 과거에 급제하여 머리에 꽂는 꽃을 돈 주고 산 것 아니냐고 비웃는 노래까지 불러 젖혔겠는가. 돈만 들이면 대리인도 사고 저 속물도 불법으로 장원급제 표지인 어사화를 머리에 꽂을 수 있다는 비아냥거림이다.

그런데 이렇게 큰 일이 있은 지 불과 10여 년 뒤에 똑같은 사건이 재발하였으니 그것이 바로 임진과옥(壬辰科獄)이다. 숙종 38년(1712) 정시 때에 일어난 사건으로 시관이 친구 아들에게 시제를 미리 가르쳐주어 합격시킨 게 3건, 답안에 암표를 쓰게 함으로써 합격시킨 게 1건, 시간이 지난 뒤에 낸 답안을 합격시킨 게 1건, 도합 5건의 부정이 드러났다. 이러한 부정이 방 후에 드러나 시관을 비롯한 많은 종사원들이 처벌당하였다.

이옥의 「유광억전」이라는 글에도 당대 과거의 폐단이 여실히 드러난다. 매문매필[24]도 문제였다. 과시에 합격할 만한 인재인데도 가난하고 지위가 낮기 때문에 글을 팔아 생활할 수밖에 없는 유광억의 심정이 어떠했겠는가. 오죽하면 이덕무가 『아정유고』에서 "과거는 장사꾼이요 문장은 이단"(科擧 商賈也 文章 異端也)이라고 하였겠는가.

「치군」
선생의 한계성이 보이는 부분이다.

---

24 매문매필(賣文賣筆): 돈을 벌기 위하여 실속 없는 글이나 글씨를 써서 팖.

군자가 남긴 혜택은 각각 원근이 있는 것인데 존비도 논하지 않고 한결같이 4대조로 끊는 것은 또한 소략한 듯하니 그 제도는 고치는 게 좋다. 벼슬이 낮은 자로서 주(州) 목사(牧使, 정3품 외직 문관) 따위는 4대 이하 직분이 끝나는 것으로 한정하고 높은 벼슬로 임금을 가까이 모시던 자는 5대 이하를 한정하는 게 좋다.

이른바 음서제도를 말한다. 당시는 벼슬이 높든 낮든, 친가든 외척이든 4대조까지를 대상으로 하였으나 선생은 한발 더 나아갔다. 하지만 "백성을 다스리는 요령은 백성을 성가시게 하지 않는 것이다. 아전은 민간에 자주 나가지 말고 백성은 관청에 자주 들어오지 말아야 한다"는 정책은 당시 매우 효용성이 높았을 듯하다.

「입사」

벼슬자리에 맞추어 인원을 선발하라는 글이다. 선생은 관리를 선발하는 방법이 여러 갈래로 나누어져 있으므로 충원되는 관료 수에 맞게 발탁할 것을 주장하였다. 관리를 뽑는 '선관장'(選官場)[25]이 문제가 있다는 말이다.

---

25 당나라 때 천연선사(天然禪師)가 과거를 보러 장안으로 가는 길에 선승을 만나 "관리를 뽑는 곳(選官場)이 부처를 뽑는 곳(選佛場)만 못하다"는 말을 듣고 출가하여 선승이 되었다는 고사에서 유래되었다.

「공거사의」

공거사의는 재주 있는 시골 자제를 뽑아서 관리로 삼는 것에 대한 선생의 견해다. 선생은 오로지 과거에 살고 과거에 죽는 당시의 경직된 과거관에 따른 폐단을 정확히 지적하고 있다.

공부한 것은 사장(詞章)을 기억하고 외우는 것에 불과하다. 세상에 태어나서 머리털이 마르기 전에 과거 공부를 하도록 한다.

선생은 과거를 보는 기량(伎倆, 재주)을 "다만 구두(句讀)나 떼는 것에 있어 시골 사당에서 장님이 도가 경전이나 외워대는 것일 뿐"[26]이라고 폄하한다. 또한 이렇게 선출된 관리들은 오로지 문장이나 시가에만 힘쓰지, 사회의 잘못된 점을 바로잡을 만큼 실효성 있는 학문을 하지 못한다고 여겼다. 따라서 선생은 생업에 종사하는 선비 중에서 효제(孝悌) 정신을 갖춘 인재를 관리로 등용하자고 했다.

선생은 과거제도 외에 인재를 천거해 채용하자는 공거제(貢擧制)를 주장한다. 공거제는 『성호사설』권7 「인사문」에 보이는 '과천합일'(科薦合一)이다. 과천합일설은 이미 과거에 뽑힌 사람 중에 인재를 가려 뽑고 덕을 숭상하게 하는 방법을 붙여, 육조(六曹)·경조(京兆)의 장이(長貳, 판서와 참판), 양도 유수(兩都留守)·팔도 감사(八道監司)로 하여금 3년마다 각각 문과(文科) 몇 명씩을 천거케 하는 동

---

26 只在於句讀 此如鄕社瞽師 念誦道經而已.

시에 그들의 전공까지 각각 표기하여 올리게 한 뒤에, 주상(主上)과 정부관(政府官)이 천거한 추천서를 친히 심사하여 점수를 매겨서 2점 이상을 얻은 문학과 덕행이 있는 사람은 임금의 앞에서 경연하는 자리에 끌어들이고, 재능이 있고 사무를 아는 사람에게는 여러 가지 방면의 정사를 맡기는 방법이다.

또한 선생은 정기 과거 시험도 5년에 한 번만 시행하고, 해마다 과목을 한 가지씩 나누어 응시자가 과목마다 착실히 준비할 수 있게 하고, 조선 역사도 평가 항목으로 삼아야 한다고 생각하였다. '조선 역사'를 과거 시험 과목으로 넣자는 것은 선생의 탁견이다. 철학자 헤겔은 "한 민족의 객관적 역사는 역사 서술과 동시에 시작된다"고 하였다. 역사에 대한 인식이 국가 존립의 근원이란 말이다. 주권 국가, 근대 국가의 성립은 역사 없이 불가능하다.

「선거사의」

도필리[27]들의 갑질을 막는 방법이다.

천자가 사람을 알아보지 못하면 천하를 잃고 제후가 사람을 알아보지 못하면 그 사직을 보전하지 못하며 남의 신하가 사람을 알아보지 못하면 벼슬도 잃고 스스로 천해진다.

---

27 도필리(刀筆吏): '구실아치'를 낮잡아 이르던 말. 아전이 죽간(竹簡)에 잘못 기록된 글자를 늘 칼로 긁고 고치는 일을 했던 데서 유래한다.

선생은 향리에서 인재를 천거하라고 말한다. 남을 천거하여 어진 사람을 얻으면 포상하고, 잘못 천거하면 삭탈관직하고, 두 번 잘못 천거하면 자급[28]까지 빼앗자고 주장한다. 지금 생각해보아도 현명하고도 매력적인 천거 방책이 아닌가 한다.

「전론」

추워도 입을 수 없고 배고파도 먹을 수 없는 게 농사를 해롭게 한다.[29]

돈을 없애야 한다는 주장의 근거다. 선생은 『성호사설』 2, 권6, 「만물문」, "은화" 항에서도 조선이 가난해진 원인을 대외무역 불균형, 말업[30]성행과 돈 통용, 아전의 탐학에서 찾았다. 사치 풍조를 없애기 위해서는 억말(抑末), 즉 상행위를 억제해야 한다는 주장이다. 선생은 특히 중국에서 수입하는 사치품이 밀무역을 유발한다면서 사치를 조장하는 상행위를 몹시 꺼렸다.[31]

여기서 선생이 말하는 돈은 상평통보(常平通寶)다. 상평통보는

---

28 자급(資級): 가자(加資) 등급. 벼슬아치 위계를 이른다.
29 寒不衣飢不食 而農則病焉.
30 말업(末業): 유통업, 상업 등에 종사하는 직업군이다. 선생은 "농부는 한 해 동안 쉬지 않고 노력하여도 의식이 부족한데 공교한 말업에 종사한 자는 하루를 노력하면 닷새를 먹을 수 있다. 그러므로 백성은 근본인 농사를 싫어하고 말업을 숭상한다"고 하였다.
31 하지만 초정 박제가는 이와 달랐다. 초정은 『북학의』 "시정"에서 "중국은 사치로 망했다지만 우리는 검소로 쇠했다" 하며 재물을 우물에 비유한다. "우물을 사용하면 물이 가득하고 폐하면 물이 말라버린다"며 "비단옷을 입지 않으면 비단 짜는 사람이 없어진다"는 말로 사치할 것을 주장하였다.

조선시대 최초의 화폐다. 1633년(인조 11) 김신국(金藎國), 김육(金堉) 등의 건의에 따라 상평청(常平廳)을 설치하고 상평통보를 주조하여 유통을 시도했으나 결과가 나빠 중지하였다. 그 후 1678년(숙종 4) 정월에 다시 영의정 허적(許積), 좌의정 권대운(權大運) 등이 주장한 대로 상평통보를 주조하여 서울과 서북 일부에 유통시켰다. 그 뒤 점차 전국적으로 유통을 확대하여 조선 말기에 현대식 화폐가 나올 때까지 시장에서 통용되었다.

선생은 이 돈을 사용하기 시작한 후 백성의 살림, 풍습은 물론 나라 창고도 비어 있으나 다만 "징수하기에 편리"[32]할 뿐이라고 했다. 선생은 돈 대신에 구리, 주석 등을 이용하자고 건의했다. 그런데 돈을 없애자는 선생의 「전론」은 오늘날 시사하는 바가 크다. 토머스 H. 그레코 Jr.이 지은 『화폐의 종말』을 보면 화폐로 인하여 세계적인 분쟁과 불평등이 생겼으며 많은 이들이 '빚-그물'에 걸려들게 되었다고 한다. 따라서 그는 돈을 많이 버는 것이 아니라 돈 자체를 없애야 한다고 한다. 화폐가 없으면 빚도 없고, 빚이 없으면 예속도 없기 때문이다. 그는 화폐는 재화나 서비스를 교환하기 위한 수단이기에 반드시 화폐의 형태로 존재할 필요가 없다 했다.

「균전론」

선생은 정전제로 인해 '부익부 빈익빈'이 심각해져서 돌이킬 수 없는 지경이라고 보았다.

---

32 獨其便於徵斂.

부유한 자는 전지가 두렁을 연달아 있어도 가난한 자는 송곳을 세울 만한 땅도 없다. 그런 까닭으로 부유한 자는 더욱 부해지고 가난한 자는 더욱 가난해진다.[33]

선생은 이미 정전제로는 조선을 살릴 수 없다는 생각에 한 가구에 배당한 영업전(永業田)만은 지키도록 하는 제도를 구상했다. 또한 토지를 사고팔 때 반드시 관청의 허가를 얻도록 하자고 제안했다. 영업전은 고려 시대 서리·군인 등에게 지급하였던 토지로, 당나라의 토지 제도인 균전제에서 사용된 용어다. 구분전(口分田)은 생계유지를 위해 지급된 것으로 수급자가 사망하면 국가에 반납하도록 되어 있었으나 영업전은 자손에게 상속되었다. 선생은 이러한 영업전을 들여오자고 주장했다.

사실 부익부 빈익빈은 정전제 때문만이 아니라 국가의 총체적인 폐단의 결과였다. 오늘날보다 더욱 일반 백성들이 살아가기 어려웠던 저 시절이다. 선생은 국가는 국민이 최소한 재산을 빼앗기는 일이 없도록 함으로써 최저 생계를 보장해야 한다면서 영업전을 그 방안으로 제시한 것이다.

「논과거지폐」

이미 여러 차례 등장하는 과거제도의 문제점에 대한 기록이다. 그런데도 선생은 이를 국가 문란의 수원지라 여겨 아예 한 장을 따로

---

33 富者田連阡陌 而貧無立錐之土 故富益富而貧益貧矣.

할애했다. 선생은 과거의 폐단을 "국가가 문예로만 선비를 뽑는 것은 진작 본무를 잃은 것"[34]이라고 하였다.

이를 어쩔 수 없다면 필법(筆法)이라도 겸해보자고 제안한다. 당시에 차작차술 등 답안지 바꿔치기가 성행하니 이러한 폐단을 필법, 즉 글씨를 보는 것으로 간단히 정리한다. 초시에 합격한 자의 답안지를 그대로 갈무리해두었다가 회시에 합격한 후에 대조해보면 간단하지 않느냐는 것이다.

「붕당론」

선생은 붕당이 쟁투로 인해 일어나고 쟁투는 이해관계로 인해 일어나는 것이라 하였다.[35] 이해가 절실하면 그 당이 뿌리 깊고, 이해가 오래 계속되면 그 당이 견고하게 되는 것은 형세가 그렇게 만

---

34 盖國家 專以文藝取士 已失本務.

35 쟁투가 이해관계에서 일어난다는 것에는 이조전랑(吏曹銓郎, 전랑은 5품 정랑[正郎]과 6품 좌랑[佐郎]을 합해 부르는 관직명이다)이 자리하고 있다. 성호 선생이 「붕당론」에서 "한 사람이 벼슬에 나서자 그림자가 따르듯 소리가 응하듯 하는 자가 모두 그 남은 찌꺼기의 덕을 볼 수 있으니 당파로 갈라지는 것"이라는 날카로운 지적을 한 것은 바로 이조전랑의 문제 때문이다. "한 사람이 벼슬에 나서자"의 한 사람은 이조전랑이다. 전랑(銓郎)은 정5품에 지나지 않았지만 청요직(淸要職)으로 조선 벼슬자리 중 핵심 중의 핵심이다. 사헌부, 사간원, 홍문관 등 이른바 삼사와 당하관의 통청권(通淸權, 정3품 이하 인사 추천 권한으로 이를 전랑천대법[銓郎遷代法]이라고 한다)을 가지고 있기 때문이다. 따라서 누가 이조전랑이 되느냐에 따라 각 파당의 부침이 확연히 달라질 수밖에 없으니 여기서 당파가 더욱 공고화되었다. "남은 찌꺼기의 덕"은 이를 말한다.

　　조선 선조 8년(1575)에 사류가 동서로 분열한 사건, 즉 사림이 동인과 서인으로 나뉜 당쟁의 시작도 바로 이조정랑(吏曹正郎)을 차지하려는 데서 시작하였다. 서울의 동쪽 낙산 밑에 살던 신진 사류 김효원(金孝元)과 서울의 서쪽 정동에 살던 인순왕후(명종의 정비)의 아우 심의겸(沈義謙)을 각각 이조정랑으로 추천하며 반목하고 대립하였다. 여기서 김효원 측이 동인, 심의겸 측이 서인이 되었다.

든다는 것이다.

즉 이(利)가 하나이고 사람이 둘이면 두 당이 생기고, 이가 하나인데 사람이 넷이면 네 당이 생기게 마련이나, 이는 고정되어 변함이 없는데 사람만 더욱 늘어나면 십붕팔당(十朋八黨)으로 분열되지 않을 수 없다. 예를 들어 한 사람이 관직을 차지하는 평균 연한을 30년으로 본다면 그동안 정기적인 과거 합격자 수만도 2,330명이나 되며 그 외 여러 가지 명목의 특별시험 합격자까지 합치면 그 수가 훨씬 많아진다. 이들을 수용할 수 있는 관직 수는 500 이하라 관직 하나를 두고 경쟁하는 사람이 8-9명에 이르니 붕당이 될 수밖에 없는 형세라는 것이다.

이는 붕당의 원인을 과거의 폐단에서 찾는 탁견이다. 과거를 통해 너무 많은 인원을 선발하니 벼슬자리가 적어서다. 그런즉 어찌하면 좋을까? 선생이 내놓는 해답은 이렇다.

> 과거를 드물게 보아서 벼슬길에 잡되게 진출하는 것을 방지하고 고적(考績, 관리 성적 평가)을 분명하게 하여 용렬한 자를 도태시킨다. 그리고 높은 벼슬을 아껴서 함부로 주지 말며 승진시키는 것을 조심하고 경솔히 발탁하지 말며 재간에 알맞도록 하여 자주 전직시키지 말며 이문이 나오는 길을 막아 민심이 안정되도록 해야 한다. 이렇게 하지 않는다면 비록 죽인다 하여도 금지되지 않으리라.

「부 논학제」
정치 기강 문란, 대동법 실시, 이앙법과 2모작 성행, 상업자본주의 출현, 소설 등 정치·경제·문화에 걸쳐 새로운 조선적 질서가 싹트기 시작하였다. 하지만 이러한 가운데에서 유독 사상만은 심술궂고 악의적이었다. 이미 300여 년이 넘은 노회한 주자주의와 성리학이라는 인간성이라곤 말라비틀어진 유학사상, 사단칠정론, 이기론, 이원론, 예론, 인물성동이론만이 지리멸렬한 논쟁을 계속해나갔다.

선생은 오륜 중 특히 장유유서와 붕우유신이 없다며 개탄하였다. 그리고 그 이유를 "학교 교육에 예의가 강구되지 않기 때문"이라 한다. 대한민국 학교 교육의 현실을 다시금 반추해볼 만한 글이다. 선생은 영남을 오륜이 구비된 마을로 평하며 "아! 영남 지방이 아니면 내 어디로 돌아갈까?"[36]라고 말하였다.

이상이 『곽우록』의 내용이다. 선생이 펼친 실학(實學)자로서의 주장이 그대로 담겨 있다. 그 핵심은 중농사상과 과거제로 요약된다.

선생은 일반 백성으로서 학문을 하였다. 학문을 한 몸이기에 "이 세상을 담당하는 것이 자신의 임무"(以斯世爲己任)라 여겼다. 선생의 글은 바른 정치와 백성의 행복을 지향하였다. 그게 선생이 한 실학이었다.

다만 중농사상에 지나치게 편중되어 상업을 배척한 점과 검소함에 대해서는 생각해볼 여지가 있다. 선생은 절약을 으뜸으로 삼았다. 아침과 저녁 두 끼만 먹었으며 술이 곡식을 축낸다는 이유로

---

36 이삼환, 허호구 역, 『성호선생언행록』(단국대학교출판부, 2013), 67.

마시지 않았다.

흥미로운 것은 '삼두회'(三豆會)다. 선생은 검소함을 깨우치려 종족들의 모임인 삼두회까지 만들었다. 삼두는 콩을 갈아 끓인 죽 한 그릇, 황권저[37] 한 접시, 청국장 한 그릇을 가리킨다. 곽식자 모임인 삼두회를 통하여 음식에 사치를 부리는 육식자 탐관오리들을 은연중 비판한 것이다. 선생은 콩을 곡식 중에 으뜸으로 꼽고 콩을 예찬하는 시를 남기기도 하였다.

하지만 검소함을 추구하는 모임은 좋지만 박제가의 우물론도 눈여겨보아야 하지 않을까. 그러면서 2016년 8월 31일 자 중앙일보 기사를 들춰본다. 1면 기사 제목은 "송희영, 주필실서 청와대 핵심 인사 만나 고재호 연임 부탁"이다. 같은 신문의 8월 30일 자 칼럼 내용은 또 이렇다.

지난해 술에 붙는 세금인 주세로 거둔 금액이 사상 처음으로 3조 원을 넘었다. 대부분이 맥주·소주·탁주 등 서민주에서 걷혔다. 또 통계청 올 2분기 가계 동향 조사를 보면 가계가 소비를 확 줄이는 와중에도 술과 담배 지출은 전년 대비 7.1% 늘었다.

- 중략 -

지난해 한국인 일인당 영화관람 횟수는 4.2회로 미국(3.6회)과 프랑스(3.1회)를 넘어 세계 1위를 기록했다. 연장선에서 술 소비 역시 한국인이

---

37 황권저(黃卷菹): 콩나물, 파, 붉은 고추, 마늘을 섞고 소금물을 부어 만든 콩나물 김치가 아닌가 한다.

가장 좋아하는 기호식품에만 지갑을 연다는 분석이다.

- 중략 -

경제협력개발기구(OECD)가 회원국들을 대상으로 조사한 성인역량 조사 결과 한국 성인들 학습의지는 2.9로 회원국 중 꼴찌였다. 핀란드(4.0), 미국(3.9) 등과 비교하면 현저하게 낮다.[38]

조선왕조인 저 시절과 대한민국인 이 시절, 무엇이 다를까? 우리는 선생에게서 무엇을 배우려 하는가?

제자 안정복이 남긴 선생에 대한 평과 『성호선생언행록』에 보이는 글로 이 장을 마무리짓겠다. 『성호선생언행록』에 실린 글은 성호 선생이 자신의 저서 『곽우록』을 두고 한 말이다.

꿋꿋하고 독실함 이것은 선생 뜻이요, 정대하고 광명함 이것은 선생 덕이요, 선생의 학문은 정밀하고 깊으며 넓고도 컸다. 그 기상은 부드러운 바람이요 상서로운 구름이고 가슴에 깊이 품은 마음은 가을 달이요 하얀 항아리에 얼음 한 조각이로다. 이제 다시는 선생을 뵙지 못하니 장차 어디에 돌아가 의지할 것인가. 아아! 슬프도다.[39]

이 계책이 지금은 끝내 시행되지 못하더라도 후세에 만일 채택되어 시행

---

38 [양선희의 시시각각] "술은 호황인 우리네 불황형 소비", 「중앙일보」(2016. 08. 30).
39 『성호선생전집』 부록 권지이, 「제문」 "문인 안정복"에서. 剛毅篤實 先生之志也 正大光明 先生之德也 精深宏博 先生之學也 和風景雲 其氣像也 秋月冰壺 其襟懷也 今不可以復見 將何所而依歸耶 嗚呼哀哉.

됨으로 평범한 한 남편과 아내가 그 혜택을 받게 된다면 내가 죽은 후라

도 어찌 큰 행복이 아니겠느냐.⁴⁰

---

40 이삼환, 허호구 역, 『성호선생언행록』(단국대학교출판부, 2013). 終不能行乎 今後世
若有採 而行之使 一夫一婦得蒙其澤則 雖身死之後豈非厚幸.

2장

—

취석실 우하영 『천일록』

나라에 기강이 있으면 사람에게 혈맥이 있는 것 같다.

사람에게 혈맥이 없으면 움직일 수 없고

나라에 기강이 없으면 다스릴 수 없다

우하영의 생애

이름 우하영(禹夏永)

별칭 자는 대유(大猷), 호는 취석실(醉石室), 성석당(醒石堂)[1]

시대 1741(영조 17)-1812년(순조 12) 조선 후기

지역 근기 지방 수원(水原, 현재의 화성시 매송면 어천리)

본관 단양(丹陽)

직업 실학자 겸 농부이자 여행인

당파 남인

가족 아버지는 정서(鼎瑞)이며, 큰아버지 정태(鼎台)에게 입양되었다. 아버지 3형제에게 아들은 오직 선생뿐이어서 큰아버지에게 양자로 입양되었다. 3대 동안 벼슬이 끊어져 평생 신세가 곤궁하였다.

어린 시절 7세 때부터 할아버지로부터 글을 배우기 시작해『사략』을 하루에 12줄씩 읽었다. 10세 때 할아버지가 죽어 글을 배울 수 없었다. 집에 큰불이 나서 가세가 곤궁하였고, 그나마 있던 책도 전부 불에 타버려서 글공부도 할 수 없었다. 이 시기쯤 양자로 입양된 듯하다.

그러나 이상은 커 현인군자들처럼 "천하를 경륜하는 데 뜻을 두리라"(經綸事業) 하였으며 또 인생이 백 년도 못 된다며 "이름과 행

---

1   취석은 여산(廬山) 앞을 흐르는 강물 가운데 있는 반석으로, 진(晉)나라 도연명(陶淵明)이 술에 취하여 이 바위에 누워 잤다 하여 이렇게 이름이 붙여졌다 한다. 즉 술에 취해 취석에 누우면 구태여 신선이 될 필요가 없다는 의미다.

적을 죽은 뒤에 남겨야겠다"(留名與跡於身後) 하였다. 「취석실주인옹자서」에서 이것을 자신이 죽지 않고 살아온 이유로 들고 있다. 즉 인생경영으로서 글쓰기다.

입양된 뒤에도 한동안 글공부를 하지 못한 선생은 15세 때부터 과거 공부를 다시 시작하였다. 그해 가을 감시(監試, 사마시 초과)에 응시하였으나 낙방하였다. 그 후에도 선생은 여러 번 과거에 응시하였으나 회시(會試)만 모두 12번이나 떨어졌다. 이후 생활은 더욱 궁핍하여 조석으로 끼니를 잇지 못하였다.

그 후 삶의 여정 55세 되던 1796년(정조 20) 조정의 구언교서(求言敎書)가 내리자 선생은 이를 정리하여 책자로 만들어 바쳤다.

63세인 1804년(순조 4), 구언 때 이를 다시 보완하여 『천일록』이라는 제명으로 조정에 상정했으나 별로 주목을 받지 못하였다. 전자는 "수원유생우하영경륜"(水原儒生禹夏永經綸)이라는 제명으로, 후자는 "천일록"이라는 표제로 규장각에 소장되었다.

71세인 1812년(순조 12)에 한 많은 삶을 마쳤다. 묘소는 경기도 화성시 매송면 숙곡리에 있다. 선생은 평생 궁벽하였고 사람들에게 꽤나 모욕을 받은 듯하다. 2,060자로 삶을 정리해놓은 「취석실주인옹자서」에서 선생은 모욕과 멸시의 삶을 이렇게 묘사했다.

다른 사람이 모욕하고 멸시해도 모욕하고 멸시하는 까닭은 진정 나에게 달려 있으니 이런 일을 당해도 조금도 개의치 않았다. 그러나 모욕과 멸시를 받으며 구차하게 그들을 좇아 살기보다는 차라리 그들과 교류를 끊는 편이 낫겠다고 생각하여 만나는 사람도 거의 없고 경조사도 모두 끊었다. 본래 좋아하던 산수 유람을 즐겨 전국에 걸쳐 발길이 미치지 않는 곳이 없었다.

사람다운 사람이고자 하였다

선생은 아직 학계에 알려지지 않은 화성의 한 실학자로서 『시무책』(時務策)을 지었다. 하지만 선생 글의 파장은 조선의 정치에서 경제, 사회문화까지 꽤 폭넓게 비추고 있다. 선생은 「취석실주인옹자서」(醉石室主人翁自敍)에 자신의 성품을 이렇게 써놓았다. 「취석실주인옹자서」는 선생이 자신을 3인칭화하여 쓴 글로 삶과 세상을 살아가는 모습을 담담히 그렸다.

사람이 궁박하고 현달한 것은 참으로 천명이다. 한 마디 말이나 하나의 일로 백성과 나라에 참으로 보탬이 될 수 있고 후대 정치에 도움이 될 수 있다면 결코 헛되이 보내는 삶은 아니다.…나는 몸이 자그마하고 용모도 볼품없어 스스로 현달할 상이 아니라는 것을 알고 있었으므로 벼슬과 명예, 이익에 뜻이 없었다.…자손들에게 늘 "너희들이 기르는 금수를 천시하지 마라"고 타일렀다. 개와 말은 주인이 기른 은혜를 저버리지 않아 자신을 죽여 보답하기도 하고 팔려가 돈으로 갚기도 한다. 그런데 좋지 않은 사람들은 나라로부터 두터운 은혜를 입고 비단 옷을 입고 좋은 음식을 먹더라도 보답하지 않고 공을 등지고 사를 꾀하니 이럴 바에는 사람을 기르느니 금수를 기르는 편이 낫다.…취하지 않고도 취하였는데 취한다는 것은 정신이 맑지 않다는 게니 그래서 옹(翁, 우하영 자신)은 성품이 어리석은 것인가? 돌이 아닌 돌인데 돌은 지각이 없으니 그래 옹은 성품이 완고한 것인가? 어리석고 완고하면 세상과 어긋나니 이 취석실에서는 과연 편안할 수 있을까?

굳이 설명할 필요조차 없는 글이다. 선생은 극한의 가난으로 삶이 궁핍할망정 사람다운 사람이고자 하였다. 선생에게 궁핍은 체념하지 않는 궁핍이요, 절망하지 않는 궁핍이었다.

선생은 김육(金堉, 1580-1658)의 대동법²을 지지하였고 성호 이익과 동일하게 중농주의자였다. 선생과 이익의 연은 깊다. 선생의 7대조인 우성전(禹性傳, 1542-1593)의 비문을 지은 분이 바로 이익이었다.

선생의 학문은 실학이었다. 선생은 「취석실주인옹자서」에서 "문헌을 널리 연구하고 고금에 얼마나 적합한지를 참작하여 정밀하게 생각을 다하고 어느 게 이롭고 어느 게 해로우며 어느 게 편리하고 어느 게 그렇지 않은지를 생각하느라 먹고 자는 것도 거의 잊었다"고 하였다.

선생은 역사에도 관심이 깊었다. 단군과 기자를 한민족의 기원으로 보고 수천 리조차 안 되는 영토의 산천·풍토·민요·풍속 등에 무지한 우리의 현실을 개탄하였다.

선생은 세계를 하나의 유기체로 보았고 일체의 법과 자연은 자연스레 변한다고 여겼다. 상생론적 우주관이다. 이른바 한곳에 정착하지 않는 노마드(nomad, 유목)적 사고·실학적 사고다. 선생은 나라와 시대에 따라 통치 방법도 다르다고 보았기에 현재의 폐단을

2　김육은 인조 말년과 효종 초에 대동법 시행을 강력하게 밀어붙였다. 대동법은 지주들에게 토지세를 물리고, 땅을 가지지 않은 소작농들에게는 세금 부담을 지우지 않는 제도였다. 따라서 기득권 세력은 극심하게 반발했고 권문세가들은 악법이라며 강하게 비판했다.

고쳐 새로운 세계로 나아가면 된다고 생각하였다.

천하 만물은 세월이 오래되면 으레 해지고 망가지게 됩니다. 옷이 해지면 기워서 완전해지고 집이 망가지면 수리하여 새로워집니다. 아무리 좋은 법과 아름다운 제도라도 시행한 지 오래되면 폐단이 생기니 폐단이 생겼을 때 바로잡으면 소생할 수 있습니다.…아침 해가 환히 빛나지만 석양이 시들하게 식는 것은 하루 사이에도 아침부터 저녁까지 태양빛이 점차 희미해지기 때문이고 봄에는 화창하다가도 겨울에 추워지는 것은 1년 중에도 봄부터 겨울까지 세율(歲律, 세월의 자리)이 변하기 때문이니 하물며 사람 일처럼 느슨해지고 폐단이 쉬운 게야 말하여 무엇하겠습니까?[3]

하늘 법칙은 10년에 한 번씩 변하고 1년의 운행은 60년이면 그 수가 다하고 다하면 변한다.[4]

선생은 당시 양반이란 완장(腕章)을 차고 무위도식하는 이들을 호되게 나무란다.

사회 밑바닥으로부터 첫째가는 처지에 있으면서도 스스로 '선비입네' 하고 집안의 소득을 포기한다면 위로는 노부모가 있어도 콩만 먹고 물을 들이키는 식의 변변찮은 끼니도 이을 수 없고 아래로는 처자식이 있어도

---

3 『천일록』 제5책 "산지광점폐."
4 『천일록』 제5책 「농가총람」 "점시후."

그 울부짖음을 구원할 수조차 없다. 하릴없이 세상을 업신여기고 허송세월만 한다면 이는 진정한 사람 도리가 아니니 어찌 선비라고 칭할 수조차 있단 말인가[5]

선생은 유학을 통한 왕도정치를 구현하려 하였고 구체적으로 현실의 폐단을 바로잡아 하·은·주 삼대라는 이상적인 국가는 못 되더라도 현재보다는 나은 '소강(小康) 조선'을 꿈꾸었다. 선생이 보기에 소강 조선의 바탕은 『소학』이요, 이를 위해서는 유교로 백성을 가르치는 '이유교민'(以儒敎民) 정책이 필요했다. 선생이 지은 『시무책』은 그러한 생각의 결정체다.

『천일록』, 내 일념은 동포를 모두 구제하는 데 있다

1796년(정조 20)은 수원 화성(華城)이 축성되던 해다. 정조는 1791년(정조 15) 신해통공(辛亥通共)을 전격 실시하였다. 신해통공은 육의전을 제외한 일반 시전이 소유하고 있던 금난전권을 폐지하여 누구나 자유로운 상행위를 할 수 있게 한 정책이다. 금난전권은 국역을 진다는 조건으로 육의전과 시전 상인이 서울 도성 안과 도성 밖 10리의 지역에서 난전을 금지하고 특정 상품을 독점 판매할수 있는 권리였다. 정조는 이 금난전권을 비단·무명·명주·모시·종이·어물 등 6종류의 상품에 대한 육의전만 남기고 모두 없앴다.

---

5 『천일록』제5책「농가총람」"총람종."

조선의 경제를 개혁해보려는 야심찬 계획이었다. 그러나 이후 상업은 성장하였으나 백성들의 삶은 나아지지 않았다. 이즈음 정조는 백성들에게 구언을 하였다. 구언(求言)이란 어려운 일이 닥쳤을 때 임금이 신하에게 직언을 구하는 것을 가리킨다.

선생은 그중 시무(時務)에 관한 것만 골라 책자로 만들어 상소했다. 선생이 밝힌 상소 동기는 다음과 같다.

> 평소에 집록(輯錄)해둔 바가 있는데 끝내 말하지 않을 수 없어서 그것을 대략 깎고 간추려서 책자를 만들어 분에 넘게 응지하는 구(具)로서 바치오니 성명(聖明, 정조)께서는 깊이 살피소서.

선생은 평생 시골 유생으로만 지낸 학자였기에 사람들과 거의 사귀지 않았다. 대신 천성적으로 혼자 산수 유람하기를 좋아해 전국에 선생의 발길이 닿지 않은 곳이 거의 없을 지경이었다고 한다.

이 여행을 통해 선생은 "우리나라의 산천·풍토·민요 등을 알지 못한다면 우물 안에서 벽을 보는 것과 같다"면서 직접 보고 듣고 경험한 우리나라 풍토를 소상하게 기록하였다. 선생이 산천을 유람하며 보고 들은 체험, 옛 문헌과 당대 제가들의 논설을 널리 읽고 수집하여 국가·사회 경영 및 개혁 방안을 종합한 것이 바로 『천일록』(千一錄)이다.

따라서 이 책은 우리나라 역사·지리·토지제도·군제·국방·관제·농업 기술 등에 관한 전반적인 내용을 다루었다. 선생의 사유가 나라 전체에 미쳤음을 알 수 있다. 이 총체적 사유 방식은 조선 실학자들의 공통된 모습이다.

정조는 이 『시무책』을 보고는 "네가 올린 13조는 모두 백성과 나라 실용에 관한 게로구나"[6]라며 비답[7]을 내렸다. 그 뒤 1804년(순조 4) 인정전(仁政殿)에 화재가 발생한 뒤 순조가 구언을 하자 상소하면서, 또한 이것을 '천일록'이라 이름 붙였다.

이와 같이 선생이 정조에게 올린 '시무책'과 순조에게 올린 '천일록'을 말년에 모아 엮으면서 자서(自敍)를 붙여 『천일록』이라고 하였다. 천일록이란 "천 번 생각하여 혹 한 가지는 얻지 않을까"[8] 하는 말이다. 차례를 짚어보면 다음과 같다.

제1책

제1책은 「건도」·「치관」으로 이루어져 있다. 「건도」(建都)에서는 삼국 이래로 도읍의 건립 내력, 산천·풍속·농업·생리 등 인문지리적 상황에 대해 논하였다.

나라의 시초는 단군과 기자 조선이었다. 한양을 대일통 기운이 있는 가장 좋은 땅(首善之地)이라 하는 경기 지방 중심의 지역주의적 사고였다.

삼국통일에 대해서는 신라는 인(仁)과 문(文), 고구려는 무(武)를 숭상하였으나 백제는 가장 비옥한 땅에 살면서도 사치스러워 역사

---

6 爾所陣十有三條 皆關民國之實用.
7 비답(批答): 신하의 상소에 대한 임금의 답.
8 千慮之或有一得.

가 짧았다고 하였다. 매우 흥미롭게도, 선생은 우리나라를 가리켜 소중화(小中華)라 하는 이유를 지리적 구조에서 찾는다. 조선을 소중화라 지칭하는 이유는 대개 예악법도와 의관문물을 중국 제도에서 들여오고 준수하였기 때문이지만 선생은 이를 부정한다.

우리나라는 소중화라 한다. 이것은 우리나라가 중국의 예악문물을 본받고자 하였기 때문이 아니다. 우리나라의 산천과 풍속, 그 자체가 중국과 유사하기 때문이다.

가끔씩은 선생처럼 진실을 의심해볼 필요가 있다. 새로운 진실은 거기서 얻을 수 있기 때문이다. 조선을 소중화라 부르는 이유를 선생은 "우리나라의 산천과 풍속, 그 자체가 중국과 유사하기 때문"이라고 한다. 그러고는 "중국 산천은 모두 곤륜산에서 시작하고 우리나라 산천은 백두산에서 시작"한다고 주장한다. 또 "중국 서북 지방이 무를 숭상하고 우리나라 관서 지방인 평안도에서 장수를 많이 배출하는 게 같고, 중국 동남 지방이 문을 숭상하는 게 우리나라 동남 지방인 안동 지방에서 재상을 많이 배출한 것과 같다"는 등을 열거하며 중국과 대등한 소중화론을 펼친다.[9]

선생은 근면을 강조하였는데 특히 개성 지역을 혐오하였다. 농

---

9   이 외에도 중국 기북 지방과 우리나라 평안도의 좋은 말, 중국 절동과 우리나라 호남 지방의 벼농사, 중국 노 지방을 도서(圖書) 고을이라 하는 것과 우리나라 경상도를 현송(絃誦, 예악과 학문을 익힘) 고을이라 부르는 것, 또 중국의 대 지방과 우리나라 충청도 지방에서 모시를 생산하는 것이 같다고 예를 들었다.

업은 이루어지지 않고 상업만 성행하며 사람들이 교활하고 사치가 심하다는 것이 이유였다. 반대로 경상도는 후하게 평가했다.

「건도」에서 우리가 살펴볼 것은 나라를 경영하는 데 지리적 특성을 활용해야 한다는 점이다. 경상도 양반에 대한 선생의 견해는 지금도 주의 깊게 경청할 필요가 있다. 선생은 경상도 양반들은 치산(治産)을 먼저 하고 문예를 닦기 때문에 과거나 벼슬에 연연치 않으며, 벼슬을 하지 않아도 가업을 이을 수 있기 때문에 남들에게 모욕을 당하지 않는다고 한다. 따라서 과거 급제를 못하면 빈궁한 처지로 떨어지는 경기도 양반들의 삶과는 대조적이었다.

「치관」(置官)에서는 우리나라 신라 아찬(阿湌)부터 각 관청 및 관작의 설치 내력을 다루었다. 선생은 관리를 이천부모(貳天父母)라며 "일을 해나가는 방법은 참다움 한 가지뿐이다. 자애로운 어머니만이 품에 있는 아이의 아프고 가려운 곳을 알 수 있다"고 한다.

그래서 당시 조선의 일부 관리들은 "사불삼거"[10]를 불문율로 삼았다. 재임 중에 절대로 하지 말아야 할 네 가지(四不)는 첫째, 부업을 하지 않고 둘째, 땅을 사지 않고 셋째, 집을 늘리지 않고 넷째, 재임지의 명산물을 먹지 않는 것이다. 꼭 거절해야 할 세 가지(三拒)는 윗사람의 부당한 요구, 청을 들어준 것에 대한 답례, 경조사의 부조다. 실제로 청송부사 정붕은 영의정이 꿀과 잣을 보내달라고 부탁하자 "잣나무는 높은 산 위에 있고 꿀은 민가의 벌통 속에 있다"고 거절하였다. 우의정 김수항은 그의 아들이 죽었을 때 무명 한 필을

---

10 사불삼거(四不三拒): 재임 중 네 가지를 하지 말며 세 가지를 거절한다.

보낸 지방관에게 벌을 주었다. 풍기군수 윤석보는 아내가 시집올때 가져온 비단옷을 팔아 채소밭 한 뙈기를 산 것을 알고는 사표를 내었다. 대제학 김유는 지붕 처마 몇 치도 못 늘리게 하였으며, 조선의 공무원 김수팽은 아우의 집에 들렀다 마당에 놓여 있는 염료 항아리를 모조리 깨뜨려버렸다. 염료 항아리를 깬 이유는 이렇다. "이놈아! 그래도 너는 말단 관리지만 입에 풀칠은 하잖니. 네 아내가 염색업을 부업으로 하면 저 가난한 백성들은 어찌 살란 말이냐."

제2책

제2책은 「전제」·「병제」로 구성되었다. 토지와 군사를 유기적 관계로 파악한 것은 유형원이 주장한 농병일치설인데 선생은 이를 체용(體用)이라 한다. 전제가 체(體)고 농정은 용(用)이다.

「전제」에서는 주대 정전제[11] 및 우리나라의 역대 토지 제도·공

---

[11] 유형원은 두 가지 원인 때문에 정전제를 실시할 수 없다고 했다. 첫째는 은결(隱結, 숨겨진 땅, 즉 토지대장에 빠졌기에 세금을 납부하지 않는다)이 너무 많았다. 이 은결은 경제적 무질서와 부패의 온상이었다. 또 하나는 토지 겸병(兼倂, 소수의 사람이 많은 토지를 소유함)이었다. 한정된 땅에서 소수가 소유하는 토지가 점점 더 많아진다는 것은 반대편에 있는 다수의 사람이 토지를 잃어가고 있다는 뜻이다. 소작농이 토지주보다 많아질 정도였다. 이들은 자기 땅을 잃고 남의 땅을 빌려서 농사지어야 했다. 당연히 경작자들은 지력(地力) 향상을 위한 노력을 하지 않게 되었다. 결국 지력은 점차 고갈되었고 경작지는 황폐화되는 결과에 이르렀다.
　겸병의 더 큰 문제가 또 있다. 바로 국가의 권위보다 토지주의 힘이 더 강력해졌다는 것이다. 백성과 국가와의 틈이 벌어진 것이다. 국가와 백성을 이어주던 땅이라는 연결고리를 토지주가 끊어버린 셈이니 국가로서는 세금과 군역을 부과할 수 있는 백성을 잃은 꼴이 되고 말았다. 나라에서 세금을 가볍게 해도 그 혜택은 땅 없는 백성들이 아닌 지주들에게로 돌아가게 되고 끝내는 어떤 국가 정책도 효과를 내기 어렵다는 게 유형원의 견해다.

물 제도(貢物制度)·농정 등을 논하였다.

선생은 국가의 이해득실과 백성의 평안은 제도가 아니라 "오로지 제대로 된 관리"(專在得人)에 있다고 하였다. 물론 이익처럼 선생도 "농자천하지대본"이라는 말을 굳게 믿었다. 수령칠사(守令七事)[12]에서 농업이 가장 우선이라고 하였고 왕정의 근간도 농사에 힘씀이라고 하였다. 아울러 농지를 조사·측량하여 실제 작황을 파악하는 양전제(量田制)를 강력히 요구하였다. 그리고 농지 확보와 관련해서는 새로운 농토 개간과 더불어 광작하는 대농경영을 보다 집약적인 소농경영으로 전환시킬 것을 주장했다.

「병제」에서는 우리나라의 역대 군사 제도 및 이에 대한 논의, 군사 경비, 중국·일본의 군사 제도 등을 논하였다. 선생은 우리 병제 문제의 원인을 남북, 왜국과 청나라에서 찾았다.

제3책

제3책은 「관방」·「관수만록」 상·하다. 조선 후기 군사 정책 및 관방 계획에 대해 상당히 구체적인 방안을 기술하고 있다. 이 시기 군

유형원은 정전제를 현실에 맞는 공전제로 바꾸자고 하였다. 공전제는 토지 사유와 거래를 금지하고, 백성들이 자신들의 신분과 직역(職役, 신분별로 개인이 국가에 대해 갖는 의무. 예를 들어 평민 성인 남자의 군역[軍役]이 대표적이다)에 상응하게 차등적으로 토지를 지급받고 세금은 토지 소출의 10분의 1을 내는 것이다.

12 조선시대 수령이 지방을 통치할 때 힘써야 할 일곱 가지 사항은 다음과 같다. 농상성(農桑盛, 농상을 성하게 함)·호구증(戶口增, 호구를 늘림)·학교흥(學校興, 학교를 일으킴)·군정수(軍政修, 군정을 닦음)·부역균(賦役均, 역의 부과를 균등하게 함)·사송간(詞訟簡, 소송을 간명하게 함)·간활식(奸猾息, 교활하고 간사한 버릇을 그치게 함). 『경국대전』 이전(吏典) 고과조(考課條)에 실려 있다.

정사를 연구하는 데 지금도 도움이 될 만큼 세세히 기록하였다.

「관방」(關防)은 전국 각지에 있는 관방의 상황을 논하였다.

「관수만록」(錄觀水漫) 상·하는 정조가 1793년 정월 수원부사를 유수로 승격시키고 유수영(留守營)을 장용외영(壯勇外營)으로 정하였는데, 이에 선생이 수원의 번영과 여러 방책을 기술한 부분이다.

제4책

제4책은 「과제」·「용인」·「화속」·「진정」·「곡부」·「균역」·「정전군부설」·「어장수세설」·「전화」·「주전이해설」·「채은편부설」·「채금편부설」·「조창변통설」·「육진승도설」·「평시혁파의」·「노방식목설」·「금도설」·「신명법제설」·「양육인재설」 등에 대해 논의하였다.

「과제」(科制)에 대해 선생은 이렇게 말했다.

> 시험을 주관하는 사람은 경중을 재는 과정에서 주객을 감별할 수 없으므로 인재와 잡된 놈이 뒤섞여 급제 결과가 달라진다. 속담에 "과거의 당락은 그 누구도 알 수 없다"고 한 것은 이 때문이다.

선생은 과거에 대한 욕심이 가장 절실한 현안이라며 이러한 과거 때문에 선비들의 풍습이 날로 천박해지고 권세가들에게 청탁하는 부정이 생긴다고 여겼다. 선생이 추천하는 방법은 과천법(科薦法)이다. 이는 이익이 주장한 과천합일설과 같다.

「용인」(用人)은 과거로만 인재를 선출하는 데서 생기는 폐단에 대한 글이다. 선생은 고위 관리들로 하여금 서울이든 시골이든 가릴 것 없이 당색이 다른 인재를 추천하라고 한다. 선생은 당색이 나타난 뒤로 세상의 도가 어지러워지고 공의(公義)가 사라졌으며 염치가 어그러졌고 관직의 법도도 어지러워졌다고 한다. 음사(蔭仕)제도도 지나치다 한다.

이 글을 쓰는데 마침 선생 의견과 비슷한 '인재추천카드를 통한 열린 채용'을 실험하는 회사가 신문에 실렸다. ○○유플러스라는 회사인데 모든 임원(상무보 이상)에게 나이와 학력에 제한을 두지 말고 인재를 뽑으라며 '입사티켓'을 5장씩 주었단다. 추천을 받은 자들은 별도의 전형 없이 직원으로 채용된다. 그 회사는 '파격적인 인재채용실험'이라고 생색내지만 이미 300년 전에 선각자들이 같은 방법을 써서 인재를 채용했음을 알면 어떻게 생각할까? 문제는 티켓을 가진 자들이 '인재추천카드'를 쓰는 방법일 것이다. 응당 추천받은 자들의 업무 성과는 추천한 자들의 업무 성과와 연계되어야 한다.

「화속」(化俗)은 풍속 교화에 관한 장이다. 선생은 중인도 배워야 한다면서 『소학』이라는 책을 예로 든다. 『소학』은 주로 『예기』에서 뽑아낸 책으로, 주자(주희[朱熹], 1130-1200)가 제자들에게 가르친 것을 제자 유자징(劉子澄)이 아이들을 위한 교재로 엮었다.

선생이 꾀하는 국가 형태는 유학에 바탕한 소강국가(小康國家)로서 『소학』을 백성의 성품 교육을 위한 교재로 삼았다. 선생은 나라 풍속에서 기강을 찾으려 하였다.

나라에 기강이 있으면 사람에게 혈맥이 있는 것 같다. 사람에게 혈맥이 없으면 움직일 수 없고 나라에 기강이 없으면 다스릴 수 없다.

　진정(賑政)·곡부(穀簿)·균역(均役)·정전군부설(井田軍賦說)·어장수세설(漁場收稅說)·전화(錢貨)는 생략한다.

　「주전이해설」(鑄錢利害說)은 전황(錢荒)의 폐단을 지적한다. 전황은 화폐 폐해, 즉 화폐 유통량 부족 현상을 말한다. 물건 값이 비싸지는 것은 화폐가 그 가치를 잃어서다. 그러다 보면 돈을 자꾸 주조하게 되고 자연히 물가가 뛰는 악순환이 되풀이된다.

　선생은 돈에 대해 상당히 부정적이었다. 『성호사설』 「생재」에서도 돈을 사용한 지 70년밖에 되지 않는데 그 폐단이 심하다며 "돈은 탐관오리에게 편리하고 사치하는 풍속에 편리하고 도둑에게 편리하나 농민에게는 불편하다"고 하였다. 돈에 대한 이러한 이해는 이익과 동일하다. 모두 중농주의자들이기에 그렇다.

　「채은편부설」(採銀便否說)과 「채금편부설」(採金便否說)에서 선생은 은과 금을 매우 귀중히 여겼다.

　「노방식목설」(路傍植木說)은 선생이 주장한 여러 설 중 가장 돈보이는 설 중 하나다. 선생은 나무를 심는 게 다리를 건설하는 것 못지않다고 한다. 그러면서 3리에서 5리씩 거리를 두고 나무를 심자고 한다. 한여름에 등짐을 지고 길을 나선 사람이나 노약자들을 위해 그늘막을 만들자는 말이다. 요즈음 '폭염 속 보행자 오아시스 그늘막 텐트'라는 관련 보도를 보면서 저 시절 선생의 이 주장이 예사롭지 않음을 느낀다. 선생은 이러한 제안을 자신이 처음으로 한 것이라고 하였다.

「금도설」(禁盜說)은 소, 말 등 동물의 이력제를 실시하자는 말이다. 소나 말을 다른 사람에게 팔 때 색, 털, 뿔을 종이에 기록한 지패(紙牌)를 함께 보내는 것이다. 소나 말을 훔쳐가는 것을 막자는 지혜이지만 이 역시 선생의 탁견이다.

「양육인재설」(養育人材說)에서 선생의 인재설을 한 마디로 정리하면 이렇다. "뛰어난 사람을 뽑으려면 지체와 문벌에 얽매이지 말고 오로지 사람만 보고 등용하라." 오늘날에도 곰곰이 살펴볼 말이다.

제5책

제5책은 「염방」·「보폐」·「향폐」·「막폐」·「영리폐」·「역속폐」·「경향영읍군교폐」·「삼폐」·「군목폐」·「학교폐」·「산지광점폐」·「노예」·「충의」·「금개가」·「농가총람」이다.

「염방」(廉防, 염치를 잃지 않도록 방지함)에서 선생은 이 항 첫머리를 이렇게 시작한다.

> 염치는 사유(四維) 중 하나다. 사유가 제대로 펼쳐지지 않으면 나라가 나라꼴이 되지 못하고 사람도 사람 꼴이 되지 못한다.…어린아이가 귀한 보물을 가슴에 품고 시장 네거리에 앉았어도, 탐욕스럽고 교활한 자들이라도 눈을 부릅뜨고 침을 흘릴 뿐 감히 빼앗지 못하는 것도 염치가 있기 때문이다.

사유란 국가를 유지하는 데 필요한 네 가지 벼릿줄로 예(禮, 예절)·의(義, 법도)·염(廉, 염치)·치(恥, 부끄러움)다. 이 네 가지 중 선생은 염치를 가장 먼저 꼽고는 이를 잃지 않도록 방지해야 한다고 역설한다.『관자』(管子)「목민편」(牧民編)에서 관중은 이 사유 중 "하나가 끊어지면 나라가 기울고, 두 개가 끊어지면 나라가 위태로우며, 세 개가 끊어지면 나라가 뒤집어지고, 네 개가 끊어지면 나라가 멸망한다"[13]고 했다. 선생이 본 18세기 조선 사회는 이미 그 사유 중 하나인 염치를 잃어버린 사회였다.

지금 눈앞에서 돌아가는 세상 꼴을 보면 온갖 법도가 모두 무너져서 떨쳐 일어날 수 없고 공과 사가 바닥까지 떨어져 어찌해볼 도리가 없게 되었으니 참으로 위태하고 근심만 깊어갑니다. 바로 이러한 때, 이런 급박한 병세를 치료하기 위해 약을 쓴다면 어떤 처방이 좋겠습니까?[14]

선생은 이 염치가 없는 병든 사회를 치료할 약으로 인간이면 누구나 갖고 있는 떳떳한 본성을 든다. 인간이면 누구나 염치를 갖고 있기에 이를 진작시키고 흥기시킬 수 있다고 한다. 선생은 의외로 간단한 처방을 내린다. 바로 '상대성'이다.

공자 마을 사람들처럼 대우하면 사람들이 모두 공자 마을 사람들과 같이 된다.…만일 염치 있는 사람들을 높인다면 어찌 본받아 힘쓰고자 하는 사람이 없겠는가?

13　一維絶則傾 二維絶則危 三維絶則覆 四維絶則滅.
14　제6책,「어초문답」.

염치는 상대적이라는 말이다. 이 사람이 염치 있는 행동을 하면 저 사람도 그런 행동을 한다. 선생의 말대로라면, 만약 저 사람이 염치없는 행동을 하면 그 이유는 저이가 아닌 나에게서 찾아야 한다. 내가 저 사람을 공자 마을 사람으로 대하고 염치 있는 사람으로 높였다면 저 사람이 어찌 염치없는 행동을 하겠는가. 오늘날을 살아가는 우리들이 한 번쯤 새겨볼 말이다.

「보폐」(譜弊)는 족보를 거짓으로 날조하는 폐단이다. 양반과 체면, 문벌을 중시하느라 조상까지 바꿔치기하는 사회 문제가 드러나 있다.

「향폐」(鄕弊)는 고을 토박이인 향임의 폐단, 「막폐」(幕弊)는 백성들과 가장 가까이에 있는 비장들의 폐단, 「영리폐」(營吏弊)는 비장 아래에 있는 아전들의 폐단, 「역속폐」(驛屬弊)는 역에 딸린 사람들이 부역을 하지 않는 폐단, 「경향영읍군교폐」(京鄕營邑軍校弊)는 경향각처 영에 딸린 군인들의 폐단, 「삼폐」(蔘弊)는 산삼을 매년 공물로 바치는 데서 오는 폐단, 「군목폐」(軍木弊)는 군대를 면제해주는 데서 생기는 아전들의 폐단이다. 경향각처에서 벌어지는 하급 관리들의 폐단은 이루 말할 수 없을 정도다. 부역을 하느라 신음하는 백성과 교활한 아전들, 여기에 군대까지 그야말로 총체적 난국이다.

「학교폐」(學校弊)는 가장 깨끗해야 할 학교마저 각종 폐단에 물들어 형편없는 실정임을 보여준다.

당(堂)을 명륜(明倫, 학교)이라 하고 녹(錄)을 청금(靑衿, 유생)[15]이라 한 것을 보면 어찌 이곳이 놀러 다니며 바라보기만 하는 곳이겠는가?…오늘날 이름이 청금록에 올라 있고 몸이 학교에 있으면, 낫 놓고 기역자도 모르는 사람들이 몰려다니면서 술이나 먹고 밥이나 축내는 것을 능사로 여기고 해괴한 행실과 추잡한 이야기를 하는 버릇이 들어 소·말·돈·곡식으로 뇌물을 바치고 닭이나 술로 음식을 대접하며 그 사람이 뜻을 두어 바라는 것은 따지지 않고 서로 이끌어나갔으므로 교노[16]와 수복[17]들이 상소리로 손가락질을 하며 봉마군(捧馬軍, 말을 바치는 군대)이니 봉수한(捧牛漢, 소를 바치는 사내)이니, 수미군(受米軍, 곡식을 받는 군대)이니, 습전군(襲錢軍, 돈을 엄습한 군대)이라고 부른다. 복마군(卜馬軍), 봉수한(烽燧漢), 수미군(需米軍), 습전군(拾箭軍)은 원래 명색이 군졸이었는데 학교에 양반들이 천거받아 들어올 때 말·소·곡식·돈을 바치고 이름을 올렸기 때문에 음이 유사한 단어를 따와서 비웃는다. 참으로 하류층다운 비속한 말이지만 한편으로 난잡해진 학교의 폐단이다.

본래 복마군은 수송을 맡아 하던 군인이요, 봉수한은 봉횃불을 올리는 사람이요, 수미군은 학교에서 일용할 곡식을 거두는 군인이요, 습전군은 화살 줍는 군인이었다. 그러니 의식 있는 선비라면 오히려 학교를 회피하였다.

여기서 학교는 향교를 가리킨다. 당시에는 학교를 유지하기 위해

---

15 당록(堂錄)은 의정부에서 관리를 선발하기 위한 2차 기록이다. 부제학 이하의 벼슬아치들이 자격 있는 사람을 골라 올린 명단에 영의정 등이 다시 각각 적격자를 골라 점을 찍어 표시하여 임금에게 올렸다. 임금은 득점 순위대로 벼슬에 임명했다.
16 교노(校奴): 학교에 딸린 노비.
17 수복(守僕): 학교 일을 돌보는 구실아치.

5-10결 학전(學田)을 지급하고 토지세를 면제하는 한편 교노(校奴)도 지급하였다. 그 학전 일부는 학교 주변 학궁촌 주민이 경작하였다.

학궁촌 주민들은 향교를 지키는 것을 비롯하여 청소·나무하기·군불 때기 등 각종 잡역을 담당하였다. 봄·가을 석전,[18] 기우제, 성황제와 같은 제사도 준비하였다. 따라서 이러한 봉사의 대가로 학궁촌은 완문[19]을 받아 제역촌(除役村)이 되어 연호잡역[20]을 면제받았고, 군역까지 피하였다. 이처럼 학궁촌은 지방 재정에 큰 결손을 가져오기도 했으므로 지방에 따라서는 제역되지 않은 경우도 있었다.

이와 같이 여러 역을 면제받는 제역촌이었기에 학궁촌은 다른 마을에 비해 형편이 좋았지만 오히려 그 점이 관리들의 탐학과 부정을 초래하는 원인이 되기도 하였다. 문제는 학교 덕분에 혜택을 받는 이들이 오히려 학교와 학생들을 비아냥의 대상으로 삼았다는 사실이다.

「산지광점폐」(山地廣占弊)는 조상 묘에 대한 폐단이다. 지금도 산소를 쓰는 데는 길지를 따진다. 저 시절 세력 있는 가문과 고을 토호들은 권력을 앞세워 자기 조상의 묘로부터 5-6리까지는 다른 사람의 묘가 들어서지 못하게 하였다. 선생은 이러한 광점[21]의 폐단을 언급하는 것인데 묘지로 인한 쟁송 문제는 조선 후기의 큰 골칫거리였다. 이 글에서 선생은 의미심장한 말을 한다.

---

18 석전(釋奠): 공자에게 제사지내는 의식.
19 완문(完文): 부동산이나 세금 등 처분에 관하여 발급하던 증명.
20 연호잡역(烟戶雜役): 민가 각 호(戶)에 부과하던 여러 가지 부역.
21 광점(廣占): 땅을 넓게 차지함.

근래 고질적인 폐단은 고치지 않고 그대로 따르는 데 있는 게 아니라 필시 빠른 효과를 거두고자 하는 데 있다. 이것은 농사도 짓지 않고 풍년을 기대하는 것과 같다. 빠른 효과를 도모하는 해악은 심은 모를 들어서 자라게 하려는 사람과 같다.

우리나라의 빨리빨리 습성은 저 시절에도 이미 존재했다.
「노예」(奴隷)에서 선생은 중국은 노비를 대대로 전하지 않는데 우리는 대대로 전하고 매매까지 한다며 이는 "사람이 가축과 맺는 관계"(若人之與畜物者然)라며 통매하였다. 선생의 말을 들어보자.

우리나라에 세 가지 큰 원한이 있는데 일명(一名, 서얼 이칭), 청상과부, 노비라고 한다. 노비제는 수천 년 전에 생긴 이래로 지금까지 변치 않는 법이었으므로 노비는 지극한 원한을 품고도 어디 하소연할 곳이 없고 군자는 알면서도 그의 지극한 원한을 풀어줄 방법이 없다.

만일 하늘과 땅이 만물을 낳는 인(仁)이라고 한다면 노예도 사람이고 다 같은 동포이며 왕의 신하다. 그런데 주인과 노예의 관계에서는 주인이 노예의 생살여탈권을 가지기도 하고 노예는 주인의 명령을 들어야 한다. 이는 사람이 가축과 맺는 관계와 같으니 참으로 가련하다.

「충의」(忠義)는 곽재우, 김천일 같이 나라에 충의한 사람이 있어야 한다는 주장이다. 선생은 특히 의병에 주목하였다. "천 명의 의병을 불러 모으는 것이 만 명의 병사를 징발하는 것보다 낫다"는 고인의 말을 인용하며 임진왜란을 극복한 것이 온전히 '의병의 힘'이라고 하였다.

「금개가」(禁改嫁)에는 「노예」 항에서 보였던 인(仁) 사상이 다시 나타난다. 선생은 개가 문제를 지적하는데 당시로서는 상당히 파격적인 견해다.[22] 『경국대전』 「예전」(禮典)에 "영불서용,[23] 장리(贓吏, 탐관오리)의 아들, 재가한 여자, 조행(操行, 태도와 행실)을 상실한 여자의 자손 및 서얼의 자손에게는 문과와 생원 진사 시험에 응시하는 것을 허락하지 않는다"고 규정되어 있다. 그러나 장리의 자식들이 관리로 나아가는 데는 아무 지장이 없었다.[24]

젊은 여자가 봄을 원망하며 홀로 빈방을 지키면서…다만 자기 집안에 누를 끼친다는 것 때문에 감정을 억누르고 억지로 수절한다. 음란하고 더러운 행실이 말할 수 없는 곳에서 나오거나 또 어떤 이가 그를 더럽히면 소문이 날까 봐 자취를 지우는 일이 곳곳에 있다.

더욱 참담한 일은 지금 어둡고 으슥한 곳에 갓난아기를 싸서 버리는 일이 많다는 것이다. 저 이리 같은 짐승들도 자기 자식을 사랑할 줄 알거

---

22 이에 대해서는 같은 실학자라도 의견이 팽팽히 엇갈린다. 성호 이익은 아예 개가에 대한 언급조차 없다. 오히려 칠출(七出, 조선 시대 아내를 내쫓을 수 있는 이유가 되는 일곱 가지 허물. 즉 시부모에게 순종하지 아니하는 것, 자식을 낳지 못하는 것, 행실이 음탕한 것, 질투하는 것, 나쁜 병이 있는 것, 말이 많은 것, 도둑질을 하는 것)을 옹호하고 "여자의 권리가 너무 중하여 집안의 법도가 없어진다" 할 정도였다(『성호사설』 권8, 「인사문」 "출처" 항 참조).
    이긍익은 "개가가 잘못되었기에 마땅히 법을 개정해야 한다"고 하였다(『연려실기술』 별집 권12, 「정교전고」 "금개가" 항 참조).
23 영불서용(永不敍用): 죄를 지어 영구히 등용되지 못하는 자.
24 유수원은 『우서』 권1, 「논본조정폐」에서 "장리의 자손이라는 사실이 관리로 나가는데 장애가 되었다는 이야기는 들어보지 못했다"고 꼬집고 있다.

늘, 그니가 비록 무식한 촌 여인이라도 어찌 자신의 소생을 사랑할 줄 몰라서 이러하겠는가. 그 아이가 더러운 행실에서 나왔기에 혈육을 버려서 은혜를 주지 않고 윤리를 상하게 하여도 아무도 측은히 여기지 않으니 이게 어찌 천지가 만물을 낳은 인(仁)이란 말인가?

선생은 "원래 절개를 지키는지 여부는 오직 그 사람에게 달려 있지, 법으로 억지로 시킬 수 있는 게 아니다"고 한다. 하지만 나라 법은 하루아침에 고치기 어려우니 절충방안을 마련하자고 한다. 즉 '개가한 여자의 자손이 청요직(사간원·사헌부·홍문관 등 학식과 덕망이 있는 자리)에 나아가는 것을 막는 법은 대수를 한정하고 여항의 미천하고 원통한 청상과부들이 수절하든 개가하든 스스로에게 맡기자'는 것이다.

「농가총람」(農家總覽)은 농사법이다. 선생은 변화를 긍정적으로 받아들였다.

선생은 이 글을 쓴 이유를 "오늘날의 계절과 기후가 옛날 같지 않고 민간의 기술도 달라져서"라 한다. 전에 나온 농서는 이미 당시 현실과 맞지 않게 되었으니 예전부터 전래되어오는 농사 방식을 소개하고 자기의 경험을 기록하여 농촌에 실질적인 도움을 주고자 한 것이다. 구체적으로 『농가집성』(農歌集成)과 『농사직설』(農事直設)의 원문을 인용하고는 자신의 견해를 주석처럼 달았다. 그러고는 "부관"(附管)이란 항에 자신의 견해를 매우 상세하게 적어넣었다. 이는 선생이 직접 농사를 지은 데서 연유하니 '종자마련'(備穀種)이라는 항목만 보면 이렇다.

직설: 다음해에 어떤 종자가 좋은지를 알아보려면 아홉 종의 곡식 씨앗 각 한 되씩을 각기 다른 베주머니에 담아 흙으로 지은 움막 안에 묻어라(사람들이 그 위에 앉거나 눕지 못하게 하라).

부관: 이 방법은 일찍이 우리 집안에서 이미 시험해보았다. 각각의 종자 한 되씩을 각각 다른 베주머니에 담기는 어려우니 종자 1홉씩을 취해서 각기 다른 베주머니에 담는 게 낫다. 흙으로 지은 움막은 필요치 않으며 그 대신 북쪽 담장의 그늘진 곳에 묻는 게 좋다.

선생은 이렇게 자신이 직접 농사를 지으며 얻은 지식을 조목조목 정리하였다. 학문을 하고 농사를 짓는 실학자의 면모를 여실히 알 수 있는 부분이다.

제6책

제6책은 「잡록」 상·「잡록」 하·「병진사월응지소」·「갑자이월응지소」·「어초문답」·「취석실주인옹자서」로 구성되었다. 「잡록」 상에서 선생은 "백성들의 윤리를 바로잡고 세상을 교화하는 데 도움"을 주려고 만들었다고 밝혔다.

효행: 손순, 최루백, 김천 등 14명이다.

충렬: 왕방연, 관동사인 권씨, 영남 이 진사 등 5명이다.

정렬: 신라 율리 민가녀 설씨, 평강공주, 호남 무녀 등 13명이다.

강직: 김언신, 박이창, 목천림 등 8명이다.

인후: 윤회, 정홍제, 송유원 등 4명이다.

수재: 병길, 양계종, 성창, 고정자 등 26명이다.

「잡록」 하는 "보고 들을 것을 기록"하였다고 하는데 대부분 기이한 사적이다. 천자 장인이 된 보육, 예언가 박진귀, 허적의 죽음을 예언한 기인 등 13화다.

「병진사월응지소」(丙辰四月應旨疏)는 1796년에 응지상소한 것으로, 무본(務本)·화속·용인 등 13개 조목으로 이루어져 있다. 『시무책』이라는 책자로 규장각 도서에 포함된다. 당시 폐단의 실상, 그 폐단이 생기게 된 근본 이유, 구체적인 대응책을 자세히 서술하였다.

「갑자이월응지소」(甲子二月應旨疏)는 1804년에 응지상소한 것으로, "국왕 덕목에 관한 조목 10개 항"과 당시 "사회 폐단에 대한 조목 10개 항"으로 이루어져 있다. "진상하는 책자 목록"(所進冊子目錄)은 당시 순조 임금에게 올린 글이다. 올해 대한민국 국민들은 한 대통령을 탄핵하고 새 대통령을 선택했다. 새 대통령과 각료들에게 아래의 "국왕 덕목에 관한 조목 10개 항" 일독을 권한다. 각 기업이나 단체를 이끄는 리더들에게도 도움이 될 만한 내용이다.

국왕 덕목에 관한 조목 10개 항

1. 마음: 마음이 공정하도록 힘써라.
2. 기미: 바깥 기미(조정)와 안 기미(마음)가 만날 때 밝은 이치가 나타난다.
3. 지인용: 스스로 지혜로워야 사람을 알아보고 인자해야 백성들을 보호하며 용맹해야만 제압할 수 있다.

4. **인재를 찾아라**: 인재를 구하는 것은 성의에 달려 있고 사람을 임
   명함은 공정함에 달려 있다.

5. **옳고 그름을 분명히 하라**: 이극(李克) '오시법'(五視法)을 사용하라.
   오시법은 사람을 보는 다섯 가지 방법이다.

   ① 그가 평소에 누구와 친하게 지내는지 보라.　　　居視其所親

   ② 부자라면 누구에게 자신의 부를 베푸는지 보라.　　富視其所與

   ③ 높은 지위에 있다면 누구를 천거하는지 보라.　　　遠視其所擧

   ④ 어려운 처지에 있다면 그가 하지 않는 일을 보라.　窮視其所不爲

   ⑤ 가난하다면 그가 취하지 않는 것을 보라.　　　　　貧視其所不取

6. **풍속의 변화를 꾀하라**: 선생이 변화를 꾀해야 할 풍속 몇 가지를
   지적한다.

   ① 꾸밈이 지나치다.

   ② 말이 경박하다.

   ③ 농사에 힘쓰지 않는다.

   ④ 청탁을 들어주지 않으면 꽉 막힌 사람이라고 한다.

   ⑤ 관리는 임시방편을 능사로 여긴다.

   ⑥ 염치 있어 가난함을 받아들이면 고지식한 사람이라 한다.

   ⑦ 임명, 송사, 청탁 등 모든 일이 뇌물의 많고 적음으로 결정된다. 그래서
      선생은 "충직하고 근검하고 염치 있는 사람을 등용하여 포상하고 경박
      하고 사치스러운 사람을 배척하여 악을 징계하라"고 한다.

7. **상벌을 밝혀 아랫사람을 주의시켜라**: 신상필벌을 정확히 하라.

8. **덕과 법을 다스리는 방도로 삼아라**: 덕과 법은 백성들을 부리는 도
   구다. 그렇지만 덕교를 우선시하고 형법을 뒤로 하라.

9. **조목을 세워 가르치는 방도로 삼아라**: 농상(農桑)을 권유하라. 사람들에게 자기 직업에 충실하게 독려하라는 말이다.

10. **마음을 지켜 만사 근본으로 삼아라**: 마음을 잡도리하라는 말이다. "마음을 나무에 비유하면 뿌리를 단단히 하고 치밀하게 내리게 하면 비바람에 쓰러지거나 뽑히지 않고, 배에 비유하자면 닻을 내릴 때 단단하고 깊게 하면 파도에 흔들리지 않으니 마음을 잡고 지키는 것도 이와 같다"는 말이다.

사회 폐단에 대한 조목 10개 항

1. **어린아이에게『소학』을 가르쳐라**: 선생은 당시 세도가 떨어지고 민속이 날로 투박해진다고 보았다. 향교도 분쟁 장소일 뿐이라고 한다. 그래 선생은 어린아이들에게『소학』을 가르치라 한다. 『소학』은 일상생활에서 늘 하는 행동을 다루기 때문이다. "사 (士)를 업으로 삼으면 선비고 농공상을 업으로 삼으면 농민, 공장이, 장사치일 뿐이다." 선생은 사민이 일찍이 구분이 없었다며 지체가 높은지 낮은지, 문벌이 높은지 낮은지 따지지 말고 중인의 자제들도 가르치라고 한다.[25]

---

25 이 책에서 다루지는 않지만 충북 충주 출신의 실학자 농암(聾菴) 유수원(柳壽垣, 1694-1755)이 지은『우서』(迂書) 권1,「총론사민」(總論四民)에도 보이는 내용이다. 『우서』는 유수원이 40세 전후(영조 5-13)에 편찬한 책이다. 저작 당시 임금도 알고 유포되었으나 1755년(영조 31) 5월 소론에 속했던 저자가 대역부도의 죄목으로 사형되고, 이를 주도한 노론의 집권이 계속되자『우서』는 제대로 빛을 보지 못하고 역사 속으로 사라졌다. 유수원은 이 책에서 나라가 허약하고 백성들이 가난한 이유를 사민불분(四民不分)이라고 보았다. '사민불분'이란 '사민'인 사·농·공·상이 각자의

2. 『대전통편』에서 형법 조항을 뽑아 널리 알려라: 어리석은 백성들은 어떤 행동이 법률에 저촉되는지 모르고, 탐관오리들은 법률을 가리고 법을 무시하는 폐단을 일삼는다. 그러니 금령과 형법에 속한 것을 뽑아 전국에 반포하라 명한다. 이는 법을 집행하는 관리와 법을 몰라 억울한 일을 당하는 백성을 두루 살핀 내용이다.

3. 군포와 대동목 승척을 정하라: 탐관오리들의 학정을 막고 백성이 원통해하는 일이 없게 유척[26]을 만들어 지방에 보내라. '되로 주고 말로 받는다'는 속담은 지금도 널리 쓰인다. 되나 말은 조세를 내거나 민간에서 거래할 때 가장 많이 사용하는 도량형이다. 각 지방마다 들쭉날쭉하는 도량형을 통일하라는 말이다.

4. 둔전 폐단을 막아라: 둔전[27]을 철저히 파악하라.

5. 청상과부의 원통함을 풀어줘라: 수절하든 개가하든 상관 말라.

6. 억울한 옥사를 해결하라: 법을 엄격하게 세워라.

7. 각 도 해안의 소나무를 함부로 베지 못하게 하라: 소나무는 배를 만들 재목이고 배가 없으면 국가가 위험하다.

8. 서북 양도 강가 재가승을 금하라: 중국 사람들이 승복을 입고 몰래 들어올 수 있다.

직업을 제대로 갖지 못하고 있다는 말이다. 유수원은 가난을 극복하기 위해 사민일치(四民一致)를 해야 한다고 주장하였다. 즉 사농공상, 각자의 능력과 취향에 맞는 직업을 가질 때 사민이 하나되고 가난도 없어진다는 주장이다.

26 유척(鍮尺): 암행어사 등에게 하사하던 놋쇠로 만든 자.

27 둔전(屯田): 군졸이나 서리, 평민 등에게 아직 개간하지 않은 땅을 개척하여 경작하게 하고 여기에서 나오는 수확물 일부를 지방 관청 경비나 군대 양식으로 쓰도록 한 밭.

9. **함경도 여러 고을을 살펴라**: 이곳은 사신 등 탐관오리의 학정에
   시달리는 지역인데 변방의 인심이 사나워지면 난이 일어나기
   때문에 주의해야 한다.
10. **화성의 경계를 다시 측량하라**: 화성에서 거두어들이는 세금이 많다.

「어초문답」(漁樵問答)은 어부와 나무꾼이 나누는 대화로서 그 속
에 선생의 사상이 담겨 있다. 글줄을 따라가며 선생의 말을 경청해
보자.

- 시대에 따라 환경도 변한다. 따라서 정치 방법도 다르다.
- 백성을 양육하는 게 먼저이고 가르치는 게 다음이다.
- 수령칠사 중 농상이 첫째이다.
- 근면하고 검소하라.
- 농업이 천하의 근본이다.
- 수령의 고과에 백성들의 근면을 반영하자.
- 자기 분수를 넘는 것은 모두 사치다.
- 부자는 음식이 넘치고 가난한 자들도 옷은 사치스럽다.
- 사치를 부리니 물가가 뛴다.
- 폐단 없는 정치는 없고 구제할 수 없는 폐단도 없다. 폐단이 생기는 것
  은 애초에 정책이 느슨해졌던 탓이고 폐단을 구제할 수 있는 방법은
  정책을 바로잡는 것뿐이다. 오늘날은 폐단과 근심을 구제하고자 하는
  뜻이 없었을 뿐이니 만일 구제하고자 하는 마음만 먹는다면 구제 못
  할 것도 없다. 우주에서 옛날부터 지금까지 똑같이 부여받아 변치 않

는 게 있다면 마음이다.

- 엄금할 때 형법으로 하지 않는다면 무엇으로 세상을 규범 있게 만들겠는가? 오늘날 급선무는 오로지 근본에 힘쓰고 사치를 금하는 데 있다.
- 선을 좋아하고 악을 미워하여 꺼리며 정사를 펼친 다음에야 왕의 교화가 시행된다.
- 쓸데없이 하은주 시대 이야기만 하면서 아무것도 하지 않기보다는 차라리 폐단을 고쳐나가서 '소강 세상'을 이루는 편이 낫다.
- 왕정의 최우선 과제는 백성을 기르는 데 있고 백성을 기르는 근본은 농업을 권유하는 데 있으며 농업을 권유하는 것은 근면에 힘써서 허황된 사치를 근절하고 검소하게 사는 데 있고 그것을 실행하는 방법은 인재를 얻는 것뿐이다.

참고

선생이 올린 시무책에 대한 비답이다.

『조선왕조실록』, 병진(1796, 가경 1) 4월 25일(경자)
「우하영이 올린 13조목 상소에 대해 비답을 내리다」

화성 유학 우하영이 상소하여 시급히 힘써야 될 일 13조목을 진술하고 그것을 책으로 묶어 바치니 비답하기를,

"그대가 진술한 13조목은 모두 백성과 나라의 실질적인 쓰임에 관련되니 그대는 재능을 품고 있으나 쓸 길이 없는 인물임이 틀림없다. 무본(務本) 조목에서 '각 도 각 읍에 농관(農官)을 두고 경민편(警民編)을 반포하여 가르치는 옛날 제도를 새로이 밝혀야 된다'고 함으로써 묘당으로

하여금 그 타당성을 구체적으로 진술하도록 하였다.

수차에 대한 제도는 근래에 장용영에서 다수 건조하여 배치한 게 있으나 다만 비용이 매우 많이 들기 때문에 여러 고을에 널리 보급하는 것은 어려울 듯하다.

토지 경계에 관한 정사는 그대의 말이 타당하다. 올해 농사가 어느 정도 결실이 되는 때를 기다렸다가 점차 권장하고 신칙한다면 분명히 효과를 얻을 수 있다.

뽕나무를 심는 데 대한 사항은 안주상(安州相) 공상고사(公桑故事)를 본받아서 화성에서부터 시작하려 한다. 지방관의 보고에 따르면 근년은 한 해에 1만 그루를 심는 것을 목표로 하고 있는데 다만 앞으로 누에고치를 얼마나 많이 생산하는가를 보려고 한다.

풍속을 교화하는 조목 가운데서 『소학』을 강하는 일은 내가 고심하는 바다. 백성을 교화하고 풍속을 바로잡는 데에 어찌 이보다 나은 게 있겠는가. 즉시 예조로 하여금 그대의 상소문 내용을 가지고, 아울러 평상적인 법식에 나아가서 온당하고 시행하기 쉬운 조항을 가지고 논하여 계품하게 하고, 즉시 서울과 지방으로 반포하게 하라.

사치를 금지하는 일이 급선무인 것을 어찌 그대 말을 듣고서야 알았겠는가. 음식 낭비가 의복 허비보다 심하며 더구나 유밀과에 대한 금령은 본래 금석 같은 법조문이 있으나 기강이 서지 않아 전혀 지켜지지 않는다는 점에서 의복제도와 다를 바 없다. 그러나 법만 세워놓고 실행하지 못한다면 금령을 내리고 관원을 차송하는 일로 백성들을 소란스럽게 할 뿐이다. 점차적으로 큰 혁신을 불러일으킬 수 있는 방법을 준비하여 매번 대신, 담당자들과 더불어 경연석에서 강구한 내용을 가지고 특별히 생각해보겠다.

『대전통편』에서 금령 형법에 속한 조문을 뽑아내어 중외에 반포해야 된다는 그대의 말은 일리가 있다. 형조 관원에게 초록하여 계품한 뒤에 처리하게 하겠다.

공명첩(空名帖)을 발매하는 일은 근자에 새로이 금지하였고, 한 도 전체에 기근을 구제하는 일을 벌인 경우를 제외하고는 전날 규례대로 하락하지 말도록 하였는데, 그대는 혹시 듣지 못하였는가. 그러나 그대의 경륜으로 보아 나름대로 견해가 있을 테니 묘당으로 하여금 계품하여 처리하게 하겠다.

용인 조목에서 두 전조(銓曹)가 채용할 수 있다고 한 것을 즉시 조목조목 열거하여 회계하도록 하였다.

과거의 폐단을 바로잡는 것은 즉위 초기부터 열심히 자문해온 것으로서 첫 번째 의의를 두고 있으나 지금까지 굳게 보수하고 있는 것은 대개 요량한 게 있어서였다.

군제와 관방에 대한 여러 조목은 묘당에 송부하여 무장에게 자문을 구한 뒤에 계품하여 처리하게 하겠다. 조적(糶糴)과 조세에 관한 조목은 책문을 보여 대신들에게 널리 의견을 구하여 건의하는 자가 있으면 그때에 가서 거행하려 하는데 어떤가. 본부에 대한 조목은 수신(守臣)에게 송부하여 의견을 갖추어 계문하도록 하겠다.

탐라에 대한 조목과 도적을 금하는 데 대한 조목은 묘당으로 하여금 초안을 작성토록 하겠다.

간세(奸細)한 행위를 예방하는 일에 대한 조목은 허다한 법령은 차치하고 가장 급선무인 오가작통(五家作統) 제도를 다시 정비하여 거주민이 도적을 맞을 걱정이 없게 하고 사리에 맞지 않는 일로 송사하기를 좋아하는 습속이 저절로 금지되게 하겠다.

나머지 세 조목 중에서 두 조목 내용은 꼭 그런 것은 아니기에 논외로 두고, 화포 장약에 대한 일은 해고(該庫) 제거(提擧)로 하여금 자세하게 살펴보고 복주하도록 하겠다" 하였다.[28]

순조 4년 갑자(1804, 가경 9) 2월 9일(기사)
「화성의 유생 우하영이 상소하고 『천일록』을 올리다」

화성의 유생(儒生) 우하영이 상소하고 책자를 올렸는데 『천일록』이라 하였다. 조목별로 백성과 나랏일에 대해 진달한 것인데 비답하기를,

"네가 초야의 소원한 처지로서 이런 양잠(良箴, 좋은 글)을 말하니 그 마음이 가상하다. 펴보고 나서 마땅히 묘당으로 하여금 채택토록 하겠다" 하였다.[29]

선생은 두 번 상소를 올렸고, 임금은 두 번 비답을 내렸다. 선생의 글은 당대의 진단서였고 사회적 병폐에 대한 구체적인 처방전이었다. 그러나 검토를 한다던 조정 관리들은 "예" 하고 대답할 뿐 전혀 움직이지 않았다. 정조는 검토를 하고 비답까지 내렸고 명령도 했지만 관리들은 이를 받아들이지 않았다. 조선을 실질적으로 다스리는 것은 왕도 백성도 아니었다. 선생의 상소와 왕의 비답은 조선

---

28 『조선왕조실록』 46집, 『정조실록』, 647면(한국고전종합DB).
29 『조선왕조실록』 47집, 『순조실록』, 447면(한국고전종합DB).

에 아무런 변화도 주지 못하였다. 비답 내용으로 미루어볼 때 순조는 검토조차 하지 않은 것 같다.

이제 선생의 상소와 왕의 비답은 메아리로 남아 이 시절을 사는 우리에게 도착했다.

> 내 일념은 동포를 모두 구제하는 데 있었을 뿐이다. 시장에서 물건을 볼 때마다 가난한 백성들이 살아갈 수 있는 방책을 고민하였고 길에서 사람을 만날 때도 백성들의 고통이 무엇인지를 물었다. 그래서 전국 물건 값이 언제 올랐다가 언제 떨어지는지, 궁벽한 시골에 이르기까지 그곳 요역이 얼마나 무거운지 잘 알 수 있다.

「취석실주인옹자서」의 한 구절이다. 저 시절 저러한 이가 이 시절이라고 없겠는가. 주위를 둘러 이러한 이를 찾아 국정을 경영토록 한다면 어찌 대한민국의 미래가 밝아지지 않겠는가?

우리는 누구인가?

국가의 존재 의의, 역사, 지리

2부

우리는 현재에 산다. 과거는 보았고 현재는 보지만 미래는 보이지 않는다. 하지만 선과 악의 대결만큼이나 명쾌하게 미래를 보는 유일한 방법이 있다. 그것은 과거라는 터널을 통해서다. 현재보다 시간만큼 젊었던 과거는 보이지 않는 미래를 명쾌하게 보여준다. 과거란 과거의 문헌이고 과거의 문헌이 역사다. 역사를 읽느냐 못 읽느냐에 따라 미래가 달라진다. 역사는 개인의 변덕스러운 운명에 맞서는 'To be or not to be'에서부터 국가의 운명까지 매우 훌륭하게 미래에 근접게 한다.

문제는 어떻게 읽느냐에 따라 역사의 가성비가 다르다는 점이다. 읽느냐의 주체는 어디까지나 개인이다. 내가 어떻게 읽느냐에 따라 나도 국가도 미래가 달라진다. 나를 찾아야 하는 이유가 여기에 있다. 나를 찾으려면 '나는 누구인가?'라는 의문으로부터 시작해서 '우리는 누구인가?'로 나아가야 한다. 하지만 현재 우리의 질문은 '우리 역사 문헌을 읽는가?'로부터 시작하는 것이 옳을지도 모르겠다.

얼마 전까지 한반도는 동북공정(東北工程)으로 떠들썩했다. 중국은 현재 그들의 국경 안에서 전개된 모든 역사를 중국 역사로 만들기 위해 2002년부터 동북공정이란 프로젝트를 진행하였다. 그 결과 중국은 우리의 고구려, 발해까지 그들의 역사 변방으로 편입시켰다. 우리는 우리 역사를 도둑맞았다고 주장하지만 이미 저들의 역사책에는 저들의 역사로 기록되었다.

영토 분쟁도 한창이다. 카슈미르 지역은 인도와 파키스탄, 중국세 나라의 영토 분쟁이 한창이다. 국경만이 아니다. 우리 주변에서도 일본은 독도를 자국 영토라 주장한다. 중국과 일본은 센카쿠 열도(중국명은 댜오위다오 섬)를 두고, 일본과 러시아는 쿠릴 열도를 서로 자국 영토라 기술하고 있다. 영토 분쟁은 어제 오늘 일이 아니다. 과거로부터 지금까지 일상성이요, 그 속에는 국가들 간의 지정학적 역학관계라는 운율이 흐른다. 마크 트웨인은 이런 말을 했다. "역사 그 자체가 반복되지는 않는다. 다만 운율을 갖고 있다."

요즈음 우리 한반도를 둘러싸고 역사의 격랑이 몰아치고 있다. 국외는 영국의 유럽연합 탈퇴와 예상을 깬 트럼프의 미국 대통령 당선 등으로, 국내는 대통령 탄핵과 국정 교과서 논란을 지나 북한의 대륙간탄도미사일(ICBM) 발사와 남한의 사드(THAAD) 배치를 두고 국가 간 이해관계가 첨예하게 대립 중이다. 특히 북한에 대한 제재를 놓고 벌어지는 북한과 중국의 전통적 혈맹론은 서양에서 볼 때 '신황화론'이라도 부를 태세다. 운율로 따지자면 9옥타브 고성이 이 한반도에 흐른다. 역사는 늘 이렇게 현재성이기에 올바른 역사관이 필요하다.

세계적인 역사학자인 E. H. 카는 『역사란 무엇인가』에서 역사란 "현재와 과거의 끊임없는 대화"라 하였다. 따라서 역사가가 연구하는 과거는 죽은 과거가 아니라 현재에도 엄연히 살아 있는 과거다. 그렇기에 역사를 모른다는 것은 과거를 모른다는 것만이 아닌 현재도 모르고 미래는 더욱 모른다는 것이다. 또한 역사가라면 모

---

1   신황화론(新黃禍論): 독일 황제 빌헬름 2세가 황인종이 유럽 문명을 위협하니 세계 무대에서 몰아내자는 논지를 내세워 주창한 황색인종 억압론.

아! 나는 조선인이다

름지기 과거를 읽어야 하기에 모든 역사는 곧 사유의 역사다. 사유란 자신의 정신 속에서만 재현되기에 꿋꿋한 자기 정체성 없이는 난해한 일이다.

18세기 조선 지식인인 이중환, 안정복, 이긍익, 한치윤은 모두 이 역사에 관심을 기울였고 이를 책으로 펴냈다. 하지만 선생들은 모두 양반이면서도 양반이 아니었다. 안정복을 제외하면 모두 당쟁의 화를 입은 멸문가문 폐족들이었다. 하지만 선생들은 글을 통해 일평생 자기 자신도 아니고 가문도 아닌 국가라는 거대담론, 즉 내 나라 조선 역사를 담아냈다. 선생들이 절망적인 삶을 영위하면서 글로나마 일신의 안녕을 꾀해 글을 항우울제로 삼았다고 폄하할 수는 없다. 선생들의 글은 제 몸이 아닌 나라, 즉 역사를 그려냈기에 그렇다.

선생들이 제 몸, 가문의 족보보다 나라와 역사를 찾은 것은 바로 '나는 조선인'이라는 각성에서 비롯된 행위다. 그렇기에 조선인으로서 조선 역사를 찾아 세우고자 하였다.

선생들은 수백 권의 책을 읽었고 수천 리를 걸었다. 평생 가난과 고군분투하며 갈무리한 글 품삯은 겨우 책 한 권뿐이었다. 선생들의 글을 정리하며 나는 수없이 자괴감을 느꼈다. 선생들의 글에는 들어보지 못한 우리 역사가 풍성히 담겨 있었다. 요량 없는 나이지만 이전까지 배우고 책에서 읽은 역사가 왜곡된 것일 수도 있고, 우리 선조의 삶이 아닐 수도 있다는 역사적 사실을 통감하였다. 또 하나 더욱 통렬히 반성하는 것은 내가 깨어 있어야 역사적 현실을 볼 수 있다는 명약관화한 사실이다.

선생들의 삶과 글은 대다수 지식인들이 영달을 꾀하고 국가조
차 망한 명나라를 전통적이고도 몽롱한 타성으로 섬기며 소중화주
의(小中華主義)를 맹신할 때 일이기에 더욱 옷깃을 여미고 마음에 새
겨 볼 일이다.

아! 나는 조선인이다

3장

—

청담 이중환 『택리지』

그러므로 사이거나 농공상이거나 막론하고
사대부 행실을 한결같이 닦는 게 마땅하다.
하지만 이것은 예도로써 아니면 안 되고
예도는 넉넉하지 않으면 성립하지 않는다

이중환의 생애

이름 이중환(李重煥)

별칭 자는 휘조(輝祖), 호는 청담(淸潭), 청화산인(靑華山人) 또는 청화
자(靑華子)

시대 1690(숙종 16)-1756년(영조 32) 조선 후기

지역 근기 지방. 공주(충남 연기군 금남면 대덕리 일대)에서 살았다.

본관 경기도 여주

직업 실학자 겸 역사가

당파 명문가로 당색은 북인에서 전향한 남인에 속한다.

가족 5대조 이상의(李尙毅, 1560-1624)는 광해군 대에 북인으로 활
약하였고 관직이 의정부 좌참찬에 올랐다. 할아버지 이영(李泳)은
1657년(효종 8)에 진사시에 합격하여 예산현감과 이조참판을, 아버
지 이진휴(李震休, 1675-1710)는 1682년(숙종 6) 문과에 급제하여 도
승지, 안동부사, 예조참판, 충청도관찰사 등을 역임하였다.

출생배경 이진휴는 남인 관료 집안의 딸인 함양 오씨 오상주(吳相冑)의
딸과 혼인해 1690년에 이중환을 낳았다.

결혼생활 이중환은 사천(泗川) 목씨(睦氏) 목임일(睦林一, 1646-1715)[1]

---

1   성호 이익이 쓴 「이중환 묘갈명」에는 목씨 부인에 대한 기록이 보인다. 부인은 2남
2녀를 두었으니 아들은 장보(莊輔)와 장익(莊翼)이고, 큰딸은 심종악(沈鍾岳)에게
시집갔고, 작은딸은 한복양(韓復養)에게 시집갔다.
   "사천 목씨는 정숙한 여인이었다. 죽어 염을 했는데 그 위에서 서광이 비쳐 하늘
까지 뻗쳤다. 그래서 중환은 「서광편」을 지어 이를 애도하고 연기현 소학동에 장
사지냈다."

의 딸과 혼인하여 아들 2명과 딸 2명을 두었고, 후처로 문화(文化) 류씨(柳氏)²를 맞이하여 딸 1명을 두었다. 사천 목씨는 조선 후기 대표적인 남인 집안으로, 장인인 목임일은 대사헌을 지냈다.

그 후 삶의 여정 24세인 1713년 증광시의 병과에 급제하여 관직의 길에 들어섰다. 관직 생활은 처음엔 비교적 순탄했다.

27세인 1716년 아들 장보가 태어났다.

28세인 1717년 김천도 찰방(金泉道 察訪)이 되었고, 주서(注書), 전적(典籍) 등을 거쳤다.

33세인 1722년에는 병조좌랑(정6품)까지 올랐다. 그러나 그해 목호룡(睦虎龍, 1684-1724) 고변 사건이 일어나 큰 시련을 맞는다. 1721년(경종 1) 경종이 즉위한 후 소론과 남인들이 정계에 진출하였는데, 노론 세력은 경종이 허약하고 후사가 없다는 이유로 연잉군(훗날의 영조)을 왕세제로 책봉하도록 압력을 가하였다. 소론은 이에 강력히 반발하여 김일경(金一鏡, 1662-1724)이 노론을 역모죄로 공격하였고, 뒤를 이어 남인 목호룡이 고변서를 올려 노론 측이 숙종 말년에 세자(훗날의 경종)를 해치려고 했다고 주장하였다. 이 사건으로 인해 노론의 4대신이 처형되고 노론의 자제들 170여 명이 처벌되는 큰 옥사(임인옥사)가 일어났다.³

연기현 소학동은 지금의 충남 연기군 남면 고정리다. 묘는 알 수 없다. 연기군에는 선생의 조부인 이영의 묘소가 있다.

2 이익의 딸로 이중환과 사이에 딸 하나를 두었다.

3 이중환이 살았던 숙종, 경종 연간은 당쟁이 가장 극렬했던 시기로서, 정권이 교체되는 환국이 여러 차례 반복되었다. 이중환이 속한 남인 세력은 1680년 경신환국 때 크게 탄압을 받았다가 1689년 기사환국으로 정권을 잡았다. 그러나 1694년의 갑술환

34세인 1723년에 병조정랑이 되다. 이 해 목호룡의 고변이 무고였음이 판정되면서 정국은 다시 노론의 주도하에 들어가게 되었다.

36세인 1725년 영조가 즉위하며 형을 네 차례 받으나 불복한다. 이때 선생은 수원에 있었다. 1724년 노론의 지원을 받은 영조가 즉위하면서 선생은 다시 당쟁의 소용돌이에 빠졌다. 임인옥사를 재조사하는 과정에서 김일경과 목호룡은 대역죄로 처형을 당하였고, 이중환은 처남인 목천임(睦天任, 1673-1730)[4]과 함께 수사망에 올랐다. 특히 집안이 남인의 핵심이었고, 노론 세력을 맹렬하게 비판하다가 처형을 당한 이잠(李潛, 1660-1706)의 재종손이라는 점까지 불리하게 작용하였다. 소론에 대한 노론의 강경한 정치 보복 과정에서 선생은 목호룡의 고변 사건에 깊이 가담한 혐의를 받으면서 정치 인생에 위기를 맞았으나 혐의가 입증되지 않아 곧 석방되었다. 이때 선생은 모두 10회에 걸쳐 국문을 당했는데 "말을 할 수 없다", "병세가 심하여 정신이 혼미하다", "병세가 극히 심하여 형을 가할 수 없다"는 기록(『추안』[推案])으로 보아 혹독한 심문을 받았음을 알 수 있다.

37세인 1726년(영조 2) 절도(絶島)로 유배길에 올랐다.

38세인 1727년 10월에 풀려나왔으나 12월에 다시 귀향을 간다. 소위 정미환국[5]으로 소론이 집권하면서 유배에서 풀려났다가 바

국으로 다시 정치적 숙청을 당했다. 숙종 후반에는 서인 세력에서 분화한 소론 측과 연계하여 경종의 즉위를 지지하는 입장이었다.

4   후일 이인좌의 난에 관련이 있다 하여 영조 6년에 처형되었다.

5   영조 뜻은 본래 노·소 양파의 당쟁을 조정하는 데 있었으므로 소론의 이광좌·조태

2부 우리는 누구인가?

로 그해에 사헌부의 논계(論啓)로 인해 다시 절도로 유배를 가게 되었다. 이후 선생은 30여 년 동안 전국을 방랑하는 불우한 신세였다. 기록이 없는 것으로 보아 일정한 거처도 없이 떠돌이 생활을 한 듯하다. 이 과정에서 만들어진 책이 바로 『택리지』다.

43세인 1732년 영조는 탕평책으로 남인을 등용하나 이중환에 대한 금고[6]는 그대로 이어졌다. 부인 사천 목씨가 사망하였다.

62세인 1751년 『택리지』를 탈고했다. 발문에서 선생은 "내가 황산강(黃山江)[7] 가에 있었다. 여름날에 아무 할 일이 없어 팔괘정에 올라 더위를 식히면서 우연히 논술하였다"고 기록하고 있다. 그리고 말미에 신미년(1751년)이라고 기록하여 저자가 61세 되던 무렵에 정리한 것임을 알 수 있게 한다. 『택리지』가 완성되자 여러 학자들이 서문과 발문을 썼으며, 많은 사람들이 베껴서 읽었다. 그것은 책의 제목이 10여 종이나 되는 것에서도 알 수 있다.

1753년에 통정대부와 절충장군의 교지를 받아 명예를 회복했으나 이미 선생의 삶은 저물고 있었다.

억도 기용하였다. 또한 노론의 온건파인 홍치중을 기용하여 탕평책의 실효성을 높이고 노론과 소론을 막론하고 고르게 등용하였다. 하지만 노론의 영수 정호와 민진원은 소론에 대한 압박을 오히려 강화했고 자신의 주장이 관철되도록 홍치중을 압박하여 사직토록 했다. 이에 다시 정국이 당쟁의 혼란을 거듭하게 되자 영조는 더 이상 노론을 설득하지 않고 과감하게 그들을 삭탈관직시키고 소론을 대거 기용하였다. 유배형을 받은 소론들이 해배되어 정계에 복귀하였고 을사처분으로 신원이 회복되어 4충신으로 불렸던 4대신 김창집, 이건명, 조태채, 이이명이 다시 4역적으로 번복되었다. 이에 노론이 실각하고 소론이 집권하게 되었다(네이버 지식백과, "정미환국").

6 금고(禁錮): 신분이나 과거의 죄과로 관리가 되는 자격을 제한하거나 박탈하는 제도.
7 황산강은 낙동강으로도 보나 현재의 충청남도 논산시 강경읍 앞을 흐르는 금강의 한 구간인 듯하다. 이문종, 『이중환과 택리지』(아라, 2014), 147-148.

67세인 1756년에 세상을 하직하였다. 『국조방목』에는 미상으로 되었다. 『여주이씨족보』에 따르면 병자년(1756년) 1월 12일에 사망하였고 황해도 금천군 고동면 송현리 설라산 배운봉 아래 독정동에 안치되었다.

인문지리학의 최초 발명이다

다음은 이익이 쓴 선생의 묘갈명이다.

공부를 독려하지 않았는데도 타고난 자질이 순수하여 부지런히 배우지 않고도 문장이 훌륭하였다. 젊은 나이에도 문채가 점잖고 우아하였고 한 쪽으로 치우치지 않고 여러 서적을 두루 보았다. 자장(子長)의 책을 더욱 깊이 읽어 이따금 사람들을 놀라게 하는 말을 하였다.…문장이 깊고 넓고 왕성해서 의식과 법이 되었다. 아마도 화려한 관직에 올랐으면 문덕으로 다스리는 문치를 갖추었으리라. 그 당시 조정에 오른 학사들과 시 모임을 결성하여 지은 아름다운 시편들이 많은데, 자기 마음에 드는 작품들은 혹 신이 돕는 듯하였으니 학사들 중에 그와 어깨를 견줄 이가 없었다.[8]

다소 과장된 묘갈명인 듯하지만 쓴 이가 이익이기에 받아들이지 않을 수 없다. 이익은 같은 글에서 "험한 것은 세상이요, 뜻을 얻지 못한 것은 운명이다. 남긴 글들이 정리되지 않은 채로 집안 상자 속에 보관되어 있으니 과연 누가 알아줄 것인가" 하며 선생이 뜻을 얻지 못하였음을 애석해하였다.

이익이 선생의 묘갈명까지 써준 데서 알 수 있듯이 두 사람 관계는 각별했다. 이익의 후처와 선생의 후처가 같은 사천 목씨 집안

---

8   『성호전집』 권62, 『묘갈명』, 「병조 좌랑 이공 묘갈명 병서」.

출신이고[9] 당사자들끼리도 재종조부 사이다. 재종조부라 하여도 나이는 불과 아홉 살 차이였지만 선생은 일찍부터 이익에게 학문을 배웠다. 이익은 선생의 시문을 높이 평가하였고 『택리지』에 서문과 발문을 써주기도 하였다.

『택리지』는 조선의 산천과 지리, 인심과 풍속 및 인물, 물화 생산지와 역사를 담아냈다. 『택리지』 이전의 지리책은 군현별 연혁, 성씨, 풍속, 형승, 산천, 토산, 역원, 능묘 등을 나누어놓은 백과사전식으로 구성되었다. 하지만 선생은 이러한 백과사전식 서술을 전연 따르지 않았다. 선생이 직접 발로 걸어 다니며 기록하였기에 지방에 따라 다채로운 견해를 담았다. 또한 선생이 전국을 실제로 답사하며 얻은 지식과 경험을 바탕으로 서술했기에 사실적인 기록이다. "자연과 인문을 합한 실학적 사고로 탄생한 세계 최초의 실증적 인문지리서"[10]라는 『택리지』의 별칭은 이에 연유한다.

훗날 최남선은 『택리지』를 간행하며 이런 소개글을 써놓았다.

이 책은 실제로 겪으며 정밀하게 검토한 데서 나온 것으로 땅으로 사람을 논하고 삶으로 일을 논하고 이로움으로 땅을 관찰하고 땅으로 살 곳을 관찰하였으며 더욱이 사람과 땅이 조화를 이루어 함께하는 부분에 치력하였으니 이는 대체로 우리나라 지리서 가운데 가장 정요한 것이며 또

---

9   이익 또한 같은 남인인 목천건(睦天健)의 딸을 후처로 맞았다.
10 "최고의 인문지리서 택리지", 『경향신문』(1973. 2. 27). 이 기사는 서독학계에서 『택리지』에 대한 세미나가 개최되었음을 말한다.

한 인문지리학의 최초 발명이다.[11]

선생이 이 책을 쓴 데는 기본적인 역사 인식이 작용했다. 선생에게는 조선인으로서의 자기 정체성이 확고하게 드러난다. 선생은 조선을 '소중화'라 칭하면서도 중국으로부터 독립된 국가이기에 대등한 관계로 보았다. 그래서인지 중국의 전설적인 산인 곤륜산을 「팔도총론」의 시발점으로 삼아 백두산까지 연결시킨다.

『택리지』, 사대부가 살 만한 곳을 기록하다

선생의 가계는 정치에서 배제된 남인이었다. 선생은 처가인 사천 목씨, 목호룡 고변 사건 등에 혐의를 입어 30여 년 동안 전국을 방랑하는 불우한 신세였다. 딱히 어딘가에 정착한 기록이 없는 것으로 보아 일정한 거처도 없이 떠돌이 생활을 한 듯하다. 이 과정에서 만들어진 책이 바로『택리지』다.

이렇듯 선생이『택리지』를 쓴 경위에는 남인이라는 당파성과 전국을 떠돌 수밖에 없는 개인적 비극이 숨어 있다.『택리지』발문을 쓴 목성관(睦聖觀, 1691-1772), 목회경(睦會敬, 1698-1782), 이봉환(李鳳煥, 1685-1754), 서문을 쓴 정언유(鄭彦儒, 1687-1746), 이익도 모두 근기 남인이었다.

선생은『택리지』에 전국을 실지로 답사하면서 얻은 지식과 경

---

11 최남선,『택리지』소개글(조선광문회, 1912).

험을 바탕으로 지리적 사실의 나열이 아니라 자신의 관찰을 토대로
한 설명과 서술을 담기 위해 힘을 기울였다. 단순히 지역이나 산물
에 대한 서술을 배격하고 사대부를 포함한 백성들이 살 만한 이상
향을 지리적 환경[12]을 이용하여 찾으려 하였다.

지역 구분 방식에서도 선생은 각 지방의 개성과 질을 중요시하
였고 생활권 중심의 등질 지역이라는 개념을 도출해냈다. 선생이
국토를 생활권 단위로 구분할 때 가장 중요한 지표로 생각한 것은
산줄기였다. 각 지역은 하천을 통해 동일한 생활권으로 연결되지
만, 산줄기는 하천 유역을 구분 짓는 경계선이 되기 때문이다.

이것은 선생이 늘 강조하는 실학적 사유에서 나왔다. 선생의 실

---

12 세계적인 베스트셀러인 재레드 다이아몬드의 『총, 균, 쇠』(문학사상, 2005), 2장은
바로 이 지리적 환경을 다루고 있다. 재레드 다이아몬드는 지리적 환경으로 인하여
인간사회가 다르게 변함을 찾아냈다. 바로 모리오리족과 마오리족이다. 이 두 부족
은 한 조상(폴리네시아 인종)이었으나 모리오리족은 채텀 제도(Chatham Islands)
에 정착하며 수렵 채집민으로 돌아갔다. 채텀 제도는 한랭한 기후를 지닌 작고 외딴
섬이었다. 모리오리족은 이 섬에서 함께 살아가기 위해 남자 신생아의 일부를 거세
하여 인구를 줄였고 저장할 땅도 공간도 작았기에 잉여 농산물이 없이 수렵 채집에
의존하며 살았다. 당연히 평화롭고 무기도 없었다. 강한 지도자도 필요치 않았다.

반면 마오리족은 뉴질랜드의 북부에 정착했다. 영토는 컸고 농업에 적합한 환경
이었다. 마오리족은 점점 인구가 불어났고 더 큰 이익을 얻기 위해 이웃 집단과 격
렬한 전쟁을 벌였다. 잉여 농산물을 저장하였으며 수많은 성채도 세웠고 무기는 강
했다. 물론 강력한 지도자도 필요했다.

그로부터 500년 후, 뉴질랜드 북부의 마오리족은 채텀 제도의 모리오리족을 가
볍게 점령해버렸다. 땅의 면적, 고립성, 기후, 생산성, 생태적 자원 등 지리적 환경이
인간의 삶에 미치는 영향을 단적으로 보여주는 예다.

근대 선각자 최남선(崔南善, 1890-1957) 역시 「실학 경시에서 온 한민족의 후진
성」에서 "자급자족이 가능한 생활 환경이 우리 민족의 성격을 평화적이고 낙천적으
로 만들었다"고 하였다. 이를 통해 18세기에 이미 지리적 환경과 인간의 삶을 다룬
청담의 『택리지』가 지닌 의의를 가늠할 수 있다.

학사상은 「복거총론」 "생리" 항 서두에 그대로 드러난다. 선생은 "무릇 세상에서 텅 빈 명망은 얻으려 치달리면서도 실용은 버린 지가 오래되었다"[13]라며 실용을 버리고 출세만 하려는 자세를 비판하였다. 선생에게 있어 사대부들의 출세는 텅 빈 명망이요, 실용은 바로 『택리지』를 짓는 자신의 사고였다.

『택리지』는 지역 간 교섭이요, 당대 문화의 역동성을 보여주기에 당대 베스트셀러 반열에 올랐다. 필사하는 품을 팔아도 가성비가 꽤 좋았는지 여러 이름으로 퍼져나갔다. 『팔역지』(八域誌)·『팔역가거지』(八域可居地)·『동국산수록』(東國山水錄)·『동국총화록』(東國總貨錄)·『형가승람』(形家勝覽)·『형가요람』(形家要覽)·『팔도비밀지지』(八道秘密地誌)·『진유승람』(震維勝覽)·『박종지』(博綜誌)·『길지총론』(吉地總論)·『동악소관』(東嶽小管) 등 10여 종 이름의 필사본이 전해오는 게 그 반증이다.

『동국산수록』, 『진유승람』 등은 산수를 유람하기에 좋다는 의미에서, 『동국총화록』은 우리나라 물산이 종합되었다는 의미로 상인들이 붙인 이름이다. 『형가요람』의 형가는 땅의 형세이니 풍수지리에 익숙한 사람이 지은 제목으로 보인다. 이렇듯 다양한 제목은 『택리지』가 그만큼 여러 분야 사람들에게 활용되었음을 보여주는 근거이다. 하지만 선생이 『택리지』에 쓴 발문이 「팔역지발문」인 것으로 미루어볼 때 최초 이름은 『팔역지』인 듯하다. 이러한 필사본이 활자본으로 대중에게 알려진 것은 육당 최남선의 교정으로 간행된

---

13 夫世之騖空名 背實用久矣.

『택리지』부터다.

앞에서 언급한 것처럼 저술의 직접적인 동기는 방랑하는 처지였다. 선생은 『택리지』 「총론」에 이렇게 자신의 심경을 써놓았다.

동쪽에도 살 수 없고 서쪽에도 살 수 없으며 남쪽에도 살 수 없고 북쪽에도 살 수 없다. 이렇게 되면 살 곳이 없다. 살 곳이 없으면 동서남북이 없고 동서남북이 없으면 곧 사물 구별이 확실하지 않은 태극도(太極圖)[14]다. 이렇다면 사대부도 없고 농공상도 없으며 또 살 만한 곳도 없으니 이것을 땅이 아닌 땅이라 한다. 이에 사대부가 살 만한 곳의 기를 짓는다.

선생은 "사대부가 살 만한 곳의 기"를 짓는다고 하였다. 그렇기에 "사대부가 살 만한 곳"을 찾으려 하였다. 성호도 이를 중시하여 『성호전집』 권49, 『서』 「택리지 서문」에 이렇게 적었다.

지금 우리 집안 휘조가 책 한 권을 편찬하였는데, 장황한 수천 마디 말은 사대부가 살 만한 곳을 찾으려는 것이다. 그 속에는 산맥, 수세, 풍토, 민속, 재화 생산, 수륙 운송을 조리 있게 구분하여 기록하였으니, 이런 책은 본 적이 없다.

선생은 『택리지』를 삶과 지리의 상호작용을 치밀하게 살핀 실학

---

14 당나라 공영달(孔穎達)은 『주역정의』(周易正義)에서 "태극은 천지가 분화하기 전의 원기를 말한다"(太極謂 天地未分前之元氣)고 주장했다.

적 인문지리서로 만들었다. 그러고는 「사민총론」, 「팔도총론」, 「복
거총론」, 「총론」 네 분야로 나누었다. 이제 구체적으로 「사민총론」
부터 일별해보겠다.

「사민총론」

구체적으로 사대부 신분이 농공상민으로 갈라지게 된 원인과 내력,
사대부의 역할과 사명, 사대부가 살 만한 곳 등에 대해 설명하였다.
선생의 「사민총론」(四民總論) 첫 구절을 보면 사민관을 알 수 있다.

> 옛날에는 사대부란 게 따로 없고 모두 민이었다. 그런데 민은 네 가지로
> 나뉘었다. 사(士)로서 어질고 덕이 있으면 나라 임금이 벼슬을 시켰고 벼
> 슬을 못한 자는 농공상이 되었다. 옛날에는 순 임금이 역산에서 밭 갈고
> 하빈에서 질그릇을 구웠으며 뇌택에서 고기잡이를 하였다. 밭갈이하는
> 것은 농부의 일이요, 질그릇을 굽는 것은 공인의 일이며, 고기잡이를 하는
> 것은 상인의 일이다. 이러므로 임금 밑에서 벼슬하지 않으면 농공상이 되
> 는 게 당연하다. 대저 순 임금은 천고의 민으로서 표준이다. 나라의 다스
> 림이 극치에 이르면 너도나도 다 민으로 우물 파서 마시고 밭 갈아서 먹
> 으며 유유히 즐거워하는데 어찌 그 사이에 등급과 명호(名號)가 있으랴.

선생은 애초에 사대부는 없고 모두 백성(民)이었다고 한다. 또한
순 임금이 임금이 되기 전에 농공상이었다며 백성의 표준이라고까
지 한다. 결국 선생이 생각하는 사농공상이란 우리가 생각하는 계
급이 아닌 직업일 뿐이라니 그야말로 평등사상을 우회적으로 피력

한 셈이다. 그리고 선생은 "농공상이 천한 신분이 된 것은 사대부라는 명호가 생기면서부터"라 한다. 하지만 선생은 사대부란 명호는 없어지지 않는다며 농공상 모두 사대부 행실을 닦자고 한다.

그러므로 사이거나 농공상이거나 막론하고 사대부 행실을 한결같이 닦아야 마땅하다. 하지만 이것은 예도로서 아니면 안 되고 예도는 넉넉하지 않으면 성립하지 않는다.

선생 말을 촘촘히 들어보자. 사농공상 누구나 선비로서 행실을 닦자고 한다. 그러려면 예의가 필요한데 넉넉함(富)이 전제 조건이라고 말한다. 인간으로서 생존할 수 있는 부가 있어야만 예의가 있고 나아가 선비로서 행실을 닦을 수 있다는 말이다. 그러므로 가정, 직업, 예의, 문호를 유지하기 위해 계책을 세우려고 살 만한 곳을 찾는다는 것이다. 이어지는 말을 더 들어보자.

이러므로 사대부가 살 곳을 만든다. 그러나 시세에 이로움과 불리함이 있고 지역에 좋고 나쁨이 있으며 인사에도 벼슬길에 나아감과 물러나는 시기가 다름이 있다.

선생은 살기 위해서 시세, 지역, 인사를 거론한다. 유의할 점은 여기서 말하는 사대부를 문자 그대로 해석해서는 안 된다는 것이다. '사대부적인 성향'이라느니 '몰락한 사대부가 살 만한 곳을 찾아보는 것을 암시'한다느니 하는 말은 곰곰 되새김질해 보아야 하기 때문이다.

바로 위에서도 보았듯이 오히려 조선 백성이라면 누구나 사대부와 동일하게 살 수 있는 나라를 만들자는 의미로 읽어야 할 듯싶다.

「팔도총론」

「팔도총론」(八道總論)에서는 우리 국토의 역사와 지리를 개관한 다음, 당시 행정구역인 팔도 산맥과 물의 흐름을 말하고, 유명 지역과 관계있는 인물과 사건을 매우 흥미롭게 기술하고 있다. 각 도 인심을 자연환경과 결부시켜 설명함으로써 환경 결정론적 입장에서 인간과 자연환경의 관계를 기술한 점이 특이하다. 전반에서는 '사람은 땅에서 난다'는 지인상관론(地人相關論)을 편다.

선생은 우리 국토의 시발을 중국 곤륜산[15]으로부터 찾았다. 곤륜산 한 가닥이 남쪽으로 뻗어 의무려산(醫巫閭山)이 되었고 요동벌을 지나 다시 솟은 게 백두산이라 한다.

선생은 곤륜산과 의무려산을 근거로 우리 국토의 신성함을 주장했다. 조선조 이래 많은 학자들이 요령성 북진시에 있는 의무려산을 고조선의 주산으로 보고 있는데 '세상에서 상처받은 영혼을 크게 치료하는 산'이란 뜻이다. 의무려산은 흰 바위로 되어 있어 백악산으로 불리기도 하는 명산이다.

허목은 "진산 의무려산 아래 고구려 주몽씨 졸본부여에 도읍하다" 하였고, 홍대용은 "의무려산은 동이족과 중국족이 만나는 곳으

---

15 곤륜산(崑崙山): 중국 전설에서 멀리 서쪽에 있어 황허강의 발원점으로 믿어지는 성산.

로서 동북 명산이다"라 하였으며, 장지연도 "북방 영토 주산이 의무려산인데 그 내맥이 백두산이 되었다" 하였다.

선생은 이 백두산 뒤쪽으로 달려 조선산맥(朝鮮山脈, 태백산맥)이라 한다. 우리나라는 3면이 바다로 둘러싸여 있고 산이 많으며 들이 적다는 표현으로 한반도 지형의 특색을 설명하고는 그 영향을 받아 국민성이 유하고 조심스러우나 도량이 작다고 밝혔다. 아울러 한반도의 국토 길이가 남북 3천 리 동서 5백 리라고 우리 국토 길이를 처음으로 측정하였다.

다만 이 『택리지』를 읽으며 유의할 점이 있다. 비록 국토를 실증적으로 답사하여 얻은 귀중한 자료를 토대로 한 글이지만 벼슬을 잃고 떠도는 선비의 주관적인 심정도 이해하며 읽어야 한다는 사실이다.

팔도의 서술은 중국과 국경을 잇대는 압록강 유역 평안도에서 백두대간을 따라 함경도, 황해도, 강원도, 경상도, 전라도를 지나 충청도, 경기도 순이다. 이제 각 도에 대한 설명을 간단히 요약해보자.

선생은 평안도와 함경도는 사람 살 만한 곳이 못 된다고 하였다. 그 이유 중 하나는 "서북 지방 사람들을 벼슬에 임용하지 말라"는 태조의 명령과 사대부가 없다는 사실이었다.

황해도는 부유한 자가 비교적 많고 선비는 적으나 살지 못할 곳은 아니라 평하면서 흥미롭게도 세상에 일이 생기면 서로 차지하려 드는 요충지라 했다.

강원도에 관해서는 "누대와 정자 등 훌륭한 경치가 많다. 흡곡

시중대, 통천 총석정, 고성 삼일포, 간성 청간정, 양양 청초호, 강릉 경포대, 삼척 죽서루, 울진 망양정을 사람들이 관동팔경이라 부른다"는 것과 "서울과 먼 지역이라 예로부터 훌륭하게 된 사람이 적다. 오직 강릉에서만 과거에 오른 사람이 제법 나왔다"고 한 내용 등이 기록되었다. 특히 횡성현은 맑은 기운이 있다고, 덕은촌은 숨어 살 만하다고 하였으나 전체적으로 크게 호불호를 보이지 않았다.

경상도는 지리가 가장 아름답고 "옛 풍습이 그대로 있고 예의와 문학을 숭상하며 과거에 합격한 자가 많다. 좌도는 비록 땅이 메마르고 백성이 가난하여 거주민들이 군색하게 살지만 문학하는 선비가 많다. 우도는 땅이 기름지고 백성이 부유하나 호사하기를 좋아하고 게을러서 문학에 힘쓰지 않는 까닭에 훌륭한 사람이 적다"고 하였다. 경상도는 낙동강을 기준으로 좌도와 우도를 나누었는데, 특히 선생은 경상 좌도에 대해 호의적이었다. 하지만 지역이 서울과 멀어서 일의 형세로나 시대로나 갈 수가 없다고 하였다.

전라도는 호불호가 가장 많다. 고려 태조가 차령 이남 사람을 등용하지 말라 하였지만 조선에 들어와 이 금령이 없어졌다 하고 땅이 기름지고 바다에 연해 있어 물산이 풍부하고 고봉 기대승(高峰 奇大升, 1527-1572), 김인후(金麟厚, 1510-1560) 등 인걸이 많다 한다. 기대승은 이황에 견줄 만한 학자로 전남 나주 출신이고, 김인후는 전남 장성 출신이다. 또 산천이 기이하고 훌륭한 곳이 많아 한 번쯤은 모였던 정기가 드러날 것이라 한다. 그러나 습속이 노래와 여인을 좋아하고 사치를 즐기며 사람이 경박하고 간사하여 문학을 대단치 않게 여기며, 서울과 거리가 멀고 풍속이 더러워 살 만한 지역이 못 된다고 평했다.

충청도에 대해서는 아래와 같이 말한다.

충청도는 전라와 경기 사이에 자리하고 있다. 서쪽은 바다와 접해 있고, 동쪽은 경상도와 맞닿아 있다. 동북쪽 모퉁이 충주 등은 그 머리 부분이 강원도 남쪽으로 들어가 있다. 남쪽의 반은 차령 남쪽에 있어 전라도와 가깝고, 반은 차령 북쪽에 있어 경기도에 인접해 있다. 물산은 이남(二南, 영·호남)에 못 미치나 산천은 평평하고 곱다. 나라(수도)에서 가까운 남쪽에 위치해 자고로 의관지연[16]이 되었다. 경성 권문세가들은 대를 이어 충청도에 전답과 주택을 마련하지 않은 자가 없었다. 이로써 충청도를 자신들의 근본 세력으로 삼았다. 또한 그 풍속이 서울과 크게 다르지 않으므로 터만 잘 고르면 살기에 가장 적당하다.

선생의 설명을 보자면 충청도는 영·호남 및 강원도와 맞닿아 있고 서울과 가까운 지리적 조건과 더불어 산천이 평평하고 아름다워 항상 서울 권문세가들의 터전이 되었고, 이 때문에 권문세가들의 영향력 아래 놓이게 되었으며 서울과 별반 다르지 않은 풍속과 관습을 갖게 되었다고 한다. 하지만 「복거총론」에서는 이와 같은 자연·지리적 조건과 풍속 때문에 충청도 사람들은 '전치세리'(專致勢利), 즉 오직 세력가를 좇아 이익을 얻으려는 기질과 성향을 갖게 되

---

16 의관지연(衣冠之淵): 사대부들이 모여 사는 곳.

었다는 식으로 기술하였다.

물론 이 말이 모든 충청인에게 해당되는 것은 아니다. 이 또한 선생의 주관적 견해이기에 일반화할 수는 없다. 하지만 사실 여부를 떠나서 사람들의 이동 경로에 천착하여 자연과 풍습을 사람들의 삶터 및 인성과 연결 짓는 견해에는 분명 설득력이 있다.

경기도는 여주의 세종대왕 영릉으로부터 설명을 시작해 병자호란 등과 연계하여 강화부에 대해 꽤 길게 서술하였다. 먼저 자연적 조건을 서술한 다음, 고려 시대에 원나라를 피해 10년간 도읍지가 되었던 것, 조선 시대에 바닷길이 요충이라 하여 유수부로 삼은 내력, 병자호란과 강화도의 관계, 숙종 대에 문수산성을 쌓은 사실 등을 기록하고 있다. 특별히 살 만한 곳은 추천하지 않았다.

「복거총론」

「복거총론」(卜居總論)에서 선생은 사람이 살 만한 곳의 조건을 네 가지, 즉 지리, 생리, 인심, 산수를 들어서 설명하면서 이 중 하나만 모자라도 살기 좋은 땅이 아니라고 말한다. 이제부터 하나씩 살펴보도록 하자.

지리

선생은 "지리(地理)를 논하려면 먼저 수구(水口)를 보고, 다음에는 들판과 산 형세를, 이어 흙빛과 물 흐르는 방향과 형세를 본다"고 기록하였다. 사람이 살 집터의 조건으로 자연환경을 들었으니 풍수지리학이다. 현재 우리가 교통이 발달한 곳을 삶의 터전으로 잡으려는 것과는 전혀 딴판이다. ① 수구가 막혀 있고, ② 하늘이 훤히 보이고 들이 넓어야 하며, ③ 높은 산이 있고, ④ 흙이 모래흙으로 굳고 촘촘하며, ⑤ 물은 재록(財祿)이니 큰 물가가 있고, ⑥ 조산[17]과 조수[18]가 있어야 한다고 말한다. 선생이 말하는 삶터는 자연과 사람이 풍수학적으로 완전히 하나되는 땅이다.

유의할 점은 여기서 '지리', 소위 풍수적으로 말한 것이 틀림없으나 선생이 풍수지리를 절대적으로 신봉하지 않았다는 점이다. 선생은 『택리지』 곳곳에서 풍수에 관한 이야기를 할 때는 항상 "감여가(堪輿家, 풍수지리가)의 말을 빌리면", "소위"라는 말을 사용하여 남들이 '~하는 바'라는 식으로 인용하는 등 자신의 견해를 적극적으로 주장하지 않았다.

생리

생리는, 즉 먹고사는 문제이니 경제지리학이다. 선생의 실학사상은 이곳에서도 엿보인다.

대저 사람이 텅 빈 명망은 얻으려 노력하면서도 실용은 버린 지가 오래되었다. 매양 하기 어려운 일을 억지로 하게 하는 까닭에 남몰래 악한 짓을 하면서도 겉으로는 착한 체하는 자가 없지 않다. 이러므로 먼저 의식 근원에 힘쓴 다음에 예의 단서를 닦게 하여 사람에게 악한 일을 숨기지

---

17 조산(祖山): 혈에서 가장 멀리 있는 용 봉우리.
18 조수(朝水): 물 건너 물로 작은 시냇물이 역으로 흘러드는 곳.

않고 나타내도록 한다.…인생이 이 세상에 있어 산 삶을 봉양하고 죽은
자를 보내는 데는 모두 재물이 소용된다. 그런데 재물은 하늘에서 내리
거나 땅에서 솟아나는 게 아니다.

선생이 사대부일지라도 먹고사는 생업에 참여하는 것을 당연하
게 받아들이는 이유다. 따라서 선생은 생리의 조건을 이렇게 든다.

그러므로 땅이 기름진 게 첫째이고, 배와 수레를 이용하여 물자를 교류
시킬 수 있는 곳이 다음이다.

특히 배와 수레를 이용하는 용선(用船)과 용거(用車)는 생산물을
유통하는 운송 수단을 콕 집어내는 말이다. 요즘 쓰이는 '푸드 마일
리지'(food mileage)라는 말이 연상되는 대목이다. 푸드 마일리지는
식품이 생산·운송·유통 단계를 거쳐 소비자의 식탁에 오르는 과정
에서 소요된 거리를 말한다. 이동거리(km)에 식품수송량(t)을 곱해
계산하는 방식인데, 예를 들어 2t의 식품을 50km 떨어진 곳으로
수송했을 경우 푸드 마일리지는 2t×50km, 따라서 100t/km다.
당연히 푸드 마일리지 값이 클수록 식품의 신선도가 떨어지는 것은
물론이요, 거리에 비례하여 가격도 오른다. 기름진 땅과 배, 수레를
이용한 물자 교류야말로 땅의 생리적인 조건을 이용한 푸드 마일리
지 아닌가.
3부에서 살필 박지원과 박제가가 북학(北學)을 통해 배우자고
강조한 것도 바로 이 생산물 운반 문제, 즉 푸드 마일리지의 문제였

다. 연암 박지원은 『열하일기』 「거제」에서 조선이 가난한 이유를 한 마디로 딱 잘라 말하면 "수레가 나라 안을 다니지 않기 때문"(車不行域中)이라고 하였고, 박제가도 『북학의』 「내편」에 "수레" 항을 따로 두었다. 이렇듯 과거의 문헌은 결코 과거만이 아닌 현재요, 미래일 수도 있다.

선생이 나라 안에서 가장 기름진 땅으로 꼽은 곳은 전라도 남원과 구례, 경상도 성주와 진주다. 특산물로는 진안의 담배, 전주의 생강, 임천과 한산의 모시, 안동과 예안의 왕골을 들었다. 선생은 경상도에 대해 긍정적인 평가를 하는데 다산 선생 역시 『다산시문집』 권14, 「발」 「택리지에 발함」이란 글에서 이렇게 말하였다.

『택리지』 권1은 고(故) 정자(正字) 이중환이 지은 것으로, 국내 사대부들의 별장이나 농장이 지닌 좋고 나쁜 점을 논하였다. 나는 이렇게 논한다.

생활하는 방도는 마땅히 먼저 물길과 땔나무길을 살펴보고, 다음은 오곡, 다음은 풍속, 다음은 산천 경치 등을 살펴야 한다. 물길과 땔나무길이 멀면 사람이 지치게 되고, 오곡이 갖추어지지 않으면 흉년이 잦게 되고, 풍속이 문을 숭상하면 말이 많고, 무를 숭상하면 싸움이 많고, 이익을 숭상하면 백성이 간사스럽고 각박해지며, 힘만을 숭상하면 고루해서 난폭해지고, 산천이 흐릿하고 험악하면 빼어난 인물이 적고 마음이 맑지 못하니, 대체적으로 그렇다.

우리나라에서 별장이나 농장이 아름답기로는 오직 영남이 최고다. 그러므로 사대부가 당시에 화액을 당한 지가 수백 년이 되었으나, 그 존귀함과 부유함은 쇠하지 않았다. 그들의 풍속은 가문마다 각각 한 조상을 추대하여 한 터전을 점유하고서 일가들이 모여 살아 흩어지지 않는데, 이 때문에 조상의 업적을 공고하게 유지하여 기반이 흔들리지 않은 것이다.

지리적 편견이 아니라 오늘날 우리가 경상도를 다시 한번 집중해 살펴보아야 할 이유가 여기에 있다. 지방색을 들출까 봐 논의를 깊게 잇지는 못하지만 왜 경상도 사람들이 아직도 우리나라 정치인들의 핵심을 이루고 있는지 한 번쯤 살펴볼 일이다.

다시 『다산시문집』 권7, 시 「귀전시초」에 보이는 시구를 인용해 본다.

그대는 택리지를 보았던가	君看擇里志
사는 도리를 가장 아름답게 말했지	生理最稱佳

다산은 선생의 『택리지』를 생리(生理)라고 일컬었다. 생리란 사람이 삶을 유지해가는 데 작용하는 여러 가지 현상이나 기능이다. 즉 다산은 선생의 책에서 사람살이의 이모저모를 보았다는 말이다. 이는 사람은 자연 현상에 영향을 받는다는 말로 귀결된다.

인심

선생은 조선 팔도를 돌아다녔다. 이른바 "인걸(人傑)은 지령(地靈)"이라는 지리인성학이다. 당연히 인심(人心)에 대한 기록을 두루 적은 것이나, 현대까지도 이를 끌어오는 것은 꽤 많은 고심이 필요할 듯하다.

이 항목에서 선생이 강조하는 것은 서민과 사대부의 인심이나 풍속이 다른 점과 당쟁의 원인 및 경과였다. 그리고 지역적 분포까지 비교적 상세히 기록하였고 사대부와 당파성으로 인심이 정상이 아님을 통탄하고 있다.

평안도는 인심이 순후하기가 첫째이고 다음이 경상도로 풍속이 진실하다. 함경도는 오랑캐 땅과 잇닿아 있으므로 백성의 성질이 굳세고 사나우며 황해도는 산수가 험한 까닭에 사납고 모질다. 강원도 백성은 산골 사람이라 어리석고 전라도는 오로지 간사함을 숭상하여 나쁜 데에 쉽게 움직인다. 경기도는 도심 밖의 들판 고을은 백성의 재물이 보잘것없고 충청도는 오로지 권세를 부리는 세도와 재물과 이익만 좇는데 이게 팔도 인심의 대략이다. 그러나 이것은 서민을 논한 것이고 사대부의 풍속은 이와 다르다.[19]

---

19 정조 때 규장각 학자인 윤행임(尹行恁)과 순암 안정복의 팔도 백성 성격론을 비교해보자. 먼저 운행임의 글이다.

① 함경도 사람은 이중투구(泥中鬪狗), 즉 진흙 속에 개들이 싸우는 격으로 강인한 의지와 인내력이 있다. ② 평안도 사람은 맹호출림(猛虎出林), 즉 사나운 호랑이가 숲 속에서 나오는 격으로 용맹하고 과단성이 있다. ③ 황해도 사람은 석전경우(石田耕牛), 즉 돌밭을 일구는 소와 같은 격으로 고난을 이겨내는 근면성이 있다. ④ 경기도 사람은 경중미인(鏡中美人), 즉 거울 앞에 선 미인 격으로 이지적이고, 명예를 존중한다. ⑤ 강원도 사람은 암하노불(岩下老佛), 즉 바위 아래에 앉아 있는 늙은 부처님 격으로 누가 알아주든지 말든지 자기 할 일을 해나간다. ⑥ 충청도 사람은 청풍명월(淸風明月)로 깨끗한 바람과 밝은 달 격으로 풍류를 즐기는 고상한 면이 있다. ⑦ 경상도 사람은 태산교악(泰山喬嶽)으로 크고 높고 험한 산 격으로 웅장하고 험악한 기개가 있다. ⑧ 전라도 사람은 풍전세류(風前細柳)로 바람에 쉽게 흔들리는 버드나무 가지 격으로 시대에 민감하게 적응하면서 살아간다.

선생은 서울은 "4색이 모여 살기에 풍속이 고르지 못하다"고 말하며 "대개 사대부가 사는 곳은 인심이 고약하지 않은 곳이 없다"고 극언을 한다. 그 이유는 이렇다.

당파를 만들어서 일 없는 자를 거두고 권세를 부려서 영세민을 침노하기도 한다. 이미 자신이 행실을 단속하지 못하면서 또 남이 자기를 논의함을 미워하고 한 지방 패권 잡기를 좋아한다. 다른 당파와 같은 시골에 살지 못하며 헐뜯어서 뭐가 뭔지 측량할 수 없다.

그렇다면 선생이 말하는 인심 좋은 곳은 어디일까? 선생은 "인심" 항의 마지막 줄에 이렇게 적어놓았다.

사대부가 없는 곳을 가려서 문을 닫고 교제를 끊고 홀로 자신을 착하게

순암 안정복 역시 『임관정요』 「풍속장」에서 조선 팔도 인심과 교화 방법을 이렇게 적바림해놓았다.
① 경기의 풍속은 인색하고 이익만을 따르므로 마땅히 돈후와 성실로써 교화해야 하며, ② 호서의 풍속은 방탕하고 체모를 거짓으로 짓기에 마땅히 몸가짐을 정중히 하고 충성스럽고 부지런함으로 교화해야 하며, ③ 호남의 풍속은 기교를 부리고 거짓 성실한 체하므로 마땅히 엄격과 성신으로써 교화해야 하며, ④ 영남의 풍속은 질박하고 예의를 좋아하므로 마땅히 순후와 예교로써 교화해야 하고, ⑤ 해서의 풍속은 강하고 사악하므로 마땅히 굳세고 과단으로써 교화해야 하며, ⑥ 관서의 풍속은 공순하고 마땅히 정직과 온화함으로 교화해야 하며, ⑦ 영북의 풍속은 포악하므로 마땅히 웅맹과 과감으로써 교화해야 한다.
이로 미루어보아 당대의 지방색이 있기는 하지만 조금씩 개인차가 있음을 알 수 있다. 또한 각 지방에도 땅과 산수에 따라 좋고 나쁜 곳이 있고 빈부귀천에 따라 얼마든지 성향이 다를 수 있다.

하면 비록 농공상이 되더라도 즐거움이 그 가운데 있는 것만 같지 못하다. 이와 같으면 인심이 좋고 좋지 못함도 또한 논의할 게 못 된다.

결국 선생이 말하는 인심이 좋고 좋지 못함은 사대부가 없는 땅이면 따질 게 없다는 말이요, 인심 또한 농공상이 되어 즐거움이 있으면 논할 게 못 된다는 의미다. "산수" 항에 따르면 선생은 전라도와 평안도는 한 번도 가보지 못했다고 한다.

산수

선생은 백두산부터 시작하여 태백산맥과 소백산맥, 수계를 중심으로 설명하고 있다. 산 형세가 좋은 산으로 오관산, 삼각산, 계룡산, 구월산을 꼽았고 바닷가 산으로는 제주도의 한라산, 완도·덕적도·울릉도의 산을 이야기한다. 곧 산수지리학이다.

산수(山水)가 좋다고 꼽은 곳은 강원도가 가장 많은데 그 표현력이 아름답다. 두어 개만 보면 아래와 같다.

강원도 영동

① 고성 삼일포는 여인이 아름답게 화장한 것 같아 사랑스럽고 공경할 만하다.

② 경포대는 한고조 기상과 같아서 활달한 가운데 힘이 있다.

③ 시중대는 명재상이 관부에 있는 듯하면서도 가까이할 만하고 업신여길 수 없다.

이후 간성 화담, 영랑호, 양양 청초호 등을 들고 있다. 또한 선생은 해거는 강거만 못 하고 강거는 계거만 못 하다는 평을 내린다. 이유는 시냇가에 사는 것이 평온한 아름다움과 깨끗한 경치가 있어서라고 하였다. 이러한 발언은 당대 "계거는 강거만 못 하고 강거는 해거만 못 하다"라는 속담과 정반대 견해다. 선생은 이 속담은 재화와 어염을 취할 수 있어 한 말이지만 바다는 얼굴이 검기 쉽고 각기(脚氣, 다리가 붓는 병), 수종(水腫, 몸이 붓는 병), 장학(瘴瘧, 학질) 등에 많이 걸리며 맑은 운치가 없기에 좋지 못하다고 하였다.

이상 선생은 '살 만한 곳'의 입지조건으로 지리·생리·인심·산수 4요소를 들었다. 선생은 이 중 어느 하나만 결여되어도 낙토라고 할 수 없다고 한다. 즉 "지리가 아무리 좋아도 생리가 넉넉하지 못하면 역시 오래 살 곳이 못 되고, 지리나 생리가 다 좋아도 인심이 좋지 못하면 반드시 후회할 일이 생기고, 또 근처에 아름다운 산수가 없으면 호연지기를 기르고 마음을 너그럽게 펼 곳이 없다"고 한다. 결국 이 네 가지 조건이 다 구비되어야 이상적인 살 곳이라 하였지만 이런 곳은 특별히 정하지 않았다.

다만 선생이 언급한 곳에서 살 만한 곳, 살 만한 곳이 못 되는 곳 등을 대략 적시해보면 이렇다. 살 만한 곳은 대부분 시냇가 근처다.

1. 살 만한 곳(可居地類)

① 영남 예안의 도산과 하회(계거로 전국에 으뜸), ② 안동의 동남쪽 임하천, 소백산·태백산 아래와 한강의 상류(사대부가 살 만한 곳), ③ 적등산 남쪽 주즐천, 금산 잠원천, 장수 장계, 무주 주계, 구례 구만, ④ 충청

도: 보령의 청라동, 홍주의 광천, 해미의 무릉동, 남포의 화계(가장 복지).
전라도: 남원의 요천, 흥덕의 장연, 장성의 봉연. 경상도: 성주의 가천, 금
산의 봉계. 경기도: 용인의 어비천, ⑤ 강원도: 원주 안창계, 횡성읍 냇물
좌우. 황해도: 해주의 죽천, 송화의 수회촌, 황해도와 강원도 경계의 평
강, 이촌의 북쪽 광복촌 등

2. 전쟁을 피하고 은자들이 살 만한 곳(避兵隱者可居地類)

① 양산 채하계, 이산 구룡계, ② 화령과 추풍령 사이 안평계, 금계, 용화
계, ③ 속리산 북쪽 달천 상류 괴탄, 남쪽 율치 이북, ④ 원주 주천 등

3. 평상시에는 살 만하나 전쟁에는 불리한 곳(平常可居避兵不可類)

① 공주 갑천, 전주 율담, 청주 작천, 선산 감천, ② 경상도: 대구의 금호 등

4. 노닐 만한 곳(遊覽地類)

청하 내근산, 청송 주방산, 영동산지 등

5. 살지 못할 곳(不可居地類)

문경 병천(도 닦는 데 좋은 곳으로 평시에는 못 삶), 여산, 은진의 남사
천, 금천(장기[瘴氣, 축축한 땅에서 일어나는 독한 기운]가 있다), 동래,
남한산성, 연암 동암의 해상 8읍(바다에 임하고 일본에 가깝다), 직산의
이북, 청안, 양근(토지가 메말랐다) 등

「총론」

선생의 가문은 사대부였기에 파당으로 몰렸고 그렇기에 삶을 불운하게 마쳤다. 한곳에 정착하지 못하고 산 선생에게는 행복이야말로 일생의 가장 큰 소망이었다. 선생은 상실된 일상의 쉼표들을 조국 땅에서 찾았다. 또한 「총론」(總論)에서 다시금 자신이 사대부란 사실을 서글피 적바림한다.

국가 제도는 사대부를 우대하면서도 이들을 죽이는 것을 가볍게 하였다. 그러므로 어질지 못한 자가 제 때를 만나면 문득 나라 형법을 빙자하여 사사로이 원수를 갚기도 하여 사화가 여러 번 일어났다. 명망이 없으면 버림을 당하고 명망이 있으면 꺼림을 받으며 꺼림을 받으면 반드시 죽인 다음에야 그만두니 참으로 벼슬하기도 어려운 나라다.…조정에 나아가 벼슬하고자 하면 칼, 톱, 솥, 가마 따위로 정적을 서로 죽이려는 당쟁이 시끄럽게 그치지 않고 초야에 물러나 살고자 하면 만첩 푸른 산과 천첩 푸른 물이 없는 게 아니건마는 별안간 쉽게 가지도 못한다.

이렇게 선생의 몸은 사면초가였고 사대부는 그의 삶을 옥죄는 차꼬였다. 이것이 선생이 『택리지』라는 책을 쓸 수밖에 없는 이유이기도 하다. 선생은 "만첩 푸른 산과 천첩 푸른 물"이 있는 곳을 찾아가고 싶지만 갈 수도 없어 이 책을 썼다고 보아야 한다.

이 당파의 문제가 어찌나 강한지 여인들의 복색까지도 바꾸었다. 저고리의 깃과 섶이 둥글고 치마 주름이 굵고 접은 수가 적고 머리를 느슨하게 뒷머리를 늘여 쪽지면 노론의 부인네다. 소론 부인네는 저고리 깃과 섶이 노론에 비하여 뾰족하고 모났다. 그래서 '당(唐)코'라는 속명으로 불렸다. 저고리 둘레가 둥글고 치마 주름이 얇고 주름 수는 많았으며 머리는 바짝 올려서 쪽지었다.

그렇다면 이 글 서두에서 제시한 사람이 살 곳(可居處)은 구체적으로 어디일까? 위에 적시한 몇몇 곳일까? 하지만 이 몇몇 곳이 살 만한 땅이라는 뜻이지, 꼭 여기서 살아야 한다는 의미는 아니다. 오히려 앞에서 이미 살핀 바처럼 "사대부가 없는 곳에서 자신을 착하게 하면 농공상이 되더라도 즐거움이 있는 살 만한 땅"이라는 것이 선생이 말하는 "살 만한 곳"이다.

이제 그 이유를 선생의 『택리지』 「발문」에서 찾아보자.

공자께서는 자기 도를 행할 수 없어 노나라 역사에 의탁하여 **왕도를 행하는 뜻**으로 선악을 비판하시었는데 이는 이 사실을 가지고 **어떤 뜻을 나타낸 것**이다. 장자는 세상에 나가려 하지 않고 여러 편의 저술로 넓고 뛰어나고 위대한 말을 하여 만물을 고르게 보고 장수 단명을 같게 여기고 범인과 성인을 혼동시켰는데 이는 공허를 가지고 **어떤 뜻**을 나타낸 것이다. 허와 실이 비록 다르나 **뜻을 나타내는 것**은 마찬가지다.…옛말에 "예악이 어찌 외식적인 옥백이나 종고만을 숭상하는 것이냐?"고 했다. 이것은 살 만한 곳을 택하고자 하나 살 만한 곳이 없음을 한탄한 것일 뿐이다. 이 글을 넓게 보는 사람은 문자 밖에서 **진정한 뜻을 구하는** 게 옳다.

이 글에서 유의할 것은 문자 밖에 있는 "진정한 뜻"이다. 공자는 노나라에 의탁하여, 장자는 저술로 자기 뜻을 나타냈다고 하며, 선생 자신도 "문자 밖에 있는 진정한 뜻"을 넣어두었으니 독자들에게 그 뜻을 찾으라고 한다.

그 뜻은 선생이 말한 인용문인 "예악이 어찌 외식적인 옥백이나 종고만을 숭상하는 게냐?"에서 찾을 수 있다. 이 문장은 『논어』「양화」 11장에 등장한다. 원문은 이렇다.

> 공자가 말씀하시기를 "예라 예라 이르나 옥백을 이름인가? 악이라 악이라 이르나 종고를 이름인가?"[20]

이 구절은 공자가 국가 기강과 질서가 무너져 예를 따른다는 위정자들이 옥과 비단으로 화려하게 치장할 줄만 알고 사당에 제사를 지낸다면서 종묘 제사에만 쓰는 팔일무를 추고 편종, 편경과 북 등 악기까지 동원하여 쓰는 세태에 대해 탄식하는 모습이다. 선생은 이러한 글줄을 슬며시 자신이 『택리지』를 저술한 뜻과 연결 지어 "이것은 살 만한 곳을 택하고자 하나 살 만한 곳이 없음을 한탄한 것일 뿐"[21]이라고 하였다.

이쯤 되면 선생이 글 밖에 넣어두었다고 말하는 진정한 뜻에 조금은 다가갈 수 있다. 기강이 없는 '국가'와 치장만 한 '위정자'는 바로 선생 당대 조선이 처한 현실이다. 그렇기에 조선 땅에 발붙이고 살 만한 곳이 없다는 말이다.

---

20 子曰 禮云禮云 玉帛云乎哉 樂云樂云 鐘鼓云乎哉.
21 是欲擇可居處 而恨無可居處耳.

발문 마지막에서 선생은 다시금 슬며시 자신의 속내를 드러냈다.

아! 실(實)은 관석화균(關石和勻)이요, 허(虛)는 개자수미(芥子須彌)이다.
후세에 반드시 분변하는 자가 있을 게다.

관석화균의 관석은 고대에 법령을 만들어 돌에 새겨 앞에 세워
두었기에 나온 말이다. 법률이 공평하게 시행된다는 의미다. 관석화
균은 『서경』 「하서」 "오자지가"에 나오는 말로 석(石)은 120근, 균(勻
·鈞)은 30근으로 무게의 단위고, 관(關)은 유통시킨다는 뜻이며, 화
(和)는 고르게 한다는 뜻이다. 석을 유통시키고 균을 고르게 한다는
것은 백성이 사용하는 저울을 공정하게 한다는 의미이니, 곧 법도를
잘 지키도록 한다는 말이다.

선생은 이 관석화균이 실이라고 한다. 당연히 법도가 잘 지켜지
니 나라는 태평하고 백성은 원한이 없다. 당파 싸움에서 승리한 사
대부만이 독점적·배타적 소유권을 갖고 사람다운 삶을 사재기하
던 시절이었다. 이런 파당에 평생을 저당 잡히고 고초를 받으며 살
아가는 선생으로 보면 관석화균인 사회가 당연히 옳은 진실인 실
이다.

개자는 아주 작은 겨자씨요, 수미는 아주 커다란 산이다. 둘 사
이는 엄청난 차이가 있으니 당연히 이는 그른 허다. 자기 죄는 겨자
씨인데 벌은 수미산처럼 받았다는 선생의 속내가 들어가 있다. 그
러니 당연히 거짓인 허일 수밖에 없다.

선생은 후세에 이 실과 허를 분별하는 자가 있을 거라 한다. 무

엇이 실이고 무엇이 허일까? 선생의 삶에 비추어보면 그를 평생 떠돌이로 만든 정치 현실이 허다.

결국 선생이 말하는 좋은 땅은 없다. 정치적 현실만 관석화균하면 어디나 살 만한 땅이다. 선생은 정치로 타인의 생사여탈을 좌지우지하는 사대부 계층이 없는 곳에서 농공상이라는 직업을 가지면 어디에 있든 살 만한 땅이 된다고 하였다. 욕심 부리지 않고 마음 착하게 생업에 종사하는 그곳이 바로 명당이란 귀결이다.

『택리지』는 유학과 조선 지리가 연출해낸 지리인성론을 다루는 대표적인 책이다. 지리가 철저히 삶의 방도에 맞추어졌지만 그 속엔 저러한 정치적 현실이 숨겨져 있다.

오늘날을 사는 우리도 선생의 "재상은 정사를 하지 않음으로써 현명함을 삼고, 언론을 담당한 사헌부·사간원·홍문관은 간언을 하지 않음을 능사로 삼고, 지방관들은 청렴을 어리석음으로 삼는 실정에 이르렀다"는 토혈을 새겨야 한다. 당동벌이[22]만으로 정치를 하는 이 시대 정치인들이 수첩에 넣고 다닐 말이기도 하다.

---

22 당동벌이(黨同伐異): 옳고 그름을 가리지 않고 의견이 같은 사람끼리 한패가 되고 다른 의견의 사람은 물리친다는 말.

4장
—
순암 안정복 『동사강목』

강도나 살상 따위는 사소한 죄라도 용서하지 않으면서도

재물을 탐하는 벼슬아치가

나라와 법을 어겨 온 나라가 해를 입어도

흔히 내버려두고 문책하지 않은 것은 무슨 까닭인가?

통탄할 일이다

안정복의 생애

이름 안정복(安鼎福)

별칭 자는 백순(百順), 호는 순암(順菴)·한산병은(漢山病隱)·우이자(虞
夷子)·상헌(橡軒)

시대 1712(숙종 38)-1791년(정조 15) 조선 후기

지역 근기 지방, 경기도 광주

본관 광주(廣州)

직업 실학자 겸 역사가

당파 남인

가족 할아버지는 예조참의 서우(瑞羽)이고, 아버지는 증 오위도총부부
총관 극(極)이며, 어머니는 전주 이씨로 익령(益齡)의 딸이다. 이익의
문인이다. 고려조에 태조를 도와 가문을 연 안방걸(安邦傑)로부터 대
대로 중앙의 고급관료를 지냈으나 안정복의 가까운 선조에 이르러
영락하였다. 고조 시성(時聖)은 현감을 지냈고, 증조 신행은 그보다
도 못한 종8품의 빙고별검(氷庫別檢)이었으며, 조부 대에 이르면서
남인의 정치적인 입지에 따라 더욱 영락한 환경으로 전락하였다.

출생배경 선생은 1712년 12월 25일, 충청북도 제천현(지금 제천시)에
서 아버지 극과 어머니 전주 이씨 사이에 태어났다.

어린 시절 어릴 때부터 병이 많았으며 자주 관직을 옮긴 할아버지와
일생을 처사로 지낸 부친 극을 따라 오랫동안 자주 이사를 하였다. 그
결과 그는 10세가 되어서야 겨우 『소학』에 입문했다. 그 뒤 일정한 스
승도 없이 친·외가의 족적인 범위 내에서 학문 활동이 이루어졌다.

그 후 삶의 여정 14세인 1725년 조부 안서익(安瑞翼, 1664-1735)이 울산현감으로 경질되어 함께 갔다. 이후 조부가 벼슬을 그만두고 무주 적상산에 들어가자 선생도 그곳에서 생활하는 한편 외가인 전남 영광에도 부친과 함께 자주 왕래하였다. 선생은 외가가 효령대군 후손인 관계로 외가의 영향도 많이 받았던 것으로 알려져 있다. 실제로 선생이 역사에 관심이 깊었던 것은 어머니의 영향으로 보인다.

25세인 1735년 조부의 사망으로 이듬해 고향인 현재의 경기도 광주시 경안동(옛 지명은 경안면 덕곡리, 일명 텃골)으로 돌아와 살았다. 텃골로 돌아온 선생은 '순암'이라는 작은 암자를 짓고 학문 생활에 몰입하였다.

26세인 1737년 『성리대전』과 『심경』을 읽고 『치통도』와 『도통도』를 만들었다. 『치통도』(治統圖)는 중국 삼대문화 정통설을 기본으로 한 것이요, 『도통도』(道統圖)는 육경을 진리로 한 책이었다. 이듬해는 『치현보』(治縣譜)를 저술했으며, 이어 동약(洞約)의 모체라 할 수 있는 『향사법』(鄕社法)을 지었다.

27세인 1738년에는 『임관정요』 초고를 마쳤다. 『임관정요』는 목민관을 대상으로 한 저술이다. 선생은 이 책에서 속리(俗吏)가 셋이 있는데 세리(勢吏, 삼가지 못하는 관리), 능리(能吏, 분수를 못 지키는 관리), 탐리(貪吏, 청렴하지 못한 관리)라 하였다.

29세인 1740년에는 초기 학문의 완성이라 할 수 있는 『하학지남』(下學指南) 상·하권을 저술하였다. 이 책은 선생의 경학에 대한 실천 윤리적 지침서로서 평생 삶의 지남(指南)이었다. 그 뒤에는 중국 고대의 이상적인 토지제도를 해설한 『정전설』(井田說)을 내놓았고, 이듬해에는 주자 사상을 모방한 『내범』(內範)을 짓기도 하였다.

33세인 1744년에는 유형원의 『반계수록』을 구해 읽고 크게 감명을 받아 「반계연보」를 찬하였다. 선생은 『반계수록』을 가리켜 "실로 천리를 운용함에 만세의 태평을 열어준 책이다"[1]고 하였다.

35세인 1746년에는 현재의 안산시 성포동에 거주하던 이익을 찾아 그의 문인이 되었는데, 이는 이전부터 연분이 있었음을 의미한다. 이후 이익을 스승으로 섬기며 윤동규 등과 편지로 학문을 논한다. 이익의 문인이 된 뒤 선생의 학문과 사상에 나타난 가장 두드러진 변화는 성리학에 대한 입장과 역사학에 대한 새로운 시각, 그리고 서구사상의 접촉이다.

37세인 1749년 문음(門蔭)직인 만녕전참봉으로 처음 벼슬을 시작해 이듬해 의영고봉사가 되었다.

39세인 1750년 『잡괘설』(雜卦說)을 짓다.

40세인 1751년 이병휴와 이기설을 논하였다.

41세인 1752년에는 귀후서별제를 역임하였다. 이어 이듬해 사헌부감찰에 이르렀으나 부친의 사망과 자신의 건강 때문에 벼슬을 그만두었다. 이후 고향으로 돌아온 선생은 그동안 준비해온 저술들을 정리해 1756년 「이리동약」(二里洞約)을 짓는다.

42세인 1753년에는 스승 이익의 저술인 『도동록』을 『이자수어』(李子粹語)로 개칭해 편집하였다.

45세인 1756년 『동사강목』을 쓰기 시작하였다.

---

1 誠運用天理 爲萬世開太平之書也.

46세인 1757년 이익이 순암기(順菴記)를 지어 보냈고 「이리동약」을 바탕으로 『임관정요』를 완성하였다.

48세인 1759년 선생은 단군조선으로부터 고려 말까지의 역사서인 『동사강목』 20권 초고를 완성하였다.

51세인 1762년에 이익이 일생 정열을 바쳐 저술한 『성호사설』의 목차·내용 등을 첨삭·정리한 『성호사설유선』(星湖僿說類選)을 편집하였다. 이 과정에서 그의 학문은 더욱 깊어갔다.

56세인 1767년 어머니가 작고했고, 이 해 중국 당 왕조의 역사인 『열조통기』(列朝通紀)를 저술하였다.

57세인 1768년 권철신(權哲身)에게 편지하여 도학을 따르기를 권하고 경계하였다. 권철신은 선생의 사위인 권일신(權日身) 형이다. 후에 권철신은 급진적인 성호 좌파로, 선생은 보수적인 우파로 갈리게 되었다.

61세인 1772년부터 1775년까지 세손(훗날의 정조)의 교육을 맡았다. 이때 세손이 성리학에 대해 질문하자 "이이의 학설은 참신하기는 하지만 자득이 많고, 이황은 학설을 존중해 근본이 있으므로 이황의 학설을 좇는다"는 입장을 분명히 하였다.

64세인 1775년에 부인이 사망했다.

65세인 1776년에 충청도의 목천현감으로 나가 자신이 쌓아온 성리학자로서의 경학과 지식을 마음껏 실천에 옮길 수 있는 기회를 맞게 되었다.

66세인 1777년에 외아들 경증이 사망했다.

70세인 1781년 왕명으로 『동사강목』을 올렸다.

72세인 1783년 헌릉 영에 제수되어 사은하고, 재소에서 『동사강목』을 교정했다.

73세인 1784년 「제하학지남서면」(題下學指南書面)을 썼다. 이 글은 일상과 유리된 학문은 세계에 해악이 될 수 있음을 우려한 글이다. 이 글에서 성리학의 추상성과 비현실적인 면을 비판하면서 이기론적 체계에서 벗어나 사물을 궁리하려는 하학의 태도를 보인다.

74세인 1785년 유교 윤리관에 의해 『천학고』(天學考)와 『천학문답』(天學問答)을 저술해 천주교의 내세관이 지닌 현실 부정을 비판하였다. 선생은 말년에 정주학 이외의 이단사상의 배척에 앞장섰다. 서학, 특히 천주교에 대해 철저히 비판하였다.

75세인 1786년 채제공에게 편지하여 천주학 배척에 대해 논했다.

79세인 1790년 선생은 종2품인 가선대부에 올랐다.

80세인 1791년 7월 천수를 다했다. 사후인 1801년에 노론 벽파로부터 천주교 탄압에 앞장선 공로를 인정받아 좌참찬 겸 지의금부사 오위도총부도총관에 추증되었고, 정2품의 자헌대부로 광성군에 추봉되었다. 묘소는 고향에 있다.

1871년에는 문숙(文肅)이라는 시호를 받았다.

학문하는 요점은 실질적인 것에 힘쓰는 것에 불과하다

선생은 두 명의 스승을 두었다. 반계 유형원에게는 책을 통해 배움을 얻었고 성호 이익과는 직접 만났다. 1744년에 유형원의 『반계수록』을 접하며 학문관에 커다란 영향을 받았고 그로 인해 현실 개혁 문제에 대한 관심을 경주하게 되었다. 이익과의 만남은 사상 체계 전반에 변화를 가져왔다.[2]

특히 이익의 문인들과 학문적 토론을 하면서 사유 체계가 진일보했다. 선생은 이익의 문인인 윤동규(尹東奎)·이병휴(李秉休)·이맹휴(李孟休)·이인섭(李寅燮)·이구환(李九煥)·권철신(權哲身)·이기양(李基讓)·이가환(李家煥) 등과 학연을 맺었고, 한편으로 황덕일(黃德壹, 1748-1800)[3]·황덕길(黃德吉, 1750-1827)[4] 형제 같은 제자를 키우며 사상적인 영향을 주고받았다. 이들은 대체로 경기 남부와 충청도에 거주했고, 전통적으로는 퇴계의 학통을 이었으며 영남의 남인들과도 교류를 유지하였다. 이상정(李象靖) 같은 인물이 대표적이다. 선생도 이들처럼 퇴계를 이자(李子)로 부르며 존경했다.

선생이 스스로 학문을 연마하는 과정에서 펴낸 『임관정요』와 『하학지남』은 그의 초기 사상을 대변해주는 대표적인 저술이다.

---

2 이익과 사제 관계를 맺은 것은 18년이지만 선생이 이익을 직접 만난 것은 4회, 편지를 올린 것은 12회, 편지를 받은 것은 4회에 지나지 않는다.

3 안정복의 뜻을 계승하여 성리학적인 입장에서 서학을 배척하는 내용의 『삼가략』을 편찬하여 제자들을 가르쳤다.

4 형 덕일과 같이 안정복에게 배웠으며 지식이 해박하였다. 저서로는 『하려집』(下廬集)이 있다.

『임관정요』는 뒷날 유형원의 『반계수록』의 영향과 이익의 견해에 의해 보완되었지만 중심 사상은 청년기의 사상 그대로였다. 특히 이 책은 후대 정약용의 『목민심서』에 적지 않은 영향을 주었다. 『하학지남』은 주자의 『소학』을 모방한 것으로서 저술의 기본 이념은 '하학이상달'(下學而上達)이었다.

선생은 유학자였지만 음양·성력·의약·복서 등 기술학과 손자·오자 등 병서는 물론 불교·노자 등의 이단 사상과 패승·소설에 이르기까지 독서의 폭이 매우 넓었다.[5] 하지만 장년기까지 익힌 기존의 성리학에서 형성된 학문 체계와 사유 구조는 성호를 비롯한 그의 문인들과 교류하면서도 쉽게 변화되지 않았다. 선생이 다른 실학자들에 비하여 개혁적인 면에서 참신성이 덜하고 보수적인 입장에 선 것도 이에 기인한다.

하지만 선생의 학문하는 자세는 분명히 실학이었다. 선생은 '무원홀근'[6]을 배격하였고 실질적인 일에 힘쓰는 '무실'(務實)이란 두 자를 마음에 새겼다. 선생은 자신의 저서 『순암선생문집』 권8, 서, 「여류경지경서 을미」에서 실학을 이렇게 설명하고 있다.

학문하는 요점은 실질적인 것에 힘쓰는 것(務實)에 불과합니다. 공께서

---

5 하지만 불교에 대해 비판적인 태도를 견지하였다. 선생의 학문은 수사학(洙泗學)적인 유학이었다. 공자는 지금의 산동성(山東省) 사수현(泗水縣) 북쪽의 수수(洙水)와 남쪽의 사수(泗水) 사이에서 제자들을 가르쳤는데 이 지방의 앞 글자를 따서 공자의 학문을 수사학이라고 한다.

6 무원홀근(務遠忽近): 먼 것에 힘쓰고 가까운 것을 소홀히 함.

『대학』을 읽고 계시므로 한번 『대학』 장구(章句)로 말해보겠습니다. 이른바 명덕(明德)이라는 것은 천부적으로 타고난 것으로서 사람마다 모두 소유하고 있습니다. 그러나 명덕이 혼폐해지도록 방치한 채 명덕을 밝히는 공부를 하지 않을 경우 인욕에 빠져 천명을 실추하고 마는데 그러면 금수와 별로 차이 나지 않을 것입니다. 이 때문에 반드시 명덕을 밝혀(明其明德) 하늘이 부여한 내 이성(彛性, 타고난 떳떳한 성품)을 보존하여 함양하려고 하는 것입니다. 앞 명(明) 자는 지식을 쌓는 공부이고, 뒤 명(明) 자는 하늘에서 부여한 명덕으로서 내 덕의 본체입니다. 그러나 밝히는 공부만 한 채 간직하고 함양하는 공부를 소홀히 할 경우 한쪽으로 치우친 학문이 되어버리고 명덕 본체도 보존하지 못합니다. 이게 지식과 실행이 서로 필요하고 분리되어서는 안 되는 까닭입니다. 그러므로 이 구절을 읽을 때는 한 번 읊조리지만 말고 반드시 실질적인 마음으로 찾아보고 실질적인 마음으로 실행해야 합니다. 이외에 여러 글을 읽는 법도 모두 이렇게 해야만 내 소유가 됨과 동시에 실학이라고 이를 수 있습니다.

선생은 학문의 요체는 실속 있도록 힘쓰는 무실이요, "실질적인 마음으로 찾아보고 실질적인 마음으로 실행"[7]하는 게 실학이라 하였다. 그리고 하학이상달을 학문하는 자세로 이해했다. 가까운 것을 먼저 익혀야 하는 하학을 멀리하고 성리학에만 맹종하는 당대 학풍에 대한 배격이었다. 「순암선생연보」에는 선생이 주창한 하학에 대

---

7   必以實心求之 實心行之.

해 이렇게 적어놓았다.

선생은 예로부터 학자들의 병이 먼 것에 힘쓰고 가까운 것을 소홀히 함에 있다고 여기시어 이에 심신으로 일상생활에 마땅히 행할 도리를 12시로 나누고 또한 조목을 나열하고 정하여 옛 성현의 아름다운 말과 선행을 붙여 하학에 넣고 이름하여 『하학지남』이라 하고 평생 취하여 쓸자료로 삼았다.

이 글을 통해 선생이 평생 하학에 힘썼음을 알 수 있다. 하학은 우리 주변의 일상사로 인간이 지켜야 할 도리다. 선생은 "심학(心學)이니 이학(理學)이니 하는데 심리 두 글자는 형체가 없는 그림자로서 먼 허공의 설화"이기에 배격하였다. 즉 학행일치를 통해 조선 후기 양반사회 공리공담의 이기논쟁을 직·간접으로 반박한 것이요, 『동사강목』의 저술 동기이기도 하다.[8]

8　사실 공리공담도 때에 따라서는 필요하다. 예를 들어 환자가 있다 치자. 환자는 있지만 환자의 아픔은 존재하지 않는다. 아픔이 존재하지 않기에 환자가 아프지 않다고 할 수 없는 것은 아닌가. 때론 말장난도 진실에 근접하기 위한 유용한 행위이기 때문이다.

『동사강목』, 내 나라 역사를 찾아서

『동사강목』(東史綱目)은 유형원의 「동사강목범례」(東史綱目凡例)를 기틀로 삼고 이익의 조언[9]으로 편찬된 역사서다. 따라서 『동사강목』은 유형원→이익→안정복으로 이어지는 사적 체계를 세울 수 있다. 그리고 이는 일제강점기 독립운동가요 사학자인 단재(丹齋) 신채호(申采浩, 1880-1936)의 민족사관[10]으로 이어진다.

"『동국통감』을 읽을 사람이 어디 있겠나." 을사사화 주모자였던 이기(李芑, 1476-1552)의 말이다. 윤원형과 함께 을사사화의 원흉이었던 이기에게 한 지인이 후세 역사가들이 두렵지 않느냐고 하자 한 말이란다. 『동국통감』은 우리나라 역사다. 우리나라 사람들은 우리 역사를 읽지 않기에 한 말이었지만 등골이 서늘한 말이다.

선생의 『동사강목』 이전에도 우리 역사책이 없었던 것은 아니

---

9 이익은 『성호선생문집』 권25, 「답안자순 을해」에서 선생에게 자국의 역사를 써야 함을 이렇게 강조하였다.

"지금 사람들은 동방에서 태어났으면서도 유독 동방의 역사에 대해서는 전혀 알지 못하네. 심지어 '『동국통감』(東國通鑑)을 누가 읽겠는가'라고까지 말하니, 사리에 어긋난 게 이와 같네. 우리나라는 본래 우리나라일 뿐이어서 제도와 형세가 자연히 중국 역사와는 차이가 있지. 사대하고 교린하는 가운데 옛일에서 증험해보고 지금 상황에 비추어보면 진실로 헤아려보지 않을 수 없는 점이 있지만 우리나라 사람들은 대체로 이에 몽매하네. 이것에 대해 더욱 설(說)을 세워서 분명히 해야 할 게야. 백순은 이미 이 점에 대해 생각이 미쳤는가?"

이익이 말하려는 핵심은 "우리나라는 본래 우리나라일 뿐"(東國自東國)이다.

10 신채호는 한국 근대 사학의 기초를 확립한 이로 『조선상고사』에서 "역사라는 것은 아(我)와 비아(非我)의 투쟁이다"라는 명제를 내걸고 민족사관을 수립하였다. 신채호는 망명생활 중에도 늘 『동사강목』과 『동국통감』을 들고 다녔다.

다. 이기가 말한 『동국통감』도 우리 역사서다. 『동사강목』 이전의
역사서를 대략 살피면 이렇다.

> **기전체**(紀傳體): 본기(本紀) 기와 열전(列傳) 전을 딴 역사서술 문체이다.
> 『삼국사』[11] · 『삼국사기』 · 『고려사』 · 『동사찬요』(東史纂要)[12] · 『동사』(東
> 事)[13] · 『동사』(東史)[14] 등이다.
> **편년체**(編年體): 연도별로 기록한 역사서술 문체이다. 『유기』[15] · 『신집』(新
> 集)[16] · 『서기』(書記)[17] · 『국사』[18] · 『동국사략』[19] · 『고려국사』[20] · 『고려사전
> 문』(高麗史全文)[21] · 『고려사절요』[22] · 『삼국사절요』[23] · 『동국통감』 · 『동국
> 사략』[24] · 『동사강목』 등이다.

기전체는 단순한 연대순의 서술이 아니라 통치자를 중심으로

---

11 현재 전해지지는 않지만 「단군본기」나 「동명왕본기」 등이 담겨 있다는 기록으로 볼
　　때 기전체로 서술되었던 것으로 해석된다.
12 16세기 말 오운(吳澐)이 편찬하였다.
13 17세기 후반 허목(許穆)이 편찬하였다.
14 18세기 후반 이종휘(李鍾徽)가 편찬하였다.
15 고구려의 역사서인데 지은이는 알 수 없다.
16 이문진(李文眞)이 『유기』를 바탕으로 정리한 책이다.
17 백제 고흥(高興)에 의하여 편찬된 책이다.
18 신라 거칠부(居柒夫) 등이 편찬한 책이다.
19 권근(權近) 등이 편찬한 책이다.
20 정도전(鄭道傳)이 편찬한 책이다.
21 권제(權踶) · 남수문(南秀文) 등이 편찬한 책이다.
22 김종서(金宗瑞) 등이 편찬한 책이다.
23 신숙주(申叔舟) 등이 편찬한 책이다.
24 박상(朴祥)이 편찬한 책이다.

각 시대 주요한 전기(傳記), 사기(史記), 본기(本紀), 열전(列傳) 등을 분류 서술하여 시대의 특징과 변동 등을 유기적이고 전체적으로 파악할 수 있다는 특징을 지닌다. 그리고 각 시대에 활동한 인간의 삶에 대해서도 좀 더 생생하고 다양하게 표현한다. 따라서 기전체는 왕조 전체의 체제와 변동을 서술하기 위한 정사의 기본 서술 체제로 자리 잡았으며, 그 때문에 정사체(正史體)라고도 한다. 사마천·반고 등이 기전체로 역사를 정리하면서부터 중국의 정사는 대부분 이를 따랐다.

편년체는 역사 기록을 연·월·일순으로 정리하는, 동양에서 가장 보편적이고 오래된 역사 편찬의 한 체제다. 오늘날 전하는 중국 편년체 사서 중 가장 오래된 것은 공자가 노(魯)나라 역사를 쓴 『춘추』(春秋)다.

기전체든 편년체든 『동사강목』 이전의 우리 역사서는 대부분 사대주의적, 중국 중심의 서술인 게 사실이다. 하지만 『동사강목』은 편년체에 속하지만 강과 목을 설정하여 서술 효과를 거두었고 우리나라의 독자적인 계통을 정립하였다. 특히 성호 이익의 「삼한정통론」은 『동사강목』 입론의 근거였다.

우선 『동사강목』의 전체 목차부터 보자. 『동사강목』은 크게 수권(首卷)·본편(本編)·부권(附卷)이라는 세 부분으로 구성되었다. 참고서적은 우리나라 서적으로 『삼국사기』 외 42권, 중국 서적으로 『사기』 외 17권이나 된다. 선생의 실학이 고증학에 기반을 둔 기색이 완연하다. 선생의 이런 고증학적 탐구는 「고이」, 「괴설변증」, 「잡설」, 「지리고」에서 그 실제를 볼 수 있다.

이제 차례를 좇아가며 중요 부분만 서술해보겠다.

서

선생은 『동사강목』 「서」에서 "『삼국사기』(三國史記)[25]는 소략하면서 사실과 틀리고, 『고려사』(高麗史)[26]는 번잡하면서 요점이 적고, 『동국통감』[27]은 의례(義例)가 어그러짐이 많고, 『여사제강』(麗史提綱)[28]과 『동사회강』(東史會綱)[29]은 필법이 혹 어그러진 게 있다"며 이를 바로잡으려 『동사강목』을 썼다고 밝혔다. 이전 역사서에 대한 비평이며 선생이 쓴 『동사강목』을 가늠할 수 있는 문장이다.

흠이라면 주자가 송나라 사마광이 편집한 『자치통감』을 강과 목으로 나누어 『자치통감강목』(資治通鑑綱目)을 짓고 손수 범례를 만들었는데 선생이 이 범례를 그대로 따랐다는 점이다.

하지만 선생의 역사의식은 어느 정도까지는 조선인다웠다. 선생은 이 「서」(序)에서 "역사가 대법은 통계를 밝히고, 찬역[30]을 엄히 하고, 시비를 바로잡고, 충절을 포양하고, 전장(典章, 국가 제도와 문물)

---

25 가장 오래된 역사서로 1145년(인종 23)에 김부식이 기전체로 엮은 50권 10책의 역사서다.
26 1449년(세종 31)에 편찬하기 시작해 1451년(문종 원년)에 완성된 고려 시대 역사서로 고려 시대의 정치·경제·사회·문화·인물 등의 내용을 기전체로 정리하였다.
27 1463년(세조 9)에 신숙주·최항·양성지 등이 왕명으로 편찬을 시작하여 1484년(성종 15)에 서거정(徐居正, 1420-1488) 등이 완성하였다. 단군조선에서 고려 말까지의 역사를 편년체로 기록하였다.
28 1667년(현종 8)에 유계(俞棨, 1607-1664)가 펴낸 고려의 편년사로 서문은 송시열이 썼다. 강목체 사서로서 춘추대의와 명분론에 따라 집필되었다.
29 숙종 때 임상덕(林象德)이 지은 고려 말까지의 한국통사다.
30 찬역(簒逆): 임금 자리를 빼앗으려고 하는 반역.

을 자세히 해야 하는 것"이라고 분명히 밝혔다. 아래의 범례는 이에 대한 자세한 설명이다.

이 「서」를 쓴 날짜가 선생 나이 67세인 1778년 2월 1일이다.

범례

범례(凡例)는 선생이 우리 역사를 어떻게 보는지에 대한 윤곽을 분명히 하고 있는 부분이다. 따라서 『동사강목』 전체를 이해하는 데 가장 중요하다. 선생은 범례에서 중국이 아닌 우리 동국 역사임을 아래와 같이 분명히 천명하였다.

> 지금 이 범례는 일체 주자의 정법을 따랐다. 그러나 『통감강목』은 중화를 주로 삼아 만국을 통섭하여 그 높음이 더할 나위 없지만 이 책은 동국의 일이다. 지역이 한 모퉁이에 치우쳐 있고 예절과 일이 다르므로 부득불 형편에 따라 예를 세웠는데 이는 대소 형세가 다르기 때문이니 보는 이가 스스로 알아야 한다.

선생은 범례를 주자의 정법에 따랐지만 송나라 주자가 쓴 59권의 역사서 『통감강목』은 어디까지나 중국 역사요, 우리는 동국 역사를 다루고 있음을 분명히 하였다. 선생이 지닌 자국에 대한 분명한 인식은 1740년에 쓴 『하학지남』에서도 찾아볼 수 있다. 『하학지남』은 우리나라 선현들의 저서나 언행을 참고한 서적으로서 명기한 인명은 고려 시대 길재와 정몽주를 시작으로 조선에 들어오면 유관, 황희, 정인지, 이항복, 김충암 등 54명이나 된다.

통계

통계는 정통 역사를 정립하는 역사서의 시발이다. 선생은 단군조선-기자조선-마한-신라-고려를 정통으로 삼았다. 『동국통감』에서 단군조선을 정통으로 삼지 않은 것에 대해 그 잘못을 이렇게 지적하고 있다.

> 통계는 사가가 책 첫머리 제일의로 삼는 것인데, 『동국통감』은 단군과 기자의 사적을 별도로 외기로 삼았으니, 그 의의가 옳지 못하므로 이제 정통을 기자로 시작하고, 단군을 기자가 동방으로 온 사적 다음에 붙이되….

선생은 그 이유를 "단군은 맨 먼저 나라를 다스렸고, 기자는 문물을 처음 일으켜서 각각 1천여 년을 지냈으니, 신성한 정치는 민몰시켜서는 안 된다"고 하며 『동국통감』[31]에서 단군과 기자를 외기로 처리한 것이 옳지 못하다고 한다.

선생은 "정통은 단군·기자·마한·신라 문무왕(文武王) 9년 이후·고려 태조 19년 이후"라며 분명히 하였다. 선생은 위만을 빼고 대신 마한을 정통으로 삼았다. 위만조선을 뺀 이유는 다음과 같다.

---

31 1484년(성종 15)에 서거정의 주도하에 찬진된 『동국통감』은 남아 있지 않다. 오늘날까지 전해지는 『동국통감』은 1485년에 개찬된 것으로, 중국에 지성으로 사대한 행적이 있으면 칭송하는 반면 중국에 대항했거나 사대를 소홀히 한 행적은 철저히 비판하고 있다.

위만은 찬적[32]인데『동국통감』에는 단군·기자와 함께 3조선이라 일컬어 마치 그와 덕도 같고 의리도 같은 것처럼 하였으나 이제 내쳐 참국(僭國) 한 예에 따랐다.

특히 마한정통론은 우리의 주체적 역사라는 점에서 의미가 심 거하다. 마한을 정통으로 파악한 최초의 선례는 17세기 홍여하(洪汝河, 1620-1674)의『동국통감제강』(東國通鑑提綱)[33]이다. 이익은 여기 서 더 나아갔다.『성호선생문집』권38,「삼한정통론」(三韓正統論)에 서 이익은 찬탈자인 위만을 기자의 계승자로 본 것은 잘못이라 단 언한다. 그리고 우리나라 사람들이 수천 년 동안 이를 알지 못하고 마한의 평가를 인몰시켜왔다며 이렇게 그 요지를 밝히고 있다.

우리나라 역사는 단군·기자 이래 중국과 같은 시기에 왕조가 일어나서 같은 시기에 망하였다. 기자는 팔조교(八條教)를 펴 우리나라에 삼강오 륜을 밝혔다. 단군·기자 대에는 요하(遼河) 이동, 임진(臨津) 이북이 중심 부였고 한강 이남의 삼한은 변방 지역이었다.

기준(箕準)은 왕에 즉위한 지 20년에 도둑(위만)을 피해 남쪽으로 도 읍을 옮겨 마한을 개창하였다. 속국 50여 국을 거느리면서 기자로부터 시작된 인현(仁賢) 교화를 마한 왕이 계승하였으니, 동방의 정통이 끊어

---

32 찬적(簒賊): 나라를 찬탈한 도적.
33 1672년(현종 13)에 홍여하가 지은 편년체의 역사서로 학생들을 가르치기 위한 교 재로 편찬하였다.

지지 않고 마한에 계승되었다.

위만 정권은 80년간 유지되었으나 마한은 117년간 지속되었다. 서북 일대가 한사군(漢四郡)으로 되었어도 우리 역사는 마한으로 계승되었다. 나라 이름이 바뀌었다고 하여 하등 문제가 되지 않음은 중국 역사에서도 같은 사례가 있다.

따라서 이익은 우리나라가 마한을 계승했으므로 예의를 알고 어진 나라라고 칭해진 지 오래되었다면서 "마한의 역사를 쓸 때는 춘추필법에 따라, 백제가 습격한 사실은 '백제가 침입하였다'(百濟入 寇)로, 원산·금현성 항복은 '두 성이 함락당하였다'(二城陷)로, 마한 이 망할 때 장군 주근(周勤)이 죽었다는 표현은 마땅히 '마한의 옛 장군인 주근이 우곡성에서 군사를 일으켰으나 이기지 못하고 죽었 다'"[34]로 써야 한다고 하였다.

선생은 스승 이익의 「삼한정통론」을 『동사강목』에 그대로 받아 들였다. 이하 주요 내용은 이렇다.

- 삼국은 특정한 나라를 정통으로 정하지 않고 무통(無統)으로 하였다.
- 위만조선, 후삼국, 신라 멸망 이전 고려는 참국(僭國)으로 삼았다.
- 부여, 예맥, 옥저, 가락, 대가야 등은 소국(小國)으로 기록했다.
- 이전 사서에서 고려의 정통 왕으로 인정하지 않았던 전폐왕 우(前廢王 禑), 후폐왕 창(後廢王 昌)을 모두 정통 군주로 기록하였다.

---

34 馬韓舊將周勤起兵據牛谷城 不克死之.

또한 발해가 고구려의 옛 땅임도 분명히 하였다.

발해는 우리 역사에 기록할 수 없으나 본디 고구려의 옛 땅으로 우리 국경과 상접하여 의리가 입술과 이처럼 서로 의지하고 돕는 형세이므로, 『통감』에서 갖춰 썼기 때문에 이제 그대로 좇았다.

세년

역사를 서술하는 연도를 말한다. 선생은 "『춘추』는 왕실을 높이는 글이었는데도 노나라를 '기년'(紀年)으로 하였다"며 "이것은 동국 역사이니, 『춘추』의 예에 의하여 우리나라를 기년으로 하였다"고 분명히 말하고 있다.

아쉬운 점은 신라 세 여왕의 기년 및 명호를 찬위(簒位)한 임금처럼 먹으로 표시하여 '통서(統緒)를 범한 죄'를 나타냈다는 점이다. 통서란 '한 갈래로 이어온 계통'을 말하니 여인이기에 왕위를 찬탈한 것처럼 온전한 계통으로 볼 수 없다는 말이다. 이는 선생이 이익의 생도들 중 보수적인 우파에 속함을 일러준다.

명호

정통 임금은 왕 또는 시호로 표시하였고, 정통이 아닌 임금은 모국왕(某國王), 소국의 임금은 모국군(某國君), 찬탈자는 이름을 썼다. 모국군은 김수로, 찬탈자는 견훤과 궁예 등이었다.

흥미로운 것은 신라 왕호인 '거서간·차차웅··이사금·마립간'이라는 칭호이다. 선생은 이게 오랑캐 말이기에 고쳐 썼고, 『동국통감』도 그대로 따랐으나, 역사는 사실대로 기록하는 글이라 사실대로 써야 한다며 거서간·차차웅을 그대로 썼다.

즉위

임금을 세우는 표현이다. 선생은 "고려 태조는 황제라 일컬은 예에 따랐다"고 하였다. 그러면서 여러 역사적 기록에 "왕건(王建)을 왕으로 세웠다"는 표현을 썼지만 이는 잘못이기에 개정한다고 하였다. 고려를 황제국으로 본다는 말이다.

개원

옛 임금의 연대를 쓰고 그 아래에 새 임금의 원년을 주기하였다.

붕장

역시 여성에 대한 한계성이 드러난다. 선생은 "여주(女主)는 '여주모(某)가 졸하였다'로 썼다"고 하며 그 이유를 이렇게 밝힌다.

여자가 높은 지위를 차지하여 음으로 양 위치에 선 것은 정통을 범함이 심하다. 그래서 정위 임금과 동일한 예로 칭할 수 없으므로 '졸하였다'로 썼다.

『동사강목』 도상

선생은 동국 역대 전수도(東國歷代傳授之圖), 단군·기자 전세도(檀君箕子傳世之圖), 신라 삼성 전세도(新羅三姓傳世之圖), 부(附) 가락국(駕

洛國), 부 대가야국(大伽倻國), 고구려 전세도(高句麗傳世之圖), 부 부여국(夫餘國), 부 발해국(渤海國), 백제 전세도(百濟傳世之圖), 고려 전세도(高麗傳世之圖)를 도표로 설명했다.

그중 동국 역대 전수도는 아래와 같다.

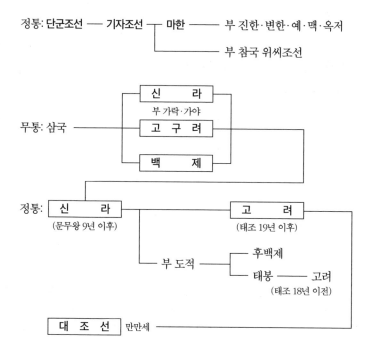

위의 표와 같이 단군·기자의 정통을 세우고 기자조선을 거쳐 마한을 정통으로 삼았다. 고구려·백제·신라 3국은 동등한 자격을 가지고 있어 어느 한 나라에 정통을 줄 수 없으므로 무통으로 처리하고 있다. 이를 도표화하면 단군조선→기자조선→마한→(무통삼

국)→문무왕 9년 이후 신라→태조 19년 이후 고려이다. 고려 말 우
왕과 창왕도 정통체계에 넣었다.

『동사강목』도하

관직 연혁도(官職沿革圖), 삼사·삼공 연혁(三師三公沿革) 등을 도표
화하였다.

『동사강목』제1상: 단군에 대한 견해

기묘 조선 기자 원년부터 기미 신라 아달라왕 26년, 고구려 신대
왕 15년, 백제 초고왕 14년까지 1301년간이다. 선생은 단군이 아
닌 "은 태사 기자가 동방으로 오니 주(周) 천자가 그대로 그곳에
봉하였다"라는 말로 서두를 시작한다. 선생은 역대 전수도에서는
분명 정통의 시발을 단군조선으로 삼았으면서도 이번에는 기자조
선으로부터 시작하였다. 선생은 자신의 견해를 '안'(按)이라 하였
는데 지금부터 이를 중심으로 살펴보겠다.

【안】동방 고기(古記) 등에 적힌 단군에 관한 이야기는 다 허황하여 이치
에 맞지 않는다. 단군이 맨 먼저 났으니, 그 사람에게는 신성한 덕이 있
으므로 사람들이 좋아서 군으로 삼았으리라. 예전에 신성한 이가 날 적
에는 워낙 뭇사람과는 다른 데가 있었으나 어찌 이처럼 매우 이치에 어
긋나는 일이 있었으랴! 고기에 나오는 '환인제석'(桓因帝釋)이라는 칭호
는 『법화경』에서 나왔고, 그 밖의 칭호도 다 중들 사이 말이니, 신라·고
려 때에 불교(異敎)를 숭상하였으므로, 그 폐해가 이렇게까지 되었다.

동방이 병화를 여러 번 겪어서 비장된 국사가 죄다 없어져 남은 게 없었으나, 승려가 적어둔 것은 암혈 가운데서 보존되어 후세에 전할 수 있었으므로, 역사를 기록하는 이들이 적을 만한 게 없어서 답답한 마음에 이를 정사에 엮어넣는 수도 있었다. 세대가 오래 내려갈수록 그 이야기가 굳어져서 한 인자와 현인의 고장으로 하여금 말이 괴이한 데로 돌아가게 하였으니 통탄함을 견딜 수 있으랴!

선생은 "내가 이처럼 이치에 맞지 않는 이야기를 일체 취하지 않는 것은 그릇된 것을 답습해온 고루한 버릇을 씻어버리고자 하는 까닭"이라고 하였다. 하지만 『동사강목』 부록 상권 「고이」에서는 또 이렇게 서술하고 있다.

『위서』(魏書)를 상고하면, "2천 년 전에 단군왕검이 아사달에 도읍하고 나라를 열어 그 국호를 조선이라 하였으니 요(堯)와 동시이다" 하여, 중국사의 기록이 동사(東史)와 대략 같다. 단 동사에는 지나치게 과장하고 허황하게 썼기 때문에 믿지 않는 사람이 많다. 그러나 모호하게 기연미연한 것으로 돌림은 옳지 못하다.

이를 통해 선생이 단군에 대해 다소 모호한 태도를 보이는 것을 알 수 있다.

『동사강목』 제6상: 노비제도

병진년, 광종 7년(후주 세종 현덕 3, 요 목종 응력 6, 956) 노비제도에 관해 기록한 부분이다. 선생은 다음과 같이 말한다.

【안】 우리나라 노비가 대대로 법으로 묶인 것은 실로 왕정에 있어 차마 못할 바이다. 한 번 천한 사람으로 문적에 기록되면 100세가 되도록 신분이 변치 못해서야 되겠는가? 옛날 노예는 모두 도적 죄에 걸려 잡아 죽일 자나 오랑캐 중에서 도적질을 한 자들을 노예로 삼았었다. 그러나 벌이란 자손에게 미치지 않고 본인에게만 그칠 뿐이니 어찌 일찍이 우리나라 법과 같았겠는가? 말하는 사람들이, 노비법은 기자에게서 비롯되었다 하여 아울러 대대로 몸으로 부역하는 폐단과 혼동하여 말하니, 성인이 인민을 다스리는 정치가 어찌 이와 같았겠는가? 역사에 기록된 게 없으나 그 폐단의 근원을 찾아보면 삼국 시대에서 비롯된 것인가 한다. 삼국 시대에는 귀척대신이 대대로 권세를 잡았었는데, 신라가 더욱 심하였다.

『당서』(唐書)에 "신라 재상은 녹이 끊어지지 않으며 아이 종이 3천 인이었다" 하였으니, 그들의 위엄과 기세를 알 수 있겠다. 가난하고 의탁할 곳이 없는 자들이 스스로 몸을 팔아 종이 되어 세력에 의탁하여 자손에 이르기까지 얻어먹고 일을 하게 되었다. 또 싸움에서 포로로 잡은 자를 노비로 삼아 놓아주지 않아서 대대로 사역이 그치지 않아서 그 말류 폐단이 반드시 이에 이르렀다. 고려 태조가 통일할 적에 적을 이기고 반적을 토벌하여 많이 사로잡은 것을 공신에게 주어 노비로 삼고, 또 각 관아에 속하게 하였다. 이에 사노비와 공노비라는 이름이 있게 되었으며 한 나라 백성 거의 모두가 천한 문적에 들게 되었으니, 법의 좋지 못함이 이보다 심함이 없었다. 어진 왕이 일어난다면 이것을 바로잡기에 겨를 이 없다. '바로잡기를 어떻게 할 것인가?' 하면 옛날 방법에 따라 죄 있는 자만을 거두어들일 뿐이며, 중국 제도를 모방하여 고용을 사역시킬 뿐이며, '행한 지가 이미 오래되고 풍속이 또 같지 않다. 원나라 사람이 고치고자 하였으나 할 수 없었던 것은 아마 이 때문이리라.' 그러하나 법이 변하면 형세도 변하고 형세가 변하면 세상 풍속도 따라서 변한다. 진실로 그 마땅함을 얻어서 그것을 행한다면 옛날에 썼던 것을 어찌하여 오늘날에는 쓰지 못하며, 중국에서 행하던 것을 어찌하여 우리나라에서는 행하지 못하겠는가? 원나라 사람들이 고치고자 하였어도 할 수 없었던 것은 아마도 권력이 각자에게 있으니 대대로 큰 녹을 받았던 집안과 세력 있는 집안이 어찌 즐겨 좇았겠는가? 이 때문에 이 폐단을 고치는 것은 모름지기 일대 변경을 거쳐서 귀천을 말할 수 없게 한 뒤에야 훌륭한 왕이 나와서 그것을 정제하게 되리라.

선생은 노비제도가 삼국 시대부터 도입되었다며 노비제도의 참담함을 길게 서술하였다.

『동사강목』 제6상: 과거

병신 고려 태조 19년부터, 을묘 고려 현종 6년까지 80년간, 계미년 성종 2년(송 태종 태평흥국 8, 요 성종 통화 원년, 983) 과거에 대한 견해다. 선생은 과거로 사람을 뽑는 것을 실학에 힘쓰는 것이라고 한다. 또한 시(詩)와 부(賦)로는 재주를 취할 수 없다고 한다. 유형원이 『반계수록』, 권10, 『교선지제』 하, 「공거사목」에서 내세운 "부허한 글짓기를 하는 과거를 영원히 없애자"는 논리와 유사하다.

【안】 과거는 사사로운 정을 용납하기 쉽다. 복시는 참과 거짓을 가려서 시관(試官)을 경계시키는 것이다. 복시 방법은 마땅히 시무(時務)로 그들의 책략을 징험하고 경론(經論)으로 논난하여 그들의 학식을 살피는 게 거의 말을 시험하고 재주를 살피는 뜻에 부합되어 사람들을 실학(實學)에 힘쓰게 한다. 이제 시부(詩賦)로 상례(常例, 보통 있는 일)를 삼아 시험을 치니, 시부로 장차 어떻게 실지 재주를 취할 수 있겠는가?

선생은 과거 대신 천거제를 들었다. 『동사강목』 제3하(을사년 신라 선덕여주 14년, 고구려 왕장 4년, 백제 왕 의자 5년[당 태종 정관 19, 645])에서 과거제에 대해 이렇게 적어놓았다.

【안】 후세에 사람을 등용하는 법이, 비록 학교에서 선비를 양성하고 과거로 사람을 취하나, 그 사이에 호걸로서 구애됨이 없는 선비(豪傑不羈之士)는 이 두 가지 방법으로는 기용할 수 없고 오직 임금과 재상이 특별한 예우로 등용해야만 그의 재주를 다하게 할 수 있어, 초야에 등용되지 못한 어진 이가 없다.…신라가 비록 화랑을 뽑는 법이 있으나 그것은 좋은 법이 아니었고, 또 그 사람을 쓰는 데 있어서도 오직 골품만 따져 대대로 높은 벼슬을 지낸 집안이나 왕과 성이 같은 집안이 아니면 비록 재주가 있어도 들어 쓸 수 없었으니, 이게 설계두[35]를 당나라가 쓰게 된 까닭이었다. 이때를 당하여 삼국이 분쟁을 하여 인재를 구하는 게 진정 급하여 비록 산림에서 찾아내고 일반 고을에서 발탁한다 해도 오히려 일국의 재

---

35 설계두(薛罽頭, ?-645): 중국 당나라에서 활동한 신라 출신의 무인.

2부 우리는 누구인가?

주 있는 선비를 다 얻지 못할까 걱정이 되는데, 한갓 문벌과 지위만을 따져서 사람을 썼으니 비록 호걸 선비가 있었다 한들 장차 어찌 그 재주와 지혜를 펼 수 있었겠는가? 나라를 다스리는 자는 마땅히 경계해야 한다.

선생은 산림에서 선비를 찾으라 한다. 또 문벌과 지위만으로 사람을 쓰는 폐단을 지적하고 있다. 이러한 선생의 견해는 제7하(정유년 문종 11년[송 인종 가우 2, 거란 도종 청녕 3, 1057])에서도 보인다.

【안】사람을 쓰는 데 문벌을 숭상하는 것은 후세의 더러운 습관이다. 문벌과 지벌(地閥, 지체와 문벌)로 사람을 쓴다면, 어질고 재능 있는 자가 반드시 문벌과 지벌이 있지만은 않고 문벌과 지벌이 있다 해서 반드시 어질고 재능이 있는 것은 아니다. 한 면에 치우쳐서 다른 한 면을 폐한다면 어찌 이른바 현자를 쓰는 데 귀천이 없다는 뜻이 되겠는가? 그 폐단이 후대에 이르러 더욱 심하여 문벌이 좋은 사람은 쉽사리 요직에 오르고, 덕망과 재능이 있는 자는 말직에 머무르거나 초야에 묻혀버리니, 치화[36]와 풍속이 날로 퇴폐해짐은 결코 괴이하게 여길 게 없다. 이신석(李申錫)은 씨족을 기록하지 않고도 잠신(簪紳) 반열에 들었고, 경정상(慶鼎相)은 대장장이 후예로 직한림원이 되었으니, 문종(文宗)이 세속의 풍습에 구애되지 않고 격식을 떠나 사람을 쓰는 게 이와 같았으므로 그가 일대 치화를 이루게 된 것은 당연하다 하겠다.

---

36 치화(治化): 어진 정치로 백성을 다스려 인도함.

『동사강목』 제9하: 형벌

경술년 명종 20년(송 광종 소희 원년, 금 장종 명창 원년, 1190) 형벌에 대한 견해다. 선생은 고려 형법이 지나치게 관용을 베푼다 하며 나라 기강이 없으면 "아무리 망하지 않고자 하나 망하지 않을 수 있겠는가?" 한다.

【안】형(刑)이란 정치를 돕는 도구이다. 성인이 오형을 밝혀 오교(五敎)를 도우니, 비록 순이 임금이 되고, 고요(皐陶)가 선비가 되더라도 백성으로 하여금 죄를 범하지 않게 할 수는 없기 때문에, 형을 나타내 보여서 두려워 피할 바를 알게 하되, 죄를 범한 자는 실정을 살펴 가벼운 벌이든지 무거운 벌이든지 반드시 시행하여 의심이 없게 할 뿐이다. 이러므로 백성이 중도에 맞아서 형벌 없는 데까지 기약하였다. 고려 형법은 대저 관대함을 따름에 과실이 있으나, 대개 태조가 잔포한 태봉(泰封)의 뒤를 이었으므로 포학을 관용으로 대신한 것은 때에 맞는 조치를 얻은 것이다. 그러나 후대에 와서 임시방편을 어짊으로 여기고 자주 용서하는 것을 은혜로 여겨서, 찬탈하고 시해한 자가 죄가 없고, 참소하고 비방한 자가 치죄되지 않으며, 살인자가 사형되지 않아 간사함과 흉악함이 조정에 발붙이게 되고, 여러 마을의 호활[37]이 그 마음먹은 일을 방자하게 하게 되었다.

　평량[38]과 같은 무리에 이르러서는 천한 신분으로 귀한 사람을 능멸하고 노예로서 주인을 죽였으니, 그 죄가 죽을 만하고 용서될 수 없으되 귀양

37　호활(豪猾): 세력이 있으면서 교활한 사람.
38　평량(平亮): 본래 종이었으나 권신에게 뇌물을 주고 벗어났다.

보내는 데 그쳤다. 나라 기강이 이와 같으면서 아무리 망하지 않고자 하나 망하지 않을 수 있겠는가? 세상 임금들은 국가가 쇠계(衰季, 쇠망할 무렵) 운수를 당하여 더욱 형벌과 상 주는 일이 적중하였는가 여부를 삼가야 한다.

『동사강목』 제10하: 뇌물

경진년 고종 7년(송 영종 가정 13, 금 선종 흥정 4, 몽고 태조 15, 1220) 뇌물에 관한 부분이다. 선생은 뇌물을 탐하는 이유를 다음과 같이 '폐행과 명령을 전단함' 두 가지로 들고 있다. 이 또한 나라를 망하게 하는 것이라 한다.

【안】탐장[39]의 근원은 두 가지다. 하나는 폐행[40]이 권세를 부리는 게요, 하나는 권신(權臣)이 명령을 전단[41]하는 것이다. 그래서 의종(毅宗)·명종(明宗)이 임금이 되어서는 뇌물이 관청 문에 넘쳤고, 최충헌(崔忠獻, 1149-1219)이 신하가 되어서는 출척[42]이 개인의 집에서 행하여졌다. 무능한 무리가 조정에 떼 지어 등용되고, 어진 선비는 침체하여 버림을 받아서 마침내 백성들이 흩어지고 나라는 나라꼴이 아니었다. 강도나 살상 따위는 사소한 죄라도 용서하지 않으면서도 재물을 탐하는 벼슬아치가 나라와 법을 어겨 온 나라가 해를 입어도 흔히 내버려두고 문책하지 않은 것은 무슨 까닭인가? 통탄할 일이다.…이것을 다스리지 않으면 망하지 않는 나

---

39 탐장(貪贓): 벼슬아치가 뇌물을 탐하는 것.
40 폐행(嬖倖): 아첨하여 총애를 받는 것, 또는 그 사람.
41 전단(專斷): 혼자 생각으로 마음대로 함.
42 출척(黜陟): 관직의 강등과 승진.

라가 없다. 그러면 그것을 어떻게 다스릴 것인가? 반드시 그 법을 엄하게 하여 중한 자는 반드시 죽여 없애야 하고 그 집안 재산을 몰수해야 하며, 추천하여 쓴 재상도 반드시 그들의 죄와 같게 한 연후에 청렴하고 겸손한 사람을 등용하고 사치스러운 풍습을 없앤다면 거의 잘 다스려질 것이다.

『동사강목』 제13하: 역사

정사년, 충숙왕 4년(원 인종 연우 4, 1317) 역사에 관한 부분이다. 이 부분에서 선생이 왜 역사를 중요시하는지가 분명히 드러난다. 선생은 "악을 행하는 자가 꺼리고 난신적자[43]들이 두려워하게 함"이 역사 기록의 의의라고 밝힌다.

【안】천하는 하루라도 역사 기록이 없어서는 안 된다. 그렇기 때문에 전쟁으로 어지러운 때에도 역사 기록이 폐해진 적이 없었다. 춘추 시대 열국이나 양진(兩晉, 동진과 서진) 제국 일을 보면 알 수 있다. 그런 혼란기에도 그랬는데 더군다나 평상시이겠는가.…그런데 후에 야사(野史)를 금하면서부터, 수십 년이 지나면 선악 자취가 깡그리 없어져 악을 행하는 자가 꺼리는 게 없고, 난신적자들이 두려워할 게 없게 하였으니, 이는 이른바 '군자는 불행이요, 소인은 다행'이란 것이다.

---

43 난신적자(亂臣賊子): 나라를 어지럽히는 신하와 어버이를 해치는 자식.

『동사강목』부록 상권 상

고이(考異)

상반된 전설이나 기록 등을 따로 기록하였다. 여러 사실 가운데 특정 사실을 선택한 이유를 서술했다(사마광의 『자치통감』에 영향을 받아 지은 것임을 저자 본인이 밝히고 있다).

보유(補遺)

금의(琴儀, 1153-1230)의 사실을 적었다. 고려 고종 때 문신으로 「한림별곡」 제1장에서 옥순문생[44] 금학사(琴學士)가 바로 이이다. 선생은 『고려사』와 『동국통감』에 틀린 곳이 많을뿐더러 인물에 대해 공정하게 평가하지도 않았다고 말한다. 그래서 사람들이 예사(穢史, 정사가 아닌 더러운 책)라면서도 다른 책은 상고할 만한 것이 없기에 믿는다며 금의에 대한 『고려사』의 기록 또한 사실이 아니라고 한다.

필기(筆記)에는, "금영렬(琴英烈, 금의)이 일찍이 최충헌 집에 가지 않고 다만 조정에서 참배하여 인사를 치를 뿐이었다. 이로 말미암아 충헌이 좋아하지 않았고, 또 충헌의 여러 아들과 틈이 생겨 끝내는 그의 맏아들이 교동으로 귀양 가는 화를 입게 되었다" 하니 이에 따르면 어찌 아첨하여 섬긴 사람이겠는가? 이른바 말 앞에 서서 말하였다는 것은, 금의는 벼슬이 낮고 충헌의 지위는 백관 중에 으뜸이 되었으니 그럴 수 있는 일이다.

---

44 옥순문생(玉筍門生): 금의가 과거를 관장하면서 배출한 급제자들.

『보한집』에는 "영렬이 퇴로할 때 그 문생들이 헌수하였는데 황보관이 공에게 드린 글에 '동년 선후로서 형제가 되었다'(同年先後爲兄弟) 했다" 하였으니, 여기에 의하면 보관을 섬으로 유배 보낸 것은 충헌의 소행이지 금의가 참소한 게 아니다. 인경의 시에는 "죽은 후 맑은 바람 영원한 귀감일세"(身後淸風千古鏡)라 하였으니 이를 상고할 때 과연 금의가 재물을 탐하였다고 일컬을 수 있겠는가? 이 세 사람은 모두 당시 일대 명사였다. 어찌 이들이 아첨하는 말을 하였겠는가? 이것으로 『고려사』에 잘못이 많음을 알 수 있다. 이 밖에도 위의 사실과 같은 일이 필시 많을 것이나 고증할 만한 문헌이 없어 바루지 못하는 게 유감이다.

『동사강목』 부록 상권 중

괴설변증(怪說辨證)

괴상한 전설·기록 등에 대해 비판을 가하였다. 삼국 시조 설화를 비롯하여 많은 신이한 전설을 비판하고 있다. 하지만 모두 비판한 것은 아니었으니 죽장릉[45]이나 천사옥대[46]같이 괴이한 일은 그대로 두었다. 선생은 그 이유를 자문자답하였다. 들어보면 이렇다.

"그대가 우리나라 역사의 괴이한 이야기를 모두 산삭(刪削, 깎고 다듬

---

45 신라 미추왕릉. 죽장릉에 쌓인 죽엽(竹葉)이 수만 군사로 변하여 적을 물리쳤다는 말이 있다. 『삼국사기 신라본기』에 언급된다.

46 하늘이 내려준 옥대. 신라 진평왕 때 하늘로부터 천사가 내려와 옥대를 전해주었는데, 교사(郊社)·종묘(宗廟) 등 큰 제사에는 으레 이 옥대를 띠었다는 말이 있다. 『삼국유사』에 등장한다.

음)하여 진실로 역사서로서 요체를 살리면서 죽장릉(竹長陵)·천사옥대(天賜玉帶)·장의사(藏義寺)[47]·만파식적(萬波息笛)[48]·왕창근(王昌瑾) 거울[49] 같은 내용을 괴이하다 하지 않고 기록한 것은 무슨 까닭인가?" 하기에 대답하기를 "이치에는 상변[50]이 있고 사실에는 허실이 있게 마련이다. 이에 그대로 둔 것은 이치에 고증되어 그럴 수도 있는 사실이요, 여기에 산삭해버린 것은 사람들이 조작한 허위의 것들이다. 이상 허다한 괴설은 모두 망령된 선비들의 허위 조작인데, 가설로 여겨지는 것은 엄격히 깎아버려 허망한 습성을 끊어버리는 게 당연하겠지만, 천사옥대와 만파식적 사실을 정문(正文)에 써둔 것은, 당시 임금들이 하늘을 속이고 한 세상을 미혹케 한 그 실수를 나타내려는 때문이다. 그리고 음병(陰兵)이 남몰래 도와준 일과 충혼(忠魂)이 국왕에게 보답한 상서로운 일에 대해서도 역시 그럴 수도 있는 일이라 생각되기에 그대로 두고 산삭해버리지 않았다. 중국 정사(正史) 또한 이러한 예가 많다. 나는 이에 사실을 헤아려 취사하였다" 하였다.

---

47 창의문 밖에 있는 절 이름. 신라 태종 무열왕이 백제를 치기 위해 당나라에 군사를 청하는 것에 대해 고심하였다. 그러자 이미 죽은 신하 장춘(長春)·파랑(罷郞)과 비슷한 사람이 홀연 왕 앞에 나타나 황제가 소정방(蘇定方) 등을 보내 백제를 치게 한다는 소식을 미리 알려주었다. 왕이 이들의 명복을 빌기 위해 세운 게 곧 장의사다. 『삼국사기』에는 장(藏)이 장(莊)으로 기재되었다.

48 피리 이름. 신라 신문왕 때 동해 가운데 나타난 거북머리와 같이 생긴 산 위 대를 베어다가 피리를 만들었는데, 이 피리를 불면 적병이 물러가고 질병이 낫고 가물 때는 비가 온다고 한다. 『삼국유사』, 『삼국사기 잡지』에 보인다.

49 왕창근이 당나라에 와서 철원 저잣거리에서 어떤 괴이한 사람으로부터 거울 하나를 샀는데 해가 그 거울에 비치면 고시(古詩)와 같은 글이 나타났다 한다. 그 글 내용은 대략 고려 태조 등극과 삼국 통일을 예언한 도참이다. 『삼국사기 궁예열전』에 보인다.

50 상변(常變): 변하지 않는 것과 변하는 것.

선생은 "이치에 고증되어 그럴 수도 있는 사실"이라고 한다. 고증되었다는 말에 문제가 없는 것은 아니나 선생은 고증적·학문적 자세에 대해 일관된 견해를 보인다.

『동사강목』부록 상권 하
잡설(雜說)
기타 잡다한 고증이나 의견을 기록했다.

『동사강목』부록 하권
이 부분에서 선생은 여러 문헌을 들어 변증하고 종래 주장의 잘못들을 낱낱이 지적하고 자기 의견을 내세웠다. 고증적인 작업이 빛을 발한 대목이다.

차례는 '지리고'(地理考), '단군강역고'(檀君疆域考), '태백산고'(太伯山考), '백악고(白岳考) 부(附) 아사달(阿斯達)', '기자강역고'(箕子疆域考), '위씨강역고'(衛氏疆域考), '창해군고'(滄海郡考), '삼한고'(三韓考), '사군고'(四郡考), '요동군고'(遼東郡考), '요동 제현고'(遼東諸縣考), '불내 화려고'(不耐華麗考), '고구려현고'(高句麗縣考), '안시성고'(安市城考), '패수고'(浿水考), '열수고'(列水考), '대수고'(帶水考), '마자수고'(馬訾水考), '개마대산고'(蓋馬大山考), '예고'(濊考), '맥고'(貊考), '옥저고'(沃沮考), '부여고'(扶餘考), '신라강역고'(新羅疆域考), '고구려강역고'(高句麗疆域考), '고구려제현고'(高句麗諸縣考), '백제강역고'(百濟疆域考), '졸본고'(卒本考), '국내위나암성고'(國內尉那巖城考), '환도고'(丸都考), '비류수고'(沸流水考), '행인 개마 구다국고'(荇人蓋馬句茶

國考), '황룡국고'(黃龍國考), '살수고'(薩水考), '가라임나모한휴인주호고'(加羅任那慕韓休忍州胡考), '말갈고'(靺鞨考), '발해국군현고'(渤海國郡縣考), '부 고적'(古蹟), '웅진도독부고'(熊津都督府考), '안동도호부고'(安東都護府考), '구성고'(九城考), '합란부고'(哈蘭府考), '강역 연혁'(疆域沿革), '고정'(考正), '분야고'(分野考) 순이다.

지리고

선생은 '지리고'에서 "역사를 읽는 자는 반드시 먼저 강역(疆域)을 정해놓고 읽어야 한다. 그래야 점거한 상황을 알 수 있고, 전쟁에서 득실을 살필 수 있고, 나뉘고 합하는 연혁을 상고할 수가 있다. 그렇지 않으면 역사를 보는 데 어둡게 된다"고 하였다. '지리를 통한 역사 읽기'라는 점에서 선생의 탁견이다. 2,400여 개나 되는 간주(間註) 중에 1,500여 개가 지리에 관한 주였다.

분야고

아래는 분야고에 그려 넣은 '경위선분야도'(經緯線分野圖)이다. 중국과 우리나라를 경도와 위도에 표기한 것이 매우 이채롭다. 최북단 백두산은 경도 164도, 위도 45도이고 최남단 제주도는 경도 164.5도, 위도 28도에 위치시켰다(162쪽 그림 참조).

『임관정요』「임민장」(臨民章)의 한 구절로 이 글을 마치겠다.『임관정요』는 선생이 27세 되던 해인 1738년(영조 14)에 저술한 책으로, 백성들을 다스리는 관리에 관한 내용인데 당시 민폐의 원인을 날카롭게 지적하고 구체적인 시정책을 열거했다. 선생은 백성들이 편안해지도록 위정자가 갖추어야 할 행실을 시민여상,[51] 단 넉 자로 표현한다.

경위선 분야도(經緯線分野圖)

經緯線分野圖

『동사강목』 부록 하권, 「분야고」, 한국고전종합DB.

---

51 시민여상(視民如傷): 백성 보살피기를 상처 입은 사람 돌보듯이 하라.

5장

—

완산 이긍익 『연려실기술』

남이 이 책을 알지 못하기를 바란다면

만들지 않는 게 옳고

만들어놓고서 남이 알까 두려워한다면

도(道)를 좋아하는 게 아니다

이긍익의 생애

이름 이긍익(李肯翊)

별칭 자는 장경(長卿), 호는 완산(完山), 연려실(燃藜室)은 서실[1]

시대 1736(영조 12)-1806년(순조 6) 조선 후기

지역 서울 출생

본관 전주(全州)

직업 실학자 겸 역사가

당파 소론

가족 아버지는 광사(匡師, 1705-1777)[2]이고 어머니는 류종원(柳宗垣)의

1　아버지가 지어준 이름이지 호가 아니다. 선생은 「연려실기술 의례」에서 연려실에 대해 이렇게 말하고 있다.

　　"내가 젊었을 때, 일찍이 유향이 옛글을 교정할 적에, 태일선인이 청려장에 불을 붙여 비춰주던 고사를 사모하여, 선군으로부터 '연려실' 세 글자 직접 쓰신 글을 받아 서실 벽에 붙여두고 그것을 각판하려다가 미처 못 하였다. 친구 간에 전하기를, '그게 선군 글씨 중에서도 가장 잘된 글씨라 하여 서로 다투어 모사하여 가서 각판을 한 이도 많았고, 그것으로 자기 호를 삼은 이도 있다' 하니, 또한 우스운 일이다. 이 책이 이루어진 뒤에 드디어 『연려실기술』이라 이름 짓는다."

2　조선 제2대 임금 정종의 왕자 이후생(李厚生) 후손으로 호조판서 이경직(李景稷) 현손이고, 예조판서 이진검(李眞儉) 넷째 아들이다. 조선 시대 양명학자(강화학파)로 육진팔광(六眞八匡) 중 한 사람이며 서예가로서 윤순(尹淳)에게 글씨를 배워 진·초·예·전서에 모두 능했고 그의 독특한 서체인 원교체(圓嶠體)를 이룩했다. 원교체는 중국 서체의 범주에서 벗어나 조선화되었다는 의미에서 동국진체(東國眞體)라고 불린다. 또한 그림에도 뛰어나 산수화·인물화·초충화 등을 남겼다. 1755년(영조 31) 나주괘서사건에 연좌되어 부령(富寧)에 유배되었다가 다시 북쪽 청년들을 선동할 우려가 있다는 이유에서 신지도(薪智島)로 이배되어 그곳에서 죽었다.

　　그는 정제두의 양명학을 이어받아, 강화학파를 형성했다. 정제두의 학문을 접하기 위해 강화도로 이사했으며, 그의 손녀를 며느리로 맞기까지 하였다. 문집으로 『두남집』(斗南集)과 『원교집선』(圓嶠集選)이 있고 서예이론서인 『서결』(書訣)을 남

딸 문화 류씨이다. 조부는 예조판서를 지낸 진검(眞儉. 1671-1727),[3] 조모는 파평 윤씨 윤지상(尹趾祥) 따님이다.

그 후 삶의 여정 2세인 1737년 서울 원교(圓嶠, 둥그재)로 이사하다. 부친은 이 원교를 호로 삼았다.

5세인 1740년 아우 영익(令翊. 1740-?)[4]이 출생했다.

13세인 1748년 임금을 만나 시를 짓는 꿈을 꾼다. 「연려실기술 의례」에 그 내용이 있다. 열세 살인 선생이 꿈속에서 지었다는 시는 이러하였다.

비가 맑은 티끌에 뿌리는데 연(輦) 길이 비꼈으니	雨泊淸塵輦路斜
도성 사람들이 육룡(六龍)이 지나간다고 말하네	都人傳說六龍過
초야에 있는 미천한 신하가 오히려 붓을 잡았으니	微臣草野猶簪筆
□□ 학사의 꽃을 부러워하지 아니하네	不羨□□學士花

끝 구 학사 위에 두 자를 짓지 못하였는데 임금이 "'배란'(陪鑾)

겼다. 자는 도보(道甫), 호는 원교(圓嶠), 수북(壽北)이다.

3 1699년(숙종 25) 생원이 되고, 1704년 춘당대시(春塘臺試)에 병과로 급제하고 검열을 거쳐 대교·사서·수찬 등을 역임하였다. 1721년(경종 1) 동부승지로 노론 이이명(李頤命)을 탄핵하다 밀양에 유배되었으나 이듬해 풀려나와 평안도관찰사와 예조판서를 역임하였다. 신임사화 때는 소론으로 노론 축출에 가담하였다가 1725년(영조 1) 소론 실각 후 강진에 정배되어 그곳에서 죽었다.

4 1738년 출생이라고 기록되어 있는 문헌도 있다. 그는 일찍이 벼슬을 단념하고 오직 학문 연구에 몰두하였다. 시와 음악 및 서화에도 상당히 조예가 깊었다. 또한 재종제 충익(忠翊)과 서찰을 주고받으며 경학에 관하여 양명학적 관점에서 토론을 벌였고, 정동유(鄭東愈)·신대우(申大雨)·유혼(柳混) 등과도 교유하였다. 저서로 『신재집』 2책이 있다.

이란 두 자를 넣어 '임금 모시는 학사의 꽃이 부럽지 않네'가 좋겠
다"고 하였다. 선생은 「연려실기술 의례」에서 이 꿈 이야기를 하며
"요즘에 와서 문득 생각하니 초야잠필(草野簪筆)이란 글귀가, 늙어서
궁하게 살면서 야사를 편집하게 될 것이라는 예언이 어릴 적에 꿈으
로 나타난 것인 듯하니 실로 우연이 아니라 모든 일이 다 운명으로
미리 정해져서 그런 것이리라" 하며 서글프게 회고했다.

20세인 1755년 아버지가 을해옥사[5]에서 이진유(李眞儒, 1669-
1730)[6]의 조카로서 윤광철(尹光哲)과 교통하였다는 죄로 이광정(李匡
鼎, 1701-1773)과 함께 심문을 받고, 제주에 유배되었다. 얼마 후에
제주가 인척이 있는 해남과 가깝다는 이유로 부령(富寧)으로 이배되
었다. 어머니는 남편이 유배를 가기 전에 집안이 역적으로 몰려 죽

---

5 나주벽서사건이라고도 한다. 1755년(영조 31) 소론의 윤지(尹志) 등이 일으킨 역
모 사건이다. 윤지는 숙종 때 과거에 급제하였으나, 1722년(경종 2) 임인무옥을 일
으킨 김일경(金一鏡) 옥사에 연좌되어 1724년 나주로 귀양을 떠났다. 오랜 귀양살
이 끝에 노론을 제거할 목적으로 아들 광철과 나주목사 이하징(李夏徵)·이효식(李
孝植) 등과 모의하여 동지 규합에 나섰다. 이들은 수차례의 변란으로 벼슬을 할 수
없게 된 부류들과 소론 중에서 벼슬을 지낸 집안들을 흡수하고, 민심동요를 위하여
1755년 나라를 비방하는 글을 나주 객사에 붙였다. 이게 윤지 소행임이 발각되어
거사하기 전에 붙잡혀 서울로 압송되었다.

　그는 영조에게 직접 심문을 받고 2월에 박찬신(朴纘新)·김윤(金潤)·조동정(趙東
鼎)·조동하(趙東夏) 등과 같이 사형당하였으며, 이광사와 형 이광정·윤득구(尹得
九) 등은 귀양을 갔다. 이 사건으로 이긍익의 집안은 멸문에 이르게 되었다.

6 1721년(경종 1) 정언에 기용되었고, 이듬해에 사간으로서 세제(世弟, 영조) 대리청
정을 주장한 노론 4대신을 탄핵하여 제거하였으며 이어 형조판서 김일경 등과 함께
신임사화를 일으켜 노론을 숙청하는 데 앞장섰다.

　경종 때는 이조참의·부제학·좌부빈객·대사성 등을 역임하였다. 1724년 경종이
죽자 이조참판이 되어 고부 겸주청사(告訃兼奏請使) 부사로 청나라에 다녀왔다. 이
듬해에 노론이 득세하자, 변방에 안치되었다가 압송되어 문초를 받던 중 옥사하였다.

임을 당할 줄 알고 자결했다. 광사는 유배 길에 부인의 부고를 듣고 「죽은 부인을 애도함」(悼亡)이란 시를 남겼다. 시 전문은 이렇다.

내 죽어 뼈가 재가 된다 해도	我死骨爲灰
이 한은 정녕 줄어들지 않으리	此恨定不損
내 살아 백 번 윤회한다 해도	我生百輪轉
이 한은 응당 끝내 변치 않으리	此恨應長全
수미산이 낮아져 개미둑이 되어도	須彌小如垤
황하수가 잦아져 실개천이 되어도	黃河細如涓
오래 묵은 불상을 천 번 장사지내고	天回葬古佛
하늘 오른 신선을 만 번 묻어버리고	萬度埋上仙
천지가 요동쳐서 통나무로 되고	天地盪成樸
해와 달이 어두워 연기 된다 한들	日月黯如烟
이 한 맺히고 또 맺혀서	此恨結復結
오랠수록 더욱 굳어만 지리	彌久而彌堅
이 번뇌 부술 수 없으리니	煩惱莫破壞
금강석이라 뚫지 못하고	金剛莫鑽穿
갈아두면 응어리 되고	藏之成一團
토해내면 이 세상에 가득하리	吐處萬大千
나의 한도 이미 이러하니	我恨旣如此
그대 한도 응당 이러하리	君恨應亦然
두 한이 길이 흩어지지 않아	兩恨長不散
반드시 만날 인연 있으리다	必有會合緣

27세인 1762년 부친이 부령에서 문인들에게 글씨와 글을 가르쳐 선동한다는 죄목으로 진도에 안치되었다가 다시 신지도(薪智島, 전남 완도 신지도)로 유배지를 옮겼다.

38세인 1773년 넷째 큰아버지 이광정이 귀양지에서 사망하다.

42세인 1777년 부친이 신지도에서 사망한다.[7]

71세인 1806년『연려실기술』을 완성하다(42세경에 이미 완성되었을 것으로 추정된다).

---

[7] 이광사가『연려실기술』의 저자라는 설도 있다. 다산 정약용이 유배 시절 아들 학연에게 준 글에 "이도보(李道甫)의『연려실기술』을 읽어보며 공부를 좀 하라"는 구절이 있는데 여기서 도보는 이광사의 자(字)다. 또 홍한주(洪翰周)가 "원교의『연려실기술』은 기사본말체다"라고 평한 글이 있는데 여기서 말하는 원교 또한 이광사의 호다.

우리 역사 연구는 내 나라 자료로 이루어져야 한다

가문은 전통적으로 소론에 속했으며, 경종 대에 정미환국[8]과 1728년 이인좌(李麟佐)의 난[9]으로 크게 화를 당하였다. 그리고 그의 나이 20세 때 아버지 광사도 나주괘서사건에 연루, 유배되어 그곳에서 죽었다.

선생은 역경과 빈곤 속에서 벼슬을 단념한 채 일생을 야인으로 보냈다. 이이(李珥)·김장생(金長生)·송시열(宋時烈)·송준길(宋浚吉)·최립(崔岦) 등 서인 계열의 사상으로부터 많은 영향을 받았다. 선생 집안은 가학으로 양명학(陽明學)을 닦아왔다. 선생 역시 장유(張維, 1587-1638)·최명길(崔鳴吉, 1586-1647)과 정제두(鄭齊斗, 1649-1736) 등 양명학자들의 학문을 받아들였다.

『계곡만필』(鷄谷漫筆)·『학곡집』(鶴谷集)을 통해 장유를 접했고, 『지천집』(遲川集)에서 최명길과 대화했으며, 정제두를 사숙하였다. 정제두를 중심으로 한 양명학파가 강화를 근거지로 하였기에 '강화학파'라고도 부른다. 양명학은 광사 이후 충익(忠翊)·면백(勉伯)·시

---

8 1727년(영조 3) 노론과 소론 사이의 극심한 당쟁을 조정하기 위해 소론이 정계에 복귀하도록 정국 인사를 개편한 일.

9 본관은 전주(全州). 청주 송면 출신으로 할아버지는 관찰사 이운징(李雲徵)이며, 사문난적을 당한 윤휴(尹鑴)의 손자사위다. 이인좌는 본래 남인 가문 출생이며 소론 당파와도 연대하는 입장이었다. 1728년(영조 4) 3월 15일 청주성을 함락하고 경종의 원수를 갚는다는 명분을 내세우면서 서울로 북상하였으나 24일에 경기도 안성과 죽산에서 관군에 격파되었다. 이후 그는 죽산 일대로 도피하였다가 체포되어 능지처참되었다. 그 후로 노론의 권력 장악이 가속화되었고 소론은 재기불능 상태가 되었다.

원(是遠)·상학(象學)·건창(建昌) 5대에 걸쳐 이어져 왔다.

　선생의 역사 인식은 『연려실기술』의 서술 방식을 살펴보면 알수 있다. 선생의 역사 편찬 의식은 체계성과 공정성, 객관성, 계기성을 특징으로 한다. 지금까지 역사 서술에서 선현을 칭할 때 호나자·시호 등으로 표시해온 것을 비판하면서 본명을 쓴 것은 공정성을 더욱 확보하기 위해서였다. 이러한 특징들은 선생의 분명한 역사 인식을 그대로 보여준다. 선생이 '술이부작'(述而不作)·'불편부당'(不偏不黨) 정신을 표면에 내세운 것은 이러한 역사 인식에서 비롯되었다. 따라서 선생은 자료도 남인·북인·노론·소론 및 유명·무명 인사를 가리지 않고 두루 섭렵하고 인용했다.

　선생은 안정복의 『동사강목』 등에서 '단군-기자-마한'으로 이어지는 단순한 고대사 인식 체계를 따른 것을 못마땅해하였다. 그래서 단군에서 기자-위만-예국-맥국-동옥저-한사군-삼한-신라-고구려-백제와 3국의 속국, 후백제-태봉(후고구려)-발해로 이어지는 체계를 세웠다. 이는 기존의 역사 인식에 비해 보다 확대된 것이었다. 또한 단군조선을 중시하는 입장에서 단군 개국 연대나 존속 연한, 국호, 단군 무덤, 문화, 수도, 강역, 단군신화에 대해서 상세한 고증을 가하였다. 특히 발해를 고구려의 후예로 인식하여, 건국 주체를 비롯해 여러 문제에 대해 고증에 힘써 발해사를 민족사의 일부로 수용한 것은 매우 의미 있다.

　선생은 거의 국내 자료를 중시하였는데 이는 한치윤(韓致奫)이 『해동역사』를 쓸 때 외국 자료를 통해 한국사를 이해하려 한 태도와는 대조적이다. 우리 역사 연구는 내 나라 자료로 이루어져야 한

다는 강한 역사관의 발로였다. 『연려실기술』 찬술은 이러한 사관을
바탕으로 이루어졌다.

『연려실기술』, 난 술이부작한다

선생은 『연려실기술』을 다음과 같이 다섯 가지 기준을 두고 편찬
하였다. 술이부작(述而不作), 거실수록(據實收錄), 직서(直書), 전거
제시(典據提示), 기사본말체(紀事本末體)가 그것이다.

1. 술이부작, 즉 기록할 뿐 지어내지 않는다

술이부작은 '전술(傳述, 기술을 전함)하기만 하고, 창작하지 않는다'
는 뜻으로 공자가 한 말이다. 『논어』 7장, 「술이」편에 보인다. 선생
은 「연려실기술 의례」에서 이에 대해 분명히 밝혔다.

> 각 조마다 인용한 책의 제목을 밝혔으며, 비록 말을 깎아 줄인 것이 많았
> 으나 감히 내 의견을 붙여 논평하지는 않고 삼가 "전술하기만 하고 창작
> 하지 않는다"는 공자의 뜻을 따랐다. 동서 당파가 나눠진 뒤로 이편저편
> 의 기록에 서로 헐뜯고 칭찬했다고 되어 있는데, 편찬하는 이들이 한편
> 에만 치우친 게 많았다. 나는 모두 사실 그대로 수록하여 옳고 그름의 판
> 단은 독자들이 각기 알아서 하도록 맡겼다.

즉 이 말은 자기 견해를 밝히지 않고 사실만을 기록하였다는 말
이다. 하지만 역사 서술에서 사실을 기록하되 지어내서 쓰지는 않

는다고 단언하기는 대단히 어렵다. 자기 주견이 없고서야 어찌 객관적인 역사서를 쓰겠는가? 이러한 점을 감안하며 『연려실기술』을 보아야 한다.

2. 거실수록, 즉 사실에 근거해 기사를 수록한다

선생이 사실에 근거하기 위해 인용한 문헌은 605종에 달할 만큼 방대하다. 그중 문집만 100여 종이고, 그 외에도 야사, 정사, 족보, 가승, 일기 등이 400여 종에 달한다. 대략 인용서목을 보면 이렇다.

『고려사』·『국조보감』·『동국통감』·『삼국사절요』·『조선왕조실록』 등의 정사류, 『동각잡기』(東閣雜記)·『기재잡기』(寄齋雜記)·『식소록』(識小錄)·『해동잡록』(海東雜錄) 등의 야사류, 『율곡집』(栗谷集)·『지봉유설』(芝峰類說)·『하담집』(荷潭集)·『성옹집』(醒翁集)·『음애집』(陰崖集)·『월사집』(月沙集)·『서애집』(西厓集)·『염헌집』(恬軒集)·『추강집』(秋江集)·『사재집』(思齋集)·『우암집』(尤菴集)·『상촌집』(象村集)·『동사강목』·『택리지』 등이다.

이같이 방대한 자료를 수집한 뒤, 선생은 주관을 최대한 배제하여 객관적인 역사 서술을 하였다. 예를 들어 각 당파 간에 시비가 엇갈리는 사건을 서술할 때에는 각 당파의 상반된 주장을 함께 실어놓았다. 이는 역사 서술에 공정성을 유지하면서 해당 사건의 시비판단은 독자에게 맡기려는 의도이다.

3. 직서, 즉 수록된 인물의 호나 자 대신에 실제 이름을 기록한다

선생은 「연려실기술 의례」에서 호나 자가 아닌 실제 이름을 기록한 이유를 이렇게 밝혔다. 선생의 역사 인식은 인물의 선악을 판단하는 게 아니라 과거에 일어난 일들을 있는 그대로 제시하는 것에 의의를 두었기 때문이다.

> 여러 사람의 저술에서 선현을 칭할 때에 호, 혹은 시호, 또는 자로 칭하기도 하였는데 나는 부득이 그들의 본문을 고쳐 선현의 이름을 바로 썼다. 비록 야사라 할지라도 이미 한 벌 저서인 이상 마땅히 일정한 범례가 있어야 한다. 그러므로 인용한 책의 내용에 대해서는 내 사견을 삽입하지 못했지만 이름난 재상과 큰 선비라 할지라도 모두 이름을 그대로 썼다.

4. 전거제시, 즉 인용된 각 항목마다 출전을 명시한다

인용된 구절일 경우 각 조목마다 출처를 붙이는 것은 기사의 공정성과 객관성을 높이려는 것이다.

5. 기사본말체, 즉 사건의 인과관계를 확실히 밝힌다

선생이 편찬한 『연려실기술』은 원집, 별집, 속집으로 이루어졌고 원집을 정치편이라고 한다면, 별집은 분류편이라고 할 수 있다. 기사본말체로 쓰인 것은 원집과 속집이다. 별집은 상고 시대부터 조선 시대까지의 문물·전장(典章)에 관한 기록으로서 기전체의 지와 같은 성격이다. 기사본말체란 주요한 사건별로 항목을 세워 그 전말을 기술하는 방법으로서 적절한 사료를 취사선택하는 명석한 통찰력이 필요하다.

기사본말체는 남송 때 원추(袁樞)가 『자치통감』을 기본 자료로 하여 『통감기사본말』이라는 책을 편찬하면서 하나의 편찬 체제로 시작되었다. 이후 명·청 시대에 이 체제 아래 많은 사서가 편찬되었다. 사건의 명칭을 제목으로 내걸고 그에 관련된 기사를 모아 사건의 시말을 기술하는 방식이다. 이는 동양에서 가장 발전된 역사편찬 체제로서 기전체와 편년체의 단점을 보완하기 위해 고안된 최후의 결과물이다.

기전체는 경우에 따라 하나의 사건에 관한 자료가 본기(本紀)·열전(列傳)·지(志) 등 여러 곳에 분산되어 기록되기 때문에 사건의 전모를 이해하기 어렵다. 편년체는 역사를 연월일 순으로 기술하여 중간에 다른 기록이 끼어들게 되는 단점이 있다. 기사본말체는 이러한 결점을 보완하기 위해 사건을 발단, 전개, 결말 순서로 기술한다. 이는 사건의 전말을 보다 정확히 알고자 하는 새로운 역사 의식의 소산이다. 특히 기사본말체는 정치적인 사건을 기술하는 데 가장 효과적인 역사편찬 체제였다.

우리나라에서 기사본말체로 편찬된 사서로는 이긍익의 『연려실기술』, 서문중(徐文重, 1634-1709)의 『조야기문』(朝野記聞), 찬자 미상의 『조야집요』(朝野輯要), 이원순(李源順)의 『화해휘편』(華海彙編) 등이 있다. 『연려실기술』의 전체적인 체제는 아래와 같다(한국고전종합DB 소재 『연려실기술』 체계이다).

「연려실기술 의례」
『연려실기술』 권1-11: 태조조 고사본말, 정종조 고사본말, 태종조 고사본말, 세종조 고사본말, 문종조 고사본말, 단종조 고사본말, 세조조 고사본말, 예종조 고사본말, 성종조 고사본말, 연산조 고사본말, 중종조 고사본말, 인종조 고사본말, 명종조 고사본말

『연려실기술』 권12-18: 선조조 고사본말로서 가장 많은 부분으로 책 수로 7권이다.

『연려실기술』 권19-23: 폐주 광해군 고사본말, 원종 고사본말

『연려실기술』 권24-29: 인조조 고사본말로 두 번째로 책수가 많다.

『연려실기술』 권30-31: 효종조 고사본말, 현종조 고사본말

『연려실기술』 권32-38: 숙종조 고사본말로 선조조 고사본말과 동일한 7권이다.

『연려실기술 별집』 권1: 국조전고

『연려실기술 별집』 권2-4: 사전전고

『연려실기술 별집』 권5: 사대전고

『연려실기술 별집』 권6-10: 관직전고

『연려실기술 별집』 권11-13: 정교전고

『연려실기술 별집』 권14: 문예전고

『연려실기술 별집』 권15: 천문전고

『연려실기술 별집』 권16: 지리전고

『연려실기술 별집』 권17-18: 변어전고

『연려실기술 별집』 권19: 역대전고

「연려실기술 의례」

이것은 『연려실기술』 전체의 벼릿줄이다. 「연려실기술 의례」에서 기존 역사서에 대한 평과 특이사항을 여섯 항으로 정리하면 이렇다.

① 『대동야승』(大東野乘) · 『소대수언』(昭代粹言) 같은 것은 『설부』(說郛)처럼 여러 사람들이 지은 책을 모으기만 하였기에 산만하여 계통이 없고, 중복된 말이 많아 보기가 어렵다.

② 『춘파일월록』(春坡日月錄) · 『조야첨재』(朝野僉載) 같은 것은 편년체로 썼는데 자료 수집을 다 하지 않고 책을 빨리 만들었기 때문에 어떤 곳은 지나치게 상세하고 어떤 곳은 너무 소루하여 조리가 서지 않는다.

③ 『청야만집』(靑野謾輯)은 사실에는 상세하지 않고 다른 문집에 있는 역사 인물에 관한 논평을 많이 실었기 때문에 그 끝(논평)만 추켜들고 근본(사실)을 빠뜨린 게 많다. 그래서 선생은 『연려실기술』 각 항에 옳지 않은 부분을 기록해두었다.

④ 『연려실기술』은 널리 여러 야사를 채택하여 모아 완성하였는데, 대략 기사본말체를 모방해서 자료를 얻는 대로 분류하고 기록하여 다음에 계속 보태 넣기에 편리하도록 하였다. 선생이 자료를 얻지 못하여 미처 기록에 넣지 못한 것은 후일에 다른 이가 자료를 찾는 대로 보충하여 완전한 글을 만들어도 무방하다.

⑤ 3정승과 대제학은 현명하고 어리석음을 불문하고 모두 차례대로 기록하였고, 유학자와 명신도 기록에서 보고 들은 대로 기재해 넣어, 감히 사견으로 어떤 이는 올리고 어떤 이는 깎은 게 아니니, 이는 널리 수집하여 후세에 완전한 글을 저술할 분에게 고징(考徵) 자료를 제공하려는 것이다. 다만 듣고 본 게 넓지 못하여 많이 빠뜨린 게 한스러우니, 독자는 용서

할지어다.[10]

⑥ 마지막으로 완산 선생이 이 책을 쓴 이유다. 선생의 말부터
들어보자.

처음 내가 이 책을 만들 때에 나와 가까운 친구가 "남에게 보이지 말라"
고 권고하기도 하였다. 나는 이렇게 답하였다. "남이 이 책을 알지 못하
기를 바란다면 만들지 않는 게 옳고, 만들어놓고서 남이 알까 두려워한
다면 도(道)를 좋아하는 게 아니다. 근세 유행하는 야사에 이 책과 같은
게 적지 아니하나 사람들이 모두 잘못이라 하지 않는데, 어찌 이 책만이
남의 말썽에 오르겠는가. 그리고 이 책은 온 세상에 전하여 사람들 귀나
눈에 익은 이야기들을 모아 분류대로 편집한 것이요, 하나도 내 사견으
로 논평한 게 없다. 만일 숨기고 전하지 않는다면 남들이 눈으로는 보지
못하고 귀로만 이 책이 있다고 듣고서 도리어 새로운 말이나 있는가 의
심하게 된다. 그러면 오히려 위태롭고 두려운 일이 아니겠는가"라고. 드
디어 완성되기를 기다리지 않고 사람들이 보기를 요구하면 보여주고, 빌
리기를 요구하면 빌려주었다.

---

10 「연려실기술 의례」에서 상당히 흥미로운 부분이다. 프리드리히 헤겔이 『법철학』에
서 한 말인 "미네르바의 부엉이는 황혼녘에 날아오른다"가 생각나는 구절이다. '미
네르바의 부엉이'는 철학을 상징하는 말로도 쓰지만, 보통 역사 연구에서 '거리두기'
지혜를 의미한다. 아침부터 낮까지 부산하게 움직이는 사람들을 그 즉시 관찰해선
모든 걸 제대로 알기 어렵다. 일이 끝난 황혼녘에 가서야 지혜로운 평가가 가능해진
다는 주장이다. '미네르바의 부엉이'는 오랜 시행착오 끝에 갖게 된 지혜의 가치를
역설할 때에 종종 쓰이는 말이다. 요즈음 '위키백과'처럼 얼마든지 후세 사가들을
위해 열어놓는다는 의식이 대단하다.

글 속 완산 선생 친구의 말에는 당파 이념적 대립이 분명히 보인다. 더욱이 이 책은 기사본말체로 쓰여서 얼마든지 글 쓰는 이의 사견이 들어갈 수 있다. 하지만 선생은 "사견으로 논평"한 게 없다고 하였다. 책 내용으로 미루어볼 때 친구는 선생의 말에 꽤 실망한 것 같다.

그러나 자고로 책은 이래야 한다. 선생은 "사람들이 보기를 요구하면 보여주어야 한다"고 하는데 이는 누구에게나 거리낌 없이 보여줄 수 있을 만큼 당당하다는 말이다.

『연려실기술』을 일독한 사람은 알겠지만 책에는 사실 선생의 견해가 드러나 있지 않다. 그러나 좀 더 촘촘히 볼 필요가 있다. 기사본말체로 쓰인 역사 기록은 한 왕의 재위 기간에 일어난 주요 사건을 선별하여 그 전말을 전하기 때문이다. 이때 '선별된 사건 항목'을 눈여겨볼 필요가 있다.

이제 책의 대략을 따라가 보겠다.

태조조 고사본말(太祖朝故事本末)

'태조', '선계'(璿系), '잠룡 때 일', '고려 말 정사 문란과 왕업이 일어남', '고려에 절개를 지킨 여러 신하', '개국 정도'(開國定都), '왕씨들 유배', '태종 정사'(太宗定社), '방간의 난', '태조의 함흥 주필(咸興駐蹕)', '정릉(貞陵) 폐복' 순이다.

위와 같은 체계는 대체적으로 38권 전체가 유사하다. 이는 왕실에 대한 기사, 당대 중요한 정치적 사건의 시작과 끝, 역사적으로 중요한 위치에 있던 인물을 싣고 있음을 알 수 있다. 왕 및 왕실에 대한 내용은 왕과 그의 가족관계가 중심이다. 그리고 왕 휘와 자, 생몰년원일, 세자책봉관계, 재임기간 등을 서술하고 재위기간 중에 있었던 왕의 개인적인 특기사항을 적었다.

다음으로 당대의 중요한 정치적 사건, 즉 옥사, 붕당 관계, 반란, 정난, 사화, 대외 정벌, 왜변 등과 관련된 사건 순이다. 『연려실기술』은 다른 사서에 비하여 특히 정치적 사건과 인물을 중요시하였다. 그 때문인지 각 시대에 활동했던 인물들의 전기를 수록해놓았다. 각 임금 때에 활동하였던 인물을 묘정배향신(廟庭配享臣, 종묘에 배향된 신하), 상신(相臣, 3정승), 문형(文衡, 대제학), 명신(名臣, 이름난 신하), 훈신(勳臣, 공신), 유현(儒賢, 유학자), 유종(儒宗, 대 유학자), 유일(遺逸, 초야에 은거한 선비), 절신(節臣, 절개를 지킨 신하), 순난제신(殉難諸臣, 정난에 죽은 신하), 강도순절자(江都殉節者, 병자호란 때 강화가 함락되자 순절한 사람들), 의병(義兵), 장수(將帥), 난신(亂臣) 등 항목으로 분류하여 서술하였다. 이는 각 왕대별 정치적 사건과 관련된 관리들의 정치활동 위주의 서술이다.

단종조 고사본말(端宗故事本末)

'단종', '세조의 정난(靖難)', '이징옥의 난', '단종 왕비의 책봉', '육신의 상왕 복위 모의', '금성(金城)의 옥사와 단종의 별세', '복위하고 봉릉(封陵)하다', '단종조의 상신' 순으로 되어 있다.

이 중 '육신의 상왕 복위 모의'는 세조가 성삼문을 문초하는 기록이다. 선생은 사실만을 기록한다고 하였지만 세조와 성삼문의 대화와 고문 장면, 성삼문이 신숙주에게 호통치는 장면이 눈앞에 생생히 그려진다. 문답체로 독자의 관심을 끌기에 넉넉하기에 좀 길지만 전문을 인용한다. 또 괄호 속에 "방언에 종친을 나으리라 한다"(放言呼宗親爲進賜) 등을 넣거나 『추강집』 기록을 넣어 이견을 소개하고 『해동야언』의 기록은 옳지 않음도 적었다.

○ 세조가 편전에 나와 좌정하니, 성삼문이 승지로 입시하였다. 무사를 시켜 끌어내려 김질이 고한 말로 심문하니 성삼문이 한참 하늘을 쳐다보고 있다가 말했다.

"김질과 대질하기를 원한다."

세조가 김질에게 명하여 그 실상을 말하니, 성삼문이 그치게 하고 웃으며 말했다.

"다 참말이다. 상왕께서 춘추가 한창 젊으신데 손위[11]하셨으니, 다시 세우려 함은 신하된 자가 마땅히 할 일이다. 다시 무엇을 묻는가."

그러며 김질을 돌아보며 말하였다.

"네가 고한 것이 오히려 말을 둘러대어 곧바로 판단하지 못하게 한다. 우리들의 뜻은 바로 이러이러한 일을 하려 한 것이다."

명하여 국문하니, 성삼문이 박팽년·이개·하위지·유성원·유응부·박정이 그 계획을 안다고 끌어대었다. 세조가 말하였다.

"너희들이 어찌하여 나를 배반하는가."

성삼문은 소리를 높여 말하였다.

"옛 임금을 복위하려 함이다. 천하에 자기 임금을 사랑하지 않는 자가

---

11 손위(遜位): 임금의 자리를 내어놓음.

어디 있는가. 어찌 이를 모반이라 말하는가. 나의 마음은 나라 사람이 다 안다. 나으리(방언에 종친을 나으리라 한다)가 남의 나라를 도둑질하여 뺏으니 성삼문이 신하가 되어서 차마 군부(君父)의 폐출되는 것을 볼 수 없기 때문에 그러하였다. 나으리가 평일에 곧잘 주공(周公, 어린 성왕을 도와 주 왕조의 기틀을 잡은 충신)을 끌어댔는데, 주공도 이런 일이 있었는가. 성삼문이 이 일을 하는 것은 하늘에 두 해가 없고, 백성에게는 두 임금이 없기 때문이라."

세조가 발을 구르며 말하였다.

"선위를 받을 때에는 어찌하여 저지하지 않고, 도리어 내게 붙었다가 이제 나를 배반하는가."

성삼문이 말하였다.

"사세가 불가능했던 것이다. 내가 원래 그것을 저지하지 못할 바에는 물러가서 한 번 죽음이 있을 뿐임을 알지만, 공연히 죽기만 해야 소용이 없겠기에 지금까지 참은 것은 훗날을 도모하려 함이라."

세조가 말하였다.

"네가 신이라 일컫지 않고 나를 나으리라고 하는데, 네가 내 녹을 먹지 않았느냐. 녹을 먹고 배반하는 것은 반역이다. 겉으로는 상왕을 복위시킨다 하지마는, 실상은 네가 하려는 것이다."

성삼문이 말하였다.

"상왕이 계신데 나으리가 어떻게 나를 신하로 삼을 수 있는가. 내가 또 나으리의 녹을 먹지 않았으니, 만일 믿지 못하겠거든 나의 집을 몰수하여 따져보라. 나으리의 말은 모두 허망하여 취할 것이 없다."

세조가 극도로 노하여 무사를 시켜 쇠를 달구어 그 다리를 뚫고 그 팔을 끊었으나 얼굴빛이 변하지 않았다(다른 책에는 "쇳조각을 달구어 배꼽에 놓으니 기름이 지글지글 끓어 탔다"고 하였다). 성삼문이 쇠가 식기를 기다려 말하였다.

"다시 달구어 오게 하라. 나으리의 형벌이 참 독하다."

그때, 신숙주가 임금의 앞에 있었다. 성삼문이 꾸짖어 말하였다.

"옛날에 너와 더불어 같이 집현전에 번들 적에 영릉(英陵, 세종의 능호)께서 원손(元孫, 단종)을 안고 뜰을 거닐면서 '나의 천추만세 뒤에 너희들이 모름지기 이 아이를 잘 생각하라' 하시던 말씀이 아직도 귓전에 남아 있는데, 네가 어찌 잊었는가. 너의 악함이 이 정도에 이를 줄은 생각지 못하였다."

세조가 신숙주에게 "뒤편으로 피하라" 하였다.

- 중략 -

세조가 박팽년, 유응부, 이개를 고문하는 장면은 지면 관계상 생략한다.

성삼문에게 공모한 자를 물으니 대답하였다.

"박팽년 등과 우리 아버지뿐이다."

세조가 다시 물으니 대답하였다.

"우리 아버지도 숨기지 않는데, 하물며 다른 사람이랴."

그때에 제학 강희안(姜希顔)이 이에 관련되어 고문당하였으나 불복하였다. 세조가 성삼문에게 물었다.

"강희안이 그 역모를 아느냐" 하니, 성삼문이 대답하였다.

"실지로 알지 못한다. 나으리가 선대의 명사를 다 죽이고 이 사람만 남았는데, 모의에 참여하지 않았으니, 아직 남겨두어서 쓰게 하라. 진실로 어진 사람이다."

이러하여 강희안은 마침내 죄를 면하였다. 성삼문이 나갈 때에 좌우 옛 동료들에게 말하였다.

"너희들은 어진 임금을 도와서 태평성세를 이룩하라. 성삼문은 돌아가 옛 임금을 지하에서 뵙겠다."

그러고는 수레에 실릴 때에 임하여 시를 지어 불렀다.

둥! 둥! 둥! 북소리는 사람 목숨 재촉하는데	擊鼓催人命
머리 돌려 돌아보니 해는 이미 기울었네	回頭日欲斜
머나먼 황천길에 주막 하나 없다는데	黃泉無一店
오늘밤은 뉘 집에서 묵어갈꼬	今夜宿誰家

그 딸이 나이가 대여섯 살쯤 되었는데 수레를 따르며 울며 뛰었다. 성 삼문이 돌아보며 "사내자식은 다 죽을 테지만 너는 딸이니까 살겠다" 하 였다. 그 종이 울며 술을 올리니, 몸을 굽혀서 마시고 시를 지어 불렀다.

임이 주신 밥을 먹고 임이 주신 옷 입었으니	食人之食衣人衣
일평생 한 마음이 어길 줄 있었으랴	所一平生莫有違
한 번 죽음이 충의인 줄 알았으니	一死固知忠義在
현릉(顯陵)의 송백(松柏)이 꿈속에 아른아른	顯陵松柏夢依依

(『추강집』에서는 성승의 시라 하였다.) 죽은 뒤에 그 집을 적몰하니, 을해년(1455) 이후의 녹봉을 따로 한 방에 쌓아두고 아무 달의 녹이라 적어놓았다. 집에는 남은 것이 없고 침방에는 짚자리만 있을 뿐이었다.

이개의 시는 지면 관계상 생략한다.

박팽년 등의 머리를 베고 모두 달아매어 돌렸다(『해동야언』에서는 박
팽년이 옥중에서 죽었다 하였다. ○ 형벌에 임하여 김명중[金命重]에게
한 말을 보면 옥중에서 죽었다는 것은 틀린 말이다).

이 글은 남효온(南孝溫, 1454-1492)의 「육신전」(六臣傳)을 원전으
로 삼은 듯하다. 그러나 박팽년, 유응부, 이개를 고문하는 장면이나
"둥! 둥! 둥! 북소리"로 시작하는 시, 딸 이야기 등은 선생이 새롭게
넣은 것이다.

원종 고사본말

이하 왕 순서에 따라 서술하였으나 『연려실기술』 권22에 '원종 고
사본말'(元宗故事本末)이 보인다. '원종'은 인조의 아버지이기에 넣
었다. '원종', '인빈'(仁嬪), '원종과 인헌왕후' 세 항목을 넣었다.

숙종조 고사본말

『연려실기술』 권38, '숙종조 고사본말'(肅宗朝故事本末)로 끝난다.
항목으로는 '을유년에 전위(傳位)하다', '임부와 이잠 옥사', '경인
년에 정국이 바뀌다', '정유년 세자 청정'이 있다.

38권의 마지막 항목이 '정유년 세자 청정'이다. 정유년은 1717
년으로 숙종 43년이다. 세자는 희빈 장씨의 아들로 이 해로부터 4
년 뒤인 1721년에 왕위에 오른 경종이다. 이른바 '정유독대'를 다루

었다. 당시 노론은 경종에 대해 부정적이었고 대신에 연잉군을 숙종의 후계자로 밀었다. 그런데 노론의 영수인 이이명이 숙종을 독대한 이후 갑자기 경종에게 대리청정을 하게 한다는 숙종의 영이 내린 것이다. 경종을 감쌌던 소론은 아연실색하였다. 경종에게 대리청정을 하게 해서 이를 책잡아 경종과 소인들을 내치려는 속셈이라 여겼기 때문이다. 후일 공개된 정유독대 내용은 이와 다를 바 없었다. 숙종은 이이명에게 훗날 영조가 될 연잉군의 보호를 부탁하였고 힘을 실어주기 위하여 이이명의 종제인 이건명(李健命, 1663-1722)에게 우의정을 제수하였다. 하지만 경종이 등극한 뒤 이이명과 이건명은 김창집·조태채와 이른바 노론 4대신으로 모두 처형을 당하였다.

　후일 영조의 즉위와 소론의 몰락은 이미 예견된 일이었고 결과도 그랬다. 그러나 소론인 선생은 이 정유독대를 담담하게 아래와 같이 기술할 뿐이었다.

　정유년 7월에, 좌의정 이이명이 독대하였다. 헌납 박성로(朴聖輅)가 독대의 잘못을 논하니, 이이명이 차자[12]를 올려 사직하였다. 임금이 답하기를, "독대는 지금 처음으로 행한 일이 아니고, 경이 들어올 때에 승지에게 나와 같이 들어가자고 하였으니 더욱이 잘못한 게 없다" 하였다.

　○ 「비망기」를 내리기를, "5년 동안 병을 앓은 끝에 눈병이 더해져서 사물을 보기가 더욱 어둡고, 응대하기가 점점 어려워지니 국사가 가히 염려된다. 국조와 당나라 때 고사에 의하여 세자가 정무를 보라" 하였다.

12　일정한 격식을 갖추지 않고 사실만을 간략히 적어 올리던 상소문.

○ 왕세자가 재차 소를 올려 사양하니 답하기를, "소를 보니 잘 알았다. 어제 비지(批旨) 가운데 훈계한 말은 네가 능히 공경하여 받들 것이니 다시는 사양하지 말라. 또 근일 윤증(尹拯)을 배척한 일은 처분이 정대하고, 시비가 명백하여 가히 영원토록 의혹되지 않으리라. 일이 사문(斯文, 유학)에 관계되니, 어찌 중하지 않느냐? 그러므로 특별히 말하니, 내 뜻을 너는 좇아서 조금이라도 흔들리지 말라" 하였다.

○ 판중추부사 조상우가 소를 올리기를, "동궁이 청정하라는 하교는 실로 종사와 신민의 경사이고, 광명하고 정대하신 거조이옵니다. 그러나 속으로 괴이하게 생각하는 것은 전하께서 처음에는 승지와 기주관(記注官, 사관)을 물리치고 예사롭지 않은 독대를 행하시고, 곧 다시 두서너 대신을 아울러 들어오게 하시어 극비리에 1, 2, 3차에 걸쳐 물으셨으므로 외인들이 더욱 의심하였던 것입니다. 세자를 정한 지가 30년이 되었사오나 일찍이 자그마한 과실도 외부에 들린 적이 없사온데 갑자기 이런 미안한 하교를 내리심은 무슨 까닭이옵니까? 하고 남구만이 갑술년에 염려했었고, 최석정이 신사년에 근심하더니, 이제는 원로대신이 모두 죽고 그들의 말만이 남아 있습니다. 전하께서는 어찌 이를 돌아보고 깊이 생각하지 않으십니까?" 하였다.

선생은 꽤 길게 서술하였으나 자신의 목소리는 찾아볼 수 없다. 여기서 이이명은 조부 진검이 탄핵하다가 밀양으로 유배당하게 만든 바로 그 정적이다.

'임부와 이잠의 옥사' 역시 그렇다. 이잠은 선생이 스승으로 섬긴 이익의 형이다. 그러나 선생은 이잠의 옥사 또한 담담하게 기술

할 뿐이었다.

『연려실기술 별집』 권1-18

'국조전고'·'사전'(祀典, 제사 규범)·'사대'(事大)·'관직'·'정교'(政教)
·'문예'·'천문'·'지리'·'변어'(邊圉, 외교·국방) 등 9개 부분으로 이
루어져 있다. 이는 역대 문물제도의 유래와 변천을 고사 형식으로
수록한 책이다. 민족 문화에 대한 자긍심을 읽을 수 있는 부분이다.

별집은 문화, 통치 제도 등을 다뤄야 하는 특수성으로 인하여 원
집이나 속집에서 왕별로 사건을 기술한 체재와는 달리 항목별로 나
누어 통시적으로 기술하는 체재를 취하였다. 서술 체재를 달리하였
기에 다루는 대상과 시간적 범위도 차이가 난다. 선생은 별집에서
신라 이후 역사를 다루고 경우에 따라서는 그 범위가 단군조선에
까지 미친다. 원집 역사가 조선왕조에까지 국한시키고 있으나 별집
중 역대전고는 삼국 시대까지 거슬러 올라간다. 선생은 조선 문화
가 이전 문화로부터 어떻게 발전되었는가를 설명하고자 이와 같이
서술했다고 밝혔다. 문화는 조선왕조만 떼어서 서술해서는 완전히
이해할 수 없기에 이전 역사까지 서술했다는 것이다.

선생은 그 이유를 「연려실기술 의례」에서 이렇게 설명하였다.

국조의 예악·행정·법제 등 시대에 따라 덜고 보탠 것과 관직 연혁·변방
사고에 관하여서는 이 책이 편년체로 된 게 아닌 만큼 그것들을 연월 순
서로 기재할 수도 없었고, 그렇다고 각 조(各朝)에 나누어 기재하자니 열
람하여 찾기 어려울 것이므로, 따로 그것만을 수록하여 전고별집이라 하

였다. 거기에는 혹 신라·고려의 옛 제도나 풍속을 각 편 첫머리에 대략 실은 게 있으니, 그것은 사람들로 하여금 우리 동방의 역대 연혁을 알아서 문질(文質)·득실(得失)이 어떠한가를 상고하도록 하였다.

『연려실기술 별집』 권19

'역대전고'로 '단군조선', '기자조선', '위만조선', '예국', '맥국', '동옥저', '한사군, 이부'(二府), '삼한', '신라', '신라 속국', '고구려', '고구려 속국, 백제', '백제 속국, 후백제', '태봉', '발해국', '동국(東國) 지방을 논하다', '기화(氣化)를 논하다' 순이다.

이상이 간략한 『연려실기술』의 내용이다. 선생은 이 『연려실기술』을 스스로 '야사'(野史)[13]라고 하였다. 하지만 야사는 보통 민간에서 사사로이 기록한 역사로 정의하거나 정사의 반대 개념으로 사용한다. 실제 야사로 불리는 책들은 이제현(李齊賢, 1287-1367)의 『역

---

13 야사와 관련하여 이유원(李裕元, 1814-1888)이 편찬한 『임하필기』 제29권, 「춘명일사」(春明逸史) "한글 고소설"(古談)에는 이런 기록도 있다.

"원교 이광사 슬하의 남매가 지은 한글 고소설 『소씨명행록』(蘇氏名行錄)은 집안에 일이 있는 바람에 한쪽 구석에 버려져 있게 되었다. 원교가 꿈에 한 여자를 만나서 자칭 소씨(蘇氏)라고 하며 책망하기를 '왜 사람을 불측한 지경에 빠지게 해놓고 한을 풀어주지 않는가?' 하여, 꿈에서 깨어나 크게 놀랐다. 이에 이어서 말편(末編)을 만들었는데 형제와 숙질이 함께 앉아 도왔으며, 제삿날에 밤이 깊은 줄도 몰라 제사가 조금 늦어졌다. 문자(文字)의 신묘함이 이와 같은 것인가."

광사의 호 원교는 서울 냉천동 금화산 기슭에 있는 속칭 '둥그재'라는 곳이다. 이광사는 33세에 이곳에 살면서 그 지명을 호로 삼았다. 만약 이 기록이 사실이라면 이긍익과 아우인 신재 이영익, 그리고 이도희(李度熙)에게 출가한 누이가 『소씨명행록』의 저자인 셈이다.

옹패설』(櫟翁稗說), 남효온(南孝溫, 1454-1492)의 『추강냉화』(秋江冷話), 서거정(徐居正, 1420-1488)의 『필원잡기』(筆苑雜記), 허봉(許篈, 1551-1588)의 『해동야언』(海東野言)과 같은 역사적인 소재와 내용을 포함한 관료·문인의 일화집이나 잡기·일기·견문류 혹은 안방준(安邦俊, 1573-1654)의 『기축기사』(己丑記事)와 같이 특정 사건에 관한 개인의 기록 등이 주류를 이룬다. 이런 책들은 허구는 아니나 다분히 흥미 위주로 기술되었기에 객관성과 사실성이 떨어진다. 특히 정치사, 인물 관계, 사회 분위기, 각종 제도의 운영 사례 등은 친분 여하에 따른 주관적 기술이 대부분이다. 조선 후기에는 이러한 야사를 모은 총서들이 여러 권 편찬되었다. 최초의 야사총서는 정도응(鄭道應, 1618-1667)의 『소대수언』(昭代粹言)이고 그밖에도 홍중인(洪重寅, 1677-1752)의 『아주잡록』(鵝洲雜錄), 이 책의 마지막을 장식하는 김려의 『광사』(廣史)가 있다. 그리고 심노숭(沈魯崇, 1762-1837)이 엮은 『대동패림』(大東稗林)과 편찬자는 알 수 없으나 72권 72책으로 집대성된 『대동야승』(大東野乘), 96종 190책인 『패림』(稗林) 등이 우리의 야사이다.

　선생은 『연려실기술』이 이러한 야사와는 근본적으로 다르다고 하였다. 따라서 '야사'라 칭한 것은 자신의 저서에 대한 겸칭 정도로 이해하면 된다. 하지만 야사 못지않은 내용도 꽤 보인다. 우리에게 익숙한 이야기인 사육신과 생육신에 관련된 기록, 유자광이 남이 장군(南怡, 1441-1468)의 시에서 미평국(未平國)이라는 시구를 미득국(未得國)으로 고쳐 모함했다는 기록, 인종에게 문정왕후가 독이 든 떡을 먹여 죽였다는 기록, 허적이 제멋대로 유악을 빼내어 쓰는 바람에 경신환국의 빌미가 되었다는 기록, 인조가 벼루를 던져 소현세자를 죽였다는 기록들은 모두 선생의 『연려실기술』에 실려 후대에 퍼졌다. 그만큼 흥미로운 책이었다는 방증이다.

야사가 아니면서도 이렇게 흥미로운 기록이 탄생한 것은 사건의 인과관계를 밝혀 종합적이고 체계적으로 기술했기 때문이다. 『연려실기술』은 야담의 고급화에 기여했다는 점에서 적잖은 의의를 가진다. 또한 정치사를 더 쉽게 이해할 수 있도록 하는 기사본말체를 본격적으로 실험했다는 점에서 우리나라 역사편찬에 새로운 영역을 개척했다는 의의도 부여할 수 있다.

E. H. 카는 『역사란 무엇인가』라는 책에서 역사란 "역사가가 많은 사실 중에서 의미가 있다고 생각하는 사실만을 선택하여 체계화한 것"이라고 하였다. 완산 선생의 『연려실기술』이야말로 그 정의에 정확히 부합하는 책이다.

6장

—

옥유당 한치윤 『해동역사』

머리는 헝클어지고 땀을 비오듯 흘리면서

밥 먹는 것조차 잊은 채 5, 6년이나 공력을 쏟은 끝에

비로소 종류별로 나누고 조목을 세워

한 부 서책을 만들었다

한치윤의 생애

이름 한치윤(韓致奫)

별칭 자는 대연(大淵), 호는 옥유당(玉蕤堂)

시대 1765(영조 41)-1814년(순조 14) 조선 후기

지역 서울

본관 청주

직업 실학자 겸 역사가

당파 남인

가족 아버지는 헌납을 지낸 한덕량(韓德良)이며 어머니는 고령 신씨(高靈申氏)다.

어린 시절 서울 나동(羅洞, 지금의 명동)에서 출생하였다. 세 살에 부친을 잃고 형 치규(致奎)와 홀어머니 슬하에서 성장하였다. 어려서부터 학문에 뜻을 두었으나 그가 속한 남인이 정계에서 배제되어 있는 상황이라 벼슬에 뜻을 버릴 수밖에 없었다.

그 후 삶의 여정 25세인 1789년(정조 13) 진사시에만 합격했고, 이후 문과에는 응시하지 않고 학문에만 진력하였다. 이 해에 형 치규가 34세로 요절하자 선생이 네 살 난 조카 진서를 돌본다.

35세인 1799년 친척 형인 한치응(韓致應, 1760-1824)을 수행하여 연경에 가서 2개월가량 머물렀다. 이 시기에 선생은 청나라의 선진 문물을 접하면서 안목을 넓혔다. 『해동역사』를 편찬하면서 이용한 서책들도 대부분 이때 구입한 것이다. 이 사행길에서 선생은 여행 기록인 『연행일기』(燕行日記)를 지었는데 현재는 남아 있지 않다.

그 이후 10여 년 동안은 필생의 역작인 『해동역사』 찬술에 전력을 기울였다.

50세인 1814년 끝내 『해동역사』 찬수를 완료하지 못하고 세상을 떠났다. 선생은 죽기 직전에 조카인 한진서(韓鎭書. 1777-?)[1]에게 자신의 유업을 계승하여 완성해주기를 부탁하였다.

1823년 선생의 유명을 받은 조카 한진서가 『해동역사』 원편의 초고를 70편으로 정리하고 자료를 새로 수집해 『지리고』(地理考) 15권[2]을 속찬하여 총 85권의 『해동역사』를 완성하였다.

1887년 아들인 한진상(韓鎭象)이 동지돈녕부사(同知敦寧府事)가 되었기 때문에 삼대를 추증하면서 호조참판 겸 동지의금부사에 증직되었다.

---

1 선생이 세상을 떠날 때 한진서는 29세였다. 한진서는 네 살 때 아버지를 여의고 숙부인 선생의 가르침을 받아 성장하였다. 『지리고』 서문에서 "숙부께서 돌아가신 뒤에 숙부의 뜻이 완수되지 못한 것이 두려워 내 손으로 예전 초고를 편집하고 또 다른 서책의 글을 널리 채집하여 빠져 있던 지지(地志)를 보충하였다"고 하였다.

2 15권 1책으로 보통 『해동역사지리고』라고도 부른다. 내용 구성은 권1에 고금강역도·고금지분연혁표, 권2에 조선·옥저 지리고, 권3에 삼한강역총론, 마한·진한·변한의 지리고, 권4에 한사군 고증, 권5에 부여·읍루 지리고, 권6에 고구려의 강역과 성읍, 권7에 신라의 강역과 북계·성읍, 권8에 백제의 강역과 성읍, 권9에 발해의 강역과 군현, 권10에 고려의 강역과 동북계·서북계의 연혁, 권11에 고려의 성읍, 권12에 조선 강역과 각 도별 구역, 권13에 국내의 명산과 도서, 권14에 국내의 하천, 권15에 국경 밖에 있는 우리 옛날 영토 안의 명산·대천에 대한 고증 등이 수록되었다.

한진서는 권두에서 "글은 말을 이록함이요, 그림은 형상을 그렸다"(書以記言圖以象形)고 하였다. 이는 지도를 중요시한다는 말이다. 이 책 권두에 본조팔도도를 비롯한 11장의 지도를 수록하였으며, 고금지분연혁표를 팔도표 및 계외지분표별로 만들어 중국 역대조와 조선 상호 지역의 변천 과정을 한눈에 볼 수 있게 하였다. 권2에서는 "동국 옛날 처음에 한수(漢水)를 가지고 경계로 삼았는데 한수 북쪽은 조선이고 그쪽은 한국(韓國)"이라고 저자의 의견을 밝혔다. 우리가 사용하는 '한국'이라는 국명이 보인다.

성품이 고요하고 서책을 간직하기 좋아하였다

선생의 문집이 남아 있지 않아 현재로서는 그의 학문 세계를 자세히 알 수 없다. 다만 선생이 교유한 학자들의 학문적 성향과 죽은 뒤 학우들이 쓴 만장³ 등을 통해서 조금이나마 가늠해볼 수 있을 뿐이다. 선생은 젊은 시절 유득공과 홍명주(洪命周), 이해응, 김유헌(金裕憲), 심영석(沈英錫) 등과 친분을 맺었다. 선생의 족형이자 죽란시사(竹欄詩社)의 일원이었던 한치응과도 가깝게 지냈다. 이들은 서로 당색은 다르지만 세도 정치와는 거리가 먼 문인과 학자였고 북학을 추구한 선진적인 지식인들이었다. 선생은 유학자로서 북학에 속하면서도 박학고거주의(博學考據主義)를 지향하는 전형적인 실학을 추구하였다.

선생의 역사서 집필은 서책을 수집하는 취미와 고유의 역사의식에서 비롯되었다. 이해응(李海應, 1775-1825)은 만장에서 선생의 성품을 후한(後漢) 때 박통한 학자로 유명한 곽태(郭泰)에 비하였으며, 한치응은 묘지(墓誌)에서 선생의 인간성과 처세에 대해 "공은 성품과 도량이 청개하고 고아하며, 법도가 있는 사람이나 학문을 하는 선비가 아니면 교제하지 않았다. 공은 또 책 모으기를 매우 좋아하여 집에는 중국과 우리나라 기서(寄書) 수천 종이 있다"고 하였다.

또 유득공은 「해동역사서」에서 "내 친구인 상사(上舍) 한대연은 성품이 고요하고 서책을 간직하기 좋아하였다. 문을 닫고 들어앉아

---

3 만장(挽章): 죽은 사람을 애도하여 지은 글을 천이나 종이에 적어 깃발처럼 만든 것.

역사를 연구하였으며 개연히 우리나라 역사에 관심을 가졌다"고 하였다.

선생은 고증학적 학문관을 가지고 있었다. 추사 김정희(金正喜, 1786-1856)는 만장에서 선생의 학문을 가리켜 "굉대하고 박아함은 왕백후(王伯厚)와 같고, 정확하고 해박함은 고정림(顧亭林)과 같다"고 치켜세웠다. 왕백후는 송나라 말기『옥해』의 저자인 왕응린(王應麟, 1223-1296)[4]이고, 고정림은 청나라 고증학의 대가인 고염무(顧炎武, 1613-1682)[5]다.

그렇기에 선생은 확실한 증거가 없으면 믿지 않는다는 '무징불신'(無徵不信)의 태도로 학문을 했다.『중용』28장에 "상고 시대가 비록 좋으나 증거가 될 만한 바가 없다. 증거가 없으므로 믿지 않고 믿지 않기에 백성들이 복종하지 않는다"(上焉者雖善無徵, 無徵不信, 不信民弗從)는 말이 있다. 제아무리 좋은 게 있다 하여도 증명할 길이 없으면 믿지 않는다는 말이다. 이 무징불신이 바로 선생이 쓴『해동역사』(海東繹史)를 꿰는 저술 방식이었다.

---

4 아버지가 여조겸(呂祖謙) 제자 누방(樓昉)에게 배워 일찍이 온주지주(溫州知州)를 지냈다. 저작이 매우 많고 학술적 가치도 높아 고증학이 대세를 이룬 청나라 때 매우 높은 평가를 받았다. 그가 지은『옥해』(玉海)는 백과전서적인 저작으로 박학굉사과(博學宏辭科, 중국에서 현직 관료들을 대상으로 시행하던 시험의 일종) 시험을 준비할 때 정리하였다.

5 청나라 고증학의 시조. 관직에 나가지 않고 남북 각지를 여행하여 견문을 넓히는 동시에 학문을 연구했다. 그는 명나라 말 양명학이 공리공론에 흐르는 것을 배척하고, 주자학을 신봉하였다. 특히 실증(實證)과 실용(實用)을 중시하는 학풍을 건설, 황종희와 함께 청조 고증학 시조로 불린다.

『해동역사』, 확실한 증거가 없으면 믿지 않는다

우리 동방은 수천 년의 사실에 대해 경전에서 패설에 이르기까지 여기저기 흩어져 있는 것을 찾아내고 베꼈으며, 손수 자르고 붙이면서 분류하기도 하고 합하기도 하였다. 머리는 헝클어지고 땀을 비 오듯 흘리면서 밥 먹는 것조차 잊은 채 5, 6년이나 공력을 쏟은 끝에 비로소 종류별로 나누고 조목을 세워 한 부 서책을 만드니, 모두 몇 권이나 되었다. 그 가운데는 세기도 있고, 열전도 있으며, 천문, 지리, 예악, 병형(兵刑), 여복(輿服), 예문(藝文)에 대해 각각 지(志)가 있어서 저절로 역사서가 되었는데, 이를 이름하여 『해동역사』라 하였다.…자기 나라의 역사에 대해 잘 모르는 것을 옛날의 군자들은 부끄러워하였다. 그런데 어떻게 이 책을 읽지 않을 수 있겠는가.

선생의 절친한 벗이자 역시 역사가인 유득공이 「해동역사 서문」에서 한 말이다. 마지막 문장을 곱씹으며 논의를 잇는다. 이렇게 탄생한 『해동역사』는 중국과 일본의 각종 전적 540여 책에 나오는 우리나라 관계 기사를 뽑아 편찬한 원편 70권으로 이루어졌다. 여기에 선생이 세상을 뜬 뒤 한진서가 뒤를 이어 편찬한 속편인 『지리고』 15권까지 해서, 도합 85권으로 이루어진 기전체 양식의 통사다.

이즈음 사학자로는 앞에서 살핀 안정복과 이긍익이라는 걸출한 인물이 있다. 그러나 안정복과 이긍익은 아직도 경학에 대한 관심을 다 버리지는 못하였다. 이러한 점을 생각한다면 선생과 조카 한

진서는 평생을 오직 사학에만 전념한 우리나라 최초의 전문 역사학
자였다. 그래서인지 선생이 『해동역사』를 찬술한 동기에는 뚜렷한
역사의식이 보인다.

첫째, 우리 역사서를 객관적으로 쓰려 하였다
선생은 우리 역사서를 무징불신으로 이해하였다. 손자인 한일동
(韓日東)은 행장[6]에 이렇게 써 선생에게 존경의 빛을 표하였다.

> 할아버지께서는 과거 공부를 폐하고 문학 공부에 전념하였는데, 백가 서
> 에 대해서 관철하지 않은 게 없었다. 그러면서 항상 우리 동사(東史)의
> 무징을 병통으로 여겨 자료를 수집하고 편찬하였는데 위로는 경전으로
> 부터 아래로는 총패류에 이르기까지 인용한 서목이 무릇 540여 종이며,
> 10년 공력을 들여 비로소 『해동역사』를 완성하였다.

이 글을 보면 선생은 우리 역사서가 '무징'하다고 생각하였다.
확실한 증거가 없으면 믿지 않는다는 '무징불신'의 태도를 『해동역
사』에 철저히 적용했다. 철저한 박학고거주의로 역사를 쓰려는 고
증학적 자세였다.
이러한 태도는 한진서의 『지리고』 서문에도 그대로 보인다.

> 내 숙부께서는 우리나라 역사서가 황당한 것을 병통으로 여겨 중국 서적

6　행장(行狀): 사람이 죽은 뒤에 그 사람의 평생의 행적을 기록한 글.

에 실려 있는 우리나라에 관한 사실적 기록들을 끌어 모으고, 아울러 일본 서적에 실려 있는 것들까지 남김없이 채록한 다음 이를 종류별로 나누고 조목을 세웠다.

이렇듯 『해동역사』는 고증학적 방법에 의해 쓰인 책이다. 자연히 동원된 자료가 많을 수밖에 없다. 『해동역사』에서 인용한 외국 자료는 모두 545종이며, 이 가운데 중국 기록이 521종이고 일본 기록이 24종이다. 선생이 외국 자료를 주로 참고하여 우리나라 역사를 다시 쓰고자 한 것은 우리나라 자료의 한계를 극복하려는 의도에서였다.[7]

둘째, 우리 고대사를 재구성하려 하였다
이는 유득공의 서문에서 간취할 수 있다.

우리나라 역사책이 무릇 몇 종이던가. 이른바 고기(古記)라는 것들은 모두가 치류(緇流, 승려)들의 허황되고 황당한 말이라서 사대부들은 입에 담을 수 없다. 김부식이 지은 『삼국사기』에 대해 사람들은 소략하여 볼 만한 게 없다고 허물하고 있다. 그러나 명산 석실에 보관되어 있는 자료가 하나도 없었으니 김부식인들 그런 처지에서 어떻게 할 수 있었겠는

---

7 외국 자료를 인용한 것은 선생만이 아니었다. 이는 『삼국사기』 이래로 관례였으며 18세기와 19세기 학자들 사이에서 널리 유행하던 풍조였다. 그러나 『해동역사』처럼 많은 기록을 인용한 책은 드물고 더욱이 총패류까지 총망라한 경우는 없다.

가. 그렇다면 오로지 정인지가 지은 『고려사』가 있을 뿐이다. 그런즉 고려 이전의 사실에 대해서는 무엇을 보고서 상고하겠는가? 이에 내가 일찍이 중국 21사에서 동국전(東國傳)만을 뽑아 모아 중복된 부분을 삭제하고서 주석을 내고 변증을 하고자 하였다. 그런 다음 『삼국사기』와 『고려사』 두 사서와 함께 참조하여 보면 징신하는 데 도움이 될 것 같았는데, 끝내 그렇게 하지 못하였다.

유득공의 말을 빌자면 당시 학자들은 『삼국사기』와 『고려사』 등 역사서를 믿지 못하였다. 따라서 고대사를 재구성하기 위해서는 부득이 중국 자료를 이용하지 않을 수 없다고 토로하고 있다. 이러한 토로는 당대 역사학자들에게서 공통적으로 보인다. 이는 자의식에서 비롯되었다. 그러니 그들로서는 우리 역사를 정확히 알 수 없다는 데 회의감을 가지는 것이 당연했다. 이는 당대에 역사 연구를 하는 사람들이라면 보편적으로 가지고 있는 고민이었다. 하지만 선생은 『삼국사기』나 『고려사』와 같은 국내 정사와 외국 자료를 상호보완적 입장에서 찬술하였다.

선생은 우리와 빈번한 교섭을 가졌던 중국 사적을 통해서 삼국 이전의 역사를 고구하려 하였으니, 중국 기록이 압도적으로 많은 것은 이 때문이다.

셋째, 선생의 서책 애호도 한몫 거들었다

선생은 무엇보다도 새로운 자료 발굴에 힘을 기울였다. 이때 소장한 도서 수천 권이야말로 70권의 방대한 『해동역사』를 편찬케 한 바탕이 되었다. 선생은 중국 자료에 비하면 상대적으로 적지만 일본 자료도 소장하였다. 대개 역사서는 각종 자료를 활용하는 것이 일반적이지만 자료가 있다 하여도 일본 자료를 우리 역사에 인용한 경우는 없었다. 당시 조선은 중국과는 사대(事大)를, 일본과는 교린(交隣)을 썼다. '사대'는 섬기는 것이지만 '교린'은 우호적인 외교를 편다는 의미다. 그렇기에 선생이 『해동역사』 편찬에 일본 자료를 인용한 것은 의미가 크다. 특히 선생은 1688년 막부 시대 송하견림이 지은 『이칭일본전』(異稱日本傳)[8]을 『해동역사』 교빙지나 본조비어고 중 일본과의 관계 부분에서 활용하였다. 흥미로운 점은 『해동역사』와 『이칭일본전』 모두 각 기사 끝 부분에 전거를 제시하는 방법이 상당한 근사성을 보인다는 것이다. 선생이 『해동역사』를 찬수함에 어느 정도 이 책의 영향을 받았음을 짐작게 한다.

넷째, 술이부작의 태도다

술이부작 태도는 앞 장에서 살핀 이긍익의 『연려실기술』에서도 보이는 기술 방식이다. 실증적·객관적인 역사 서술 태도가 바로 술이부작이다. 선생이 범례나 서문을 직접 쓰지 않은 것도 자신의

---

8 송하견림(松下見林, 1637-1702)은 이 책의 서문에서 "중국이나 신라 기록 중에서 일본에 대해 서술한 게 시비가 뒤섞여 있고 허실이 분명치 않으므로 이것을 가리기 위해 이 책을 편찬하였다"고 하였다. 자국 역사를 연구하면서 타국 역사를 이용한 점이 같다.
　　마쓰시다(松下見林)가 저술한 이 책에 "일본은 본래 왜노국(倭奴國)이다. 당나라 때에 왜(倭)라는 악명을 꺼려 비로소 일본이라고 칭했다. 일본인은 흉악해 살생을 좋아한다"는 기록(『이칭일본전』 권 중2, 1면, 권 중3, 35면)도 보인다.

이러한 태도를 밝히려 한 이유에서였다. 그러나 자료가 필요한 부분에는 『동사강목』처럼 안설(按說)이라는 제목 하에 자신의 의견을 제시하여 인용 자료에 대한 비판과 검증, 보완을 하였다. 또한 자료 분류입목(分類立目)에 이미 찬자의 주관적인 역사의식이 반영되어 있는 것도 사실이다.

『해동역사』 내용을 일별하면 다음과 같다.

「해동역사 서문」

「해동역사 인용 서목」

『해동역사』 권1 『동이총기』-권16 『제소국세기』: 기(記)

『해동역사』 권17 『성력지』-권59 『예문지』: 지(志)

『해동역사』 권60 『숙신씨고』-권70 『인물고』: 고(考)

『해동역사』 속집 권1-15: 고(考)

「해동역사 서문」

유득공의 서문만 있다. 일반적으로 다른 역사서에서 보이는 찬자 서문과 범례가 없다. 선생은 이에 대해 어떠한 글도 써놓지 않았다. 따라서 선생이 어떤 의도로 어떤 체제를 따라 편찬하였는지 알 수 없다.

「해동역사 인용 서목」

중국서 목록과 일본서 목록을 앞에 넣었다. 책머리에 서목을 제시한 의도는 철저한 고증학적인 전거주의(典據主義)다.

각 권마다 세기, 지, 고 순서로 편집되었다. 그러면서 필요한 부분에서는 안(按)과 근안(謹按)을 두어 고증을 하거나 견해를 밝히는 방식으로 편찬하였다. 이러한 체제는 얼핏 보면 기전체 정사와 유사해 보인다. 하지만 기전체는 고(考)가 없으며 열전(列傳)이 있고 열전에 가장 큰 비중을 두는 게 특색이다. 『해동역사』는 85권 가운데 4권만이 인물고로 되어 있을 뿐이다. 따라서 비중으로 보아 기전체가 아니다. 여기에 기전체는 1대의 역사인 데 비하여 『해동역사』는 통사적 입장을 취하고 있다.

　『해동역사』는 85권 중에서 지(志)가 43권으로 비중이 가장 크다. 지는 다시 13류(類) 80목(目)으로 되어 있어 마치 백과사전과 같은 구성이다.[9] 『해동역사』는 박문과 고증이라는 입장에서 '지' 부분을 확대·보강한 듯하다. 여기에 사회경제적인 면, 그중에서도 일상생활에 관한 부분을 많이 서술하였다.

　지 다음으로 분량이 많은 것은 26권으로 된 고(考)다. 그중에서 『지리고』가 15권으로 가장 많다. 사서 체제상 '고'라는 형식을 도입한 것은 아주 특이한 경우로 그만큼 이 책이 사실 고증에 역점을 두었다는 뜻이다. 앞에서도 설명한 바와 같이 『지리고』는 한진서가 선생의 자료를 보충하여 만든 15권짜리 책이다.[10]

9　이런 백과사전식 저술은 송대에 두드러지게 발달하여 통전(通典), 통고(通考), 통지(通志) 등 많은 유사한 서적들이 발간되었다.

10　『지리고』체제를 보면 선생이 편찬한 원편 체제와 일치하지 않는다. 즉 『지리고』에서는 결론을 앞세운 뒤에 자료를 제시하고, 마지막에 자료를 검증하는 순서를 취하

『해동역사』각 항목의 주요 부분을 따라잡으면 다음과 같다."

세기

『해동역사』에서 가장 먼저 주목해야 할 것은 16권 세기(世紀)를 통해 한국사 체계를 재편성한 점이다. 선생은 도덕적 명분에 따라 정통과 비정통을 가르던 종전의 강목식(綱目式) 역사 체계를 완전히 벗어났다. 그 대신 오직 문헌 고증에 의하여 무엇이 역사적 진실인가를 밝히는 데 주력하였다. 책을 보며 유의할 것은 선생이 여러 문헌에서 관련 사실을 뽑아 기록한 것이란 점이다. 물론 취사선택한 것은 어디까지나 선생이다.

① 『동이총기』권1 선생은 단군조선에 앞서 『동이총기』(東夷總記) 를 수록하였다. 우리가 넓게는 동이문화권에 속하고, 군자국으로 불릴 만큼 문화적 수준이 높았다는 것을 과시하려는 의도였다. 이는 『삼국유사』 이래로 이어진 단군조선을 국사의 시발로 설정하는 관례를 깨뜨린 것이다. 선생은 유교 문화를 숭상하는 입장에 있으면서도 이(夷) 문화를 높이 평가하고 있으며, 한국 문화의 뿌리를 동이문화와 연결시킴으로써 이해의 폭을 넓히

였다. 이는 원편에서 결론 없이 자료만 나열하고 간간이 안설(按說, 자기가 생각하고 있는 의견)을 덧붙이는 형식을 취한 것에 비하여 한걸음 더 나아간 것이다. 따라서 『지리고』는 한진서에 의하여 편찬된 별도의 저술로 보는 게 타당할 수도 있다.
11 이 부분에서 한국고전종합 DB에 있는「해동역사 해제」를 상당 부분 인용했음을 밝힌다.

는 결과를 가져왔다.

『동이총기』의 일부분을 살펴면 아래와 같다.

○군자국(君子國)이 북쪽에 있으니 관을 쓰고 검을 차며, 짐승을 먹는다. 두 마리 문호(文虎, 얼룩 무늬가 있는 호랑이)를 곁에 두고 있다. 사람들이 사양하기를 좋아하여 서로 다투지 않는다. 훈화초(薰華草, 무궁화꽃)가 있어서 아침에 피어났다가 저녁에 죽는다(『산해경』).

○살펴보건대 동방삭(東方朔)『신이경』(神異經)에 이르기를 "동방에 사람들이 살고 있으니 남자들은 모두 흰 띠에 검은 관을 쓰고 여자들은 모두 채색 옷을 입는다. 항상 공손하게 앉아 서로를 범하지 않으며, 서로 칭찬하고 헐뜯지 않는다. 다른 사람이 어려움에 빠진 것을 보면 목숨을 내던지면서까지 구해준다. 얼핏 보면 바보스러운 것 같은데, 이런 자를 이름하여 '선인'(善人)이라고 한다" 하였다.

선인과 군자국은 모두 우리나라를 지칭하여 한 말이다. 당 현종이 신라를 두고 '군자의 나라'라 하였고, 또 고려 때에는 별칭으로 우리나라를 '근화향'(槿花鄕)이라 하였다. 우리나라는 예로부터 '군자의 나라'라는 호칭이 있던 바 공자께서 가서 살고자 하는 뜻을 가졌던 게 어찌 이 때문이 아닌 줄을 알겠는가.

○ 동방의 오랑캐를 이(夷)라고 하는데 머리를 풀어헤치고 몸에 문신을 새겼으며 화식(火食)을 하지 않는 자가 있다(『예기』).

○『이아』(爾雅)에는 "구이(九夷)·팔적(八狄)·칠융(七戎)·육만(六蠻)을 일러 사해(四海)라고 한다" 하였다.

살펴보건대 『설문』(說文)에 "이(夷)는 대(大) 자에 궁(弓) 자를 붙여 쓴 글자로, 동쪽 지방 사람을 가리킨다" 하였다.

② 『삼조선세기』 권2   단군조선, 기자조선, 위만조선 세기로 구분되
   었다. 이 삼조선의 역사 체계는 새로운 것이 아니지만 『해동역
   사』에서는 다른 역사서와는 달리 단군조선을 간략하게 다루고,
   이와 대조적으로 기자조선은 상세하게 다루고 있다. 이것은 중
   국 자료에 기자조선 기사가 많은 데서 비롯된 결과일 뿐, 기자
   조선을 특별히 높이려는 의도가 있는 것은 아니다. 오히려 선
   생은 종전의 사서에서 기자를 중화 문화의 전달자로서 중요하
   게 다루고 있는 데 반해 기자의 혈통적 계보를 중요시하고 있
   다. 그리하여 기자를 단순히 중국계로 보지 않고, 기자의 이동
   경로를 추정해 우리 민족과 연결시키려 하였다. 기자조선 다음
   으로는 위만조선을 다룬다. 종전의 사서가 위만조선을 역신(逆
   臣)으로 다루고 있는 데 반해 『해동역사』는 정통론에서 탈피한
   왕조 교체의 입장에서 파악하고 있다. 여기서 화(華)와 이(夷)
   를 대등한 입장으로 보는 선생의 역사 인식을 파악할 수 있다.
③ 『삼한세기』 권3   삼조선 다음에 『삼한세기』를 넣은 것은 삼조선
   다음에 사군(四郡)을 넣고 그다음에 삼한을 서술하던 지금까지
   의 관례를 깨뜨린 것이다. 이것은 삼한에 대한 인식의 상한선
   을 더 높인 것을 의미한다. 그만큼 『삼한세기』는 자료 수집 면
   에서 큰 업적으로 평가된다.
④ 『예맥세기』 권3   예와 맥을 다루고 있다. 맥(貊)을 맥(貉)이라고
   도 한다고 하였다.

⑤『부여옥저세기』권4 앞부분에서 안설을 붙여 부여는 처음에 북부여라고 칭하였는데, 금와가 도읍을 가섭원으로 옮겼고 이것을 동부여라고 한다. 해부루(解夫婁)가 단군의 아들이 아니라고도 한다. 부여를 삼국세기에 앞서 독립된 세기로 다룬 것은 지금까지 부여를 삼국 시대 서술에서 부수적으로 다루어온 관례를 깨뜨린 것이다.

⑥『사군사실』권5 다른 세기와는 달리 부록 형식으로 첨부되어 있고, 세기라는 명칭을 붙이지 않았다. 선생이 세기라는 명칭을 붙이지 않은 것은 한사군이 우리나라 왕조는 아니지만, 그렇다고 해서 실제로 있었던 역사적 사실을 부인하고 그냥 뛰어넘을 수는 없어서였던 듯하다. 이 부분에서는 한사군의 위치를 고증하지 않고 그에 관한 자료만을 수집하고 있다. 한사군의 위치 및 강역에 대해서는 자세한 기록이 전해지지 않아 지금까지도 학자들 사이에 논쟁거리다. 유득공과 선생은 한사군 중 현도에 대해 압록강 상류 및 동가강 전 유역을 포함하는 지역으로 비정한다.

⑦『고구려세기』권6-8 삼국에 관한 세기 편차가 고구려, 백제, 신라 순으로 되어 있다. 신라를 삼국의 선두로 서술하던 관례를 깬 것이다. 고구려를 가장 먼저 언급한 것은 고주몽(高朱蒙)이 세운 고구려 이전에 주 무왕이 상나라를 무너뜨린 뒤에 주나라와 통교했다는 구려(駒驪)와 한사군에 속했던 고구려현의 존재를 의식했기 때문이다. 여기에는『삼국사기』에 빠져 있는 고구려에 관한 기사들이 대량으로 수록되었다. 특히 자료의 성격상

대중국 교섭 관계 기사가 많다.

⑧ 『백제세기』권9　『고구려세기』다음에 『백제세기』를 넣은 것은 온조의 건국이 빠르다고 보아서가 아니라 그들의 조상인 구태(仇台)가 부여 동명왕의 후예로서 대방고지(帶方故地)에 건국한 사실을 주목한 것으로 보인다.

⑨ 『신라세기』권10　『삼국세기』중에서 또 하나 주목되는 것은 『신라세기』다. 특히 신라를 백제와 가라(加羅)의 부용국[12]으로 보고, 신라 사람은 중국·고구려·백제 사람들이 뒤섞여 있다고 한 기록이나, 신라는 나라가 작아서 스스로 사빙[13]하지 못하고 문자와 어훈[14]이 없어서 백제를 기다린 후에 중국과 통했다고 한 기록 등은 신라의 후진성을 말해주는 것으로, 『삼국사기』에서는 찾아볼 수 없는 것이다. 신라라는 이름을 우리말에서 찾은 것도 새롭다. 선생은 "방언에 신(新)을 '새로'(斯盧)라 하고 국(國)을 '나라'(羅羅)라고 하므로, '새로 창건하여 세운 나라'란 뜻을 취해 신라라고 한 것"이라고 하였다. 또 "소위 서라·사라·신라는 모두 사로에서 전이된 것인데 사로란 바로 『위지』(魏志)에서 말한 진한사로국(辰韓斯盧國)"이라고도 하였다. 진한과 신라는 같은 종족이기에 구분하지 말아야 한다는 주장이다.

⑩ 『발해세기』권11　삼국 다음에 통일신라를 따로 설정하지 않고,

12　부용국(附庸國): 강대국에 종속되어 지배를 받는 약소국가.
13　사빙(使聘): 심부름꾼을 보내어 안부를 물음.
14　어훈(語訓): 말하는 투나 태도.

그 대신 발해를 독립된 세기로 서술한 것은 발해를 삼국에 부용[15]하는 존재로 취급해온 기존의 인식을 깬 것이다. 또 발해 시조 대조영(大祚榮)이 고구려의 후예냐 말갈족이냐에 대해서는 중국 기록에도 양설이 있고, 안정복의『동사강목』에서는 고구려 사람으로 보지 않고 말갈의 추장이라 하였으며,『발해고』(渤海考)나『강역고』(疆域考)에서도 고구려 사람이라고 확언하지 않는 등 우리나라 학자들 간에도 의견이 엇갈려왔다. 그런데 선생은 고구려 후예설을 따라서 당당히 우리 역사에 편입시켰다. 이 점은『발해세기』의 성격과 관련하여 주목할 만한 사항이다.

⑪『고려세기』권12-15 　첫머리 안설에서 "고려의 '려' 자는 음이 '리'(離)다. 장위(張位)의『발음록』에 '고려의 "려"는 평성에서 시작한다'고 한 것이 그것이다. 어떤 사람은 '산고수려'(山高水麗)에서 뜻을 취해온 것이라고 하는데, 이는 틀렸다"로 시작한다. 그러고는 "고려는 고구려의 옛 땅에서 일어났으므로 고려이고 왕씨의 선조는 자세히 알 수 없지만 대대로 신라에서 벼슬하다가 금성태수 왕륭에 이르러서 비로소 송악에서 태조 왕건을 낳았다"고 기술하고 있다. 금나라 조상은 고려에서 나왔으며, 고려를 부모지향으로 섬겼다는 기사도 보인다. 여진족에 대한 고려 우월성이다.

　고려세기는 4권을 할애하였는데 마지막은 "이성계가 이름

---

15 부용(附庸): 작은 나라가 큰 나라에 의탁해서 지내는 일.

을 이단(李旦)으로 바꾸고 국호를 조선으로 고쳤는데 황제가 모두 따라주었다" 하는 『사승고오』 기사 인용으로 "세기" 전체를 마쳤다.

⑫ 『제소국세기』 권16　가라(加羅), 임나(任那), 탐라(耽羅), 태봉(泰封), 후백제(後百濟), 휴인(休忍), 비류(沸流), 정안(定安) 등 8개 소국에 관한 자료를 모았다. 이 부분에서는 특히 안설을 통하여 임나와 가라가 별개의 나라라고 주장하고, 그 위치를 알 수 없으나 변한(弁韓) 땅에 있었으며 6가야 중 하나일 것으로 추정하면서, 『일본기』(日本紀)에서 임나를 가라의 별칭으로 본 것은 잘못이라고 하였다. 탐라에 관해서는 중국 사서에 보이는 탐라, 섭라(涉羅), 섬라(暹羅), 탐부라(耽浮羅), 모라(毛羅) 등이 모두 '섬나라'라는 뜻을 가졌다고 하였다. 또 휴인국은 그 위치가 명확하지 않고, 비류국은 압록강 변 초산(楚山) 맞은편 지역이며, 정안국은 지금의 홍경(興京) 지방이라는 안설이 있다. 이 8개국 제소국 중 특히 탐라, 휴인, 비류, 정안국 등은 지금까지 별로 관심을 끌지 못했던 것으로, 이를 세기에 넣은 것은 그만큼 국사의 범위를 확대시킨 것이다.

　이 중 일본이 지금도 교과서에 수록하여 한국에 대한 우월감을 조장하고 있는 임나일본부설(任那日本府說)에 관한 내용만 보자. 임나일본부설은 일본 야마토왜(大和倭)가 4세기 후반에 한반도 남부 지역에 진출하여 백제·신라·가야를 지배하고 특히 가야에는 일본부(日本府)라는 기관을 두어 6세기 중엽까지 직접 지배하였다는 설이다. 야마토왜 '남선경영설'(南鮮經營說)

이라고도 불리는 이 주장은 이미 17세기 초에 시작되어 19세기 말에는 본격적인 문헌 고증에 의해 정설로 뿌리내림과 동시에 각국에 소개되었다. 이를 통해 3세기경에 외국에 식민지를 건설할 정도로 일본 고대 사회가 발전하였다는 논리로 나아갔고, 한편으로는 일본 제국주의가 한반도 식민지배를 정당화하는 논리로 이용하였다.

임나 글을 인용하면 아래와 같다.

임나

살펴보건대, 임나는 혹 임라(任羅)로도 되었다. 지금은 그 땅의 경계가 명확하지 않은데 대개 변한 지역이며, 신라의 여국(與國, 우호를 맺은 나라)이다. 『일본기』에는 임나를 가라의 별칭이라고 하였다. 그러나 『송서』에서는 왜왕 무(武)가 자칭 도독신라임나가라제군사(都督新羅任那加羅諸軍事)라고 하였으니 임나와 가라는 마땅히 두 나라로, 6가야 가운데 한 곳이다.

○ 백제가 고구려를 정벌할 때 사람들이 전쟁의 부역을 감당하지 못하여 줄지어 신라로 들어갔다. 이에 신라가 드디어 강성해져서 가라·임나 등 여러 나라를 습격하여 멸망시켰다(『통전』).

○ 『송서』에는 "태조 원가(元嘉, 송문제의 연호) 연간에 왜왕 진(珍)이 즉위하여 자칭 사지절 도독왜백제신라임나진한모한육국제군사 안동대장군(使持節都督倭百濟新羅任那秦韓慕韓六國諸軍事安東大將軍)이라 하면서 표문을 올려 임명해주기를 요청하니, 조서를 내려 허락하였다. 28년에 왜왕 제(濟)에게 도독왜신라임나가라진한모한육국제군사(都督倭新羅任那

加羅秦韓慕韓六國諸軍事)를 가해주었다. 순제 승명 2년(478)에 왜왕 무가 자칭 도독왜백제신라임나가라진한모한칠국제군사 안동대장군(都督倭百濟新羅任那加羅秦韓慕韓七國諸軍事安東大將軍)이라 하면서 사신을 파견해 표문을 올려 임명해주기를 요청하였다"하였다.

이를 두고 일본이 주장하는 '임나일본부설'을 받아들였다며 선생의 주견 없음을 탓하는 이들도 있다. 그러나 선생은 "가라" 항에서 『오학편』을 인용하여 일본에 구야한국이 있다고 하였다. 위 글을 보면 선생은 『일본기』에 '임나를 가라의 별칭'이라 한 것을 두고 『송서』를 인용하여 그르다고 하였다. 또 중국이 왜왕 진에게 왜, 백제, 신라, 임나, 진한, 모한(마한) 등을 육국 도독으로 임명하였다는 운운과 왜왕 무가 요청했다는 기록은 『송서』에 기록된 사실을 옮겨놓았을 뿐이다. 이는 선생이 가라와 임나에 대한 중국과 일본의 역사서에 있는 그대로를 객관적으로 기술하였다고 보는 편이 옳다. 선생은 무징불신의 역사서술 태도로 일관한 것이다. 선생은 그래 임나와 가라에 관해 『남제서』, 『동사』, 『삼국사기』, 『삼국지』 등 여덟 권의 역사서를 보았다. 그리고 최대한 여러 책을 끌어와 임나와 가라 역사를 귀납적으로 객관화시켰다. 비록 인용 서적들의 정확성 여부를 일일이 확보한 것은 아니지만 선생 나름의 역사 해석과 고증을 시도한 데에 큰 의의를 두어야 한다. 굳이 흠을 잡으려면 선생의 노력이 모자라 저렇게 기술한 것이 아니라, 가야에 대한 우리 역사 문헌이 빈약함을 탓해야 한다. 여덟 권 중 겨우 두 권만이 우리 역사서이기 때문이다.

지

지(志)는 총 13항목 43권으로, 책 전체의 약 절반을 차지한다. 세기에 비하면 분량이 두 배 반이 넘는다. 그만큼 『해동역사』에는 지의 비중이 높다. 지는 넓은 의미의 문화사라 할 수 있는데 종전의 지에서는 국가 제도를 서술하는 게 관례였다. 이에 반해 『해동역사』에서는 이런 제도뿐만 아니라 일반 서민의 생활과 관련된 것, 이용후생과 상업에 관한 것, 국방에 관한 것, 한·중·일 3국 간 문화 교류에 관한 것 등 자료가 폭넓게 수록되어 있는 점이 특색이다. 또 불교를 이단으로 취급하는 성리학자의 입장에 있으면서 석지(釋志)를 독립된 지로 설정하였고 도교까지 항목에 첨부한 것은 큰 의미를 가진다. 각 지의 내용을 살펴보면 다음과 같다.

① 『성력지』 권17   성야(星野), 측후(測候), 역(曆), 징응(徵應) 등의 항목으로 분류하였으며, 징응에 오행(五行)을 부록 형식으로 첨부하였다.

　　징응을 제외하고는 대부분 중국의 입장에서 본 우리나라 천문, 기후, 역에 관한 기록인데 정확성이 부족한 감이 있다. 또 안설을 통하여 조선 시대에 들어와 독자적으로 천문, 기후를 관측한 사실과 세종조에 『칠정산내외편』(七政算內外篇)을 만든 사실 등을 소개하였다.

② 『예지』 권18-21   제례(祭禮), 조례(朝禮), 연례(燕禮), 혼례(昏禮), 학례(學禮), 빈례(賓禮), 의물(儀物), 상례(喪禮) 등의 항목으로 분류하였다.

먼저 '제례'에서는 역대 제천 및 일월성신에 대한 제사, 사직과 산천에 대한 제사를 수록하였고, 이어 잡사(雜祀)라는 항목을 두어 삼한·삼국·고려 시대 민속 신앙에 관한 자료를 수록하였다. '조례'와 '연례'에서는 중국 의식에 관해서 수록하였고, '혼례'에서는 국혼(國婚)과 사서혼례(士庶昏禮)를 나누어 수록하였다. '학례'에서는 국학(國學), 과시(科試), 빈공(賓貢) 등의 항목을 두어 자료를 모으고, 끝 부분에 안설을 두어 우리나라 선비로서 중국에서 급제한 자들의 수와 명단을 소개하였다. '빈례'에서는 중국 사신을 접대하는 의식을, '의물'에서는 장복(章服), 인부(印符), 여마(輿馬), 노부(鹵簿) 항목을 두어 자료를 모았다. '상례'에서는 본국상(本國喪), 상국상(上國喪), 복제휼상(服制恤喪), 사상잡례(私喪雜禮) 항목을 두었다. 『예지』에서 특히 주목해야 할 사실은 묘제(廟制), 혼례(昏禮), 장복(章服) 등에서 사(士)와 서(庶)로 나누어 서인에 관계되는 예제까지도 함께 수록했다는 것이다. 문화사를 정리하는 선생의 안목이 드러나는 대목이다. 선생은 지배층 문화에 서민 문화까지도 포용하는 자세를 가졌다.

③ 『악지』 권22　악제(樂制), 악기(樂器), 악가(樂歌), 악무(樂舞) 항목을 두었다.

상당히 흥미로운 부분이다. 우리 민족의 음악 제도와 악기, 노래와 춤에 대한 기록이다. 상고 시대부터 조선까지 나라별로 정리하였다. 호선무는 고려의 춤으로 공 위에서 춤을 추는데 돌아가는 것이 회오리바람과 같다 한다.

④ 『병지』권23   병제(兵制), 병기(兵器), 마정(馬政)으로 나누어 수록하였다.

이 부분에서 일본의 조총을 소개하면서 임진왜란 때 조총 때문에 고생한 사실을 상기시키고 국방력 강화 방법 중 하나로 무기의 중요성을 강조하고 있다. 이는 『교빙지』에 나오는 '해방지책'(海防之策, 바다를 방비하는 계책)과 더불어 선생의 국방 의식을 엿볼 수 있는 자료다.

⑤ 『형지』권24   형제(刑制) 한 조항만을 두고 상국금령(上國禁令)을 부록으로 수록하였다.

'형제'에서는 기자의 팔조교(八條敎), 부여 금법(禁法), 예(濊) 책화(責禍) 및 삼국과 고려 형제에 대해서 소개하고 있는데, 이 가운데 특히 기자 팔조교에 대한 안설에서 팔조교가 교(敎)가 아니라 금(禁)이라고 새로이 해석한 것을 주목해볼 만하다. 선생은 팔조교를 윤리나 도덕 덕목으로 보기보다는 금법으로 보았기 때문에 『형지』에 넣은 것으로, 윤리나 도덕적 차원에서 팔조교를 이해해온 지금까지의 방식과는 차이가 있다.

⑥ 『식화지』권25   전제(田制), 농상(農桑), 부세(賦稅), 봉록(俸祿), 창고(倉庫), 권량(權量), 채대(債貸), 시역(市易), 호시(互市), 전화(錢貨) 등의 항목으로 분류하여 수록하였다.

'전제'에서는 기자 정전제도와 고려 전제만을 소개하였는데, 특히 기자 정전에 대해서는 안설을 통해 한백겸(韓百謙)의 기전도설(箕田圖說)에 대해 자세하게 소개하였다. '농상'에서는 주로 전잠(田蠶)에 관한 기사를 수록하였는데, 특히 『수서』(隋

書)에 나오는 "신라는 토지가 아주 비옥하여 논농사와 밭농사를 겸하여 짓는다"(新羅田甚良沃水 陸兼種)고 한 기사를 인용하면서 봄에는 보리를 심고 여름에는 물을 대어 벼를 심는다고 말하고, 이를 근거로 신라를 이모작의 기원으로 보았다. 『식화지』에서 주목되는 것은 '호시'(互市, 교역)다. 이는 예맥·고조선·신라·발해·고려·조선 시대의 국제 무역에 관한 자료를 모은 것인데, 특히 조선조 중국 및 일본과 호시에 관해서는 선생 자신이 안설을 붙여 각 개시(開市)의 연혁과 교역 품목을 상세히 설명하고 있다. 이는 선생이 국제무역에 비상한 관심을 가지고 있음을 반영하였다. 선생의 상업에 관한 관심은 '전화'(錢貨, 돈)에도 잘 나타난다. 선생은 고려 시대 은병(銀瓶), 활구(闊口), 동전(銅錢) 등에 대해 자신의 안설을 붙여 자세하게 설명하고 있다.

⑦『물산지』권26-27　금옥주석류(金玉珠石類), 포백류(布帛類), 곡류(穀類), 초류(草類), 화류(花類), 채류(菜類), 과류(果類), 죽목류(竹木類), 금류(禽類), 수류(獸類), 어류(魚類), 충류(蟲類), 문방류(文房類), 완호류(玩好類) 항목으로 나누어 수록하였다.

　'포백류'에서는 특히 목면(木棉) 조항에 안설을 붙여 우리나라 목면이 문익점(文益漸, 1331-1400)에 의해 수입되었음을 밝혔다. '곡류'와 '초류'에서는 우리나라 속명(俗名)을 표기하여 이해를 돕고 있다. 예를 들어 호마(胡麻)의 속명은 '검은 참깨', 마자(麻子)의 속명은 '삼씨'라고 한글로 적어놓았다. 이외에 술에 대한 언급이며 특히 인삼과 연초에 대해서는 안설을 붙여 자세하게 설명하면서 그 상업적 가치까지 언급하고 있다. 이것으로 보면 선생이 『물산지』를 설정한 것은 단순히 자료 정리에만 뜻이 있는 게 아니다. 우리나라 물산의 상업적 가치에 착안한 것으로, 당시에 유행했던 상업적 농업에 대한 관심을 표명한 것으로 볼 수 있다. 이는 실학으로서 이용후생과 연결된다.

⑧『풍속지』권28　잡속(雜俗)과 방언(方言)으로 나누어 간략하게 수록하였다. 그러나 선생이 『풍속지』를 설정한 자체만으로도 사학의 역사에 큰 의미가 있다. 지금까지는 『풍속지』를 독립된 지로 다룬 사서가 없었을 뿐만 아니라, 여기에 소개된 풍속 자료들은 유학자들이 흔히 오랑캐의 풍속으로 치부해서 사서에 싣기 꺼렸던 내용을 많이 담고 있기 때문이다.

　먼저 '잡속조'에서는 "부여 사람들은 체구가 크고 성품은 굳세고 용감하다" 등에서부터 "고려 사람들은 대개 머리에 침골(枕骨, 뒤통수의 뼈)이 없으나, 중이 되어 머리를 깎으면 그것이 보인다"는 등 자잘한 것까지 수록하였다. '방언조'에는 우리나라 방언에 관한 기사를 모은 다음 안설을 붙여 비평하였다. 예를 들자면 "백제에서는 왕을 어라하(於羅瑕)라 부르고, 백성들은 건길지(鞬吉支)라 부르는데 이는 모두 중국말로 왕이라는 뜻이다. 왕의 아내를 어륙(於陸)이라고 부르니, 이는 중국말로 왕비라는 뜻이다", "지금 나라의 습관에 부(父)를 일러 아비(阿父)라 하고, 모(母)를 일러 어미(阿孃)라고 하며, 아프면 아야(阿爺)라고 하고, 겁나면 어마(阿母)라고 하는데, 이는 모두 방언"이라는 등 다양한 예를 기록하고 있다. 선생이 방언까지도 『풍속지』에 넣은 것은 풍속에서 언어의 중요성을 인지했기 때문이다.

⑨ 궁실지 권29 성궐(城闕)과 민거(民居)로 나누어 수록하였고, 기용(器用) 항목을 부록으로 수록하였다.

'성궐조'에서는 진한과 부여 이래 역대 성궐에 대한 자료를 모았고, '민거조'에서는 삼한 이래 역대 민간 가옥에 관한 자료를 모았다. '기용조'에서는 거처구(居處具), 주구(酒具), 다구(茶具), 노(爐), 부채(扇), 잡기(雜器), 배와 수레(舟車) 등에 관한 자료를 모았는데, 특히 주거에서는 『해방의』(海防議)에 실린 거북선에 관한 기사를 수록한 다음 안설을 붙여 『충무공전서』(忠武公全書)에 등재된 거북선의 구조와 성능, 크기 등을 자세히 소개하였다.

⑩ 『관씨지』 권30-31 관제(官制)와 씨족(氏族)으로 나누어 수록하였다. 선생이 이 두 항목을 합쳐서 하나의 지로 한 것은 씨족지를 따로 분리하여 독립된 지로 할 만한 분량이 못 되어 합친 것으로 보인다.

'관제조'에서는 기자조선 이후부터 고려에 이르기까지 관제에 관한 기록을 모았는데, 『삼국사기』나 『고려사』 등 자료를 이용하여 누락된 것을 보충하기도 하였다. '씨족조'에서는 기자 때부터 고려 시대에 이르는 동안 역대 성씨(姓氏)에 관한 자료를 모았다. 고주몽의 고씨(高氏)를 비롯하여 우리나라의 성씨는 대부분 기록하였다. 안설에서는 『지봉유설』과 『앙엽기』 등에 보이는 우리나라 벽성(僻姓)에 관한 자료까지 첨부하였다. 벽성(僻姓)으로는 복성인 석우씨(石牛氏)를 비롯하여 난씨(難氏), 소씨(牟氏), 궉씨(鴌氏), 읙씨(闠氏), 헝씨(遌氏), 할씨(夅氏), 뺌씨(乀氏), 천씨(千氏), 돈씨(頓氏), 승씨(承氏), 야씨(夜氏), 편씨(片氏), 골씨(骨氏), 공씨(公氏), 옹씨(邕氏), 방씨(邦氏), 일씨(一氏), 먀씨(乜氏) 등이 보인다. 아쉬운 점은 이덕무의 『앙엽기』에 보이는 필자의 성인 간씨(簡氏)를 찾지 못했다는 것이다. 가만 보니 8명의 왕을 배출한 석씨(昔氏)도 보이지 않는다. 많은 기록을 정리하다 보니 실수가 생긴 듯하다.

⑪ 『석지』 권32　석교(釋敎), 사찰(寺刹), 명승(名僧) 항목으로 나누어 수록하였고, 도교(道敎) 항목을 첨부하였다. 이 부분은 도교가 포함되어 있으므로 '석로지'(釋老志)라 할 수 있을 텐데도 『석지』라고 이름 붙인 것은 도교 부분의 분량이 너무 적기 때문이다.

　　'석교' 부분에서는 한진서가 안설을 붙여 마한의 소도(蘇塗)를 우리나라 석교 조짐으로 해석한 것과 최치원의 지증비문을 들어 서진 때에 이미 우리나라에 불교가 수입되었다고 해석한 것을 주목해볼 만하다. '사찰조'에서는 여러 사찰에 대한 자료를 모은 다음 안설을 붙여 『여지승람』(輿地勝覽)을 인용해 기사를 보완하였다. '명승조'에서는 고구려, 백제, 신라, 고려, 조선 승려들에 관한 자료를 모았는데, 특히 의천(義天)에 대해서는 여러 곳에 안설을 붙여 그의 행적과 대장경 간행에 관한 사실을 자세히 소개하였다. 끝 부분에 수록한 도교에 관한 기사는 매우 빈약하며, 안설도 붙이지 않았다.

⑫ 『교빙지』 권33-41　조공(朝貢), 상국사(上國使), 영송(迎送), 관대(館待), 반차(班次), 연향(宴饗), 정삭(正朔), 공도(貢道), 해도(海道), 표류(漂流), 통일본시말(通日本始末) 항목으로 나누어 수록하였고, 상국사조에 반조잡지(頒詔雜識)를, 영송조에 상서(象胥)를,

정삭조에 동국연호(東國年號)를, 해도조에 사행해로(師行海路)와 통왜해로(通倭海路)를 부록 형식으로 첨부하였다.

'조공'은 중국에 사신을 파견한 사례들을 적은 것으로, 구이(九夷)부터 시작하여 조선 왕조까지 포괄하고 있는데, 구이의 조공 관계를 포함시킨 것은 세기에 『동이총기』(東夷總記)를 넣은 것과 아울러 국사를 보는 시야를 크게 확대시킨다. '상국사'는 중국에서 온 사신들에 관한 기사인데 인적 상황보다는 물품 교류에 역점을 두고 자료를 모은 것이 특색이다. '영송', '관대', '연향', '반차'는 우리나라 사신을 중국에서 접대하는 의식이나 숙소에 관한 것이었다. '정삭'은 중국 임금이 관리들에게 달력을 나누어주는 것을 소개하였다. 끝에 우리나라 고유 연호를 부기하면서 안설을 붙여 중국이 분열되어 정삭을 시행하기가 어려울 때에는 고유 연호를 썼다는 해석을 한 점이 특이하다. '공도'와 '해도'는 사신들의 교통로인데, 이 부분에서는 안설을 붙여 사행로의 상세한 일정을 소개하였다. '해도'의 말미에서는 수군의 항로를, 그다음으로 일본에 가는 사행로를 소개하였다. 여기서 특히 주목할 것은 선생이 안설로, 일본이 중국과 우리나라를 침략할 때 어떤 해로를 이용했는지 상세히 소개하면서 '해방지책'을 세우는 데 도움이 되기를 바란다는 목적을 밝혔다는 점이다. 『교빙지』 마지막에 실린 '통일본시말조'는 한일교류사 자료에 해당된다. 이 부분의 안설에서 선생은 고대 한일 관계를 문화적으로는 일방적인 전수 관계요, 정치적으로는 대등한 관계로 보았다.

⑬『예문지』권42-59   경적(經籍), 서법(書法), 비각(碑刻), 화(畵), 본
국시(本國詩), 중국시(中國詩), 본국문(本國文), 중국문(中國文), 잡
철(雜綴) 항목으로 나누고, 경적조에서는 다시 총론(總論), 본국
서목(本國書目), 중국 서목(中國書目)으로 나누고, 중국시조에서
는 일본시(日本詩)를 부록 형식으로 첨부하였다. 이 중에서 가
장 분량이 많은 것은 '경적'과 '시문'으로, 이는 선생이 문화 교
류, 특히 학술과 문학 교류에 각별한 관심을 가졌음을 반영했
다고 볼 수 있다. 자료를 뽑는 기준에서는 우리나라 사람이 쓴
것만을 대상으로 삼지 않고, 외국인이 쓴 것이라도 우리나라에
관계되는 내용을 담고 있으면 모두 수록하였다.

'경적조'에서는 총론에서 기자 때부터 조선조에 이르기까지
역대 왕조에서 중국과 서로 도서를 교환한 사실과 우리나라 특
유의 이본이 많은 것을 알리는 자료를 실었으며, 안설을 통해
서 고려의 도서 수장 실태 및 조선 때 명나라와 청나라에서 보
내온 서적의 종류를 상세하게 소개하였다. '본국 서목'에서는
우리나라에서 간행된 경적을 경사자집(經史子集) 순으로 소개
하였는데, 경서 중에 우리나라 고유의 『상서』(尙書), 『홍범』(洪
範), 『맹자』 등이 있었음과 백제에서 일본에 전해준 천문서와
지리서 등을 소개하였다. '중국 서목'에서는 중국으로부터 구입
해온 서적을 역시 경사자집 순으로 소개하고 있는데, 여기서도
백제가 일본에 전해준 방술서(方術書), 『법화경』·『천자문』 등이
소개되고 있다. '서법'에서는 중국 역대 서법이 우리나라에 전
해진 데 관한 기사를 모았고, '비각'에서는 「불내성기공비」(不

耐城紀功碑)와 「평백제탑비명」(平百濟塔碑銘) 등 4편 비명을 모았으며, '화'에서는 일본에 건너간 백제 화가와 고려 시대 화가에 관한 자료를 수록하였다. '본국시'와 '중국시'에서는 우리나라 사람이 쓴 시와 중국인이 우리나라 사람에게 써준 시, 중국인이 우리나라에 오는 중국 사신에게 써준 시, 중국인이 우리나라 지리·인문·사건 등에 대해 읊은 시들을 수집하였으며, '중국시' 뒤에는 일본인이 우리나라 사람에게 써준 시 6수를 부록 형식으로 첨부하였다. '본국문'과 '중국문'에서는 중국과 일본에 보낸 외교 문서와 서(書), 기(記), 서(序), 명(銘)과 중국에서 우리나라에 보낸 글을 모았으며, 발해에서 일본에 보낸 국서도 수록하였다. 여기에 실린 글들은 대부분 국내 문헌에는 보이지 않는 희귀한 것들로서, 당시 외교 관계를 이해하는 데 큰 도움을 준다. '중국문' 맨 마지막에는 우리나라에 사신으로 다녀간 사람들의 봉사록(奉使錄)이 실려 있다. 이 예문지에 실린 자료들은 직접 본문을 수록했다는 데 큰 의미가 있다. 특히 지금까지 가장 빈약한 자료밖에 전하지 않던 백제 관계 예문(藝文) 자료가 많이 보완된 것은 특기할 만하다. 이 예문지를 통해서 우리 문화가 중국의 영향을 받기만 한 게 아니라 중국 쪽에 영향을 주기도 했다는 것과 일본과의 관계에서는 일방적으로 문화를 전수해주었음을 알 수 있다.

고

고(考)는 모두 『숙신씨고』(肅愼氏考), 『본조비어고』(本朝備禦考), 『인

물고』(人物考), 『지리고』(地理考) 등 4부로 구성되었다. '고'라는 명
칭은 이들 항목을 형식상 지나 열전에 넣기 어려워 편의상 붙인
것으로 보인다. 『숙신씨고』를 '세기'에 넣지 않은 것은 숙신을 우
리 민족으로 간주하지 않았기 때문이다. 『본조비어고』는 전란사에
해당하므로 '지'에 넣을 성질이 아니다. 『인물고』는 4권밖에 안 되
므로 기전체 사서에서와 같이 열전으로 편제하기에는 분량이 너
무 적기 때문에 '고'에 넣은 것으로 보인다. 『지리고』는 내용상 도
나 군현 내력을 따지는 『지리지』와 달리 역대 강역을 고증한 것이
며, 또 한진서가 나중에 첨가한 부분이므로 '지'에 넣지 않은 것으
로 보인다.

① 『숙신씨고』 권60   뒷부분에 읍루(挹婁), 물길(勿吉), 말갈(靺鞨)에
관해 모은 자료를 부록 형식으로 첨부하였다. 여기서는 앞부분
에 안설을 붙여 숙신에 관한 명칭과 그 강역을 해설하고 있다.
숙신은 처음에는 식신(息愼)으로 불리다가 뒤에 숙신(肅愼),
직신(稷愼), 읍루, 물길, 말갈로 호칭이 바뀌었으며, 그 근거지는
지금의 영고탑(寧古塔) 등지였고, 그 뒤에 여진 땅이 되었다고
한다. 『해동역사』에 나오는 숙신에 대한 자료는 어느 사서보다
도 충실하다.

② 『본조비어고』 권61-66   어왜시말(馭倭始末), 건주사실(建州事
實), 북우시말(北憂始末) 항목으로 이루어져 있다. '어왜시말'
은 조선 초기부터 임진왜란에 이르기까지 일본이 조선을 침
략한 시말을 자세하게 적어놓았다. 전체 6권 중 5권으로 압

도적으로 많은 것으로 보아 선생은 일본에 대한 깊은 경계심을 품고 있었다. '어왜시말' 3에는 흥미로운 자료가 하나 보인다. 1597년 정유재란 무렵의 기사인데 "돼지고기가 한 근에 1전 2푼이고, 쇠고기는 한 근에 7-8푼"이다. 당시 조선에서는 소를 많이 잡았기에 자연 돼지고기가 귀한 값을 받게 된 것이다. 이렇게 되니 사람들은 점점 돼지고기를 즐기지 않게 되었다. 박제가가 지은 『북학의』 내편, "소" 항을 보면 하루에 소 500마리씩을 도축했다고 한다.

'건주사실'과 '북우시말'은 조선 초기에서 호란에 이르기까지 여진 및 청나라와의 전란 관계 기사다.

③ 『인물고』권67-70 여기에 실린 인물은 본 항목 인물 202명과 부록 인물 52명을 합해 모두 254명이다. 나라별로 따져보면, 고조선과 삼한 인물이 15명, 고구려가 22명, 백제가 30명, 신라가 20명, 발해가 23명, 고려가 57명, 조선이 59명이며, 이외에 후비(后妃)가 13명, 명원(名媛)이 10명, 중관(中官)이 5명이다.

『인물고』에서 첫 번째로 주목해야 할 사람은 소련(少連)과 대련(大連)이다. 그동안 다른 사서에서는 이 둘을 우리나라 사람으로 여기지 않았기 때문이다. 소련과 대련은 춘추 시대의 효자들로서 공자까지 그 효성을 칭찬할 정도였다. 『예기』(禮記) 「잡기하」(雜記下)에 "소련과 대련이 거상을 잘하여, 3일 동안 태만하지 않고 3개월 동안 게으르지 않고 1년을 슬퍼하였으며 3년을 근심하였으니, 동이의 자식이다"(少連大連 善居喪 三日不怠 三月不解 期悲哀 三年憂 東夷之子也)라고 칭찬하신 공자의 말이 보인다. 『소학』「계고」(稽古)에도 동일한 문장이 보이지만 우리 역사서에서는 이 두 사람을 우리 민족으로 여기지 않았다.

그런데 선생은 이 두 인물을 『인물고』의 첫 번째에 위치시켰다. 이는 소련과 대련을 언급하여 우리의 역사적 시간을 중국 춘추전국시대까지 끌어올리고 공자와 어금지금한 인물이 우리 민족이라는 사실을 부각하기 위해서였다. 선생이 '세기' 첫머리를 『동이총기』로 시작하여 동이를 우리 문화의 원류로 간주하고 있는 사실과도 관련이 있다.

두 번째 흥미로운 점은 백제의 인물이 30명으로 고구려와 신라보다 월등히 많다는 것이다. 그 이유는 백제가 삼국 중 해외 활동이 가장 활발했기 때문이 아닌가 한다. 그렇다면 삼면이 바다인 우리나라 영토를 적극 고려한 역사 서술이다. 우리가 잘 아는 왕인, 아직기로부터 시작하여, 여기, 여곤, 여훈, 여도, 여예, 목금, 여작, 여류, 미귀, 우서, 여루, 저근, 여고, 여력, 여고, 고달, 양무, 회매, 사법명, 찬수류, 해예곤, 목간나, 모유, 왕무, 장색, 진명, 흑치상지, 사타상여 등 무려 30명이다. 앞서 '세기' 항에서 살핀 것처럼 삼국 세기를 고구려세기 다음에 백제세기, 신라세기 순으로 서술한 것도 그렇고, 신라를 백제의 부용국으로 보는 것도 이와 관련 있지 않을까 한다.

세 번째로 고려 시대의 중요한 인물 중에는 금나라 시조인 함보(函普)가 눈에 띈다. 선생은 "금나라의 시조 함보는 고려 사람이다. 처음에 고려에서 왔을 적에 나이가 이미 60여 세였다"라는 문장으로 시작하여 그에 대해 꽤 길게 서술하였다. 『고려

2부 우리는 누구인가?

사절요』권8,「예종 문효대왕 2, 을미 10년(1115년)」조에도 금나라 시조가 우리나라 사람이라는 기록이 있다. 그러나 혹자의 말을 빌려 "평주(平州, 지금 황해도 평산)의 중 금준(今俊)" 혹은 "평주의 중 금행(今幸)의 아들 극수(克守)가 처음으로 여진에 들어 갔고 후손인 아골타"라 불분명하게 적어놓았다. 이외에도 고조선이나 삼국 시대 인물로『삼국사기』에도 보이지 않는 조선 왕자 장각(長陷), 조선 장수 왕협(王唊), 진한 사람 염사착(廉斯鑡) 등을 수록하였다.

　네 번째로 조선 시대 인물 중 빠진 사람이 많다는 점이다. 정도전부터 김상헌까지를 수록하였으나 황희나 한명회, 이황 등 중요한 인물인데도 빠진 사람이 많다. 수록 인물 선정에 나름대로 원칙을 두었음을 알 수 있다. 인물에 있어서도 포폄 없이 객관적으로 기술하였지만 원칙을 두었다. 예를 들어 원균과 이순신을 보면 분량은 이순신이 많지만 내용 면에서는 오히려 원균 쪽에 무게감을 더 둔 듯하다. 인물 순서도 원균을 앞에 두었다. 그 전문을 그대로 옮겨본다.

원균

○ 만력 20년(1592, 선조 25)에 왜병이 평양에 모여 있으면서 조선을 석권하고 중국을 침범하고자 하였다. 이에 소서행장(小西行長)이 별장을 나누어 보내 수군 한 부대를 이끌고 서해를 경유해 곧장 전라도로 쳐들어갔다. 그런데 다행히도 수군 대장인 원균이 수군을 통솔하면서 한산도 앞바다에서 왜적의 전함을 막아 온 힘을 다해 싸우면서 치자, 왜병들이

배를 버리고 달아나 퇴각하였다. 이에 비로소 왜적의 수군과 육군이 합세하지 못하여 감히 대대적으로 진격하지 못하였다.

25년(1597, 선조 30)에 총독 형개(邢玠)는 아직 관문을 나가지 않고는 조선에 자문(咨文)을 보내어 조선의 군사들을 통솔해 군사를 훈련시키면서 지방을 굳게 지키고, 험요한 곳을 막도록 하였다. 이에 국왕이 통제사 원균 등으로 하여금 죽도와 가덕도의 왜적을 전담하여 막되, 각자 마음을 가다듬어 힘쓰면서 대병(大兵)이 이르기를 기다리게 하였다. 소서행장이 풍무수(豐茂守) 등을 파견해 군사를 거느리고 가서 원균의 수군을 습격하게 해 드디어 한산도를 빼앗았다(『양조평양록』).

이순신

○ 만력 26년(1598, 선조 31)에 풍신수길(豐臣秀吉)이 죽자 3로(路)의 왜장들이 모두 돌아갈 뜻을 품었다. 진린(陳璘)이 바다에 있다가 이 소식을 듣고는 기뻐하면서 말하기를, "우리들이 왜적을 쳐서 공을 세울 때는 바로 지금이다" 하였다. 그러고는 등자룡(鄧子龍)으로 하여금 조선의 통제사 이순신과 함께 1,000여 명의 수병을 이끌고 큰 전선 3척을 거느리고서 선봉이 되게 하였다. 등자룡이 파도를 헤치고 곧장 남해로 진격하다가 바다를 건너가고 있는 무수히 많은 왜선을 만났다. 등자룡이 친히 가정(家丁, 집에서 부리는 일꾼) 200여 명을 거느리고 일제히 조선 수군의 배 위에 올라가 앞으로 전진하면서 용감하게 공격하여 무수히 많은 왜적을 죽였다. 그런데 뜻하지 않게도 뒤에서 오던 배가 화포를 잘못 쏘아 도리어 등자룡이 타고 있던 배를 맞추어 배가 부서졌다. 왜적들이 이 틈을 타고 배 위로 올라와 등자룡과 가정들을 모두 살해하였다. 통제사

이순신이 등자룡이 죽게 된 것을 보고는 용맹을 떨쳐 앞으로 달려와 구원하다가 역시 위급한 지경에 처하게 되었다(『양조평양록』).

○ 5경에 조수를 따라서 노량으로 내려갔다. 장군 진린이 대충봉선에 앉아서 깃발을 휘날리고 북을 울리면서 곧장 전진하였다. 이때 마침 석만자(石曼子)가 막 조선의 수군통제사 이순신의 병선과 교전하고 있었는데, 이순신이 한가운데 포위되어 있었다. 진린이 군사를 합해 싸움을 도왔다. 날이 밝을 무렵에 부장 등자룡이 배를 몰고 달려와서는 화구(火毬)를 던져 왜적들의 배를 불태우려고 하였다. 이 싸움에서 왜선 7, 8백 척을 불태우고 왜적 수십만 명을 죽였다. 등자룡과 이순신 모두 이 전투에서 전사했다(『동정기』).

○ 이상은 모두 비어고에 상세히 나온다.

○ 만력 27년(1599, 선조 32) 9월에 병부에서 성상의 유지를 받들어 이순신을 추증하였으며, 조선에 가서 후하게 기리고 돌보아주었다(『속문헌통고』).

마지막 부분에서는 우리나라 여인으로서 중국에 건너가 황제 후비가 된 '후위(後魏)의 문소황후(文昭皇后) 고씨', '후주(後周)의 덕황후(德皇后) 왕씨' 등과, 기이한 행적이나 문학 작품을 남긴 여류 문인 이숙원(李淑媛), 허난설헌(許蘭雪軒) 등과, 고려 말에서 조선 초기에 중국으로 가 환자(宦者, 궁녀나 내시)가 된 박불화(朴不花)와 정동(鄭同), 최안(崔安) 등도 수록하였다. 선생은 이렇듯 역사서에 왕부터 내시까지, 장수에서 여류 문인까지 두루 기록하였다.

④『지리고』속집 권1-15 『지리고』권1은 고금강역도(古今疆域圖)로서 11개 지도를 그려넣고, 이어 고금지분 연혁표(古今地分沿革表)를 실어 각 도 지역이 각 시대별로 어느 나라에 속했는지 밝히고 있다. 권2에서 권14까지는 고조선에서부터 조선에 이르기까지 역대 강역을 고증하였다. 먼저 각 나라 강역총론을 수록하고 성읍이나 각 지역 연혁에 대한 자료를 모았고 미상인 지명에 대해서는 별도로 고증하는 방식을 취하였다. 마지막 산수고(山水考)에서는 중국과 일본의 기록에 보이는 우리나라 주현과 산수 이름을 현재 위치로 고증하였다. 예를 들어 개마산은 백두산, 죽도는 울릉도, 열수는 한강 등이 주요 내용이다.

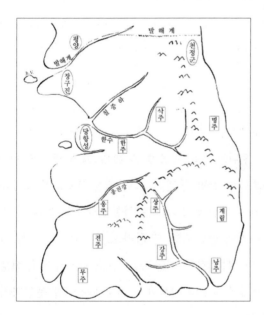

"신라가 통합한 이후의 구주도(九州圖)",『지리고』권1, 고금강역도(한국고전종합DB).

2부 우리는 누구인가?

이상 『해동역사』를 살펴보았다. 『해동역사』는 안정복의 『동사강목』, 이긍익의 『연려실기술』과 함께 조선 후기 실학자들의 3대 사서로 평가된다. 위로는 상고 시대부터 아래로는 조선 시대에 이르기까지 전 시대에 걸친 통사이며, 정치나 제도 등에서부터 문화, 예술, 물산, 방언, 지리, 국방, 인물 등에 이르기까지 그야말로 전 분야를 망라한 역사 백과사전으로서 의미가 있다.

다만 무징불신을 강조하다 보니 선생 자신의 견해를 지나치게 자제하였다는 한계성을 지적하지 않을 수 없다. 그렇다 하여도 선생의 나라와 민족에 대한 열정, 당대 현실을 딛고 일어서려는 의지는 후사가(後史家)들에게 귀감으로 도도히 전할 것이다.

마지막으로 순조 때 문신인 김유헌(金裕憲)이 선생의 죽음을 맞아 쓴 만장으로 맺는다.

희고 맑은 인품은 옥 같고	皎皎人如玉
따뜻한 기운은 난초 같구나	溫溫氣似蘭
문장은 세태에 물들지 않아 깨끗하고	文章淘不染
넓고 깊은 학문은 헤아릴 길 없도다	辯博測無端

첨언   선생이 『해동역사』를 찬술하며 청나라 마숙(馬驌, 1621-1673)이 기사본말체로 쓴 『역사』(繹史)를 모방했다 하나 『해동역사』 어디에도 마숙이란 이름이나 그가 지었다는 『역사』는 보이지 않는다.

인간이란 무엇인가?

연암학파와 인간주의, 이용후생 정덕, 정의와 양심

3부

하버드 대학교 마이클 센델 교수의 『정의란 무엇인가』라는 책이 우리나라에서 물경 200만 부나 팔렸다. 물경!(勿驚) '놀라지 마라', 또는 '놀랍게도'의 뜻으로 엄청난 것을 말할 때 내세우는 이 부사를 쓰지 않을 수 없는 상황이다. 그러나 인구가 3억 명인 미국 내 판매 부수는 고작 10만 부에 지나지 않는다. 정의와 양심은 이 시절, 저 나라보다는 이 나라에서 형기 마칠 날을 기다리는 죄수처럼 간절히 그리운 단어란 반증이다.

3부에서 다룰 선생의 글들은 18세기, 조선 지식인에게 남은 정의와 양심의 보루다. 이 글들은 인간의 존엄성을 최고 가치로 여기는 인간주의를 본밑으로 한다. 따라서 출세와 지식, 기존의 위계질서를 보존하기 위한 글이 아닌 낮은 백성들을 향하는 글이다.

당시 일반적으로 글은 도를 실은 도구라고 보았다. 이를 문이재도(文以載道), 도문일치(道文一致)라 한다. 즉 도가 근본이고 글은 말이라는 도본문말(道本文末) 성리학적 문학론이었다. 오로지 글은 도를 전달해야 하며, 문인은 글쓰기에 앞서 도덕에 힘써야 한다고 강조했다.

하지만 선생들의 문학론은 달랐다. 문이재도 따위에 목줄을 매고 벼슬에 이끌려 다니는 것은 선비의 자존심이 허락지 않았다. 선생들의 글 줄기는 이용후생(利用厚生)이 먼저요, 다음이 정덕(正德)으로 도도히 흘렀다. 연암은 「홍범우익서」(洪範羽翼序)에서 "이용이 있은 후에야 후생할 수 있고, 후생한 후에라야 정덕할 수 있다"고 이용후생을 명확히 정의 내린다. 정덕은 백성의 덕을 바로잡는 것, 이용은 백성의 생활을 편리하게 하는 것, 후생은 백성의 삶을 풍요롭게 하는 것이다. 이는 『서경』 「대우모」(大禹謨)에서 우 임금이 순임금에게 했던 "덕으로만 선정을 베풀 수 있으며 정치의 근본은 백성을 양육하는 데 있습니다. 물, 불, 쇠, 나무, 흙, 곡식을 잘 가꾸시고 정덕, 이용, 후생을 조화롭게 이루도록 하소서"라는 말에 근원을 둔다. 이용, 후생, 정덕은 연암을 위시한 연암학파가 쓰는 글의 논리적 토대다.

이용, 후생, 정덕이란 순서에는 다양한 맥락이 있다. 그중 가장 우선하는 것은 글(文)이 더 이상 실생활과 유리되지 않고 삶과 밀접한 실용적 도구로 쓰인다는 점이다. 이것은 조선 일부 양반 식자층만의 전유물인 글이 하층민을 위해 실용적 부가가치를 생성한다는 뜻이다.

그러려면 마음이 선손 걸어야 한다. 3부를 대표할 만한 연암 선생은 "평소 글을 쓰실 때 천근의 활을 당기듯 하셨다."[2] 김택영이 연암 선생의 문집인 『중편 연암집』을 간행하며, 「서」에 적어놓은 글귀다. 연암 선생의 글쓰기가 '천근의 쇠뇌를 당기듯' 그렇게 신중했다는 의미다. 이유는 목숨을 걸어서였다. 연암은 글쓰기를 전쟁터에 나서는 마음으로 임하라고 한다. 연암 선생의 글 중, 「소단적치인」(騷壇赤幟引)은 글쓰기를 병법에 비유하였다. 그만큼 치열한 마음으로 글쓰기에 임해야 한다는 뜻이다.

글을 통해 출세나 해보려는, 혹은 자연을 희롱하며 재간으로 붓

---

1   德惟善政 政在養民 水火金木土穀 惟修 正德利用厚生 惟和.

2   平日著作 如持千斤之弩.

      아! 나는 조선인이다

장난이나 부려 보려는, 혹은 충신연주지사나 지적인 동맥경화에 걸린 글들이 담쟁이덩굴처럼 엉켜 조선 후기 구부러진 등줄기를 타고 오르던 18세기였다.

그러나 선생의 글들은 달랐다. '거짓, 위선이 설쳐대면 순수와 진실이 설 자리는 없다. 순수와 진실이 글의 변방에 위치하면 그것은 더 이상 글이 아니다. 글을 쓰는 자, 어린아이처럼 도덕적으로 무잡하고 순결한 심성을 가져야 한다.' 선생들은 마음으로 이런 주문을 외웠다. 그래 선생들은 조선의 마음으로 조선을 직시했다. 그렇기에 부패의 농이 흐르는 조선의 현실을 담아냈고 미래를 찾으려 애썼다. '조선의 마음'으로 '조선혼'을 적바림한 것이다.

7장

—

담헌 홍대용 「의산문답」

무릇 인품은 높고 낮음이 있고
인재는 장점과 단점이 있다.
그 높고 낮음에 따라 단점을 버리고 장점을 취하면
천하에 전혀 버려야 할 인재란 없다

홍대용의 생애

이름 홍대용(洪大容)

별칭 자는 덕보(德保), 호는 홍지(弘之). 담헌(湛軒)이라는 당호(堂號)로 널리 알려져 있다.

시대 1731(영조 7)-1783년(정조 7) 조선 후기

지역 충청남도 천안시 수신면 장산리 장명 마을에서 태어나 천안에서 평생을 살았다.

본관 남양(南陽)

직업 실학자 겸 과학사상가

당파 남인

가족 대사간 홍용조(洪龍祚)의 손자이며, 목사(牧使) 홍역(洪櫟)의 아들이다. 어머니는 청풍(清風) 김씨 군수 김방(金枋)의 딸이고, 부인은 이홍중(李弘重)의 딸이다.

어린 시절 12세인 1742년(영조 18) 과거를 단념하다.

> 용(容, 홍대용 자신)은 십수 세 때부터 고학에 뜻을 두어 문장이나 짓고 세상 물정에 어두운 고루한 학문을 아니하기로 맹세하고 군무와 국정을 아우르는 학문에 마음을 두었다. 과거는 여러 번 보아도 합격이 되지 않았다.[1]

그 후 삶의 여정 선생은 미호(渼湖) 김원행(金元行, 1702-1772)에게 20세

---

1 『담헌서』 외집 권1, 항전척독, 「여문헌서」.

부터 25세 정도까지 수업을 하였다. 김원행은 청음 김상헌과 농암 김창협의 현손이었다. 이들은 당시 내로라하는 주자학자들이었다.

21세인 1751년, 우암(尤庵) 송시열(宋時烈, 1607-1689)과 명재 (明齋) 윤증(尹拯, 1629-1714) 간에 다툼이 일어나자 우암을 비난하고 윤증을 변호하는 말을 했다가 김원행에게 꾸지람을 들었다. 이때 선생은 "나는 놀라고 부끄러워 대답할 말이 없었다"고 하였다.

24세인 1754년, 석실서원²에서『소학』「명륜장」(明倫章)을 강하였다.

35세인 1765년, 계부(季父) 홍억(洪檍, 1722-1809)의 연경사행(燕京使行)에 수행원으로 따라갔다. 이 시절부터 서학을 공부하였다.

36세인 1766년, 연경에서 엄성(嚴誠)·반정균(潘庭均)·육비(陸飛) 세 사람을 만나 의형제의 사귐을 맺었다.『담헌서』외집 권1, 항전척독(杭傳尺牘),「여구봉서」(與九峯書)에 이들과의 만남이 기록되었다.

42세인 1772년,『장자』를 읽고 묵자를 옹호하는 듯한 발언을 한다.

"추호(秋毫)가 크고 태산이 작다" 한 것은 장주의 과격한 이론인데 내가 지금 천지를 하나의 풀로 엮은 정자로 여기니, 장차 장주의 학문을 하려는 것일까? 30년을 성인 글을 읽었는데 내가 어찌 유학을 버리고 묵자학으로 들어갈 것인가? 쇠퇴한 세상에 살면서 상실된 위신을 보자니 눈이 찌푸려지고 마음 상함이 극도에 달하였다. 아아! 만물이나

---

2 석실서원(石室書院): 남양주에 있었던 서원으로 김상용·김상헌의 위패를 모셨고 김원행이 여기에 있었다.

내 자신이 있다가도 없어지는 것인 줄을 모른다면 어찌 귀천과 영욕을 논할 수 있을 것인가? 갑자기 생겨났다가 갑자기 죽어가 마치 하루살이가 잠시 생겼다가 사라지는 것과 같을 뿐이다. 그만두어라, 한가로이 이 정자에서 누웠다가 자다가 하다가 앞으로 이 몸을 조물주에게 돌려보내리라.[3]

44세인 1774년, 음서로 익위사시직(翊衛司侍直)에 선입되었다. 선생은 여러 번 과거를 보았으나 합격하지 못하였다.

45세인 1775년, 낭관(郎官)으로 벼슬이 올라 선공감감역[4]이 되었다.

46세 되던 1776년, 사헌부감찰(司憲府監察)로 승진했다.

47세인 1777년, 정조 원년 7월에 태인현감(泰仁縣監)으로 제수되었다.

50세인 1780년, 정월에 영천군수(榮川郡守)로 벼슬이 올랐다.

53세인 1783년 10월, 중풍으로 별세하였다. 연암과 약속한 대로 반함[5]을 하지 않았다. 선생은 고향 마을 장산리에 부인과 합장되었다.

---

3 『담헌서』 외집 부록, 건곤일초정 제영, 「소인」(小引).
4 선공감감역(繕工監監役): 토목·건설을 맡는 선공감의 9급 벼슬.
5 반함(飯含): 염습할 때에 죽은 사람의 입에 구슬이나 쌀을 물림. 또는 그런 절차.

탕평의 화가 붕당보다 무섭다

선생은 키가 후리후리하고 인물이 훤칠한 쾌남아였다. 수염도 아주 보기 좋게 났고 의기도 강하였다. 신분에 대해서도 "무능하면 양반 자제라도 가마채를 메어야 하며 유능하면 농사꾼 자식이라도 관리가 되어야 한다"고 서슴없이 말할 정도였다. 연암 박지원은 "선생은 내 평생 벗이며 학문적 동반자였지만 서로 공경하기를 내외같이 하였다. 나는 담헌에게 땅이 돈다는 지전설(地轉說)을 듣고 크게 깨달은 바가 있다"고 하였다. 그러나 연암이 호주가였던 데 반하여 선생은 술을 한 잔도 못하였다.

벼슬길은 영천군수로 마쳤지만 포의지사와 다를 바 없었다. 스승은 미호 김원행이었다. 미호는 우암 송시열과 농암 김창협을 잇는 조선의 대학자였으며, 연암과 정철조 등도 제자로 삼았다.

선생은 주자의 견해에 거침없이 반기를 들 만큼 학문적 자세가 호방하였다. 「소학문변」(小學問辨)에서는 주자가 덕(德)과 업(業)을 나눈 것을 통박하기도 하였다. "내가 생각하건대 마음에 얻은 것으로 말하면 덕이요, 일이 이루어진 것으로 말하면 업이다. 그 실은 한 가지이니 안배·분석하여 도리어 변통이 되게 할 필요가 없다"는 게 주자의 학설을 배척하는 요지였다.[6]

---

6 주자는 『소학』 머리말인 「소학제사」(小學題辭)에서 "이치를 궁구하며 몸을 닦는 것은 바로 배움이 큰 것이다. 밝은 천명이 성대히 빛나니 안과 밖이 없고 덕이 높고 업이 넓어야만 비로소 본성으로 돌아간다"(窮理修身 斯學之大 明命赫然 罔有內外 德崇業廣 乃復其初) 하였다. 선생은 이를 두고 '마음을 얻은 덕'과 '일이 이루어진 업'

「항주 선비 엄성에게 글을 부치고 『중용』의 뜻을 묻는다」(寄書杭士嚴鐵橋誠問庸義)에서는 아예 주자를 맹신하는 속유들을 이렇게 비판하기도 하였다.

우리나라에서는 주자를 존상하여 문로가 순정하나 중국처럼 너그럽고 활달하지 못하고 혹 범람박잡을 면하지 못합니다. 대개 기(氣)가 치우침으로 앎이 국한되고 앎이 국한되므로 지킴이 확고하고 지킴이 확고하기에 그 반드시 지키지 않을 것도 힘써 감추어주고 억지로 이해하려 드니 이게 그 단점이 있으면 반드시 장점이 있고, 장점이 있으면 반드시 단점이 있게 되는 까닭입니다. 속유(俗儒)들은 이름에 따르는 것이라, 마음과 입이(뜻과 말이) 서로 어그러져 그 주자 문하에 비위를 맞추는 신하가 되지 않는 사람이 적습니다.

위 문장 앞에 선생은 이런 말을 한다. "주자가 경전을 풀이할 때 '차라리 느슨하게 성길지언정 빽빽하지 말며, 차라리 졸렬할지언정 교묘하지 말라'(寧疏勿密 寧拙無巧)고 하더니, 실질적으로 주자가 경전을 풀이한 것을 보면 간혹 빽빽함에 치우치고 교묘함이 있는 듯하다." 한마디로 주자가 말한 경전 풀이 방법론과 실상 풀이해놓은 것은 다르다는 말이다. 당시는 주자의 해석 하나만 건드려도 사문난적으로 예사로이 몰릴 때다. 그런데도 선생은 주자를 신봉하는 사람들을 "주자 문하에 비위를 맞추는 신하"(朱門容悅之臣)라고까지

은 하나라며 나눌 수 있는 게 아니라고 쏘아붙인다.

모욕하니, 학문하는 이로서는 매우 담대한 발언이다.

　이러한 담대한 학문 자세는 영조의 국가정책인 탕평책까지 기탄없이 통박하였다. 탕평책에 대한 선생의 견해는 탁견이지만 정조나 당대 권력자들에게는 매우 불손한 견해였다. 선생은 당시 탕평론이 '정사'(正邪)를 분명히 가리지 못한다며 「여채생서」(與蔡生書)에서 이렇게 말하였다.

> 대개 논리는 발라야 하고 치우쳐서는 안 되는 것이지만 자칭 탕평을 주장하여 피차에 어느 한쪽에도 치우치지 않는다고 하는 사람들은 반드시 사(邪)와 정(正)을 혼란시키며 충(忠)과 역(逆)을 섞어서 마침내 인심을 괴란시키고 온 세상을 윤상(淪喪)하게 만들 것입니다. 붕당(朋黨) 화는 물론 심한 것입니다만 탕평(蕩平) 화는 붕당보다 백배나 더 심하여 반드시 망국에 이르고야 말 것이니 오호라 두렵지 않겠습니까?

　선생의 이 말은 탁견이었다. 탕평책을 폈던 76년간의 영·정조 재위 기간이 지난 뒤 모든 당파가 힘을 잃었고 당연히 당쟁도 없었다. 결국 순조 대부터 세도 정치가 강화되었고 105년 뒤인 1905년, 조선은 을사조약(乙巳條約)으로 일본에게 나라의 외교권을 박탈당한다. 안확(安廓, 1886-1946)은 그의 『조선문명사』* "제85절 당파와

7　1923년에 지어진 우리나라 최초의 체계적인 정치사 책으로 참고 도서만 8,500권이 된다. 총 6장 140절로 통사 형식의 서술이며 세계 각국 정치 체제와의 비교를 시도하였다. 안확은 이 책에서 조선은 서양과 달리 역사적으로 봉건 시대가 없고 고대 그리스처럼 부족자치제를 실시하는 등 동양에서는 찾아보기 힘든 선진적이면서도

정치발달"에서 당쟁의 폐해를 주장하는 견해에 대해 "그러나 내가 생각하니 근대 정치는 당파로 인하여 발달을 이루었는데도 오히려 당파가 진전하지 못하고 끊어지는 바람에 정치가 쇠퇴하고 말았다고 서슴없이 단언하는 바이다" 하며 그 이유로 세 가지를 들었다. "당파로 인하여 임금의 권한이 축소되고 신하의 권리가 신장되며, 인재의 다수가 등용되며, 당쟁 속에서 바른 길을 찾게 된다"[8]는 것이다. 안확은 당파가 오히려 정치를 발달시켰다고 주장한다. 당쟁이 없으면 모든 권한이 한 사람에게 돌아가기 때문이다. 안확이 조선 퇴락 시기를 정조 시대로 상정하고 이때를 '독재정치 말기1'로 규정하는 이유가 여기에 있다.

"탕평의 화가 붕당보다 무섭다"는 선생의 말을 귀담아들었다면 역사는 달라졌을지도 모른다. 사실 지금도 우리는 붕당과 탕평을 악과 선, 그름과 옳음이라 교육하고 배운다. 붕당의 폐해로 국론이 분열되었고 나라가 망할 수밖에 없었다는 식민사관도 배웠다. 지금도 우리는 한마음 한뜻 및 질서정연만이 옳고, 분열과 다툼은 그르다고 여긴다. 선생의 말을 통해 역사와 우리의 삶을 되짚었으면 한다. 정당들 사이에 다툼이 분분하고 사회에서 여러 가지 논의가 활발히 이루어지는 현상은 오히려 장려할 만한 일이다.

선생이 평생 추구한 학문은 실학이다. 선생은 『계방일기』(桂坊日記)[9]에서 구체적으로 토정(土亭) 이지함(李之菡, 1517-1578)과 중봉

독특한 형태라고 하였다.

8   자산 안확, 송강호 역주, 『조선문명사』(우리역사연구재단, 2015), 241-242.

(重峯) 조헌(趙憲, 1544-1592)의 학문을 실학이라고 하였다. 또 「미호 김 선생께 올린 제문」(祭渼湖金先生文)에서 자신의 학문에 대해 "일찍이 묻고 배우는 것, 진실한 마음(實心)으로 하는 것은 실용적인 일(實事)에 있으니, 진실한 마음으로 실용적인 일을 하면 허물이 적고 업을 성취할 수 있다 들었습니다" 하였다.

『의산문답』, 우주의 신비를 알고 싶다

『의산문답』은 『담헌서』 내집, 권4 "보유"(補遺)에 들어 있다. "보유"는 『임하경륜』(林下經綸), 「논향교」(論鄉校), 「보영소년사」(保寧少年事), 「봉래금사적」(蓬萊琴事蹟), 「제배첨정훈가사」(題裴僉正訓家辭), 『의산문답』(毉山問答) 등 6편으로 구성되어 있다. 이 중 선생의 사상을 잘 보여주는 주요한 글이 『임하경륜』과 『의산문답』이다.

『임하경륜』은 선생이 생각하는 경국제민[10] 포부와 그 실현을 위한 구체적 방안을 말한 하나의 건국설계도요, 정책론이다. 이 글 역시 실학에서 나왔다. 선생은 이 글에서 "옛말(語古)하기는 어렵지 않지만 지금의 일에 통하기는 어려우며, 헛말(空言)이 귀한 것이 아니라 실용에 알맞게 하는 것이 귀하다"[11]고 하였다.

---

9   홍대용이 왕세자를 모시며 나눴던 대화를 일기 형식으로 묶은 책이다. 계방이란 왕세자를 모시는 곳이란 뜻이다.
10   경국제민(經國濟民): 나라를 맡아 다스리고 백성을 구제함.
11   語古非難 而通於今之爲難 空言非貴 而適於用之爲貴.

적은 분량이지만 이 글은 전국 행정조직[12]에서부터 통치기구·관제(官制)·전제(田制)·교제(校制)·교육·고선(考選)·군사·용병과 국가 통치원리까지를 언급하고 있다. 특히 각 면(面)에 학교를 하나씩 두고, 학교에 각 교관(教官)을 둬서 8세 이상 면 자제들은 모두 교육을 시키자고 하였다. 그 이유는 이렇다.

무릇 인품은 높고 낮음이 있고 인재는 장점과 단점이 있다. 그 높고 낮음에 따라 단점을 버리고 장점을 취하면 천하에 전혀 버려야 할 인재란 없다. 그 뜻이 높고 재주가 많은 자는 위에 올려서 조정에 쓰고, 그 자질이 둔하고 용렬한 자는 아래로 돌려 지방에서 쓰고, 그 생각이 교묘하고 손재주가 민첩한 자는 공장이로 돌려쓰고, 그 이문을 잘 통하고 재물을 좋아하는 자는 장사로 돌려쓰고 그 모사를 잘하고 용기 있는 자는 무인으로 돌려쓰고, 눈먼 자는 점쟁이로 일을 시키고 거세된 자는 환관으로 쓰고, 벙어리·절름발이·귀머거리에 이르기까지 다 일하는 바 있지 않음이 없이 한다. 놀고먹으면서 생업에 종사하지 않는 자는 군장(君長)이 벌주고 향당(鄕黨, 시골마을)에서 버려야 한다.

『의산문답』은 가상 인물인 허자(虛子)와 실옹(實翁) 두 사람을 설정해놓고 대화하는 형식이다. '의산'은 의무려산으로 '세상에서 상

처받은 영혼을 크게 치료하는 산'이란 뜻이다. 중국 동북 요령성 북진현에 있는데 '의무려'(醫無閭) 혹은 '어미려'(於微閭), 줄여서 '의산'이나 '여산'이라고도 부른다. 우리 선조들은 동이족과 중국족이 만나는 신령한 산으로 여겼다. 선생의『의산문답』은 이 신령한 산에서 나눈 허자와 실옹의 대화다. 응당 문답은 경직된 조선사회에서 상처받은 영혼을 치료하는 내용이다.[13] 등장인물은 허자와 실옹 두 사람이지만 다루는 내용은 동서고금을 오르내리며, 선생의 학문세계를 유감없이 보여준다. 학자들에 따라서는 토론소설로 보기도 한다.

허자는 숨어 살며 독서한 지 30년이 된 학자다. 그는 자신이 천지조화와 은미함을 궁구하고 오행의 근원과 삼교(三敎)의 진리를 달통하였고 인도를 날실과 경실로 삼아 물리를 깨달아 통했기에 사건의 원인과 자세한 전말을 훤히 꿰뚫었다고 생각한다. 그러나 세상에 나가 사람들에게 이야기했더니, 듣는 사람마다 웃기만 할 뿐이었다. 그래 현자를 찾아다니다가 실옹을 만난다.

허자는 당시 세속적인 번잡하고 불필요한 의식이나 법규에 매달리고 헛된 것을 꾸미고 숭상하는 자다. 체면을 중시하는 양반이요, 성리학의 공리공담만을 학문으로 여기는 도학자요, 전통사고에 매몰된 부유(腐儒, 썩은 선비)다. 실옹은 의무려산에 숨어 사는 자로

---

13 그런데 선생과 연암 박지원을 교우관계로 볼 때 한 가지 흥미로운 점이 있다. 그것은 연암의 기록에『의산문답』이 전연 보이지 않는다는 점이다. 역시 가까운 관계였던 청장관 이덕무의 방대한 저술인『청장관전서』에도 보이지 않는다. 그래서인지『의산문답』의 저술 시기도 알 수 없다. 그렇다면 '선생이 벗들에게도 보여주지 않을 만큼 어떠한 이유가 있어서 아닐까?' 하는 의문을 갖게 한다.

허자에게 깨달음을 들려준다. 선생은 이 실옹을 '거인'(巨人)이라 하였다. 실옹은 선생의 이상 속에 있는 실학적인 인물이다. 대화의 내용은 천문·지리와 천체운행·지구자전설 등 각종 거대담론을 종횡무진 휘젓는다.

이제 중요한 질문과 답변을 정리해보겠다.

유학에서 현자란?

허자: 주공·공자의 업을 숭상하고 정자·주자의 말씀을 익혀서 정학(正學)을 붙들고 사설(邪說)을 배척하며 인(仁)으로 세상을 구제하고 명철함으로 몸을 보전하는 게 유교에서 말하는 이른바 현자(賢者)입니다.

실옹: 네가 도술에 미혹됨이 있음을 진실로 알겠다. 아아! 슬프다. 도술이 없어진 지 오래다. 공자가 죽은 후에 제자들이 어지럽혔고, 주자 문하의 유학자가 혼란시켰다. 그의 업적은 높이면서 그의 진리는 잊고 그의 말을 익히면서 그의 본의는 잃어버렸다. 정학을 붙드는 것은 실상 자랑하려는 마음(긍심)에서 말미암은 것이고 사설을 물리치는 것도 실상 이기려는 마음(승심)에서 말미암았으며, 인으로 세상을 구제하는 것은 실상 권력을 유지하려는 마음(권심)에서 말미암았고 명철함으로 몸을 보전하는 것은 실상 이익을 노려보자는 마음(이심)에서 말미암았다. 이 네 가지 마음이 서로 따르매, 참뜻은 날로 없어지고 온 천하는 물 흐르듯이 날로 허망으로 치닫도다.

지금 너는 겸손함을 꾸며서 거짓 공손으로 스스로를 현인이라 하며, 얼굴만 보고 음성만 듣고서 남을 현인이라 하는구나. 마음이 헛되면 몸가짐이 헛되고 몸가짐이 헛되면 모든 일이 헛되게 된다. 자신에게 헛되면 남에게도 헛되고 남에게 헛되면 온 천하가 모두 헛되게 된다. 도술에 빠지면 반드시 천하를 어지럽히나니, 네가 그것을 아느냐?

『의산문답』의 서두 부분이다. 실옹은 시작부터 파격적으로 "도술이 없어진 지 오래"(道術之亡久矣)라 단언한다. 도술은 바로 유교다. 허자는 유교를 "정학을 붙들고 사설을 배척하며 인으로 세상을 구제하고 명철함으로 몸을 보전하는 것"이라고 하였다. 그러나 실옹은 표방은 그럴듯하나 실상은 잘난 척하는 긍심(矜心), 이기려는 승심(勝心), 권력을 유지하려는 권심(權心), 자기 몸만 보신하려는 이심(利心)이 있기에 모두 허위라고 한다. 실옹의 말은 끝내 "도술(유학)에 빠지면 반드시 천하를 어지럽힌다"(道術之惑 必亂天下)는 데까지 나아갔다. 선생이 바라보는 당시 유학자들의 학문은 조선을 어지럽히는 혹술(惑術)에 지나지 않았다. 이미 혹술이 된 학문으로 나라를 경영하려 하였으니, 그야말로 한밤중에 검둥개 찾는 격이었다. 선생은 허학에 빠져 실학을 잃어버린 당시 속유들을 비판하고 있다.

대도(大道) 요체란?

> 허자: 천지간 생물 중에 오직 사람이 귀합니다. 저 금수나 초목은 지혜도 깨달음도 없으며, 예법도 의리도 없습니다. 사람이 금수보다 귀하고 초목이 금수보다 천한 것입니다.

실옹: 너는 실로 사람이로구나! 오륜과 오사[14]는 사람의 예의요, 무리 지어 다니고 소리쳐 울고 젖을 먹이고 하는 것은 금수의 예의요, 떨기가 모여 덩굴이 되고 오리오리로 뻗어 자라는 것은 초목의 예의다. 사람으로서 물(物)을 보면 사람이 귀하고 물이 천하나, 물로서 사람을 보면 물이 귀하고 사람이 천하다. 하늘로부터 사람을 보면 사람과 물이 마찬가지다.…대체로 군신 간의 의리는 벌에게서, 군대의 진법은 개미에게서, 예절 제도는 다람쥐에게서, 그물 치는 법은 거미에게서 각각 취해온 것이다. 까닭에 "성인은 만물을 스승으로 삼는다" 하였다. 그런데 너는 어찌해서 하늘의 입장에서 물을 보지 않고 오히려 사람 입장에서 물을 보느냐?

이것은 장자의 도가적 견해와 조금도 다를 게 없다. 바로 『장자』 「제물론」(齊物論)이다. 「제물론」은 만물은 일체이며, 그 무차별 평등 상태를 천균(天均)이라 한다. 장자는 이렇게 보면 생사도 하나이며 꿈과 현실의 구별도 없다고 하였다. 그리고 이와 같이 나 자신도 잊어버리는 망아의 경지에 도달하는 것이야말로 수양의 극치라고 하였다.

선생이 유학자로서 장자의 「제물론」에 동조하는지는 단언키 어렵다. 다만 당대 '천지만물 가운데 오직 인간이 가장 귀하다'(天地之間 萬物之中 唯人最貴)는 독선적인 인간 중심 관념을 타파하고 있는

---

14 오사(五事): 『서경』 「홍범」에서 말한 다섯 가지로 얼굴은 단정하게, 말은 바르게, 보는 것은 밝게, 듣는 것은 자세하게, 생각은 투철하게.

것만은 분명하다. 선생의 견해는 '하늘로부터 본다'(自天而視之)는 천도본위(天道本位)다. 즉 하늘에서 보면 사람이나 금수나 다를 바 없다는 '인물균사상'(人物均思想)이다. 인물균사상은 1678년, 김창협이 유배지에 있는 송시열에게 『중용장구』"수장"(首章)에 의문을 제기한 「상우재중용의의문목」(上尤齋中庸疑義問目)에서 촉발되었다. 이후 인물성동이 논쟁은 조선 후기의 최대 논쟁이 되었다.

대체로 낙하(洛下, 서울)에 사는 학자들은 인물성동론(人物性同論)을 지지하였다. 하지만 호중(湖中, 충청도) 학자들은 인물성이론(人物性異論)을 주장하며 대립했기에 '호락논쟁'으로도 불린다. '인물성이론'을 주장한 호학파의 대표적 인물인 한원진(韓元震, 1682-1751)은 '인물성동'을 주장하는 낙학파 논리에 대해 인간과 금수의 구분이 없어진다는 '인수무분'(人獸無分), 유교와 불교의 구분이 없어진다는 '유석무분'(儒釋無分), 중화와 오랑캐의 구분이 없어진다는 '화이무분'(華夷無分) 논리라고 비판하였다. 이 논쟁이 얼마나 대단했으면 정조 임금도 이론적으로는 인물성동 논리가 타당해 보인다고 한마디 거들었다. 그러나 현실적으로는 인간과 금수의 구분이 사라진다니 께름칙하지 않느냐며 떨떠름해하기도 하였다.

물론 선생이 말하는 인물은 인성(人性)과 물성(物性)이 아니다. 그것은 사람은 귀하고 사물은 천하다는 귀천의 문제였지만 사물과 인간이 서로의 존엄성과 권위를 인정해야 한다는 뜻임은 분명하다. 즉 본연지성(本然之性)은 인간과 사물이 똑같이 갖추었다는 주장이다. 물론 인간이 사물을, 사물이 인간을 상대적이고 객관적으로 봐야 한다는 전제가 있다.

사람과 사물의 근본은 무엇일까?

허자: 천원지방

실옹: 온갖 사물의 형체가 다 둥글고 모난 게 없는데 하물며 땅이랴!

    달이 해를 가릴 때는 일식이 되는데 가려진 체(體)가 반드시 둥근 것은 달의 체가 둥글기 때문이며, 땅이 해를 가릴 때 월식이 되는데 가려진 체가 또한 둥근 것은 땅의 체가 둥글기 때문이다. 그러니 월식은 땅의 거울이다. 월식을 보고도 땅이 둥근 줄을 모른다면 거울로 자기 얼굴을 비추면서도 그 얼굴을 분별하지 못하는 것과 같다.…태허(太虛)는 본디 고요하고 비었으며, 가득히 차 있는 것은 기(氣)다. 안도 없고 바깥도 없으며 시작도 없고 끝도 없는데, 쌓인 기가 일렁거리고 엉켜 모여서 형체를 이루며 허공에 두루 펴져서 돌기도 하고 멈추기도 하나니 곧 땅과 달과 해와 별이 이것이다. 대저 땅이란 그 바탕이 물과 흙이며, 그 모양은 둥근데 공계(空界)에 떠서 쉬지 않고 돈다. 온갖 사물은 그 겉에 의지하여 사는 것이다.

    전통적 우주관인 천원지방(天圓地方)과 천동지정(天動地靜)에 대한 통박이다. 선생은 유추와 비유를 통해 지구가 둥글다는 견해를 편다. 세상 모든 물체가 둥글지 않은 게 없기 때문에 지구도 둥글다는 것이다. 또한 일식과 월식이라는 천문 현상을 통해 지구가 둥글다는 것을 유추해낸다. 달을 해가 가리는 일식이 나타나면 달이 둥글기 때문에 해를 가린 형상도 둥글다. 땅이 해를 가리는 월식이 나타날 때도 해를 가린 형상이 둥글다. 일식 현상에서 달이 둥글기 때문에 둥근 형상으로 반사되는 것처럼 해를 가린 형상이 둥근 이유는 달처럼 땅도 둥글기 때문이라는 것이다. 일식을 통해 월식 현상을 유추하고, 땅이 둥글다는 사실을 유추하였다. 선생은 월식이 땅을 거울에 비추어본 현상이라고 비유하여, 지구가 둥글다는 사실이 얼마나 자명한지 강조하고 있다.

무거운 땅덩이가 떨어지지 않는 이유?

> 허자: 기(氣)로써 타고 싣기 때문입니다.…새 깃이나 짐승 털처럼 가벼운 것도 모두 밑으로 떨어집니다.
>
> 실옹: 땅과 해와 달과 별의 상하가 없는 것은 네 몸에 동서남북이 없는 것과 같다. 또 이 땅이 밑으로 떨어지지 않는 것은 누구나 괴이하게 여기면서 해·달·별이 떨어지지 않는 것은 이상하게 여기지 않음은 어째서인가? 대저 해와 달과 별은 하늘로 올라가도 오르는 게 아니며 땅으로 내려와도 내려오는 게 아니라 허공에 달리어 항상 머물러 있다.…
>
> 대저 땅덩이는 하루 동안에 한 바퀴를 도는데, 땅 둘레는 9만 리이고 하루는 12시(時)다. 9만 리 넓은 둘레를 12시간에 도니 번개나 포탄보다도 더 빠른 셈이다. 땅이 이미 빨리 돌매 하늘 기(氣)와 격하게 부딪치며 허공에서 쌓이고 땅에서 모이게 되니, 이리하여 상하 세력이 있게 되는데 이게 지면(地面) 세력이다. 땅에서 멀면 이런 세력이 없다. 또는 자석은 무쇠를 당기고 호박(琥珀)은 지푸라기를 끌어당기게 되니 근본이 같은 것끼리 서로 작용함은 물(物)의 이치다.
>
> 이러므로 불꽃이 위로 올라가는 것은 해에 근원을 두었기 때문이요,

조수가 위로 솟는 것은 달에 근원을 두었기 때문이며, 온갖 물(物)이 아래로 떨어지는 것도 땅에 근원을 두었기 때문이다.

지금 사람은 지면의 상하만 보고 망령되이 하늘의 정해진 세력을 짐작하면서 땅 둘레에 모이는 기(氣)는 살피지 않으니 또한 좁은 소견이 아니냐?

바로 지전설(地轉說, 지동설)을 말하는 부분이다. 당시에는 수학, 천문학, 의학 등은 말기(末技)였다. 그러나 선생은 "어찌 말기라 이르리오" "정신의 극치"라 하였다. 선생은 아예 집안에 '농수각'(籠水閣)이라는 별실을 지어 혼천의(渾天儀)와 자명종(自鳴鐘)을 연구하였다. 북경에 가서도 흠천감(欽天監, 국립천문대)에 근무하는 유송령(劉松齡, Augustinus von Halberstein)과 포우관(鮑友官, Antonius Gogeisl) 두 독일인을 만나 질문하기도 하였다.

일찍이 이익, 김만중도 지구가 둥글다는 지구설(地球說)은 말하였으나 과학적·논리적으로 볼 때 지전설을 조선 최초로 내세운 것은 선생이라고 할 수 있다. 선생은 땅덩이가 둥글다는 지구설을 이미 알고 있었다. 더 이상 중국이 세계의 중심이 아님을 명확히 인지했다는 뜻이다. 여기에 지전설[15]은 물론 일식과 월식도 정확히 이해했다. 당연히 선생은 인간세계가 더 이상 우주의 중심이 아니란 점도 넉넉히 이해했다는 추론도 가능하다.

---

15 연암 박지원은 『열하일기』, 『혹정필담』, 「혹정필담서」(鵠汀筆談序)에서 혹정과 대화 중에 "저의 벗 홍대용이 또 지전설을 창안했습니다" 하였다.

사람이나 다른 사물이 쓰러지고 넘어지지 않는 까닭은 무엇인가?

　실옹: 온갖 물(物)이 생겨날 때는 모두 기(氣)가 있어 그것을 휩싸고 있기 때문이다. 체(體)는 크기가 있고 기는 두께가 있으니, 마치 새알에 노른자와 흰자가 서로 엉겨 있는 것과 같다.

　　땅은 덩어리도 크거니와 싸고 있는 기운 또한 두껍다. 이게 엉켜 뭉쳐져 하나의 공 모양을 이루어서 허공에서 돌게 된다. 천지 두 기(氣)가 같고 비비는 즈음에 서로 빨리 부딪치는 것을 술사(術士)는 측량하여 강풍[16]이라 한다. 이 바깥은 크고 넓고 깨끗하고 고요할 뿐이다.…지구가 돌고 하늘이 운행함은 그 형세가 같은 것이다. 만약 쌓인 기의 질주가 회오리바람보다 더 사납다면 인·물의 쓰러지고 넘어짐이 반드시 갑절이나 될 것이다. 개미가 맷돌에 붙어 빨리 돌다가 바람을 만나 쓰러지는 것을 깨닫지 못하는 것처럼 하늘의 운행은 괴이하게 여기지 않으면서 땅의 회전만 의심하니, 생각의 못 미침이 심하도다.

　지구의 자전에 대한 견해다. 선생은 이를 계란 노른자와 흰자, 그리고 회전하는 맷돌에 비유하여 설명한다. 모든 물은 형체로 이루어져 있고 이 형체를 기가 싸고 있는데, 지구도 마찬가지다. 지구는 땅덩어리와 기가 만나 공 모양을 이루어 회전하는 것인데, 계란 흰자와 노른자가 서로를 지탱하는 모습처럼 지구도 형체와 기가 서로를 지탱하며 회전한다는 것이다. 이런 원리 때문에 땅덩어리를

16　강풍(罡風): 도교에서 높은 하늘 바람이라는 뜻으로, 세차게 부는 바람을 이르는 말.

둘러싼 기운 속에서 새도 날아다니고, 구름도 피었다 걷히며, 물고기도 물속을 헤엄쳐 다닐 수 있다 한다. 그러니 땅이라는 형체에 붙은 사람과 물이 쓰러지지 않는 건 당연하다. 선생은 이를 증명하기 위해 회전하는 맷돌에 붙은 개미를 예로 든다. 맷돌이 돌아도 맷돌에 붙어 있는 개미가 그대로이듯 지구가 회전해도 사람과 사물은 쓰러지지 않고 그대로 있을 수 있다는 말이다.

하늘 운행은 굳세다?

> 실옹: 하늘이 운행하는 것과 땅이 회전하는 것은 그 형세가 같으니 나누어 말할 필요가 없다. 오직 9만 리를 한 바퀴 도는데 빠르기가 이와 같다. 저 별에서 지구까지의 거리는 겨우 반지름밖에 되지 않는데도 오히려 몇천만, 몇 억인지도 알 수 없거늘, 더구나 성계 밖에도 또 별들이 있음에랴? 공계(空界)가 다함이 없으면 별들도 다함이 없으니, 그 한 바퀴를 말한다 하더라도 먼 거리는 이미 한량이 없다. 하루 동안에 도는 속도를 생각해본다면 번개나 포탄의 빠르기도 여기에는 견줄 수 없다. 이것은 산수를 잘하는 자도 능히 계산할 수 없고 말을 잘하는 자도 능히 이야기할 수 없다. 하늘이 운행한다는 설이 이치에 맞지 않음은 두말할 필요가 없다.

지구만이 자전할 뿐 능히 싸고 돌지 않는 것은 무엇 때문인가?

> 실옹: 여러 세계의 구성을 보면 체(體)엔 가볍고 무거움이 있고 성(性)엔

둔하고 빠름이 있다. 가볍고 빠른 자는 스스로 돌고, 싸고 돌 수도 있으나, 무겁고 둔한 자는 스스로 돌지만 싸고 돌지는 못한다.

가장 가볍고 빨리 도는 것은 주권(周圈, 공전 궤도)이 가장 넓으니 오위(五緯, 금·목·수·화·토 다섯 별) 따위이고, 가장 무겁고 둔하게 도는 것은 주권이 절면(切面)으로 되었으니 지구 따위다. 가벼운 세계에서 사는 자는 비어(虛)서 신령하고 무거운 세계에서 살고 있는 자는 차서(實) 둔하다.

달 가운데 명암을 일러 물과 흙이라고도 하고
혹은 지구 그림자라 하는 이유는 무엇인가?

실옹: 이야기에서 말하는 '계수나무와 토끼'라는 것은 달이 동쪽으로 올라올 때 바라보는 형체다. 진실로 그게 물과 흙이라면 달이 중천에 왔을 때는 그 형체가 반드시 횡으로 비껴질 것이고 달이 서쪽으로 떨어질 때는 그 형체가 반드시 거꾸로 될 것이다. 이제 가는 대로 변하여 가로도 되지 않고 거꾸로도 되지 않은 채 각각 형태로 이루어지니, 세 번 멈춰지는 형태는 예부터 한결같은 것이다.

또 초승달이나 그믐달일 때는 그 반절만 나타나야 마땅할 텐데 전체 모양이 갖춰져 있으며, 다만 쭈그러지고 좁을 뿐이다. 물과 흙이라는 설은 옳은 듯하나 실은 잘못이다.

대개 달 체는 거울과 같은데 지구 반면(半面)이 밝음을 따라 그림자를 짓는다. 동쪽으로 올라올 때 그림자는 지구 동쪽 반면이고, 중천에 있을 때 그림자는 지구 중간 반면이며, 서쪽으로 떨어질 때 그림자는 지구 서쪽 반면이다. 그러니 지구 그림자라 하는 게 또한 옳지 않겠느냐?

하늘에 두 극이 있다 함은 무엇인가?

실용: 지구에 있는 사람은 지구가 도는 줄을 모르는 까닭에 하늘에 두 극
(極)이 있다고 하는데 실은 그게 하늘 극이 아니라 곧 지구 극이다.

면례(緬禮)를 하려고 구광(舊壙)을 헤쳐 보면
좋은 자리가 별로 없는 것은 무엇인가?

실용: 베와 비단이나 옷과 이부자리는 생존 시에 봉양하는 기구이고, 관
곽이나 정삽[17]은 남 보기에 아름답게 하는 장식으로 흙에 들어가면 썩
어서 유해를 더럽힐 뿐이다.…정삽을 갖춤으로 해서 곽(槨)은 허해지
고, 옷과 이불이 썩음으로 해서 관(棺)이 허해지고, 역청[18]과 석회가 견
고함으로 해서 광(壙)은 허해진다. 물·불·바람·벌레는 모두 허함으
로 인해서 생기니 슬프다. 부모의 유해를 갈무리함에 있어 안으로 썩
을 물체를 입히고 바깥으로 풍화를 끌어들여 온몸이 타고 흩어져 시체
를 보존하지 못한다.…대저 흙은 물(物) 모체요, 생이란 근본이다. 비단
도 그 아름다움에 겨룰 수 없고 구슬도 족히 그 깨끗함에 비길 수 없는
것이다. 다만 사람이 살아 있는 동안 육체란 습한 데에 거처하면 병이

---

17 정삽(旌翣): 명정과 널판으로 장례 때 쓰는 물건.
18 역청(瀝靑): 송지에 기름을 섞어서 짠 도료.

생기고 좋은 의복도 땅에 가까우면 더러워진다. 그러므로 높은 집에서 겹방석을 까는 것은 흙을 멀리하기 때문에 귀한 것이요, 움막에서 거적을 까는 것은 흙과 가깝기 때문에 천하다 할 것이다.

사람은 옛 습관에 젖어 그 근본을 잊어버린다. 죽음에 임해서 염습하는데 옷이 두텁지 못할까 염려하고 관곽과 석회가 단단하지 못할까 염려하여, 깊은 걱정과 긴 계획은 오직 흙을 멀리하기를 꾀한다.

하지만 이것은 죽음과 삶의 길이 다르고 사물도 귀하고 천함이 다름을 모르는 것이다. 누런 정색[19]으로는 따뜻하고 윤택함이 흙보다 더 귀한 것이 없다. 참 아름답고 참 깨끗한 게 실로 누런 땅에 묻힌 죽은 사람의 몸이니, 보배로이 잘 간직하게 된 것임을 알지 못한다.···대개 판판한 언덕과 높은 산은 모두 복된 땅이다. 무슨 풍화의 재앙이 있겠느냐.

인물의 근본과 고금의 변화와 화이(중국과 오랑캐)의 구별은 어떠한가?

실옹: 바위 골짜기와 땅속에 뚫린 굴은 기(氣)가 모여 바탕을 이룬 것이니 기화(氣化)라 이르고, 남녀가 서로 느끼어 육체로 교접하여 태(胎)로 낳은 것은 형화(形化)라 이른다.

상고(上古) 시대에는 오로지 기화로 되었기 때문에 인물이 많지 않았으나 태어난 성품이 두텁고 정신과 지혜가 밝고 동정도 점잖았다. 음식은 물(物)에 자뢰(資賴, 밑천으로 삼음)하지 않고 마음에 기쁨도 노여움도 싹트지 않고 호흡만 토하고 마시는데도 배고프지 않고 목마

---

19 정색(正色): 순수한 청·황·적·백·흑의 다섯 가지 빛깔을 이름.

르지도 않았다. 하는 일도 없고 하고 싶은 것도 없이 만족스러운 모습으로 놀러만 다니니 조수(鳥獸)와 어별(魚鼈)도 모두 제 마음대로 살고 초목과 금석(金石)도 각각 제 자체를 보전하였으며, 하늘엔 음하고 요사스러운 재앙이 없고, 땅엔 무너지고 마르는 해가 없었다. 이야말로 인물의 근본이요, 태평한 세상이었다.

이미 앞에서도 살핀 인물균과 같은 논리다. 선생은 실옹의 입을 빌려 "하늘로부터 보면 어찌 안과 밖의 구별이 있겠느냐? 이러므로 각각 제 나라 사람을 친하게 여기고 제 임금을 높이고 제 나라를 지키고 제 풍속을 좋게 여기는 것은, 화(華)와 이(夷)가 한가지다"라 하였다. 화와 이는 다르다는 종래의 화이관(華夷觀)에서 탈피하여 이 둘을 동일선상에 놓았다. 즉 '화와 이는 하나'라는 '화이일야'(華夷一也)다.

선생은 이 화이론을 도가에서 말하는 기화론(氣化論)으로 설명하였을 뿐이다. 기화론은 신선사상과 도가사상을 원용하였다.

중국과 오랑캐의 구별이 엄격하지 않은가?

실옹: 하늘이 내고 땅이 길러주는, 무릇 혈기가 있는 자는 모두 이 사람이며, 여럿에 뛰어나 한 나라를 맡아 다스리는 자는 모두 이 임금이며, 문을 거듭 만들고 해자를 깊이 파서 강토를 조심하여 지키는 것은 다 같은 국가요, 장보(章甫, 유학을 공부하는 선비)이건 위모(委貌, 주나라 갓 이름)이건 문신(文身, 오랑캐의 별칭)이건 조제(雕題, 미개한 민족의

별칭)이건 간에 다 같은 자기들 습속이다. 하늘에서 본다면 어찌 안과 밖의 구별이 있겠느냐?

　　이러므로 각각 제 나라 사람을 친하고 제 임금을 높이며 제 나라를 지키고 제 풍속을 좋게 여기는 것은 중국이나 오랑캐가 한가지다.…공자가 바다에 떠서 구이(九夷)로 들어와 살았다면 중국법을 써서 구이의 풍속을 변화시키고 주나라 도를 역외(域外, 중국 밖)에 일으켰을 것이다. 그런즉 안과 밖이라는 구별과 높이고 물리치는 의리가 스스로 다른 역외춘추(域外春秋)도 있었을 것이다. 이것이 공자가 성인 된 까닭이다.

　　이것이 선생이 주장한 역외춘추설이다. 이 또한 탁견이다. 중세적 지식과 관념은 사람과 사물, 천과 지, 화와 이를 위계적으로 바라보았다. 사람, 하늘, 중국이 세계의 중심이요 기준이라는 것을 절대적 진리로 신봉하였다. 선생은 사람과 사물, 하늘과 땅, 성계와 지계, 서양과 중국, 중국과 오랑캐 사이의 중심을 해체한다. 곧 이 세상에 절대적 중심은 없다는 말이다. 사람과 사물의 구획을 나누는 경우 사람이 보기에는 사람이 귀하고, 사물이 보기에는 사물이 귀하며, 하늘에서 보면 사람과 사물이 똑같다는 논리다. 누가 중심이 되느냐에 따라 서로 위계가 달라지는 것이니 중심은 맥락에 따라 이동할 뿐이다.

　　여기서 춘추대의,[20] 존화양이,[21] 사대주의[22]니 하는, 중국을 높이

---

20 춘추대의(春秋大義): 대의명분을 밝혀 세우는 큰 의리.

고 조선을 낮추는 당시 관념도 여지없이 해체한다. 선생은 '공자가 조선에 태어났으면 역외춘추를 쓰셨을 것'(自當有域外春秋)이라고 딱 잘라 말한다. 조선인이라는 자긍심으로써 중국을 사상적으로 극복해낸 말이다. '공자'라는 절대지존의 권위를 이용하여 이렇게 중국에 대한 공경을 전복해버렸다. 정인보(鄭寅普, 1893-1950년 납북)는 『담헌서』「서」(湛軒書序)에서 이 구절을 두고 "이른바 『의산문답』이란 것이 바로 이것이다"(所謂毉山問答者是也) 하였다. 필자 역시 정인보 선생과 의견이 다를 바 없다. 『의산문답』의 핵은 바로 여기다.

선생은 당대를 살아가는 조선인으로서 '바른 마음'을 가졌기에 이러한 글을 썼다. 『임하경륜』에는 이러한 선생의 마음을 엿볼 수 있는 구절이 있다. '임하경륜'은 시골에서 원대한 나랏일을 설계한다는 뜻이다. 『담헌서』 내집 권4, "보유"에 실려 있는데, 이 책에는 특히 경국제민을 위한 독창적인 개혁안이 제시되었다. 따라서 선생이 말하는 장군의 길이 바로 학자의 길임을 알 수 있다.

장수가 되려면 먼저 그 마음을 바르게 해야 한다. 성색(聲色, 아름다운 소리와 색)이 그의 절개를 바꿀 수 없으며, 금백이 그 뜻을 움직일 수 없으며, 태산이 무너지고 하해가 넘친다 하더라도 그 안색이 변하지 않아야만 비로소 사람을 쓸 수 있고 군사를 통솔할 수 있으며, 스스로를 지킬 수도 있고 적을 막을 수 있다.

---

21 존화양이(尊華攘夷): 중국을 높이고 오랑캐를 물리침.
22 사대주의(事大主義): 큰 나라를 섬김.

대저 몸 하나로 삼군(三軍)의 무리를 거느림에 있어 일을 당해서 미혹하지 않고 싸움에 있어서 두려워하지 않고 태연하게 여유가 있는 것은 다름이 아니라 그 마음이 바르기 때문이다.

8장

—

연암 박지원 「연암집」

이것들은 조그만 벌레이니 조금도 걱정할 것은 없지.

내가 보니 종로거리를 메운 것은 모두 황충이야.

키는 모두가 칠 척 남짓이고 머리는 검고

눈은 반짝이는데 입은 커서 주먹이 들락거리지

박지원의 생애

이름 박지원(朴趾源)

별칭 이름은 지원(趾源, 혹은 祗源), 자는 중미(仲美, 친지들은 미중[美仲]으로 부름)와 미재(美齋), 호는 연암(燕巖)을 주로 썼지만 별호로 연상(煙湘), 열상외사(洌上外史), 공작관(孔雀館), 박유관주인(薄遊館主人), 무릉선생(武陵先生), 껄껄선생[笑笑先生], 골계선생(滑稽先生), 성해(星海) 등도 사용했다.

시대 1737(영조 13)-1805년(순조 5) 조선 후기

지역 서울

본관 반남(潘南)

직업 실학자 겸 저술가

당파 노론

가족 조부 필균(弼均)¹은 경기도관찰사, 대사간(大司諫) 등을 지냈다. 선조 때의 명신인 박소(朴紹) 이후 대단한 명문가였다.

---

1   어려서 종숙부인 박세채(朴世采)에게서 학문을 배웠다. 1725년(영조 1) 정시문과에 병과로 급제하여 벼슬길에 나섰다. 이후 사간원정언이 되어서는 김창집·이이명 등 노론 4대신의 신원(伸寃, 억울하게 입은 죄를 풀어줌)을 촉구하는 소를 올렸다가 사당(私黨, 사사로운 정파적인 당)을 옹호한다는 비난을 받고 파직당하기도 하였다. 1754년 대사간으로 재직할 때 조정의 언로 폐쇄, 과거제의 문란 및 백관들 기강의 해이함을 경계하는 소를 올렸다. 1758년에 동지돈녕부사·동지중추부사가 되고 1760년에 타계하였다. 그는 벼슬에 있을 때 청백리로 알려져 깨끗한 선비라는 평을 받았다. 붕당으로 인한 폐단으로 아들들에게는 공부를 시키지 않았다. 시호는 장간(章簡)이다. 선생은 조부의 정치적 노선, 가난, 꼬장꼬장한 성격 등 삶을 그대로 이어받았다.

출생배경 부친 사유(師愈, 1703-1767)와 모친 함평 이씨(咸平李氏, 1701-1759) 사이에서 2남 2녀 중 막내로 2월 5일(양력, 3월 5일) 축시에 한양 서쪽 반송방(盤松坊) 야동(冶洞, 풀무골로 현재의 서울시 서대문구 아현동쯤)에서 태어났다.

어린 시절 3세인 1739년 형 희원이 이씨 여성에게 장가들었다. 형수는 16세에 시집와서 연암을 살뜰히 돌보았다.

그 후 삶의 여정 16세인 1752년 이보천의 딸과 결혼했다. 장인 이보천(李輔天)에게 『맹자』를 배우고, 처숙 이양천(李亮天)에게 『사기』「신릉군열전」을 배웠다. 이 시기에 「항우본기」를 모방하여 「이충무공전」을 지어 칭찬을 받았으나 지금은 전해지지 않는다.

18세인 1754년 우울증에 시달려 음악과 서화, 골동품, 기타 잡물을 취미 삼고 객을 초대하여 해학과 고담을 즐겼다. 「광문자전」을 짓고, 이 무렵 「민옹전」의 주인공인 민옹을 만났다.

19세인 1755년 처숙 이양천이 40세로 사망하고 연암의 정신적 방황과 편력이 시작되었다.

20세인 1756년 「마장전」과 「예덕선생전」을 지었다.

21세인 1757년 가을에 「민옹전」을 지었다. 불면증과 우울증이 깊어지는 시기였다. 그다음 해 1759년에 모친(59세)이 사망하고, 1년 후 조부(76세) 필균이 사망한다. 생활이 더욱 곤궁해진다.

28세인 1764년 「초구기」, 「양반전」, 「서광문전후」를 지었다.

30세인 1766년 장남 종의(宗儀, 후일에 형에게 양자로 보냄)가 태어났다.

31세인 1767년 「우상전」, 「역학대도전」, 「봉산학자전」을 지었다. 부친이 65세의 나이로 사망한다.

32세인 1768년 백탑(白塔, 현재의 서울시 종로구 종로 탑골공원 부근)으로 이사한다. 이덕무·서상수·유득공·유금(柳琴, 유득공의 숙부) 등과 이웃하여 깊은 교우를 맺으며, 박제가·이서구가 선생의 제자로 입문한다. 이른바 북학파 혹은 백탑파의 형성 시기이며 연암의 명성이 널리 퍼졌다.

33세인 1769년 유득공·이덕무와 함께 개경과 서경을 여행한다. 『공작관집』을 엮었다.

34세인 1770년 1차 시험인 감시(監試) 초·종장에서 모두 장원을 차지한다. 감시는 '소과'(小科)라고도 불리며 생원과 진사를 뽑던 과거다. 방이 붙던 날 영조 임금이 불러들여서 답안을 읽게 하고는 크게 칭찬하였다. 그러나 연암은 2차 시험인 회시에 응하고도 답안을 내지 않고 나왔다.

35세인 1771년 이후 다시는 과거에 응시하지 않았다. 이때부터 술을 마시기 시작했는데 주량이 무척 셌다고 한다. 다음해 연암협에 집을 얻고 홍대용과 자주 만나 교분을 쌓았다. 37세인 1773년에 이덕무·유득공과 파주 등을 거쳐 평양을 유람한다. 38세인 1774년에 이희경이 연암·이덕무·박제가의 시문을 묶어 『백탑청연집』을 펴냈으나 현재는 남아 있지 않다.

42세인 1778년 홍국영의 화를 피해 황해도 금천 연암협으로 이주했다. 이유인즉슨 정조의 비인 효의 김씨가 후사를 낳지 못하자 홍국영이 자신의 누이를 후궁으로 앉혀놓고 원자를 얻은 뒤 득세하려 한 데서 비롯되었다. 이를 차마 볼 수 없었던 연암이 이에 대한 상소를 올리나 정조에게는 전달되지 않았고, 이 사건으로 홍국영은 연암을 미워하게 된다. 이 시기 개성 유수로 부임한 유언호가 연암의 생계를 살핀다. 연암은 일시적으로 개성 금학동 양호맹의 별장으로 이주했다. 이때 유언호가 빌려준 칙수전 1,000민을 양호맹·최진관이 대신 갚아주었다(후일 안의현감으로 부임하여 받은 첫 녹봉을 떼어 되갚는다).

44세인 1780년 홍국영이 실각 후 서울로 돌아온다. 삼종형 박명원과 청 고종의 70수연에 동행하고 귀국 후 여행기인 『열하일기』 저술을 시작한다. 차남 종채(宗采, 宗侃이라고도 함)가 태어난다. 종채는 후일 연암의 일대기인 『과정록』을 지었다.

47세인 1783년 담헌 홍대용이 노모를 핑계로 낙향하였다가 사망하니 「홍덕보묘지명」(洪德保墓誌銘)을 지었다. 이 충격으로 이후 연암은 음악을 끊는다. 『열하일기』 26편을 완성하였다.

50세인 1786년 친구인 이조판서 유언호의 천거로 종9품 벼슬인 선공감감역에 임명되었다.

51세인 1787년에 동갑내기 부인이 사망한다. 처음 시집와서는 선생의 조부 장간공의 집이 좁아 친정에 가 있었으며, 중년 이래 가난 때문에 자주 이사하는 등 갖은 고생을 잘 견뎌내었다. 집안 살림을 주도한 큰동서를 공경하여 우애가 좋았으며 큰동서가 후사 없이 죽자, 당시 십여 세밖에 안 되는 아들 종의를 상주로 세우도록 했다. 한번은 연암이 옷을 해 입으라고 돈을 주니 형님 댁은 끼니를 거른다며 집에 돈을 들일 수 없다고 하였다. 연암은 평소 이러한 부인의 부덕을 존경했으며 부인 별세 이후 종신토록 독신으로 지냈다. 부인을 애도하는 절구 20수를 지었다 하나 지금은 전해지지 않는다.

52세인 1788년 일가족이 모두 전염병에 걸려 큰며느리가 죽고 장남 종의도 위독했으나 간신히 회생한다. 큰며느리가 죽자 주위에서는 살림할 사람이 없다고 연암에게 재혼을 권했으나 거절했다.

53세인 1789년 6월에 종6품의 평시서주부[2]로 승진하고, 가을에 공무의 여가를 얻어 다시 연암 골짜기로 들어갔다.

55세인 1791년 종5품 한성부판관(漢城府判官)으로 전보되었다. 12월에 유한준이 연암의 품계가 원칙 없이 올라간다고 소를 올려, 종6품으로 강등되어 안의현감에 제수[3]되어 지금의 경상남도 함양군 안의면 일대로 보내진다.

56세인 1792년 임지인 안의에 도착한다. 부임 즉시 송사를 엄격히 처리하여 고을 백성들 간에 분쟁을 일삼던 풍조를 바로잡고 아전들의 상습적인 관곡 횡령을 근절했으며 관아에까지 출몰하던 도적들을 퇴치했다. 이 해에 문체반정[4]의 바람이 서서히 일기 시작한다.

57세인 1793년 남공철이 정조가 『열하일기』 때문에 그를 문체반정의 주동자로 지목했다며 자송문(自訟文)을 지어 바치라는 편지를 보내온다. 그러나 연암은 남공철에게 자신의 글은 '글방의 버려진 책'[5]에 지나지 않는다는 회답을 보낼 뿐 자송문은 바치지 않는다.

---

2 평시서주부(平市署主簿): 시장 상점의 두량검사(斗量檢查)와 물가등락을 관할하던 관청 관리.
3 제수(除授): 천거의 절차를 밟지 않고 임금이 직접 벼슬을 임명하는 것.
4 문체반정(文體反正): 조선 정조 때에 유행한 한문 문체를 개혁하여 순정고문으로 환원시키려고 한 일련의 사건 및 그 정책. 정조는 '비변문체'라 하였다.
5 '글방의 버려진 책'(兎園之遺冊)이란 말은 원래 글방에서 아동들에게 가르치던 교재

유한준은 연암을 '호복임민',[6] '노호지고'[7]라는 말로 모함한다.

62세인 1798년 정조의 어명에 따라 『과농소초』와 부록 격인 「한민명전의」(限民名田議)를 지어 바친다. 이 저작으로 정조와 여러 신하들에게 칭송을 받았다.

64세인 1800년 양양부사로 승진한다. 양양은 본래 문신을 임명하는 고을로, 음관(蔭官)이 이에 임명된 것은 연암이 처음이었다.

65세인 1801년 병을 빙자해 사직함으로써 관직 생활을 마무리한다.

66세인 1802년 겨울에 조부 장간공과 부친의 묘를 포천으로 옮기려다 유한준의 방해로 좌절되는 변을 당한다. 이 사건 이후 연암은 울화병이 생겼는데 끝내 회복하지 못하였다.

69세인 1805년 가회방 재동(齋洞, 현재의 서울시 종로구 재동) 자택에서 "깨끗하게 목욕해달라"는 유명[8]만을 남긴 채 서거했다. 염습할때 몸이 몹시 희었으며 평생 가장 싫어한 말은 '구차'(苟且)였다. '구차'란 흥 없는 삶을 살겠다는 연암의 표지다. 경기도 장단 송서면 대세현 남향받이에 자리한 아내의 묘에 합장되었다.

따위를 토원책이라 한 데서 나왔다. 자신의 저술을 겸손하게 일컬을 때도 쓴다.

6 호복임민(胡服臨民): 오랑캐 복장을 하고서 백성을 다스림.

7 노호지고(虜號之稿): 오랑캐의 연호를 쓴 원고.

8 유명(遺命): 임금이나 부모가 죽을 때에 남긴 명령.

선생은 "개를 기르지 마라" 하였다

선생의 글에서 양반들은 무한증식하며 부조리를 배설하는 괴물로 그려진다. 하지만 부조리에 대항하는 결기가 없다면 그 배설물에 치여 살 수밖에 없다. 선생은 이런 시대에 배짱과 결기 있는 글을 통하여 저들을 고발하였다. 선생에게 글은 양도할 수 없는 자존이었다. 비록 그 글로 인하여 안온한 삶을 박탈당할지언정 선생은 삶의 의의가 글쓰기에 있다고 확신하였다.

선생은 노론 계열로 이이의 학통을 이어받았다. 이이의 학통은 후일 호론과 낙론으로 나뉘었다. 이전의 성리학이 인간 자체인 심성(心性)의 문제였다면, 외부 사물인 물성(物性)에 관심을 보이는 게 바로 호락논쟁이다(이 책의 7장 참조).

선생은 낙론 학통에 속한다. 낙론은 사물을 보는 자세가 열려 있다. 이전의 성리학은 주로 '인'(人)에 관심을 두었기에 '물'(物)에는 상대적으로 소홀했다. 낙론은 기본적으로 '물'이 필요한 이론이기에 자연히 사물에 대한 관심을 보인다. 선생은 "'물'의 처지에서 나를 보면 나 또한 하나의 '물'일 뿐이다. '인'을 '물'의 하나로 본들 문제없다. '인'은 냄새나는 가죽부대 속에 조금 많은 문자를 지니고 있는 데 불과할 따름이다. 그러니 '물'인 매미가 저 나무에서 울음을 울고, 지렁이가 땅 구멍에서 울음을 우는 것 역시 인과 같이 시를 읊고 책을 읽는 소리가 아니라고 어찌 장담하겠는가. '인'만이 결코 절대적 가치를 지닐 수는 없기 때문"이라고 하였다.

선생은 철저히 실학을 추구하였다. 그래서 선비들의 학업에 농업·공업·상업이 배제됨을 안타깝게 여겼다. 세 가지 업은 반드시 선비들의 연구를 기다린 다음에야 이룩된다고 이해하였다. 농사꾼과 공장, 장사꾼은 스스로 문제를 해결하지 못한다고 생각했다. 그래서 농사를 밝히고, 상거래를 통하고, 공업을 좋게 함은 온전히 조선 선비의 아람치(개인이 사사로이 차지하는 몫)로 여겼고 이것을 조선 선비가 실행할 실학이라고 여겼다.

선생은 정조에게 올린 『과농소초』「제가총론」(諸家總論)에서도 "후세에 농사꾼과 공장이, 장사꾼이 제 업을 이루지 못하는 까닭은 곧 선비에게 실학이 없는 잘못 때문이옵니다"[9] 하였다. 실학을 수행하는 양반과 이를 받아들이는 농공상을 상생 관계로 본 것이다.

선생이 주장하는 실학은 이용후생과 경세치용이다. 따라서 선생은 청나라 문물을 적극 수용하자는 북학론자가 될 수밖에 없었다. 『열하일기』「일신수필」에는 "진실로 백성들에게 이롭고 나라에 보탬이 되는 법이라면 그것이 오랑캐에게서 나왔다 한들 어떤가. 참으로 이를 취하여 법칙으로 삼아야 한다"[10]고 적바림해놓았다. 「한민명전의」나 『과농소초』·『면양잡록』 같은 책은 조선 백성들의 삶을 윤택하게 가꿔주려는 의도에서 나왔다.

또한 선생은 "개를 기르지 마라"(不許畜狗)고 하였다. 이 말은 선생의 성품을 단적으로 드러내는 결절(結節)이요, 삶의 동선이다. 선생이 살아내던 저 시절은 사실 억압과 모순의 시대였다. 지금도 학

9　以爲後世農工賈之失業 卽士無實學之過也.
10　苟利於民而厚於國 雖其法之或出於夷狄 固將取而則之.

문을 하는 이들 중 허명과 부귀에 기식하는 지식상(知識商)이 얼마나 많은가. 저 시절 정녕 몇 사람이 저 개와 정을 농하였겠는가? 이미 저들은 말로만 자득지학(自得之學)할 뿐이요, 이방의 외피만을 추수하는 의양지학(依樣之學)의 노예가 되었고 선생의 글쓰기와 행동이 유학을 교란시킨다면서 멸시하였다.

이러한 선생의 학문은 "선비란 곧 하늘이 내린 벼슬"(士迺天爵)이라는 뚜렷한 선비의식에서 비롯되었다. 『연암집』 권8, 별집 「방경각외전 자서」에 보이는 글귀다.

> 선비란 곧 하늘이 내린 벼슬이요, 선비의 마음이 곧 글을 쓰는 뜻이라 여겼다. 그 뜻이란 무엇인가? 권세와 잇속을 꾀하지 말고 현달해도 선비의 도리를 떠나지 않고 곤궁해도 선비의 도리를 잃지 않아야 한다. 명예와 절개를 닦지 않고 한갓 문벌을 상품으로 삼아 대대로 내려온 아름다운 덕을 판다면 장사치와 무엇이 다를 것인가?

선생의 선비 의식과 부조리를 담아낸 글쓰기, 여기에 궁핍한 삶을 근근이 이어가는 조선 백성들을 연결시키면 선비로서의 부채의식이 보인다. 선생은 양반이기에 피폐한 삶을 살아가는 백성들을 구제해야 하는데 그러지 못한 것을 괴로워하였다. 비유하자면 선생에게 백성들은 의사에게 환자와 같은 존재였다. 물론 그 의사는 환자를 치료하는 본래의 소명에 충실하고 그것만으로도 행복해하는 의사여야 한다. 『연암집』은 선생의 이러한 선비 의식으로 만들어진 책이다.

『연암집』, 종로를 메운 게 모조리 황충일세

요즈음 연암에 관한 서적들을 자주 접하게 된다. 전공 서적부터 초·중·고등학교 읽기 자료는 물론 입시 자료까지 그 종류도 다양하다. 그 속에 들어 있는 연암의 목소리를 듣고 있는 독서인이라도 만나면 고전을 전공하는 사람으로서 마음 한구석이 흐뭇하다.

하지만 우리가 『연암집』(燕巖集)을 보기까지는 이러저러한 경과가 있었다. 선생의 『연암집』은 자유분방하면서도 창조적이요 인간적인 글로서 현실적인 치열함까지 갖추었다. 특히 부조리한 양반의 각성과 순수성을 담보한 하층민의 형상화라는 양극성 때문에 보는 이를 불편케 한다. 표기 수단도 한자였으니 독자층인 양반들의 심사가 꼬이지 않을 리 없다. 그래서 선생 당대는 물론 아들 종채가 살던 때도 『연암집』은 간행되지 못하였다. 선생의 둘째 아들 종간이 편집하여 57권 18책 필사본으로 전해올 뿐이었다. 드디어 선생의 손자인 박규수 세대인 1865년 어름, 파격적인 벼슬 행보를 하던 공조판서 박규수는 할아버지의 『연암집』을 간행하고자 하였다.

그러나 그 계획은 수포로 돌아갔다. 『연암집』이 세간에 용납되기에는 위험부담이 너무 커서였다. 박규수의 동생 선수(瑄壽, 1821-1899) 역시 1864년(고종 1) 증광별시문과에 장원 급제한 이후 사간원대사간, 암행어사, 이조참의, 성균관대사성을 거쳐, 갑신정변 직후에는 공조판서, 형조판서 등을 지냈으나 그 역시 그뿐이었다. 『연암집』 간행은 이후 연암가에서도, 박규수의 문하에서도 찾을 수 없다.

박규수는 1869년경에 박영효, 김옥균 등 조선을 이끌 인재를 선별하여 문하에 두고 『연암집』을 강독하기 시작한다. 김평묵(金平默, 1819-1891)은 "박규수 재상은 그의 조부 지원 이래로 외국 학문 연구를 깊이 하였다. 늘 말할 때 외국의 사정에 이르면 반드시 정신이 편안해지는 듯하였다. 서인(西人) 후배들 중에 조금이라도 재주가 있어 그의 문하를 출입한 자면 모두 그의 의논을 계승하였는데, 그들 대개가 나랏일에 참여하였다"[11]고 적바림했다.

박규수의 『연암집』 강의의 여운은 그로부터 10년 이상 지나 조선을 혁신적으로 개혁하자는 의도에서 일어난 갑신정변으로 현실화된다. 1884년 12월 4일, 정권을 무너뜨리고 국민주권국가 건설을 지향한 조선 역사상 최초의 정치개혁운동이 일어난다. 바로 김옥균·박영교·박영효·홍영식·서광범·김윤식 등 개화당이 청나라에 의존하려는 척족 중심 수구당을 몰아내고 개화정권을 수립하려한 갑신정변이다. 이 갑신정변에 개혁의 틀을 제공한 게 바로 선생의 『연암집』이었다.

> 그 신사상은 내 일가 박규수 집 사랑에서 나왔소. 김옥균, 홍영식, 서광범, 그리고 내 백형(박영교)하고 재동 박규수 집 사랑에 모였지요.…박규수는 연암 박지원의 손자로서 재동 집에 있었는데 김옥균 등 영준한 청년 등을 모아놓고 『연암집』을 강의하였소.…『연암집』에 수록된 귀족을 공격하는 글에서 평등사상을 얻었지요.

---

11 『중암별집』(重菴別集) 권10, 부록 124쪽.

이 글은 이광수가 갑신정변을 가리켜 "조선을 구미식 신정치사상, 자유민권론, 오늘날 말로 봉건에서 부르주아로 이행하려는 신사상으로 혁신하려던 대운동"으로 정의 내리고 혁신 사상이 유래한 경로를 물은 데 대한 박영효의 답변을 정리한 것이다.

이 짧은 대담은 꽤 많은 시사점을 안고 있다. 우선 연암의 글이 갑신정변을 일으킨 동인이 될 만큼 혁신적인 사상을 담고 있음은 두말할 나위 없다. 박규수의 사랑방에서 연암 글을 강론하였다는 반증에선, 갑신정변의 주역들이 박규수 문하에 있는 연암주의자들임을 읽는다. 귀족을 공격하는 글은 이 책에서 살필 「민옹전」과 「양반전」·「호질」 따위 연암소설, 그리고 『열하일기』 일체다. 이 책 속 글들에서 연암은 부조리한 양반과 순도 높은 백성의 삶, 두 세계를 넘나든다. 결국 선생의 글이 한 세기 만에 조선 최대 정치사를 만들었다는 중차대한 의미이다. 선생은 이런 글을 쓰려고 과거를 포기하였다. 문벌로 보나 재간으로 보나 선생에게 과거 급제와 입신 영달은 어려운 일이 아니었다. 빤히 어려운 줄 알면서도 선생은 왜 이 길을 갔을까? '육참골단'(肉斬骨斷)이란 말이 있다. 자신의 살을 베어 내주는 대신 상대의 뼈를 끊어낸다는 뜻이다. 선생은 자신이 과거에 나가기를 포기하는 대신 나라의 부정부패를 끊어버리려고 한 것이다.

그런데 당시의 양반들은 선생을 이렇게 불렀다. "문둥이!" 저 시절 문둥이는 역병을 돌게 하는 전염성 질환자였다. 많은 이들은 연암 박지원의 글과 행동을 저렇게 여겼다. 소시오패스(Sociopath), 즉 반사회적 인격장애자 쯤으로 여긴 것이다. 하지만 정작 반사회적

인격장애를 가진 자는 연암을 문둥이라 부른 저들이라는 것을 이제는 안다. 안타까운 것은 지금도 연암을 심드렁하니 해학과 풍자, 혹은 골계로만 읽는 이들이 여간 많지 않다는 사실이다. 제 호구(糊口)를 책임지거늘 엷은 늦잠에 겨워 반눈만 뜨고 바라보니 연암의 글자만 문안하고 '무양(無恙)하시냐'는 입인사 한 치레뿐이다.

잘못이다! 연암에게 왜 문둥이라 했는지 따지고 살펴야 한다. 연암을 문둥이라 부른 이들은 하나같이 몸에 선천적으로 각인된 조선의 관습대로 사는 양반들이었다. 연암은 스스로를 '삼류선비'라 칭하고 '문둥이'라 부르라 했다. 삼류선비 연암이 옮긴 역병을 나는 '인간'이라는 두 글자로 읽는다. 인간 연암은 조선이 '인간다운 세상'이 되기를 꿈꾸었고, 조선의 관습을 따르는 양반들은 '양반들의 세상'이 되기를 꿈꾸었다.

연암의 글은 전쟁을 치르는 듯한 심정으로 한 글자 한 글자를 꾹꾹 눌러 쓴 지적 생명체다. 그 한 마디 한 마디마다 조선의 애달픈 물꽃이 피는 것이 보인다면 그 이유는 다름 아닌 인간을 찾아 지은 글이기 때문이다. 연암은 낮은 백성들에서부터 미물인 개까지도 인간다운 세상의 한복판에 함께 살도록 했다. 그러니 해학과 풍자, 골계로 가려진 그의 글에서 빗줄기처럼 쏟아지는 당대 조선인들의 신음에 귀 기울여야 한다.

『연암집』은 선생이 세상을 뜬 지 한 세기가 지난 1900년에야 비로소 문장가인 김택영(金澤榮, 1850-1927)에 의해 활자본으로 빛을 보았다. 그러나 온전한 본은 못 되었고 이후 1932년에 박영철이 돈을 대어서야 비로소 제 모습을 얼마간 갖춘 『연암집』이 간행되었다. 박영철(朴榮喆, 1879-1939)은 1932년 5월에 17권 6책으로 된 『연암집』을 간행하였다. 문제는 이 박영철[12]이 손꼽히는 친일 인사란 점이다. 조선을 사랑한 연암의 글이 나라를 판 친일파의 손을 거쳐 세상의 빛을 보았다는 사실에서 민족의 비극을 본다.

박영철본에는 책머리에 총목록이 실려 있으며, 권1-2는 『연상각선본』(烟湘閣選本)으로 권1에 서·기·인·논·장·전, 권2에 서·묘지명·묘갈명·도비명·탑명, 권3은 『공작관문고』(孔雀館文稿)로 서(序)·기·논·장·발·설·소·책·서(書)·제문·애사·묘갈명·묘지명 등이다. 권4는 『영대정잡영』(映帶亭雜咏)으로 시 42수가, 권5는 『영대정잉묵』(映帶亭賸墨)으로 척독이 실려 있다.

권6-17은 별집으로 권6은 『서사』(書事), 권7은 『종북소선』(鐘北小選)으로 서(序)·기·발·묘갈명, 권8은 『방경각외전』(放璚閣外傳)으로 전(傳)이 9편, 권9는 『고반당비장』(考槃堂秘藏)으로 장·기·진향문(進香文)·제문·장계·서·대책, 권10은 『엄화계수일』(罨畫溪蒐逸)로 기·발·애사·제문·서·비·사장·잡저, 권11-15는 『열하일기』, 권16-17은 『과농소초』(課農小抄) 등의 순으로 구성되었다.

『연상각선본』에는 「회우록서」·「홍범우익서」·「공작관기」·「소단적치인」·「옥새론」·「열녀함양박씨전」·「홍덕보묘지명」 등이 실려

---

12 박영철은 일본제국으로부터 1907년 훈5등 쌍광욱일장, 1912년 한국병합기념장, 1915년 다이쇼대례기념장, 1919년 훈4등 서보장, 1926년 훈3등 서보장, 1928년 쇼와대례기념장, 1935년 조선총독부 시정 25주년 기념표창, 죽어서까지도 일본정부로부터 욱일중수장을 받았다. 그는 생전에 3.1운동을 망동이라 꾸짖고 내선일체에 온 힘을 쏟아부었다.

있다.『공작관문고』에는「문고자서」·「명론」·「백이론」 및 여러 사람과 주고받은 편지글이 있다.

『영대정잡영』에 실린 시 가운데는 저자의 시론이 담긴「증좌소산인」과「해인사」란 시가 널리 알려졌다.『영대정잉묵』에 실린 편지는 문학관을 설명하는「답창애」를 비롯해 선생의 교유 관계를 잘 보여준다.『종북소선』은 이덕무가 종루(鐘樓, 지금의 종각) 북쪽 전동(典洞)에 살 때 선생의 글에 비평을 가한 책이다. 이 시기에 쓴 글을 모은 것으로, 다른 사람의 문집에 써준 서문이 다수를 차지한다.『방경각외전』에는 소설 작품으로 다루어지는 9개 전(傳)이 자서와 함께 실려 있다.

「마장전」·「예덕선생전」·「양반전」 등은 당대 하층민을 비롯해 건강한 서민의 생활상을 보여주는 동시에 우정의 소중함과 노동의 가치를 강조하고 있다. 44세 때인 1780년, 중국에 다녀온 경험을 쓴『열하일기』는 그의 진보적 사상과 풍부한 견문이 참신한 문체와 더불어 이채를 발한 글로서 당시 문단에 큰 파문을 불러일으켰다. 첫 부분「도강록」에서 압록강의 장관을 인상 깊게 묘사한 것에서부터 중국에서 일어난 사실을 생생하게 표현했다.

그 가운데「일신수필」에서는 중국이 비록 청조 치하에 있으나 고유한 문물은 그대로 지니고 있으므로 그것을 배워 실력을 길러야 함을 역설하고 있다.「곡정필담」은 선생의 해박한 역사 지식이 종횡무진 펼쳐진 글로 중국인과의 대화를 적은 것이다.『열하일기』의 문체가 정조에 의해 문제가 된 후 정조 명에 따라 지어올린『과농소초』·「한민명전의」는 정통 고문으로 쓴 글로서 그가 지닌 사상의 일단을 보여주는 훌륭한 저작이다.

　선생의 글을 두고 일제 치하의 국문학자 김태준이 "연암의 시대는 닥쳐왔다. 연암이 사랑하던 민중은 이제야 가지가지 찬사를 봉정하였다"고 한 지도 꽤 오래전 일이 되었다. 그런데 선생의 시대로부터 두 세기, 일제 치하 김태준을 지나 다시 한 세기가 바라보이는 지금, 우리에게 여전히 현재성으로 남아 있는 연암의 문학은 어떤 반향을 불러일으켰을까? 연암에 관한 연구야 예전부터 이루어져 왔지만 이제는 학자들이 너도나도 마치 중증 연암학질이라도 걸린 듯이 재채기를 해대고 심지어는 입시에 자주 출제된다고 신열까지 앓으니 부디 오래오래 지속되기를 바랄 뿐이다. 학질이란 병이 본래 발작적인 열과 냉이라는 극단을 오가기에 하는 말이다. 여하간 선생에게 저런 상황을 기별이라도 넣고 싶은 즐거운 마음이다.

　이제 『연암집』 중 선생을 잘 읽을 수 있는 「민옹전」을 보겠다. 이 작품의 등장인물은 여러 명이지만 주로 나와 민옹이 이야기를 이끌어나간다.

　나: 민옹의 이야기를 이끄는 인물이다.
　민옹: 남양 무인 출신으로 첨사라는 벼슬을 지녔으나 영달하지 못하고 시골에 묻혀 울울하게 살아가는 이다. 은어와 기담을 자유롭게 구사하는 등 능갈치는 솜씨와 사날이 여간 아니어서 내 집에 머무르는 사람들이 문답을 하여 하나도 이겨내지 못한다.
　민옹의 아내: 늙은 남편의 출세를 기다리다 지친 아낙이다.
　악공들: 음악을 연주하느라 힘줄 세운 얼굴을 두고 민옹에게 성을 내고

있다고 애먼 볼때기를 맞는다.

좌객들: 민옹의 뛰어난 재주를 빛내는 조연 역할을 충실하게 하는 이들
이다.

배경: 1756-1757년, 서울

「민옹전」은 박지원이 21세 되던 1757년(영조 33) 무렵에 지은
한문 소설이다. 그런데 이 글을 읽으면 연암의 글이 여간 재기발랄
한 게 아니라는 생각이 든다. 「민옹전」은 실존 인물인 민유신(閔有
信)이 죽은 뒤 그가 남긴 일화와 선생이 민유신을 만나 겪었던 일들
을 엮고 뇌[13]를 붙인 글이다.

그러나 안타깝게도 「민옹전」에 보이는 단서 이외에는 '민옹'이
라는 사람에 대해 알 수 있는 자료가 없다. 다만 「민옹전」의 서두에
"민옹은 남양 사람이다. 무신년(영조 4년, 1728)에 민란이 일어나니
관군을 따라 그들을 정벌하여 그 공으로 첨사가 되었고 그 뒤로 집
에 돌아가서는 다시는 벼슬살이를 하지 않았다"[14]는 것과 "민옹은
키가 아주 작았고 하얀 눈썹이 눈을 덮었다. 자기 이름을 유신(有信)
이라고 하였는데 나이는 73세였다" 하는 외양 묘사가 전부다.

결국 기록을 종합해보건대 민옹은 1757년, 우리 나이 74세에
세상을 뜬 것으로 추정된다. 1684년생이니 무신란 때는 45세였다.
45세의 나이로 관군을 따라 이인좌와 정희량의 난에 출전하여 첨

---

13 뇌(誄): 조문, 죽은 사람의 생전 공덕을 기리는 글.
14 閔翁者 南陽人也 戊申軍興 從征功 授僉使 後家居 遂不復仕.

사가 되었으니, 그가 무반이었으며 그리 대단치 못한 직위에 머물 렀음을 알 수 있다. 첨사[15]란 그리 낮은 벼슬이 아니었지만 그렇다고 높은 벼슬이라고도 할 수 없는 그저 그런 지위였다.

선생은 이 작품을 짓게 된 경위를 이렇게 서술하고 있다.

금년 가을에 나는 또 병이 더욱 깊어져 민옹을 볼 수 없었다. 그래서 마침내 민옹과 주고받았던 세상을 숨어사는 이의 훈계하는 말, 실없이 놀리는 말, 에둘러 깨우치는 말들을 드러내어 「민옹전」을 짓는다. 때는 정축년 가을이다.

이 말을 곧이 믿는다면 「민옹전」은 민옹과 연암의 사실담이다. 하지만 여기서 '사실'이란 연암 소설이 모두 그렇듯, 이미 소설의 '허구성'과 변증적으로 교묘히 결합한 소재원에 지나지 않는다. 따라서 이 글은 이미 소설로서 '낭만적 거짓과 소설적 진실'을 적당량 담고 있는 셈이다. 그러니 「민옹전」에 보이는 세상을 숨어사는 이의 훈계하는 말, 실없이 놀리는 말, 에둘러 깨우치는 말들은 단순한 우스갯소리가 아닌 '소설 속 장치'들로 보아야 한다.

우선 민옹의 사람 됨됨이부터 보자. 민옹은 어려서부터 영특하였다. 일곱 살이 되자 "항탁은 이 나이에 스승이 되었다"(項橐爲師)고 벽에 크게 썼다. 그리고 열두 살 때에는 "감라는 이 나이에 장군

---

15 첨사(僉使): 조선 시대 각 진영(鎮營)에 속하였던 종3품직 무관직으로 첨절제사(僉節制使)라고도 한다.

이 되었다"(甘羅爲將), 열세 살 때에는 "외황아는 이 나이에 유세하였다"(外黃兒遊說)고 썼고, 열여덟 살 때에는 "곽거병은 이 나이에 기련에 싸우러 나갔다"(去病出祁連)고 썼으며, 스물네 살 때는 "항적은 이 나이에 오강을 건넜다"(項籍渡江)고 썼다. 그리고 나이가 마흔이 되었지만 아무런 이름도 이루지 못하자 "맹자는 이 나이에 마음이 움직이지 않았다"(孟子不動心)고 크게 썼다. 일흔이 되어 그의 아내가 "영감, 올해에는 까마귀를 그리지 않으시려오"(翁今年畵烏未) 하고 놀리자 민웅은 "범증은 이 나이에 기이한 꾀를 좋아하였다"(范增好奇計)고 엉너리[16]를 친다.

민웅이 적어놓은 글귀로 미루어볼 때 우선 저이가 보통 사람이 아니란 점부터 분명히 해두어야 한다. 항탁은 일곱 살에 공자의 스승이 되었고, 감라는 열두 살에 조나라에 사신으로 가서 재주를 폈으니 이 정도 재주를 지닌 자가 이 세상에 몇이나 있겠는가? 또 외황아는 13세 소년으로서 역발산기개세라는 항우를 설득하여 자기 고향을 구했고, 18세에 언급한 곽거병은 한나라 무제 때의 장군으로 흉노를 정벌하였으며, 항적은 항우로 24세에 오강을 건너가 한때 중국을 쥐락펴락한 장수다.

그리고 40세에 언급한 "내 나이 마흔에 마음이 움직이지 않았다"(我四十 不動心)라는 말은 『맹자』 「공손추 장구상」에 나오는데 맹자가 공손추(公孫丑)의 물음에 답한 말이다. 나이 40이 넘으면 이리저리 마음이 동하지 않는다는 말인데 세상 사람 중 이러한 이는 정

---

16 엉너리: 남의 환심을 사기 위하여 어벌쩡하게 서두르는 짓.

말 드물 것이라 생각한다.

거두절미하고 민옹이 한 해 잠언으로 벽에 휘갈긴 글들은 실천하기 어려울뿐더러 아내에게 긴요히 해줄 말도 아니다. '문적 수만 복 불여일낭전'(文籍雖滿腹不如一囊錢), 즉 학문이 제아무리 뛰어나도 실행하지 않으면 주머니의 돈만도 못하다는 말이 있다. 살림에 조금도 보탬이 되지 않는 울화통 치미는 이야기만 하고 있으니 민옹의 아내가 발칵 화를 내며 그 꾀를 언제나 쓰겠느냐고 따지고 든다. 그러자 민 영감은 "옛날 여상(呂尙, 80세에 주나라 재상이 된 강태공)은 여든 살에 장수가 되었지만 새매처럼 드날렸소. 이제 나를 여상에게 견준다면, 오히려 어린 아우뻘일 뿐이오" 하며 껄껄 웃어넘긴다.

그러나 민옹은 무반에 지나지 않았다. 그가 아무리 뛰어난 재주를 지녔던들 그에게는 그것을 펼 수 있는 공간이 원천적으로 없다는 것을 모를 리 없다. 민옹의 웃음은 자조 섞인 웃음이다. 민옹은 뛰어난 재능을 가지고도 펴지 못하는 선생과 다를 바 없다. 그래서 두통을 앓고 있는 선생의 내면적 인물의 재현이 바로 민옹이라는 생각이 드는 것은 당연한 일이다.

「민옹전」에서는 소설의 끝을 장식하는 '황충 이야기'에 유의하여야 한다. '황충 이야기'는 단순한 말장난이 아니다. 「민옹전」의 주제가 이 이야기 속에 들어 있기 때문이다. 이것은 연암이 「민옹전」을 쓴 이유를 적은 글을 보면 대번에 알 수 있다.

민옹은 놀고먹는 사람을 황충(蝗蟲)으로 보았고 도를 배워 용과 같았는데, 골계로 풍자의 뜻을 붙여 세상을 희롱하고 불공하였다. 벽상에 글을 써놓고 스스로 분발한 것은 게으른 사람들에게 경계가 될 것이다. 이에 「민옹전」을 쓴다.

위 문장에서 골계니 풍자, 세상을 희롱하느니 하고 종횡무진 내달리는 민옹 특유의 입담에 주의를 기울일 게 아니다. 핵심은 황충이라는 메뚜기과의 곤충이다. 황충은 떼를 지어 날아다니며 벼에 큰 해를 끼치는 해충으로 '누리'라고도 하는데 앞뒤 문장을 고려하면 민옹이 황충이라 부르는 사람은 '게으른 사람'들이다.

성종 7년(1476년)의 기록을 보면 중국 당태종(唐太宗, 재위 626-649)이 이 '황충'을 날로 먹었다는 흥미로운 내용이 있다. 당시에 왕가 사람들이 수시로 보고 참고하라는 뜻에서 '훌륭한 임금', '처음에는 훌륭했지만 나중에 나빠진 군주', '훌륭한 왕비' 등을 주제로 시를 짓고 글을 써서 병풍 3개를 만들었다고 한다.

당태종 이야기는 그중 첫 번째 병풍에 기록되었다. 조선에서 당태종은 나라의 기틀을 놓은 훌륭한 군주로 알려져 있었고, 그가 지었다는 『정관정요』(貞觀政要)라는 책은 정치학 교재처럼 읽혔다. 그런 당태종을 칭송하는 대목에서 언급된 게 바로 이 황충이다. 당태종은 메뚜기 떼가 들이닥치자 "백성은 곡식을 생명으로 하는데, 네가 곡식을 먹으니 차라리 내 폐장을 파먹어라" 외치며 황충을 씹어 삼켰다고 한다.

증산교의 창시자인 강증산(姜甑山, 1871-1909)이 썼다는 『중화경』(中和經)도 황충을 언급하는데 여기서는 '국가가 망할 징조'를 나타낸다.

바야흐로 국가가 부강하려면 화평한 기운이 모여들어 상서로운 기후를 이루고 반드시 상서로운 징조가 있게 되고, 바야흐로 국가가 망하게 되려면 괴이한 기운이 모여들어 이상한 기후로 변하여 반드시 요사스런 징후가 싹트게 된다. 의복과 노래, 초목이 이상하니 이를 요상하다 하는 것이요, 가뭄, 황충, 괴이한 질병들을 재앙이라 한다.

그렇다면 황충은 하는 일 없이 돌아다니는 발록구니 양반을 빗댄 것임을 알 수 있다. 이쯤 되면 황충은 겉가량으로 단순하게 벼만 갉아먹는 메뚜기를 뜻하는 것이 아님을 알 수 있다. 황충의 외연을 조금만 넓히면 첫새벽부터 일어나 오체투지로 살아가는 백성을 해코지하는 무리라는 게 분명하기 때문이다.

선생은 그 모습을 구체적으로 이렇게 그려놓았다.

이것들은 조그만 벌레이니 조금도 걱정할 것은 없지. 내가 보니 종로 거리를 메운 것은 모두 황충이야. 키는 모두가 칠 척 남짓이고 머리는 검고 눈은 반짝이는데 입은 커서 주먹이 들락거리지. 웃음을 지으면서 떼로 다니니 발꿈치가 닿고 엉덩이를 잇대고는 얼마 남지 않은 곡식을 모조리 축내니 이 무리들과 같은 건 없을 게야. 내가 이것들을 잡아버리고 싶은데 커다란 바가지가 없는 게 한스럽다네.

어떤 문장이 가지는 독특한 운치, 또는 그런 글 마디를 읽음으로써 맛보는 재미를 '글맛'이라고 한다면 「민옹전」은 꽤나 매운 소설이다. "종로를 메운 게 모조리 황충"이라는 말은 양반들에 대한 야유였다. 「민옹전」은 조선의 상층 계급, 즉 양반 지식인밖에 읽을 수 없는 글이다. 연암은 「민옹전」을 읽는 양반들이 황충이 되지 않겠다고 각성하도록 계산하였다. 그러기 위해서는 자신부터 황충 같은 삶을 살지 않아야 하기에 선생은 늘 '나는 향원이 되지 않으리라'고 다짐하였다.

선생이 악한 자들이라 지칭한 인물이 바로 '두루뭉술 인물'인 향원(鄕愿)이다. 향(鄕)은 고을이요, 원(愿)은 성실이니 이는 곧 고을의 성실한 사람이란 뜻이다. 선생은 이 향원을 무척이나 싫어하였고 저들로 인하여 마음에 병을 얻었다. 향원이 실상 겉과 달리 '옳고 그름을 가리지 않고 아첨하는 짓거리를 하는 자'이기 때문이다. 향원은, 말은 행실을 돌보지 않고 행실은 말을 돌보지 않는 겉치레만 능수능란한 자들이었다. 이 표현은 『논어』「양화」(陽貨) 편에 나오는 "향원은 덕을 훔치는 도둑이니라"(鄕愿 德之賊也)라는 구절에서 따온 것이다. 공자는 덕이 있는 체하지만 실상은 아첨하여 모든 것을 좋다고 넘어가기에 덕을 훔치는 짓이라며 이들을 '사이비'(似而非)라고 경멸하였다.

선생 시절에는 사이비 양반인 '향원'이 거리마다 넘쳐났다. 선생이 서른한 살 즈음에 지은 「역학대도전」(易學大盜傳)도 바로 이 사이비 향원을 꾸짖는 소설이다. 「역학대도전」은 '학문을 팔아먹는 큰 도둑놈 전'이라는 뜻이다. 학문을 팔아먹는 큰 도둑놈은 글을 팔아먹고 산다는 매문(賣文)이란 뜻이다. 이런 매문에 대해 선생이 마음을 도스르고 붓을 잡아 쓴 글이 바로 「역학대도전」이었다.

마침내 민옹은 죽었다. 선생은 죽은 민옹을 위해 아래와 같은

'뇌'(誄)를 지었다.

> 아아! 민옹이시어, 괴이하고 기이하셨지요.
> 당황스럽게도 기쁘게도 노하게도 하셨지요.
> 또 얄밉게도 하셨는데 담벼락 새는 아직 매가 되지 못하였답니다.
> 옹께서는 뜻있는 선비셨는데
> 마침내 이를 펴시지 못하고 늙어 돌아가셨군요.
> 제가 옹을 위하여 전을 지으니
> 아아! 아직 돌아가신 게 아니랍니다.

연암이 민옹에게 바치는 영가(永歌)이다. 미천한 무반 출신이었기에 뛰어난 재주를 지니고서도 펴보지 못한 민옹, 연암은 뇌를 지어 애써 그의 뜻을 기린다. 하지만 이 뇌가 선생 자신에 대한 영가라 한들 조금도 다를 바 없다. 아래는 구한말과 일제 치하를 살다간 비운의 국학자 안확(安廓, 1886-1946) 선생의 시조다. 나라가 망할 즈음 우리 선조들은 무엇을 찾았을까를 여실히 볼 수 있는 글이다.

> 장부의 하올 일은 말타기와 검술이라
> 이 평생 먹은 뜻이 서생으로 그릇됐다
> 어기야, 분한 세상에 어이까 하노라

장부가 할 일은 말타기와 검술이라고 '절규'한다. 창백하고 힘 없는 백면서생을 추앙한 조선 선비의 마지막 절규다. 일본은 '선비사'(士) 자를 쓰면 무사(武士)를 떠올리는 반면 우리는 문사(文士)를 떠올린다.

조선 선비들도 애초부터 '무'(武)를 경멸한 것은 아니었다. 세종 이래 우문정책(右文政策)이 세월을 지나다 보니 상문호학(尙文好學)이 지나쳤다. 결국 조선은 문약(文弱)에 떨어져 공리와 공론을 일삼으며 애꿎은 '무'를 폄하하게 되었다.

더욱이 선생이 살아간 18세기는 힘을 길러 인조반정의 수치를 갚아야 한다며 북벌책을 내세우던 때다. 그러나 조정은 무보다 문을 숭상하는 자기기만(self-deception)에 빠졌다. 즉 스스로를 속이며 자신의 신조나 양심에 벗어나는 일을 무의식중에 행하거나 또는 의식하면서도 강행한 것이다.

선생의 시대로부터 한 세기가 채 못 되어 양반 신분을 앞세우는 보학[17] 연구에 열을 올리며 뒷짐을 지고 "에헴!" 하는 헛기침만 하는 것이 쓸데없는 헛짓임이 드러나자 이번에는 제국주의 세력이 조선을 덮쳤다. 그러니 조선을 팔아먹은 것은 학부대신 이완용(李完用, 1858-1926)을 위시한 법부대신 이하영(李夏榮, 1858-1919), 군부대신 이근택(李根澤, 1865-1919), 내부대신 이지용(李址鎔, 1870-1928), 농상공부대신 권중현(權重顯, 1854-1934)만이 아니었다. 이미 저 시대의 황충들이 을사오적을 배태하였기 때문이다. 무인으로서 울울한 삶을 살다 간 민옹의 삶을 그린 「민옹전」을 조선의 후예인 우리들의 가슴속에 잘 새겨둘 일이다.

---

[17] 보학(譜學): 조선 시대에 성리학의 발달로 나타난 종족의 족보에 관한 지식이나 학문.

마지막으로 우리 한국문학사의 금자탑인 『임꺽정』을 쓴 벽초 홍명희(洪命憙, 1888-1968)의 말을 귀담아들어 보았으면 한다. 그는 선생의 한문 글에 '조선 정조'가 들어 있다고 하였고 자신의 『임꺽정』도 '조선 정조'가 있는 글이라고 한다. 선생 글의 표기 수단은 분명 한자였다. 그러나 선생은 조선인으로서 조선을 썼기에 벽초는 그 글 속에서 '조선 정조'를 찾아냈다. 결국 선생의 『연암집』은 한자로, 홍명희의 『임꺽정』은 순 우리 한글로, 그 쓰인 표기 매체는 다르지만 '조선 정조'는 이토록 같았다.[18]

---

18 홍명희는 『임꺽정』을 쓰는 '작가의 말'에서 "임꺽정만은 사건이나 인물이나 묘사로나 정조로나 모두 남에게서는 옷 한 벌 빌려 입지 않고 순조선 거로 만들려고 하였습니다. '조선 정조에 일관된 작품' 이것이 나의 목표였습니다" 하였다(강영주, 『통일시대의 〈임꺽정〉 연구』, 사계절, 311-339 참조).

* 아울러 이 장은 졸고, 『개를 키우지 마라: 연암소설 산책』(경인문화사, 2005), 2부 「민옹전」을 수정, 보완한 것임을 밝힌다.

9장

청장관 이덕무 「청장관전서」

옛글을 익히 외워 말끝마다 인용하는 자도 있으나
그 마음씨를 살피면 아첨과 교활이다.
소위 인용하는 것이 한갓 입술만 꾸미는 재료로 삼을 뿐이니,
이런 식이면 글을 아무리 많이 읽더라도 어디에 쓰겠는가

이덕무의 생애

이름 이덕무(李德懋)

별칭 자(字)는 무관(懋官),[1] 이름은 종대(鍾大),[2] 호(號)는 형암(炯庵)·
청장관(靑莊館)[3]·선귤당(蟬橘堂)·형암(炯菴)·단좌헌(端坐軒)·주충어
재(注蟲魚齋)·학초목당(學草木堂)·향초원(香草園)·매탕(槑宕)·좌소
산인(左蘇山人)·간서치가 있고, 만년에는 주로 아정(雅亭)을 썼다. 동
방일사(東方一士)라고도 자호(自號)하였다.

시대 1741(영조 17)-1793년(정조 17) 조선 후기

지역 서울[4]

본관 전주(全州)

직업 실학자 겸 저술가

당파 남인

가족 정종 제15자인 무림군 선생(茂林君善生) 14세손이며, 이상함(尙馠)
의 증손으로, 할아버지는 강계부사 이필익(必益)이고, 아버지는 통
덕랑 이성호(聖浩)이며, 어머니는 반남 박씨로 토산현감 박사렴(朴師

---

1 선생이 28세 때 지은 호다. 『서경』에 나오는 "덕무무관(德懋懋官, 덕이 많은 사람에
게는 힘써 벼슬을 주시고)하시며, 공무무상(功懋懋賞, 공이 많은 사람에게는 힘써
상을 내리시고)하시며"라는 구절에서 따왔다.

2 선생의 부친이 꿈에서 만난 신인이 '종대'라는 두 글자를 주므로 어렸을 때 이름을
삼았다.

3 청장(靑莊)은 신천옹(信天翁)과 같이 해오라기 종류 수금(水禽)으로서 앞에 닥치는
먹이만을 먹고사는 청렴한 새라고 한다.

4 한성 중부 관인방(寬仁坊) 대사동(大寺洞) 4가.

濂)의 딸이다.

어린 시절 서얼로 태어났으나, 어려서부터 총명하여 6-7세에 선배가 정(井) 자를 글제로 내주며 시를 지으라 하자, 거침없이 "땅의 두터움을 믿는 사람이 우물을 판다"(信厚人鑿井)고 대답하였다.

그 후 삶의 여정 16세인 1756년에 수원 백씨(水原白氏)에게 장가들다.

25세인 1766년 유득공·박제가·홍대용·박지원 등과 교류한다. 이 해에 어머니가 오랫동안 앓던 폐결핵으로 사망하였다.

31세인 1771년 황주와 평양에 있는 경치 좋은 곳들을 구경하였다. 이때 연암 박지원과 처남 백동수가 함께 갔다.

34세인 1775년에 누이 역시 폐결핵으로 사망하자 누이의 죽음을 애도하며 「제매서처문」(祭妹徐妻文)을 짓는다.

39세인 1776년 정조가 즉위하며 궐내에 규장각을 건설하고 선생을 선발하였다. 이후 선생은 규장각에서 『국조보감』(國朝寶鑑)·『갱장록』(羹墻錄)·『문원보불』(文苑黼黻)·『대전통편』(大典通編)·『송사전』(宋史筌)·『규장전운』(奎章全韻) 등의 편찬 사업에 참여하였다.

1778년 부연사 서장관 심염조(沈念祖)를 따라 연경에 갔다. 이때 유리창에 갔으며 항주인 반정균(潘庭筠)과 교유하였다(『입연기』〔入燕記〕는 이때 지은 여행기다).

1779년 규장각 외각검서관에 등용된다.

1781년 규장각 경시대회에서 여러 번 장원하여 내각검서관으로 승진한다.

1784년 적성현감으로 부임한다. 적성에 있는 5년 동안 이루어진 10번의 평가에서 최우수 고과를 받았다. 재직 당시에 사람들에게 말하기를, "청렴하면 위엄이 생기고, 공평하면 혜택이 두루 미치게 된다" 하였고, 남들이 간혹 녹봉이 박하지 않느냐고 하면 정색을 하고, "내가 한낱 서생으로서 성상을 가까이에서 모시고 벼슬이 현감에 이른 덕분에, 위로는 늙으신 어버이를 봉양하고 아래로 처자를 기르고 있으니 영광이 이보다 더할 수 없다. 다만 임금의 은혜를 찬송할 뿐이지 어찌 감히 가난을 말할 수 있으랴!" 하였다(박지원, 「형암 행장」).

1789년 왕명에 따라 박제가·백동수와 함께 『무예도보통지』를 편찬한다.

1791년 사옹원주부를 지냈다.

53세인 1793년 정조가 문풍을 잡으려고 박지원·박제가 등에게 자송문을 지어 바치게 하였다. 1월 19일에서 24일까지 자송문을 고치고 25일 태묘동(지금의 서울시 종로구 훈정동) 청장관(선생의 호를 딴 집)에서 졸(卒)하였다. 묘소는 선생의 조부가 계신 경기도 광주 낙생면 판교(板橋, 지금의 성남시 판교)의 언덕으로 했다. 선생의 아들 광규(光葵)의 기록에 의하면 "선생은 기질이 본래 약한 데다가 벼슬길에 나간 후로는 직무가 지나치게 많고 생활은 더욱 어려워지고 점점 늙어갔지만 일찍이 큰 병을 치른 적이 없었는데, 이달 18일 밤부터 갑자기 감기에 걸리고 또 가래와 기침이 더하더니 마침내 이 지경에 이르렀다"고 하였다.

선생이 좌우명으로 삼은 글자는 '함양정신 이회기상'(涵養精神 理會氣像, 정신을 함양하고 기상을 깨닫자) 8자였다.

책만 보는 바보 이야기

선생이 돌아간 지 3년 후인 정조 20년(1796)이었다. 정조는 선생의 아들 광규를 검서관으로 삼고 선생의 유고를 선집케 하고 내탕금⁵을 내어 간행하게 하였다. 그 책이 『아정유고』(雅亭遺稿) 8권 4책이다. 이 책의 서문은 책 선집에 관여한 당시 이름 높은 윤행임(尹行恁)과 남공철(南公轍)이, 발문은 선생의 벗인 청성(靑城) 성대중(成大中)이 짓고, 행장은 선생의 스승이자 벗인 연암 박지원이 집필하였다.

박제가는 『정유각문집』 권1, 「이덕무상찬」(李懋官像贊)에서 선생을 이렇게 그리고 있다.

신체는 허약하나 정신은 굳건하니	體弱神固
지키는 바가 내부에 있기 때문이요	守在內也
외모는 차디차나 마음은 따뜻하니	貌冷心溫
몸가짐이 독실해서이다	篤諸外也
현세에 살면서도 숨어산다 하니	居今曰潛
먼 옛날 이윤의 풍모로다	在昔伊高
사람들은 그가 쓴 글을 『세설신어』로만 알고	人皆見其落筆則爲世說
그 마음속 가득한 「이소」 뜻은 알지 못한다	不知滿腔之爲離騷

---

5 내탕금(內帑金): 조선 시대에 내탕고에 넣어두고 임금이 개인적으로 쓰던 돈.

이윤(伊尹)은 탕왕을 도와 하나라 걸왕을 멸망시키고 난세를 평정한 뒤에 선정을 베푼 상나라의 재상이다. 탕왕의 후계자인 태갑(太甲)이 포학하게 굴자 축출했다가 3년 뒤 개과천선하자 다시 복위시킨 현명한 신하였다. 『세설신어』는 송나라 유의경(劉義慶)이 지었는데 사람들의 자질구레한 일상을 담아낸 책이다. 「이소」는 초나라의 삼려대부를 지낸 굴원(屈原)이 나라의 장래를 걱정하면서 지은 글이다. 결국 박제가는 선생이 나라를 중심으로 생각하는 신하요, 선생의 글들 역시 자질구레한 것이 아니라 나라를 걱정하는 글이라고 말하고 있다.

「형암행장」에서 연암은 선생의 성품을 이렇게 기록해놓았다.

무관은 품행이 독실하여 한 시대의 모범이 되기에 충분하고, 재주와 식견이 뛰어나서 만물을 정밀히 연구하기에 넉넉하였다. 학문을 하는 데 내면 수양에 독실하여 외부의 유혹을 물리쳐 끊었고, 본체(本體, 마음의 본바탕)가 맑고 투철하며 그 용(用, 마음의 활동)은 섬세하고 빈틈이 없었다. 안자(顔子) 사물[6]과 증자(曾子) 삼성[7]은 모두 그가 부지런히 힘을 쏟던 것이다.

문장을 짓는 데 있어서는 제자백가의 책에서 널리 취재하여 스스로

---

6 사물(四勿): 『논어』 「안연」에 보이는 "예가 아니면 보지 말고, 예가 아니면 듣지 말고, 예가 아니면 말하지 말고, 예가 아니면 행동하지 말라"(非禮勿視 非禮勿聽 非禮勿言 非禮勿動)는 공자의 말.

7 삼성(三省): 『논어』 「학이」에 보이는 "나는 매일 세 가지로 내 몸을 살핀다"(吾日三省吾身)는 증자의 말.

일가를 이루었고, 독창적인 경지를 홀로 추구하고 진부한 것은 따라 배우지 않았다. 기이하고 날카로우면서도 진실하고 절실함에서 벗어나지 아니하였으며, 순박하고 성실하면서도 졸렬하거나 평범한 수준으로 떨어지지 않았으니, 수백 수천 년이 지난 뒤라도 한번 읽어보기만 하면 완연히 눈으로 보는 것과 같다. 그리고 고금의 일에 해박하고 사물을 명백히 분석하기로 말하자면, 전무후무하다 해도 좋다.

선생이 지은 책만 보는 바보 이야기 「간서치전」(看書痴傳)은 자신의 자화상을 그린 전기다. 살면서 누구나 한 번쯤은 바보가 되는 법이다. 그러나 선생은 평생 책 읽는 바보로 지냈다. 재주 많은 서얼로 태어나 세상 벽에 부딪친 선생으로서는 차라리 솔직한 오만함으로 지은 호(간서치)가 아닐까 싶다.

당연히 가난은 그의 삶 자체였다. 선생은 극한의 가난과 투쟁하며 살았다.

일찍이 글을 읽을 때 밤이면 추워서 잠을 이루지 못하므로,『논어』1질은 바람이 들어오는 곳에 쌓아놓고『한서』를 나란히 잇대어 이불로 덮으니 친구들이 조롱하기를 "누가 형암을 가난하다 하랴?『논어』병풍과『한서』이불이 비단 장막과 비취 이불을 당할 수 있다"고 하였다.

이 책에서 가난이 여러 곳에 보이기에 한마디쯤 하고 싶다. 우리나라는 온통 물질만능주의에 젖어 있다. 그러나 삶을 고차방정식으로 풀어낸 경제적 풍요가 정의를 담보하지 않는다는 것은 명쾌한

진리다. 정의는 누구나가 꿈꾸는 이상 국가를 만드는 필요충분조건
이다. '조금의 가난을 감내할 때 이 나라가 조금은 더 정의로운 방
향으로 가지 않을까. 18세기를 살았던 저이들처럼 정의로운 길을
갈 수는 없을까' 하는 생각이다.

선생은 「간서치전」에서 두보(杜甫, 712-770)의 오언율시(五言律
詩)를 더욱 좋아한다고 하였다. 두보는 재주보다는 광범한 독서를
바탕으로 절차탁마하여 시를 썼다. 따라서 외적인 기교보다는 내적
인 정신에 유의하였다. 특히 그의 오언율시는 우국충정을 읊은 시
가 많았기에 정조 임금도 두보 율시 777수를 묶은 『두율분운』(杜律
分韻)을 간행토록 하였다. 선생이 가난 속에서도 책을 읽어 글을 가
다듬고 나라를 생각했음을 엿볼 수 있는 대목이다. 「홍의장군전」(紅
衣將軍傳)도 나라를 생각하는 선생의 마음이 깃든 작품으로, 임진왜
란 당시 의병장인 곽재우(郭再祐)를 기린 전이다. 선생은 전 말미에
"선무공신록[8]에는 본래 조그마한 공로까지 모두 기록하였는데, 홍
의장군은 도리어 참여되지 않았다. 그러나 홍의장군의 공에 무슨
손상이 되겠는가?" 하고 적어놓았다.

아래도 연암의 「형암행장」 글이다.

무관은 젊은 시절부터 가난을 편안히 여겼다. 더러는 해가 저물도록 식
사를 준비하지 못한 적도 있고, 더러는 추운 겨울에도 온돌에 불을 때지
못했다. 벼슬을 하게 되어서도 제 몸을 돌보는 데는 매우 검소하여, 거처

---

8   선무공신록(宣武功臣錄): 임진왜란을 평정한 공신록.

와 의복이 벼슬하기 전과 다를 게 없었을 뿐 아니라 '기한'(饑寒)이라는 두 글자를 입 밖에 내지 않았다. 그러나 기질이 본래 부녀자나 어린아이처럼 연약하였는데, 나이가 거의 노년에 접어들면서 자기도 모르는 사이에 건강이 손상된 지 오래였다. 겨울에 날씨가 몹시 추우면 나무판자 하나를 벽에 괴고 그 위에서 자곤 하였는데, 얼마 있다가 병이 나자 병중에도 앉고 눕고 이야기하는 게 오히려 태연자약하였다.

선생은 세상 사람들이 평하기를 품행을 제1로 치고, 지식을 제2로 치고, 넓고 견문에 특이한 기억력을 제3으로 치고, 문예를 특별히 제4로 쳤다. 선생은 서얼이었기에 딱히 스승 없이 독학으로 학문을 하였다. 네 살 연상인 연암만이 선생의 학덕을 알아주는 벗이자 따뜻한 스승이었다. 선생은 여러 가지 책을 널리 많이 읽고 기억을 잘하였고 기이하고 이상한 소문과 말들을 초록하기 좋아하였다. 유득공·박제가·서이수와 함께 검서관⁹에 임명되니 세상에서 이들을 이른바 사검서(四檢書)로 불렀다.

선생은 실학자였다. 「무예도보통지부진설」에서 선생은 실학을 이렇게 말한다. 정치, 경제, 학문에서 실용을 설명한 글이다.

조정에서는 실용 있는 정책을 강론하고, 백성들은 실용 있는 직업을 지키고, 학자들은 실용 있는 책을 찬집하고, 졸병들은 실용 있는 기예를 익

---

9 규장각 소속 관원으로 정원은 4인이다. 그러나 정규직이 아닌 잡직으로서 5-9품에 해당하는 서반 체아직(西班遞兒職)이었다.

히고, 장사꾼은 실용 있는 화물을 교통하며, 공장이들은 실용 있는 기구를 만든다면, 어찌 나라를 지키는 것을 염려하며 어찌 백성을 보호하는 데 대한 걱정이 있겠습니까?

조정에서 백성까지, 일상에서 학문까지, 즉 모든 영역에서 철저하게 실용을 강조한다. 이렇듯 선생의 삶 자체와 그의 학문이 곧 실용이었다. 이러한 선생의 삶을 본 아들 광규는 『간본 아정유고』 권 8, 부록, 「선고부군유사」(先考府君遺事)에서 이렇게 그리고 있다. 선생의 학문하는 자세가 일상임을 알 수 있다.

한 권의 책을 얻으면 반드시 보고 또 초(鈔, 베껴둠)하여 잠시도 책을 놓지 않으셨다. 그리하여 섭렵한 책이 수만 권이 넘고 초한 책도 거의 수백 권이 된다. 여행을 할 때도 반드시 수중에 책을 휴대하셨고 심지어는 종이·벼루·붓·먹까지 아예 싸가지고 다니셨다. 주막에서나 배에서도 책을 덮은 적이 없으셨으며, 기이한 말이나 이상한 소리를 들으면 듣는 즉시 기록하셨다. 그리고 초목(草木)·금수(禽獸)·충어(蟲魚)의 학문에 밝으셨는데, 농부나 시골의 노인을 만나면 그 지방의 말로 부르는 이름을 물은 다음, 『본초강목』[10]에서 고증하여 우리말로 번역하곤 하였다.

---

10 『본초강목』(本草綱目): 명나라 때 이시진(李時珍)이 엮은 의약에 관한 백과사전식 서적.

『청장관전서』, 학문은 실용이다

『청장관전서』(靑莊館全書)는 권수가 71권, 책수로는 33책인데, 이본에 따라 결본 서목 중 내용 편차에 더러 상이한 점도 있다. 『청장관전서』에는 『영처시고』(嬰處詩稿)·『영처문고』(嬰處文稿)·『아정유고』·『편서잡고』(編書雜稿)·『기년아람』(紀年兒覽)·『사소절』(士小節)·『청비록』(淸脾錄)·『뇌뢰낙락서』(磊磊落落書)·『이목구심서』(耳目口心書)·『앙엽기』(盎葉記)·『열상방언』(洌上方言)·『선귤당농소』(蟬橘堂濃笑)·『입연기』(入燕記)·『한죽당섭필』(寒竹堂涉筆) 등이 수록되었다. 이제 구체적으로 몇 작품씩을 보도록 하겠다.

『영처시고』·『영처문고』·『영처잡고』

선생이 소년 시절 지은 시문을 모은 것으로 누락된 것도 많다. 영처(嬰處)는 어린아이와 처녀라는 뜻이니, 저자가 자호(自號)처럼 제목을 정하였다. 선생은 늘 "처신과 행동을 조심하기를 어린아이나 처녀처럼 해야 한다"고 하였다. 그래서 원고 이름을 그렇게 붙였다. 선생은 몸이 약했고, 어머니가 결핵으로 사망한 데서 알 수 있듯이 가족력도 있었다. 선생 딸도 일찍 사망하였다. 『영처시고』 2에는 「딸을 매장하고」라는 시가 있으니 이렇다.

시월 빈산에 영원히 너를 내버리니	十月空山永棄之
땅속에 젖이 없어 너는 이제 굶주리리	地中無乳汝斯饑
인삼인들 죽는 자에게야 어찌하랴	人蔘那挽將歸者

고황에는 기술이 없으니 의원을 원망하지 않네　　技竭膏肓不怨醫

『영처잡고』 권1, 「세정석담」(歲精惜譚)에는 소설에 대한 선생의 부정적 견해가 드러난다. 직접 소설을 쓰기도 한 스승 연암과는 매우 다른 입장이다.

소설에는 세 가지 의혹이 있다. 헛것을 내세우고 빈 것을 천착하며 귀신을 논하고 꿈을 말하였으니 지은 사람이 첫 번째 의혹이요, 허황된 것을 감싸고 비루한 것을 고쳐시켰으니 논평한 사람이 두 번째 의혹이요, 귀중한 시간을 허비하고 경전을 등한시했으니 탐독하는 사람이 세 번째 의혹이다. 소설을 지은 것도 옳지 못한 일인데 무슨 심정으로 평론까지 붙여놓았단 말인가? 평론한 것도 옳지 못한 일인데 국지(國誌, 『삼국지』를 말한다), 또는 『수호전』을 속집까지 만든 자가 있었으니, 그 비루함을 더욱 논할 나위가 없다. 슬프다! 내암(『수호전』의 작가 시내암[施耐庵]이다)과 성탄(『수호전』·『서상기』 등을 비평한 김성탄[金聖嘆]이다) 같은 무리들이 재주와 총명으로서 이런 노력을 본분에 옮겨 힘썼다면 어찌 존경할 일이 아니겠는가? 더욱 심한 자는 음란하고 더러운 일을 늘어놓고 괴벽한 설을 부연하여 보는 사람의 눈을 기쁘게 하기에 힘쓰면서 부끄러워할 줄을 알지 못한다. 내가 일찍이 보건대, 소설들 서목 중에 연의(演義)를 개척한 것도 있었는데, 비록 펼쳐 보지는 않았지만 그 명목만 보아도 너무 괴상하다.

　내가 어렸을 때 소설 십여 종을 보았는데, 모두 남녀 간 풍정과 여항 속담을 엮은 것으로서 솔깃해진 적도 있었지만, 진정 그런 일이 없었다는 것을 확실히 안 뒤에는 증오하는 마음이 점차 더하여 재미가 아주 없어져서 이에 그 글과 내 눈이 서로 접하지 않게 되었다.

또한 『영처잡고』 권1에는 선생의 현실 인식이 보인다. 현실 인식은 사물에 있어 중도(中道)를 중요시한 것이니 현실만도 또 옛것만도 아니다. 선생은 이 중정을 '작고양금'(酌古量今)이라 하였다. 즉 옛것을 참작하고 지금을 헤아리라는 뜻이다.

세속에서 벗어난 선비는 일마다 옛것을 따르려 하고, 세속에 흐른 사람은 일마다 지금을 따르려 하는데, 이는 다 과격하여 중도를 얻기 어렵다. 여기서 옛것을 참작하고 지금을 헤아리는 좋은 방도가 얼마든지 있으니, 사군자가 중정(中正)한 학문을 하는 데에 무슨 해로움이 있겠는가?

이러한 인식은 『이목구심서』 권2에도 보인다.

지금 사람들이 옛사람들에게 미치지 못하는 것은, 다만 지금 사람들이 스스로 하기를 옛사람들이 스스로 하듯이 하지 않기 때문이다. 만일 좋은 일 하기를 오직 옛사람들처럼만 한다면, 반드시 후세 사람들이 그것에 대해서 "옛 분 아무개가 해놓은 이러저러한 좋은 일은 배워야 한다"고 칭찬하게 될 것이고, 그 소위 좋은 일이라는 것도 나 자신이 오늘 해둔 것에서 벗어나지 않는 법이다.

『아정유고』

일명 『청장관고』(靑莊館稿)라고도 한다. 선생이 직접 선집한 것으로서 사후에 정조의 명을 받아 편집·간행된 『아정유고』와는 편차와 분량이 다르다. 즉 후일 간행된 것은 다시 간추린 것이다.

선생은 시에 대한 자신만의 견해가 뚜렷하여 자주적인 조선시를 지었다.

> 어떤 이가 역대 시 가운데서 어느 게 가장 좋으냐고 묻자 대답하기를, "꿀벌이 꿀을 만들 적에는 가리는 꽃이 없다. 꿀벌이 만약 꽃을 가린다면 반드시 꿀을 만들지 못할 것이다. 시를 쓰는 것 또한 이와 마찬가지다. 시를 하는 사람은 의당 여러 사람 것을 널리 보아 거기에 재량하는 게 있다면 자신이 하는 시에 역대 시의 격조가 다 갖추어질 것이다. 지금 사람들이 당·송·원·명에서 각각 높이는 게 있다 하는데, 이는 시를 말하는 철론(鐵論, 굳건한 이론)이 아니다" 하였다.

선생은 이러한 독창적인 문학관을 지녔기에 보는 이에 따라서 평가가 확연히 달랐다. 아래 글은 연암과 유연(柳璉, 柳琴으로 개명, 1741-1788)의 대화인데 선생의 시에 대한 연암과 유연의 평이 극단으로 나뉜다. 아래 글은 『연암집』 권7, 별집, 『종북소선』(鍾北小選)에 실린 「영처고서」(嬰處稿序)다.

> 자패(子佩, 유연)가 말했다.
> "비루하구나, 무관이 시를 지은 것이야말로! 옛사람의 시를 배웠음에

도 그와 비슷한 점을 보지 못하겠다. 털끝만큼도 비슷한 적이 없으니 어찌 그 소리인들 비슷할 수 있겠는가? 야인의 비루함에 안주하고 시속의 자질구레한 것을 즐기고 있으니, 바로 오늘날의 시이지 옛날 시는 아니다."

나는 이 말을 듣고서 크게 기뻐하여 말했다.

"이것이야말로 그의 시에서 살필 수 있는 점이다. 옛날을 기준으로 본다면 지금이 진실로 비속하기는 하지만, 옛사람들도 자신을 보면서 반드시 자신이 예스럽다고 생각하지는 않았다. 그 시를 살펴보던 사람 역시 그때에는 요즘 사람이었을 따름이다."

유연은 유득공의 숙부로 선생과 연암 모두와 가까운 사이다. 유연은 선생의 시를 "야인의 비루함"과 "시속의 자질구레한 것"이라고 평가절하하고 있다. 아마도 유연의 비평이 당대에 시를 지을 줄 아는 대다수 지식층의 인식일 것이다.

『편서잡고』

선생은 『송사전』(宋史筌) 40책 중에 보전(補傳, 고려·요·금·몽고 등의 열전)을 찬술하면서 역사에 대한 관심을 드러냈다. 「송사(宋史) 유림전(儒林傳)을 읽다」라는 글에서 선생은 유자로서 실학을 이야기한다. 선생은 특히 과거만을 위해 공부하는 유자들에게는 "유교를 훔치는 도적"(賊儒者)이라고까지 극단적으로 혐오하는 반응을 보인다.

유가에는 성리(性理)를 연구하는 유가가 있고, 명분과 행실을 힘써 닦는 유가가 있으며, 박문[11]과 저술에 힘쓰는 유가가 있으나 모두 자기 수양과 세상을 경륜하는 학문에서 벗어나지 않는다. 사장[12]에 탐닉하거나 과거에만 힘쓰는 것 같은 유는 이름은 유가이나 실은 유교를 훔치는 도적들이니 어찌 유림에 넣을 수 있겠는가.

선생은 『아정유고』에서도 "과거는 장사꾼이요, 문장은 이단"(科擧 商賈也 文章 異端也)이라고까지 하였다.

『기년아람』

본래 선생의 선배인 이만운(李萬運, 1723-1797)이 편저한 책을 선생에게 위촉하여 대폭 수정하고 보수케 하였다. 상고로부터 중국·본국 역대 제왕의 세차(世次) 요강(要綱)과 주현(州縣) 이름 내지 발해·일본 등 행정 구역 명칭까지 기록하였다. 이 책은 특히 아동들을 위하여 일목요연하게 정리한 것이다.

『사소절』

사전(士典)·부의(婦儀)·동규(童規) 등 여러 편으로 나누어 선비·부녀자·아동 등의 일상생활에서의 예절과 수신에 관한 내용을 담고 있다. 그중 『사소절』 권3, 「교습」(敎習)만 보겠다. 선생은 우리에게 배우고 익히는 것이 무엇인지를 알려준다.

---

11 박문(博聞): 사물을 널리 들어 많이 앎.
12 사장(詞章): 시가와 문장을 아울러 이르는 말.

세속 사람이 글자 한 자도 읽지 않아 방향 없이 제멋대로 행동하는 것은 거론할 것도 못 된다. 글을 많이 읽었다고 일컫는 자까지도 다소 배운 글귀를 오직 과거 글에만 사용하고 자기 몸에는 한 번도 시험하여 그 효험을 얻지 않으니 매우 애석하다. 또한 옛글을 익히 외워 말끝마다 인용하는 자도 있으나 그 마음씨를 살피면 아첨과 교활이다. 소위 인용하는 것이 한갓 입술만 꾸미는 재료로 삼을 뿐이니, 이런 식이면 글을 아무리 많이 읽더라도 어디에 쓰겠는가. 그런데도 글을 읽어서 부드럽고 아첨한 태도를 짓는 자를 누구나 사랑하니 슬프다!

선생은 다만 글을 읽고 이를 이용하여 세상에 아첨하고 교활한 짓을 하는 당대의 학문하는 태도를 통박하고 있다. 하지만 당시 세태의 학문은 선생의 생각과 판연히 달랐다. 세태는 글을 읽어서 부드럽고 아첨한 태도를 짓는 자를 누구나 사랑하였다. 선생의 탄식처럼 슬프다!

『청비록』

역대 고금의 명시에 대한 시화·시평으로서 중국·본국은 물론이요, 말미에는 일본인 시까지 언급하였다. 아래는 『청비록』 권1, 「광해군 시」이다. 광해군이 강화도에서 제주도로 이배될 적에 배를 타고 가면서 지은 시란다.

한더위에 소나기 성 위로 지나가니	炎風吹雨過城頭
후덥지근한 장기가 백 척이나 높구나	瘴氣薰蒸百尺樓

푸른 바다 성난 파도에 어둠이 깃드는데	滄海怒濤來薄暮
푸른 산 근심 어린 모습으로 가을을 전송하네	碧山愁色送淸秋
돌아가고픈 마음 늘 왕손초에 맺혀 있고	歸心每結王孫草
나그네 꿈 자주 제자주에 놀라네	客夢頻驚帝子洲
고국 흥망에 대한 소식 끊겼는데	故國興亡消息斷
연기 낀 파도 위 외로운 배에 누웠구나	煙波江上臥孤舟

5행의 "왕손초"는 향기가 나는 풀로 우리말로는 궁궁이라고 한다. 회남소산(淮南小山)이 지은 『초사』(楚辭) 「초은사」(招隱士)에 "왕손의 노닒이여 돌아가지 않고 봄풀의 자람이여 우거졌도다"(王孫遊兮不歸 春草生兮萋萋)라는 구절에서 온 말로, 고향 떠난 사람의 슬픔을 뜻한다. 6행 제자주의 "제자"는 상제의 아들인데 여기서는 제주도를 가리킨다. 광해군이 왕손이기에 제자와 왕손초를 인용한 것이다. 서울을 그리워하는 광해군의 심경이 드러난다.

『이목구심서』

귀로 들은 바, 눈으로 본 바, 입으로 말한 바, 마음으로 생각한 바를 적었다. 다음은 『이목구심서』 권1의 한 구절이다. 선생이 되고 싶은 사람은 민첩하고 빠른 자보다는 굳고 확실한 자, 총명보다는 담기가 있는 자이다. 하지만 문헌상에 보이는 선생의 삶은 이러하지 못한 듯하다.

예부터 지(知)와 행(行)을 아울러 실천하는 것은 매우 어렵다. 무슨 까닭인가. 민첩하고 빠른 자는 뿌리가 깊지 못하고 굳고 확실한 자는 끝이 날카롭지 못하다. 그래서 모두 병통이 있다. 그러나 굳고 확실한 자가 지닌 고집과 과단성이, 민첩하고 빠른 자가 느끼는 공허와 쓸쓸함보다는 낫다. 석공(石公)의 말에, "총명은 있고 담기가 없으면 일을 감당하지 못하고, 담기가 있고 총명이 없으면 터득하여 깨닫지 못한다. 담기가 많은 사람은 5분 지식을 10분으로 쓸 수 있고, 담기가 약한 사람은 10분 지식이 있으나 5분밖에 쓰지 못한다"고 하였다.

또 『이목구심서』 권1에는 문학에 대한 선생의 인식이 담긴 구절이 보인다.

한결같이 모두 새로운 것을 창출하기만을 요구한다면 생각건대 도리어 본연을 잃고 너무 높고 넓으며 허랑한 곳에 빠질 것이니 그 또한 도(道)를 그르치는 게 아닌가. 많은 선비를 진작시키는 문장이 어찌 한 가지 율법뿐이겠는가. 그 범위를 너무 국한하는 게 아닐까. 재주의 기이함과 바르기로 하면 스스로 볼 만한 게 있다. 억양(抑揚, 높낮음)·여탈(與奪, 넣고 뺌)·정규(正規, 규범)·암풍(暗諷, 넌지시 풍자함)·순도(順導, 좋은 방향으로 이끎)·반설(反說, 반대로 말함) 등 그 변화가 무궁하다. 다만 너무 제 본연과 천진을 깎아 상하지 않게 하고 그 찢어진 것, 썩고 더러운 것을 버리게 할 뿐이다. 또 예전 사람의 법도에 구속되는 것도 옳지 않고 모두 버리는 것도 옳지 않다. 스스로 잘 해석하고 환히 깨닫는 법이 있으니 모든 것이 각자의 터득 여하에 달려 있다.

선생은 법고(法古)도 창신(創新)도 아닌 "각자의 터득 여하에 달려
있을 뿐"(各自善得之如何耳)이라고 한다. 이것이 바로 스스로 깨달아
얻는 자득(自得)이다.

『앙엽기』

소논문집·자료집, 또는 소백과사전으로, 그중에는 흥미롭고 참고
할 만한 내용이 많이 실려 있다. 선생의 박학다문은 다른 책에서
도 엿볼 수 있지만 『앙엽기』에서 더욱 그러함을 알 수 있다. 『앙엽
기』 권2, 「장수」에 보이는 내용이다. 장수의 조건이 수양과 적은
욕심, 기분을 쾌적하게 하고 번뇌하지 말며 맛있는 것을 소식하는
정도다. 선생이 이를 실천했는지는 알 수 없다. 하지만 선생이 쉰
하고 겨우 셋에 생애를 마친 점을 미루어 생각한다면 장수의 조건
은 원기가 아닌가 한다.

사람이 장수를 누리는 것은 비록 그 원기(元氣)에 달려 있지만 혹은 수양
으로, 혹은 욕심이 적음으로, 혹은 기분이 쾌적함으로 인해서이기도 하
다. 그런데 어떤 경우에는 수양이 무엇인지도 모르고 모든 방탕·편벽과
사악·사치로 자기 몸 해치는 일을 거리낌 없이 하여도 장수를 누리는 경
우가 있다. 이런 사람은 원기가 강해 보통 사람을 넘어서기 때문이다. 만
약 이런 사람이 욕심이 적은 데다가 수양하고 기분을 쾌적하게 하는 방
법을 약간만 곁들일 수 있다면 70-80세를 누릴 자가 어찌 90-100세인
들 누리지 않겠는가. 지금 몸을 해치지 않고 장수를 누린 옛사람들의 이
름을 적어두기로 한다.

『석림연어』(石林燕語, 섭몽득[葉夢得]이 지었다)에 이렇게 되었다. "문노공(文潞公, 노공은 송나라 문언박[文彦博]의 봉호)은 치사[13]할 때 나이가 거의 80이었다. 신종이 '경은 섭생하는 데 무슨 방법을 가지고 있소' 하고 묻자 '다른 방법은 없습니다. 기분을 쾌적하게 하여 외물로서 화한 기운을 손상시키지 않고 감히 지나친 일을 하지 않아서 중도에 이르면 그만 멈출 뿐입니다' 하고 대답했다."

『손공담포』(孫公談圃, 손승[孫升]이 지었다)에는 이렇게 되었다. "임영(林英)은 나이 70에 기운과 용모가 쇠하지 않았다. 어떤 이가 '무슨 술법으로 그렇게 되었느냐' 묻자 '다만 평생에 번뇌할 줄을 몰라서 내일 먹을 밥이 없어도 근심하지 않으며 일이 닥쳐오면 속 시원히 처리해버리고 가슴속에 남겨두지 않을 뿐이다' 했다."

『난매유필』(暖妹由筆, 서충[徐充]이 지었다)에는 이렇게 되었다. "죽학노인(竹鶴老人) 하태수(何太守, 명나라 하징[何澄]을 말함)는 나이가 99세였다. 중서 벼슬을 하는 서남이 '무슨 수양 방법이 있어서 이토록 장수하였느냐?' 하고 묻자 '다만 맛있는 것은 많이 먹지 않고 맛없는 것은 전혀 먹지 않았을 뿐이다' 했다."

『앙엽기』, 권5

「과거가 사람을 그르친다고 논한 선배들 글」에서는 유형원의 『반계잡지』(磻溪雜識)를 인용하고 있다. 앞에서도 살폈지만 선생의 과거에 대한 인식은 매우 부정적이다.

---

13 치사(致仕): 나이가 많아 벼슬을 사양하고 물러남.

정백우(鄭伯虞)가 과거로 사람을 뽑는 법을 말하면서 "수양제(隋煬帝) 때 만들었으니, 양광(楊廣)의 죄는 이루 다 꾸짖을 수가 없다. 이게 큰 죄가 됨은 무엇 때문인가? '시역[14]한 죄는 제 몸만 죄를 당해도 천만세 경계가 되지만, 천하 만세를 깊은 밤처럼 어둡게 한 게 바로 과거의 해이다'라고 했다" 말하였다.

김후재(金厚齋) 김간(金榦)의 『남계어록』(南溪語錄)에는, "선왕이 '과거의 해가 이단보다 심하다' 했다. 이단은 문밖의 도적과 같고 과거는 문안의 도적과 같다" 하였다.

상고하건대, 이 두 사람의 논의는 조금도 머뭇거리거나 꺼림이 없었으니 참으로 정신이 번쩍 들게 하는 바른 언론이다. 예부터 내려오면서 명현이 과거를 많이 용납했던 까닭으로 그 화가 끊임없이 이어져 세도가 날로 나빠졌다. 일찍이 『목은집』(牧隱集)을 읽으니 이런 말이 있다.

"내 나이 17세 때 동당시(東堂試)에 화씨벽부(和氏璧賦)를 지었고, 21세 때에는 연경 국학에 들어가 월과(月課)했는데, 오백상(吳伯尙) 선생이 내가 지은 것을 보고 매양 '가르칠 만하다' 했다. 그 후 돌아와서는 계사년 동당시에 황하부(黃河賦)를 지었고, 향시(鄕試)에는 구장(九章)을 지었는데, 지금 모두 기록 않는 것은 고문체가 아니고, 내 본디 뜻도 아니기 때문이다. 내 본디 뜻이 아니면서 여기서 벼슬길에 들어섰음은 이게 아니면 먹고살 거리가 없었기 때문이다. 아아! 슬프다." 목은의 말은 여기까지다.

후세에 사류(士流)라 일컫는 자는 평생 과거 공부에만 급급하여, 거의

---

14 시역(弑逆): 부모나 임금을 죽임.

성명[15]인 것처럼 여긴다. 서로서로 부추기면서 참으로 큰 문장이라 하는데, 원기를 사라지게 하면서 늙도록 그 그름을 깨치지 못한다. 내가 매우 애달프게 여기고 목로(牧老, 목은 이색[李穡]이 자신을 지칭한 말)의 말로서 매양 후생에게 경고한다.

『열상방언』

주로 경기도 지방 이어(俚語, proverb)를 모아놓은 것이다. 다음은 『열상방언』 중 일부이다. 대부분 지금도 사용하는 속담들로서 해석 뒤에 선생의 견해를 넣었다.

- 이불 생각하고 발 뻗는다(量吳被 置吳趾): 무슨 일이건 제 힘을 헤아려서 해야 한다는 말이다. 이불은 짧은데 발을 뻗으면 발이 반드시 밖으로 나올 것이다.
- 기와 한 장 아끼려다 대들보가 꺾인다(惜一瓦 屋樑挫): 시작을 조심하지 않으면 반드시 큰 재앙을 만나게 된다는 뜻이다.
- 새벽달 보려고 초저녁부터 앉았다(看晨月 坐自夕): 때를 맞추지 못하고 너무 일찍 서두르는 것을 말한다. 새벽달이 보고 싶으면 새벽에 일어나도 될 것이다.
- 말 가는 곳에 소도 간다(馬行處 牛亦去): 재주는 더디고 빠른 것이 아니라 힘쓰기에 달렸다는 말이다.
- 원수는 외나무다리에서 만난다(獨木橋 冤家遭): 일이 공교롭게 만난다는

---

15 성명(性命): 인성과 천명을 아울러 이르는 말.

말이다.

- **모자가 커도 귀는 짐작한다**(大帽子 斟酌耳): 모자가 아무리 커도 귀에 닿으면 멈추듯이 어떠한 어려운 일이라도 반드시 한도가 있어 언젠가는 끝난다는 말이다.
- **솥 밑 그을음이 가마 밑 보고 껄껄댄다**(鼎底黑 釜底嚛): 자기 잘못은 모르고 남을 책망하는 데 밝다는 말이다. 솥이 그을리면 가마도 그만큼 그을렸을 텐데 비웃을 게 무엇인가.
- **두부 먹다가 이 빠진다**(豆腐喫 齒或落): 환난이 소홀한 데서 생긴다는 말이다.

『천애지기서』

담헌 홍대용이 연경에 갔을 때 항주 선비인 엄성·육비·반정균 등과 필담한 고본(稿本)과 그들로부터 받은 편지 및 시문을 선생이 얻어 보고 감탄하여 초록한 글이다. 특히 「필담」 항에서는 "형암왈"(炯菴曰)이라는 선생의 평론도 첨부하였다. 형암은 선생의 호다. 이곳에서도 선생의 과거에 대한 견해가 나온다. 담헌 홍대용의 말과 선생의 평론은 이렇다. 선생은 과거제 대신 '공거법'(貢擧法)을 시행하자고 한다. 공거법은 지방 관청에서 중앙에 인재를 추천하는 것으로 담헌 홍대용도 주장하였다.

담헌: 우리나라의 과거제도는 3년 만에 한 번씩 보는데 이를 대비과(大比科)라 합니다. 또 진사시가 있는데 이는 소과라 하고 이 밖에 국가에 경사가 있을 때면 과거를 실시하는데 증광(增廣)·별시(別試)·정시(庭

試)·알성(謁聖) 등의 과거 이름이 있습니다. 이 밖에도 학교의 월과(月
課) 등 소소한 과거 이름은 이루 셀 수가 없을 정도입니다.

형암 왈: 만약 공거법을 행하지 않는다면 한 가지 과거법만 시행해야 한
다. 그 밖에 소소한 잡과는 파해버려야 한다. 국체(國體)가 날로 손상
되고 선비들의 습속이 날로 야박해지며, 재력이 소모되고 관직을 용렬
하고 잡되게 만드는 것은 오로지 이 때문이다.

『선귤당농소』

선생의 단상(斷想)을 모아놓았다. 몇 문단만 본다.

쇠똥구리는 스스로 쇠똥 굴리기를 즐겨하여 여룡(驪龍, 검은 용)의 여의
주를 부러워하지 않는다. 따라서 여룡도 여의주를 가졌다는 것을 스스로
뽐내어 저 쇠똥구리가 쇠똥 굴리는 것을 비웃어서는 안 된다.[16]

쇠똥구리가 여룡의 구슬을 얻은들 어디에 쓰며 여룡 역시 쇠똥
을 나무라서 얻는 것이 무엇이겠는가. 내 재주 없음을 탓할 것도 없
지만, 저이의 재주를 부러워하지도 말아야 하고 또 재주가 있다고
재주 없음을 비웃지도 말아야 한다는 말이다. 과(過) 똑똑이들이 많
은 세상이지만, 지둔(遲鈍)의 공(功)을 치켜세우는 말이다. 즉 둔하

---

16 이 글은 연암의 『종북소선』 「낭환집서」(蜋丸集序)에도 보인다. 「낭환집서」는 연암이
『낭환집』에 서문으로 써준 글이다. 『낭환집』은 유득공의 숙부인 유연의 시를 모은
『길강전』(蛣蜣轉)의 다른 이름이다. 이로 미루어보면 연암 박지원의 글이 맞을 듯하다.

지만 끈기 있고 느리지만 성실히 노력한 자라면 비록 쇠똥구리일지라도 괜찮다는 뜻이 아닐까. 가끔씩 세상에 이름 석 자를 우뚝 남긴 분들 중에도 저런 쇠똥구리 같은 이들이 꽤 있는 게 사실이다. 이글이 우리에게 뚱겨주는 인생 훈수는 '둔재라고 여기는 이들도 공(노력)을 쌓으면 된다'이다.

아래는 선생이 그렇게도 안고 살았던 '가난'이란 두 글자로 시작한다. 선생은 자신을 '세상 이치에 어두운 바보(迂痴)'라고 하였다. '가난'과 '서얼'이란 두 글자를 명에처럼 짊어지고 살아간 선생이 이문장에 보인다.

> 가난해서 반 꿰미의 돈도 저축하지 못한 주제에 천하의 가난에 시달리는 사람에게 은택을 베풀려 하고, 노둔해서 한 부의 책도 통독하지 못한 주제에 만고의 경사(經史)와 총패(叢稗)를 다 보려 하니, 이는 세상 이치에 어두운 자가 아니면 바보다. 아, 이덕무야! 아, 이덕무야! 바로 네가 그렇구나.

또 선생이 글을 대하는 자세를 보여주는 글귀도 있다.

> 글을 읽음에 있어 공명에만 유의하고 정신을 들여 분명하게 살피지 않고, 게다가 자기 처지에 만족할 줄도 모른다면 시장에 가서 거간꾼이 되는 게 낫다.

> 마음에 맞는 계절에 마음 맞는 친구를 만나 마음에 맞는 말을 나누며 마

음에 맞는 시문을 읽으면, 이는 최상의 즐거움이다. 그러나 이런 기회는 지극히 드문 것이어서 일생을 통틀어도 고작 몇 번에 불과하다.

『청정국지』

청정(蜻蜓)은 잠자리를 뜻하는데 지형이 잠자리와 비슷하다 하여 일본인이 제 나라를 그렇게 자칭하였다. 선생은 세계도, 성씨, 직관, 인물에서 이국까지 14항목을 기술하였는데 자못 자세하다. 일본을 오랑캐 나라로 묘사하지 않은 점도 특기할 만하다. 주로 제도, 군사와 외교, 민간의 풍속과 각종 기술 등을 백과사전식으로 저술하였다. 「풍속」 항만 슬쩍 엿보면 이렇다. 일본 사람의 풍속을 명쾌히 설명하고 있다.

왜인은 습성이 굳세고 사나우며, 칼·창을 정교하게 다루고 배를 익숙하게 다룬다. 남자는 머리털을 자르고서 묶으며 단검을 찬다. 부인은 눈썹을 뽑고 이에 물들이고 이마에 눈썹을 그리며, 등 뒤로 머리털을 드리우고 다리[17]를 이어대어 그 길이가 땅에 끌린다. 서로 만나면 꿇어앉는 것을 예의로 여기고, 길에서 존장을 만나면 신과 갓을 벗고 지나간다. 인가는 흔히 널빤지로 지붕을 이었으며, 차 마시기를 좋아하므로 길가에 다점을 두며, 인가가 곳곳이 천백으로 모여서 저자를 열고 가게를 둔다. 가멸한 사람이 갈 곳 없는 여자를 거두어 단장시켜 지나가는 나그네를 이끌어와 재우고 음식을 먹이고는 그 값을 받으므로 길 가는 사람들이 양식을 가지고 다니

---

17 다리(髢): 여자들이 머리숱이 많아 보이라고 덧넣었던 딴 머리.

지 않는다. 대저 그들의 풍속이 숭상하는 것은 첫째가 신(神)이고, 둘째가 부처(佛)이고, 셋째가 문장(文章)이다. 강호가 나라를 다스리는 방법은 첫째가 무(武)이고, 둘째가 법(法)이고, 셋째가 지사(智詐, 슬기와 속임)이다.

『입연기』

정조 2년 무술(1778)에 부연사 서장관 심염조(沈念祖)의 수행원으로 연경에 가면서 쓴 일기와 연경 관광, 명인들과의 교유 등을 적은 연행록이다. 연행을 떠나는 3월 17일에는 이렇게 적어놓았다.

바람이 불었다. 서울에서 출발해서 40리를 가 고양에서 유숙했다.

○ 나와 박재선 제가(朴在先齊家, 재선은 박제가의 자)는 늘 중국에 한 번 가보고 싶었으나 뜻을 이루지 못했는데 이때에 이르러 초재(蕉齋) 심염조가 사은 진주사 서장관이 되매, 그는 나와 친분이 있었기 때문에 내가 함께 가기를 청했다. 재선 또한 상사(上使) 채제공을 따라 들어가게 되었다. 소매와 고삐를 나란히 하여 만 리 길을 가는 것은 친구 간에 운치 있는 일도 될 수 있고, 따라서 이는 남아로서 천하를 두루 유람하고 싶어 하는 뜻에도 걸맞은 일이다. 떠나기 전날 밤에 연암 박지원·강산 이서구와 족질(族姪) 광석(光錫)이 내 집에 모여 작별 대화를 나누었는데 닭이 울 무렵에야 파했다.…오후 4시경에 모두 손을 잡고 말을 맺지 못한 채 머뭇거리며 섭섭해했다. 나도 서글픈 마음이 일어 차마 떠나지 못하다가 뿌리치듯 말에 올랐다. 아들이 말 머리에서 절을 하는데 눈에서는 눈물이 마구 흘러내렸다. 내 눈에서도 나도 모르게 눈물이 어려 뒤돌아보지 않고 빨리 말을 몰았다.

『한죽당섭필』

선생이 경상도 함양군 사근역 찰방(沙斤驛察訪)으로 부임하였을 때 쓴 글이다. 영남 지방의 명승고적과 고금인물·풍속 등에 관한 내용이다.

『부록』

이덕무의 연보로 아들 광규가 편술하였다.

대략 살핀 것처럼 선생의 글이 다루는 주제의 폭은 가늠하기 어려울 만큼 넓다. 그의 글은 주로 삶에 밀착된 듯하면서도 경(經)·사(史)·문예로부터 경제·제도·풍속·금석(金石)·도서(圖書)·조수·초목에까지 미쳤다. 문장은 옛것을 따르지 않으면서도 고아한 기풍이 흘렀다. 특히나 격조 높은 시를 썼기에 유득공·박제가·이서구와 더불어 한시사대가라 불렸다.

선생은 서얼이었고 가난하였다. 그의 『청장관전서』 권16, 『아정유고』 권8, 「서」 2에 실린 「족질 복초(族姪 復初)에게」라는 글은 서얼로서의 한 많은 삶을 그대로 드러낸다.

대저 우리나라 서류(庶類)는 국가에서 출세를 크게 금하고 종족(宗族)에서도 크게 욕되게 여긴 바이며, 중사(中士)들은 함께 말하기를 부끄러워하고 하류(下流)들은 마구 나무라니 거의 사람 축에 끼지 못하고 있는 실정일세. 그래서 서류 중에 어진 자는 욕이나 먹고 악한 자는 죄에 걸리기 십상이니 행동하기가 어렵구려.

그렇기에 선생의 많은 글이 슬픔의 미학을 담고 있으며 곳곳에 가난과 집안에 내려오는 병약한 체질의 징후가 보인다. 뜻은 원대했으나 선생의 삶은 자신의 호 '책 읽는 바보'에서 한걸음도 나가지 못했다. 선생의 삶은 그래 역마살 걸린 거북이었다. 가난에 대해서는 여러 차례 살펴본 바 있으니 여기서는 슬픔을 담은 선생의 글 한 편을 보겠다. 서이수에게 열여덟에 시집갔던 누이의 죽음을 애도한 「누이동생 서이수의 처(徐妻)에게 고하는 제문」(祭妹徐妻文)이다. 서이수는 서얼이며 규장각 사검서 중 한 명으로 선생과 같이 근무한 벗이기도 하다.

우리 4남매가 각각 한 가지씩 돌아가신 어머니를 닮았는데, 너는 헌칠한 키를 닮았고, 나는 이마를 닮았으며, 네 동생은 말씨를 닮았고, 공무는 머리털을 닮아 서로 비교해보면 어머니를 잃은 그 슬픈 마음을 위로할 수 있더니, 헌칠한 키를 볼 수 없으니 그 슬픔을 참아내기 어렵구나. 늘 너의 집에 가면 네가 반가이 맞으면서, 바느질 품 팔아 모아둔 돈으로 종을 시켜 술을 사다가 웃으면서 내 앞에 놓았다. 내가 그 술을 다른 그릇에 조금 따라 너에게 권하면, 너는 그 술을 받곤 하였고, 안주는 조금씩 나누어 아증(阿曾)에게 먹였다. 이제는 백 번을 가더라도 눈에 보이는 게 모두 슬픔을 더하는 것뿐이리라.…내 동생이 된 지 28년인데 언제 하루라도 정의를 잃은 적이 있는가. 서 군도 하는 말이 "내 아내가 된 지 11년인데, 말이 적고 천성이 온자하며, 번거롭지 않고 단아하므로 편협한 마음과 조급한 행동을 참고 진정할 수 있으며, 동서끼리 서로 화목하여 틈이 없었다" 한다. 이와 같은 여자의 품행이라 응당 그 후예가 길어야 하건만, 다섯 살 되는 이중이 너와 같이 앓느라 안색이 누렇고 파리하며 기침하니 마치 너의 얼굴을 보는 것 같다. 그러나 잘 보살펴 길러서 너의 아픔을 위로하려 한다.

평시에는 남들과 말할 적에 형제가 몇이냐고 물으면 아무개, 아무개 넷이 동기 간이라고 하였는데, 이제부터는 남들이 물으면 넷이라 할 수 없구나. 네 몸이 마비되니 육골을 긁어내는 듯 아파 형은 아우의 죽음을 애처롭게 여기고 아우는 형의 죽음을 슬퍼하는 게 당연한 이치니 그 자연한 순리를 어길 수 없구나. 너의 생사를 겪으니 나는 원통할 뿐이다. 비록 너는 편하겠으나, 내가 죽으면 누가 울어주랴. 컴컴한 흙구덩이에 옥 같은 너를 차마 어찌 묻겠는가. 아, 슬프도다!

마지막으로 선생이 지금의 경기도 파주 적성현감으로 나갔을 때 일화로 마친다. 선생은 현감으로 있을 때 사람들과 잘 어울려 그가 현감인 줄을 알지 못했다 한다. 한번은 관청에 바치는 곡식을 훔친 자를 잡았는데 시인하지 않더란다. 그러자 선생은 사람들을 물리치고 도둑에게 "네가 도둑질한 것이 어찌 본심이 그렇겠느냐? 항산(恒産, 일용할 양식)이 없으면 항심(恒心, 선한 마음)조차 없는 것이다. 내가 너를 불쌍히 여기니, 죄를 숨기고 죽는 것보다는 차라리 사실대로 실토하여 용서를 받는 것이 좋지 않겠느냐?" 하자 바른대로 아뢰더란다. 물론 선생은 용서해주었다. 항산이 없기에 그러한 것이라고 여겨서였다. 선생을 위시한 실학자들이 항심보다 항산에 더 힘을 쓰는 연유가 여기 있다.

이 내용은 『간본 아정유고』 권8, 부록, 「묘갈명」에 보인다.

10장
—
야뇌 백동수 『무예도보통지』

호미나 고무래도 병기가 된다

백동수의 생애

이름 백동수(白東脩)

별칭 휘는 동수(東脩), 자는 영숙(永叔), 호는 야뇌(野餒)·점재(漸齋)·
인재(靭齋)다. 동방일사(東方一士)라고도 자호(自號)하였다.

시대 1743(영조 19)-1816년(순조 16) 조선 후기

지역 서울

본관 수원

직업 서얼 무인

가족 신임사화에 연루되어 죽은 평안도병마절도사 증 호조판서 충장
공 백시구(白時耉, 1649-1722)[1]의 증손이며, 백상화(白尙華)의 손자다.
아버지는 절충장군 행 용양위부호군 백사굉(白師宏)이다. 이덕무가 처
남이고 조부인 백상화가 증조부 백시구 서자였기에 신분상 서얼이다.

---

[1] 자는 덕로(德老). 아버지는 원진(元振)이다. 여러 번 과거에 응시하였으나 급제하지
못하다가 1680년(숙종 6) 무과에 응시하여 급제하였다. 1684년 선전관(宣傳官)을
시작으로 초계군수, 1708년에는 황해도병마절도사가 되었다. 이후 함경도병마절도
사, 평안도병마절도사를 지냈다. 절도사로 있을 때 군기들을 잘 수선하여 갖추어두
고 병사들 훈련에 힘써 국방에 주력하였다.
　　경종이 즉위하고 김일경(金一鏡) 등이 정권을 잡자 노론 구신들을 몰아낼 때 연
좌되어 파직되었다. 평안도병마절도사로 있을 때 기로소에 백금을 빌려준 일이 있
는데 이 일로 반대파에 의하여 옥에 갇히고 문초를 받았다. 김일경·목호룡 등에 의
하여 신임사화가 일어났을 때 그는 심문에 단호히 불복하였다. 결국 고문에 못 이겨
옥사하였으나, 뒤에 1741년(영조 17) 영조가 임인옥안(壬寅獄案)을 불태우고 탕평
책을 쓸 때에 그의 관직을 복구하고 몰수하였던 재산도 후손에게 돌려주었으며, 호
조판서를 추증하였다. 유저로는 『충장부군시고』(忠莊府君詩稿) 1책이 있다. 시호는
충장(忠莊)이다.

그 후 삶의 여정 29세인 1771년(영조 47) 식년시 병과 무과에 급제하여 선전관에 제수되었다. 서얼이라는 신분상 한계와 숙종 대 이후부터 지독하게 퍼진 만과[2]로 인해 관직 수가 턱없이 부족해 벼슬을 얻지 못하였다.

30세인 1773년 가난을 이유로 식술들과 함께 미련 없이 한성을 떠나 강원도 기린협으로 들어가 직접 농사를 짓고 목축을 하면서 세월을 보냈다.[3]

33세인 1776년(정조 즉위년) 정조가 친위군영인 장용영을 조직하면서 서얼 무사들을 등용할 때 창검의 일인자로 추천받았다.

---

2 만과(萬科): 많은 사람을 뽑는 과거로 대개 무과를 가리킨다.

3 연암은 『연암집』 권1, 『연상각선본』, 「기린협으로 들어가는 백영숙에게 증정한 서문」에서 선생과 이별을 이렇게 적어놓았다.

"아! 이런 영숙이 무엇 때문에 온 식구를 거느리고 예맥 땅(강원도)으로 가는 것인가?

영숙이 일찍이 나를 위해서 금천(金川) 연암협(燕巖峽)에 집터를 살펴준 적이 있었는데, 그곳은 산이 깊고 길이 험해서 하루 종일 걸어가도 사람 하나 만나지 못할 정도였다. 갈대숲 속에 둘이 서로 말을 세우고 채찍을 들어 저 높은 언덕을 구분하며, '저기는 울을 쳐 뽕나무를 심을 만하고, 갈대에 불을 질러 밭을 일구면 일 년에 조(粟) 천 석은 거둘 수 있겠다' 하면서 시험 삼아 부시를 쳐서 바람 따라 불을 놓으니 꿩이 깍깍 울며 놀라서 날아가고, 노루 새끼가 바로 앞에서 달아났다. 팔뚝을 부르걷고 쫓아가다가 시내에 가로막혀 돌아와서는 나를 쳐다보고 웃으며, '인생이 백 년도 못 되는데, 어찌 답답하게 나무와 돌 사이에 거처하면서 조 농사나 짓고 꿩·토끼나 사냥한단 말인가?' 했었다.

이제 영숙이 기린협에 살겠다며 송아지를 등에 지고 들어가 그걸 키워 밭을 갈 작정이고, 된장도 없어 아가위나 담가서 장을 만들어 먹겠다고 한다. 그 험색하고 궁벽함이 연암협에 비길 때 어찌 똑같이 여길 수 있겠는가. 그런데도 나 자신은 지금 갈림길에서 방황하면서 거취를 선뜻 정하지 못하고 있는 형편이니, 하물며 영숙의 떠남을 말릴 수 있겠는가. 나는 오히려 그의 뜻을 장하게 여길망정 그의 궁함을 슬피 여기지 않는 바이다."

44세인 1787년(정조 11) 집춘영 초관(哨官, 종9품의 무관 벼슬) 자리에 올랐고, 45세인 다음해 어영청 초관을 역임하였다.

　　46세인 1789년(정조 13) 분수문장에 제수되고, 장용영 초관을 지내고, 같은 해 4월 새로운 무예서를 편찬하라는 정조의 명에 따라 검서관이었던 이덕무·박제가와 함께 『무예도보통지』 편찬에 참여하였다.

　　47세인 1790년(정조 14) 『무예도보통지』를 완성한다. 부사직(副司直, 종5품 무관 벼슬)에 단부[4]되고, 그해 6월 3일 훈련주부에 제수되었다. 이듬해에는 훈련판관에, 49세인 1792년(정조 16)에는 충청도 비인현감에 제수되었다.

　　52세인 1795년(정조 19) 혜경궁 홍씨 환갑 때 장용영 초관에서 훈련첨정을 더하였고, 이듬해 장흥고주부가 되었다.

　　59세인 1802년(순조 2) 평안도 박천군수에 제수되고, 파총(把摠, 종4품 무관 벼슬)을 겸하였다.

　　63세인 1806년(순조 6) 법을 왜곡하지 않고 뇌물을 받았다는 이유로 탐관오리가 되어 경상도 단성현으로 귀양 갔다. 그러나 이에 대해서는 구체적인 자료가 없다.

　　67세인 1810년(순조 10) 종4품인 군기부정에 제수되었다. 이것이 선생의 마지막 벼슬이었다.

　　1816년, 향년 74세로 운명하였다.

4　단부(單付): 한 사람만을 추천하여 관원으로 정하는 일을 이르던 말.

이 사람이야말로 진정한 야뇌다

책을 몇 권 써본 이들은 안다. 책은 결코 지은이만의 것이 아니라는 사실 말이다. 이 책만 하여도 이 글을 쓰는 나와, 이 책에서 활용한 자료의 원전을 쓴 수많은 저자들과 번역자들, 또 책이 세상 빛을 쬐게 만들어준 출판인들, 여기에 종이와 문방제구 등을 만든 이들까지 생각하면 저자는 나 하나가 아닌 셈이다. 분명히 말하면 백동수가 『무예도보통지』를 쓴 것이 아니라 이덕무와 박제가가 함께 썼고 그림은 이름 모를 화공이 그렸다. 그런데도 이이를 굳이 끌어온 이유는 백동수의 시연이 없었다면 『무예도보통지』는 결코 완성되지 못했을 것임이 명백하기 때문이다. 『무예도보통지』는 무예서다. 이덕무도 박제가도 이름 모를 화공도 무인이 아니다. 오로지 백동수만이 무예에 정통하여 이를 시연할 수 있었다. 당연히 『무예도보통지』의 출간에 으뜸 역할을 한 인물은 백동수다.

선생은 무인이었고 서얼이었지만 재주가 뛰어났다. 하지만 저 조선에서 선생의 재주는 개발에 편자였다. 그래 선생은 그 성격상으로 "내 일개 서얼 무인이지만 당신들 안 부럽소!" 하고 오만하게 손사래 치면 되었다. 어디라 할 곳 없이 고얀히 뿔난 소 뜸베질하듯, "젠장맞을!" 욕이나 이리저리 해대며 낮술이라도 한잔하고 모과나무 심사로 주정이나 부리고 싶은 게 솔직한 심사였을 것이다. 그런데 선생 주위에는 연암 박지원·이덕무·박제가 같은 좋은 글벗들이 있었다. 선생이 중년에서야 학문에 뜻을 두었지만 "무(武)로 문(文)을 일궜다"는 평가를 받게 된 이유였다.

선생은 '검선'(劍仙)이라 불리던 김체건의 아들 김광택에게 조선 검법을 전수받았다. 한편, 도가적 전통 단학으로 내공을 쌓고 만약의 부상에 대비해 의술까지 익혔다. 선생은 청소년기를 무협의 세계에서 보냈다. 연암은 이런 선생을 가리켜 "영숙은 전서(篆書)와 예서(隸書)를 잘 쓰고 전장(典章)과 제도(制度)도 잘 알며, 말을 잘 타고 활을 잘 쏘았다"고 묘사하였다.

「야뇌당기」를 지어준 이덕무는 "영숙은 고박[5]하고 질실한 사람이다. 차마 질실한 것으로서 세상의 화려한 것을 사모하지 아니하고, 고박한 것으로서 세상의 간사한 것을 따르지 않으니 굳세게 우뚝 자립해서 마치 딴 세상에 노니는 사람 같다. 세상 사람 모두가 비방하고 헐뜯어도 그는 조금도 야(野)한 것을 뉘우치지 아니하고 뇌(餒)한 것을 부끄러워하지 아니하니 이 사람이야말로 진정한 야뇌라고 이를 수 있지 않겠는가" 하였다. 「야뇌당기」에 따르면 '야'(野)는 얼굴이 순고하고 소박하며 의복이 시속을 따르지 않아서, '뇌'(餒)는 언어가 질박하고 성실하며 행동거지가 시속을 따르지 않아서 붙은 이름이라고 하였다.

선생은 본래 집이 부유했으나 어려운 사람들만 보면 나눠주느라 곤궁한 생활을 했다.

5　고박(古樸): 수수하면서 고풍스럽다.

『무예도보통지』, 조선 무예를 연마하라

18세기, 정조는 무예를 진흥시키고자 하였다. 그 생각의 일단이 『무예도보통지』(武藝圖譜通志)였다. 책임은 이덕무·박제가·백동수였다. 『무예도보통지』는 고금 서적을 바탕으로 편집하였다. 그러나 오늘 관점에서의 쓰임을 주안점으로 두었기에 실학을 통한 부국강병까지 아우르는 주제를 다루고 있다. 이덕무가 쓴 「무예도보통지부진설」(武藝圖譜通志附進說)에는 중국의 제도를 본받자는 것이 좀 불편하지만 이용후생 등 실학적 사고가 잘 드러나 있다.

> 대저 병기란 마지못할 때 쓰는 것입니다. 그러나 성인이 그것으로 포악을 금하고 어지러움을 제지하는 뜻으로 사용하였으니, 애당초 이용후생 목적과 서로 겉과 속이 되지 않을 수 없습니다. 그러므로 봄 사냥과 가을 사냥은 그 말을 사열하는 것이요, 향음주례는 활쏘기를 연습하는 것이며, 투호 놀이와 축국 놀이에 이르기까지 은미한 뜻이 그 사이에 존재하지 않은 게 없으니, 이 책을 지음이 어찌 특별히 병가(兵家)만을 위하였을 뿐이겠습니까?
>
> 미루어 넓히면 무릇 농작물을 가꾸는 밭, 피륙을 짜는 일, 궁궐, 배와 수레, 교량, 성루, 목축, 도기와 주물을 만드는 일, 관복, 세숫대야나 목욕탕의 기물 등 민생이 일용하는 기구들입니다. 일은 반만 하고도 공은 배나 되는 것들입니다. 장차 그 혼미함을 열어주고 그 풍속을 잘 인도하기를 꾀하려면 주나라 성왕이 조정 관리들에게 훈계한 말을 기록한 『주관』(周官)을 잘 계승하고 중국의 옛 제도를 이어받아야 합니다.

그리하여 조정에서는 실용 있는 정책을 강론하고, 백성들은 실용이 있는 직업을 지키고, 학자들은 실용 있는 책을 찬집하고, 졸병들은 실용 있는 기예를 익히고, 장사꾼은 실용 있는 화물을 교통하며, 공장이들은 실용 있는 기구를 만든다면, 어찌 나라를 지키는 데 대하여 염려하며 어찌 백성을 보호하는 데 대한 걱정이 있겠습니까?[6]

『무예도보통지』는 정조 때, 백동수와 이덕무·박제가가 편찬한 종합무예기술서다. 실제 무예와 전투 기술은 선생과 병술을 잘 아는 장용영 장교들이 함께 시험하였다. 1790년 완간되었으며 4권 4책이다. 일명 『무예통지』·『무예도보』·『무예보』라 부른다.

임진왜란 후 군사·무예 훈련의 필요성이 높아짐에 따라 1598년(선조 31) 『무예제보』(武藝諸譜),[7] 『무예제보번역속집』(武藝諸譜飜譯續集),[8] 1759년(영조 35) 『무예신보』(武藝新譜)[9]가 간행되었는데, 『무예도보통지』는 이 『무예제보』와 『무예신보』를 집대성하고 보완한 것으로서 역사와 사회 문제를 종합적으로 다루었다. 인용된 서목만 145종에 이르는 한·중·일 동양 3국 무예를 모두 모았다.

---

6 『청장관전서』 권24.
7 한교(韓嶠, 1556-1627)가 편찬한 책이다. 한교의 본관은 청주(淸州), 자는 사앙(士 昻), 호는 동담(東潭)이다. 그는 이이·성혼의 문인이었다. 1594년에는 유성룡(柳成 龍)의 추천을 받아 문인으로서는 특례로 훈련도감 낭관에 임명되어 척계광의 『기효 신서』(紀效新書)를 익혔다. 명나라 진중에 자주 왕래하면서 명나라 장수들에게 질의 하여 포(砲)·검(劍)·창(槍) 등 무기의 각종 새로운 기법을 터득하고 그림을 그려 책 을 만든 다음 가르치게 하니, 이것이 훗날 종합무술교과서인 『무예도보통지』의 근 원이 되었다.

체제는 첫머리에 정조 서(序)를 비롯하여 범례, 병기총서(兵技總敍), 척·모사실(戚茅事實), 기예질의(技藝質疑), 인용서목(引用書目) 등이 있으며, 본문에는 24종 병기를 수록하였고, 책 끝에는 관복도설(冠服圖說)과 고이표(考異表)가 부록으로 포함되었다. 또 한문을 언해 해놓았으며 그림을 그려 넣어 이해하기 쉽게 하였다.

『무예도보통지』에는 관계한 사람에 대한 기록이 있다.『무예도보통지』를 만드는 데 선생이 책 전체를 교정하였음을 알 수 있다. 또『정조실록』권30(정조 14년 4월 29일 5번째 기사)에는 "기예를 살펴 시험해본 뒤에 간행하는 일을 감독하게 하였다"(察試技藝 董飭開雕)는 기록도 보인다.

---

8 최기남(崔起南, 1559-1619)이 편한 책이다. 최기남이 1610년(광해군 2)에 훈련도감 도청을 맡았던 때『무예제보속집』에「일본고」(日本考)를 덧붙여 펴낸 병서다. 무인들에게 필요한 여러 가지 권법과, 무기인 청룡언월도, 협도곤(夾刀棍), 왜검 등을 사용하는 방법을 그림으로 그리고 옆에 한글 풀이를 덧붙였다. 임진왜란 직후인 1600년, 군사들 병법과 무예 중요성을 인식한 선조는 훈련도감에 명하여『무예제보』를 편찬하게 하여 인반(印頒, 인쇄하여 배포)시켰다. 1604년에는 빠진 것을 보충하여 속집을 편찬케 하였으나 펴내어 널리 배포하기 전에 세상을 뜨고 말았다. 이에 광해군이 선조 유지를 받들어 속집을 다시 간행할 즈음 제조인 김수가 일본고사 책을 얻어와서, 일본 지리 특징, 토속, 구술, 검제 등을 덧붙였다. 얇은 종이인 배접지에 먹을 사용하여 한글로 적었고, 다양한 한글 활자를 사용하였다.

9 사도세자가 모든 정사를 대리하던 중인 1759년에 명하여 편찬한 무예서다. 죽장창·기창·예도·왜검·교전·월도·협도·쌍검·제독검·본국검·권법·편곤 등 12가지 기예를 더하여 만들었다. 이 책은 전쟁을 대비하기 위해 우리 나름대로 발전시킨 무예 서적인데 현재 기록만 남아 있다. '십팔기'라는 이름이 이때부터 생겼다고 정조가 쓴「무예도보통지서」에 기록되어 있다.

행 부사직 서형수(徐瀅修)는 고교[10]할 때 감동[11]하였으니 내하 녹비(內下鹿皮) 1령(令)을 사급(賜給)하라. 별제 이덕무는 편집한 공로가 있으니 외직(外職) 4품에 제수하라. 전 찰방 박제가는 선사[12]한 공로와 편집한 공로가 있으며 전 찰방 장세경(張世經)은 어제[13]와 원본을 선사한 공로가 있으니, 모두 외직 중 상당하는 직책에 등용해 써라. 초관 백동수는 교정한 공로와 고교[14]한 공로가 있고 일찍이 원사[15]가 있었으니 빈자리가 나기를 기다려 복직시키되 우선 사과[16]에 붙이라.

이 외에 각수 등 관련자들을 시상하였다.

서문

정조가 이 책을 간행하게 된 동기를 간략히 밝히고 있다. 이에 따르면 당시 우리나라에는 창검은 없고 궁술(弓術)만 있었다.

임진왜란 뒤 선조 때 곤봉(棍棒)·장창(長槍) 등 여섯 가지 기예를 다룬 『무예제보』가 편찬되었고, 영조 때에는 여기에 죽장창(竹長槍)·예도(銳刀) 등 12기를 더하여 『무예신보』를 간행하였으며, 다시

---

10 고교(考較): 비교하여 조사함.
11 감동(監董): 서적 간행 따위 특별한 사업을 감독.
12 선사(繕寫): 잘못을 바로잡아 다시 고쳐 베낌.
13 어제(御製): 임금이 몸소 글을 짓거나 물건을 만듦.
14 고교(考校): 자세히 생각하고 조사함.
15 원사(元仕): 관리들이 실제 근무해야 하는 날수.
16 사과(司果): 녹봉을 주기 위해 만든 벼슬로 현직에 있지 않은 문관, 무관, 음관 및 그 밖의 잡직에 있는 사람 가운데서 뽑았다.

마상(馬上)·격구(擊球) 등 6기를 더하여 도합 24기로 된 도보를 만든 것이라고 하였다.

인용서목

『기효신서』·『무비지』 등 참고한 책 145종을 기록하여, 조선 무기(武技)와 외래 무기가 어떻게 융합, 흡수되었는가를 한눈에 알 수 있게 하였다.

병기총서

군문(軍門) 건치(建置), 병서(兵書) 편찬, 내원(內苑)에서 시예(試藝) 등을 연대순으로 서술한 책으로, 조선 초부터 『무예도보통지』가 편간되기까지의 전투기술사 또는 병기사(兵技史)로서 큰 가치를 인정받았다.

척·모사실

책을 편찬하는 데 표준으로 삼은 『기효신서』와 『무비지』(武備志)의 저자인 척계광(戚繼光)과 모원의(茅元義)의 소전(小傳)을 다루었다.

기예질의

한교가 병기에 관해 명나라 허유격(許遊擊)과 나눈 문답을 모은 것이다. 이 문답 끝에 있는 「한교 약전」에는 『기효신서』의 구입 경로와 해석, 기예 훈련 등에 관한 일화도 실렸다.

본문

24기로 구성되었다. 『무예도보통지』는 크게 찌르기, 베기, 치기, 세 가지 순서로 되어 있다. 권1이 찌르기 중심 창류다. 권2-3에는 베기 중심 도검류 12기를 실었다.

『권1』

장창(長槍)·죽장창·기창(旗槍)·당파(鎲鈀)·기창(騎槍)·낭선(狼筅) 등 여섯 가지를 다룬다.

『권2』

쌍수도(雙手刀)·예도(銳刀)·왜검(倭劍)·교전(交戰) 등 네 가지를 실었다. 특히 칠을 다루는 법을 상세하게 기록하였고 왜검 항목에서는 우리나라에 왜검을 도입한 김체건에 관한 이야기를 덧붙여 그 업적을 기렸다.

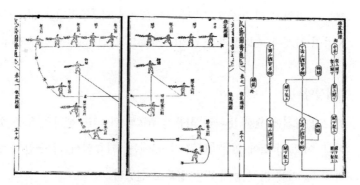

『무예도보통지』, 「낭선」 부분이다.
설명 뒤에는 이렇게 「낭선총보」, 「낭선총도」를 종합적으로 그려 넣었다(우측부터 좌측으로).

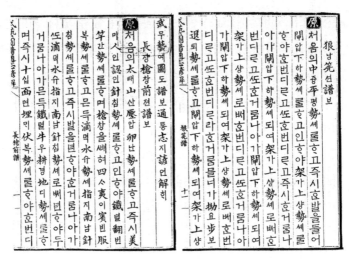

국립중앙도서관소장, 『무예도보통지』(학문각, 1970), 「장창」 부분이다.
한문은 「長槍」으로 언해한 부분은 「장창전보」(長槍前譜)로 되어 있다.

『권3』

제독검(提督劍)·본국검(本國劍)·쌍검·마상쌍검·월도(月刀)·마상월
도·협도(挾刀) 및 요도(腰刀)와 표창(鏢槍)을 사용하는 등패(藤牌)[17]
등 여덟 가지 내용으로 구성되어 있다.

『권4』

권법(拳法)·곤봉(棍棒)·편곤(鞭棍)·마상편곤(馬上鞭棍)·격구(擊
毬)·마상재(馬上才) 등 여섯 가지 내용으로 구성되어 있다. 특히 이
전 무예서에는 보이지 않는 마상기(馬上技)를 실었다는 점에서 전

---

17 등패 사용에서 요도와 표창을 분리하여 24기로 보는 것이다.

투에 직접 사용할 수 있는 실용적 전투서라 할 수 있다. 기마민족으로서의 의지를 보이려는 조선식 사고를 드러내는 책이다. 권법과 마상재만 살핀다.

『무예도보통지』는 이렇게 모두 24가지 항목으로 구분된다. 특이하게도 '안'(案)을 붙여 일상 도구의 개선과 활용 방안을 적어놓은 데서 실학적 사고, 즉 이용후생 사상이 엿보인다. 예를 들어 「기창」항에는 "호미나 고무래도 병기가 된다"(鉏耰之爲兵器也)고 하였다.

관복도설

전투에 필요한 옷 그림과 설명이다.

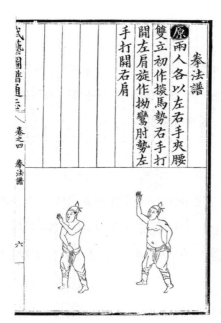

『무예도보통지』에서 「권법」을 그린 '권법보'이다. 설명은 이렇다.

"권법보. (원)두 사람이 각기 좌우 손을 허리 옆에 끼고 나란히 선다. 처음으로 탐마세(探馬勢)를 취하여 오른손으로 왼쪽 어깨를 쳐 벗긴다. 그러고는 즉시 요란주세(拗鸞肘勢)를 취하여 왼손으로 오른쪽 어깨를 쳐 벗긴다."

'(원)'은 원래 있었던 서적에서 가져온 것이다. '권법보'의 '보'(譜)는 동작 설명이다.

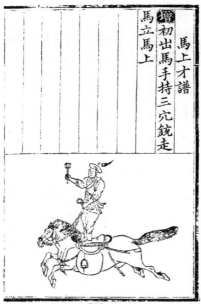

『무예도보통지』에서 「마상재」를 그린 '마상재보'이다. 설명은 이렇다.

"마상재보, 〔증〕처음에 말을 탈 때 손에 삼혈총(三穴銃, 이는 우리 고유의 휴대용 화기로 3개의 총신으로 연결되었다 하여 '삼혈포'라고도 한다)을 갖고 말 위에 탄다."

〔증〕은 새롭게 더하였다는 뜻이다.

『무예도보통지』「마상재관복도설」(馬上才冠服圖說)이다. 우측 상단이 발립(髮笠, 꿩 털을 꽂은 모자), 하단이 홍첩리(紅貼裏, 상의와 하의를 따로 구성하여 허리에 연결시킨 붉은 옷으로 홍첩리 뒷배는 넓은 띠로 묶는다)이고 좌측 상단이 전립(戰笠), 하단이 호의(號衣, 소매가 없거나 짧은 세 자락의 웃옷으로, 방위에 따라 색을 달리 하여 소속을 나타냈다)이다. 설명은 이렇다.

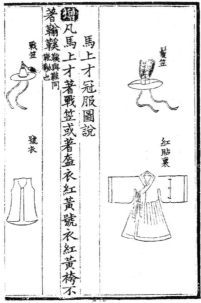

"〔증〕무릇 말 위에서 재주를 겨루는 자는 전립(戰笠, 벙거지)이나 회의(盔衣, 투구)를 쓰고 붉고 누런색의 호의(號衣)를 입고 붉고 누런색 바지를 입는다. 옹혜(韝鞋)는 입지 않는다(혜〔韝〕와 혜〔鞋〕는 같은 가죽신이다)."

고이표

각 부대에 따라 다른 기법을 비교한 표다. 훈련도감의 당파(鏜 鈀)·쌍수도·교전과 금위영(禁衛營) 예도·제독검·본국검·쌍검, 용 호영(龍虎營) 왜검·월도, 어영청(御營廳) 쌍검 등 자세들이 전수하 는 곳마다 각기 다르기 때문에 고이표를 만든 것이다.

공자도 군자가 지녀야 할 덕목으로 활쏘기를 꼽았다. 당시 무예 서들이 전략과 전술 등 이론을 위주로 하는 데 비해 이 책은 24기 전투 기술을 중심으로 한 실전 훈련서로 중국, 조선, 나아가 일본 무 예까지 아울렀다. 따라서 일본에 대한 이익의 인식과 이덕무의 일 본 종합 이해의 기록물인 『청령국지』, 한치윤의 『해동역사』와 연결 된다. 그만큼 일본과의 관계를 예의주시하고 있기 때문이다.

이 책은 당시 무예와 병기에 관하여 종합적인 조감을 할 수 있 는 중요한 가치를 지니고 있다. 또한 본문 외에 당시 역사·사회 문 제를 종합적으로 조감할 수 있는 각종 자료가 모아져 있어 그 진가 를 더한다. 무기를 설명하는 과정에서는 각기(各技)마다 중국식·아 국식(我國式)을 뚜렷이 하고, 도식·설·보·도·총보·총도로 나누어 일일이 알기 쉽게 그림과 함께 설명하고 있다.

물론 이 모든 무예 장면은 백동수의 실연이 있었기에 가능했다.

11장

영재 유득공 『이십일도회고시』

일평생 비분강개하던

바보 같은 온달이가

이로부터 못생겨서

우스운 사람이 되었다네

유득공의 생애

이름 유득공(柳得恭)

별칭 자는 혜풍(惠風)·혜보(惠甫), 호는 영재(泠齋)·영암(泠菴)·가상루
(歌商樓)·고운당(古芸堂)·고운거사(古芸居士)·은휘당(恩暉堂) 등 다
양하다.

시대 1748(영조 24)~1807년(순조 7) 조선 후기

지역 서울. 경기도 시흥시 군자동

본관 문화(文化)

직업 서얼 실학자 겸 역사가

당파 남인

가족 음력 11월 5일 부친인 규원(葵園) 유춘(柳瑃)과 모친인 남양 홍씨
사이에서 외아들로 태어났다. 증조부 유삼익과 외조부 홍이석이 서
자 출신이었던 탓에 신분상 서자로 살아야 했다.

어린 시절 5세인 1752년(영조 28) 부친이 28세로 사망하였고, 7세인
1754년 어머니와 경기도 남양 외가에 의탁하여 성장하였다.

그 후 삶의 여정 10세인 1757년 서울로 와 10여 년간 공부하며 연암 등
을 만난다.

　　22세인 1769년 연암 이덕무 등과 개경 등지를 여행하고 「송도
잡절」, 「송경잡절」을 짓는다.

　　26세에 성균관진사시에 합격했으나 서얼이기에 성균관에 입학
할 수 없었고, 대과를 볼 수 없으니 관직에도 나갈 수 없었다. 선생은
숙부인 유련(柳璉)의 영향을 받아 시 짓기를 배웠으며, 한시(漢詩)에

뛰어난 재능을 보였다. 이 시기에는 이덕무·박제가·이서구 등과 함께 의기투합하여 『한객건연집』이라는 시집을 엮었다. 그래서 세 사람과 더불어 한시사가 또는 후사가(後四家)라고도 불린다.

31세인 1778년 『이십일도회고시』를 지었고, 같은 해 북경에 다녀왔다. 이 책은 1785년에 자주(自註)를 달아 그의 문집인 『영재집』(泠齋集)에 붙여 간행되었다. 『영재집』은 1877년(고종 14)에 별본으로 간행되었다.

32세인 1779년에 정조가 발탁해 규장각 검서관이 되었다.

37세에 포천현감으로 갔다. 『발해고』[1]를 편술하였다.

43세인 1790년 연경에 들어갔을 때 『이십일도회고시』 수고본을 청나라 고관이자 학식과 명망이 높았던 기윤(紀昀, 1724-1805)에게 주었다. 이 책이 뒤에 청나라 문인 조지겸(趙之謙)에게까지 전해져 그에 의하여 『학재총서』(鶴齋叢書)에 편입되어 간행되기도 하였다.

53세에 풍천도호부사로 전임되었고, 54세에 연경에 다녀왔다.

1807년 향년 60세로 운명하였다. 선생의 묘는 경기도 의정부시

---

1 발해에 대한 인식은 조선 실학자들에 의해서 제기되었다. 그 시초가 된 책이 한백겸(韓百謙, 1552-1615)이 편찬한 『동국지리지』(東國地理志)다. 안정복은 『동사강목』에서 "발해는 우리 역사가 아니지만 옛 고구려 땅에 있었고 국경과 인접하여 순치(脣齒) 관계이기에 그에 관해 기술한다"하였다. 한치윤의 『해동역사』는 발해를 적극적으로 우리 역사에 편입시켰다.
   『발해고』는 서문(序文) 외에 군고(君考)·신고(臣考)·지리고(地理考)·직관고(職官考)·의장고(儀章考)·물산고(物産考)·국어고(國語考)·국서고(國書考)·속국고(屬國考) 등 9개 부문으로 구성되었다.

낙양동에 있다. 『세보』에는 "시로써 세상에 이름을 드날렸다"(以詩鳴
世)고 적혔다.

고독한 역사적 글쓰기로 지독한 가난을 이겨냈다

선생은 중국을 여행한 북학파 출신 실학자다. 20세를 전후로 하여 선생은 북학파 인사들과 교유하기 시작하였다. 숙부인 유연을 비롯하여 홍대용·박지원·이덕무·박제가·이서구·원중거(元重擧, 1719-1790)·백동수·성대중·윤가기(尹可基, 1747-1801) 등이 모두 선생의 벗이었다. 이들 모임이 '백탑동인'(白塔同人)이라는 시동인회다.

정조에 의해 규장각 검서관으로 발탁된 후에는 이서구·박제가·이덕무와 함께 명성을 날렸다. 가난 또한 이덕무 등 연암 그룹과 앞서거니 뒤서거니했다.

이덕무의 『간본 아정유고』 권6, 문(文)-서(書), 「이낙서(李洛瑞) 서구(書九)에게 주는 편지」에는 책을 팔아 굶주림을 면하는 장면이 꽤 희화적으로 그려져 있다.

내 집에서 가장 좋은 물건은 『맹자』 7책인데, 오랫동안 굶주림을 견디다 못하여 돈 200닢에 팔아 밥을 잔뜩 해먹고 희희낙락하며 유득공에게 달려가 크게 자랑하였소. 그런데 영재 역시 오래 굶주린 터라, 내 말을 듣고 즉시 『좌씨전』(左氏傳)을 팔아 그 남은 돈으로 술을 사다가 나에게 마시게 하였으니, 이는 맹자가 친히 밥을 지어 나를 먹이고 좌구명(左丘明, 『춘추좌전』의 저자)이 손수 술을 따라 나에게 권한 것과 무엇이 다르겠소.

선생은 고독한 역사적 글쓰기로 지독한 가난을 이겨냈다. 고양이 죽 쑤어줄 것 없고 새앙쥐 볼가심할 것 없는 가난이었다. 그러한 중에도 선생은 철저히 역사적 사실에 근거하여 역사서를 집필하는데 온 정신을 쏟았다. 『이십일도회고시』는 정치(精緻, 정교하고 치밀)한 고증을 통해 우리 옛 도읍지를 한시로 읊은 것이고, 『발해고』는 발해 역사서가 한 권도 없다는 사실을 개탄하며 쓴 역사서다. 하지만 선생이 발해사를 집필하려 했을 때 변변한 자료가 없어 무척 애를 먹었다. 『발해고』를 '발해사'라 이름 붙이지 못한 이유도 여기에 있다. 그래서인지 『발해고』에는 『삼국사기』에 발해 역사를 넣지 않은 것이 잘못이라는 지적이 아래처럼 적혀 있다.

> 고려는 발해사를 편수하지 않았는데, 이는 알고도 하지 않은 것이다. 옛날에 주몽이 북쪽에 나라를 세워 고구려라 하였고, 온조가 서남쪽에 나라를 세워 백제라고 하였다. 박씨, 석씨가 동남쪽에 살면서 신라를 건국하였으니 삼국 역사를 기록해야 하는데, 고려가 『삼국사』를 편찬했으니 옳은 일이다. 백제와 고구려가 멸망하자 신라가 통일을 했다. 신라가 남쪽을 차지했을 때 대씨는 북쪽을 차지하여 발해를 건국했다. 신라와 발해를 남북국이라고 하고, 마땅히 남북국사를 편찬했어야 하는데 고려가 이를 하지 않은 것은 옳지 않다.

『이십일도회고시』, 21개국 왕도를 회상하다

『이십일도회고시』(二十一都懷古詩)는 선생이 평생 간직한 역사의식을 기반으로 집필하였고 이덕무가 교정을 보았다. 벗 박제가는 『발해고』「서」에서 선생의 역사의식을 이렇게 적어놓았다.

내 친구 유혜풍(유득공)은 박식하고 시를 잘 지으며 과거 일도 상세히 알고 있으므로, 이미 『이십일도회고시주』를 지어 우리나라의 볼 만한 것들을 자세히 밝혀놓았다. 더 나아가 『발해고』를 지어 발해 인물, 군현, 왕계보, 연혁을 자세히 엮어 종합해놓았고, 고려가 고구려 영토를 회복하지 못하였음을 한탄하였다.

박제가의 말에 따르면 선생이 『발해고』를 편찬한 이유는 고구려 영토를 고려가 회복하지 못한 것을 안타깝게 여겨서라고 정리할 수 있다.

『이십일도회고시』는 『동국지지』(東國地誌)에 의거하여 단군조선 왕검성부터 고려 개성에 이르기까지 모두 21개 왕도(王都)를 노래한 시다. 이로 미루어보아 36도 역시 36개 왕도를 뜻하는 듯하나, 어떤 근거에서 우리나라에 상고 이후 모두 36개 왕국 도읍지가 있다고 했는지는 알 수 없다.

『이십일도회고시』는 한시로 칠언절구 43수다. 선생은 어린아이와 어린 계집종조차 듣고 외울 정도로 마음을 써서 지었다고 한다. 제작 당년에 연경에 들어갔던 박제가와 이덕무에 의하여 반정균 같은 청조 문사들에게 소개되어 감탄을 자아냈다. 그리고 이정원(李鼎元)·나빙(羅聘)·심심순(沈心醇)과 같은 시인들로부터 제찬²까지 받았다.

『이십일도회고시』 앞에는 시 내용과 관련된 역사적 사실을 소개

---

2 제찬(題贊): 책에 대한 감상을 적은 글.

하고 있으며, 시 뒤에는 시어에 대한 자세한 설명을 하고 있다. 또한 중국사도 등장하기에 시는 칠언절구 43수에 불과하지만 전체 분량은 38장 1책에 이른다. 그 구체적인 내용을 보면 아래와 같다.

『이십일도회고시』는 단군조선 왕검성(평양) 1수, 기자조선 평양 2수, 위만조선 평양 2수, 한(韓) 금마(金馬) 1수, 예(濊) 강릉 1수, 맥(貊) 춘천 1수, 고구려 평양 5수, 보덕(報德) 금마저(金馬渚) 1수, 비류(沸流) 성천(成川) 1수, 백제 부여 4수, 미추홀(彌鄒忽) 인천 1수, 신라 경주 6수, 명주(溟州) 강릉 1수, 금관(金官) 김해 1수, 대가야 고령 1수, 감문(甘文) 개령 1수, 우산(于山) 울릉도 1수, 탐라 제주 1수, 후백제 완산 1수, 태봉 철원 1수, 고려 개성 9수 등으로 이루어져 있다.

단군조선 평양부

대동강 물에 저녁연기 자욱하니	大同江水浸烟蕪
왕검성 봄이 그림 같구나	王儉春城似畵圖
만리 도산 모임에 예물 갖고 참가하니	萬里塗山來執玉
아름다운 아가씨 아직도 해부루를 기억하네	佳兒尙憶解扶婁

단군과 그의 아들 해부루의 사적을 읊은 시다. 2행의 왕검성은 평양성이다. 왕검(王儉)이 우리 태초의 임금인 단군(檀君)이고 단군이 도읍으로 정한 곳이 평양성이었다. 3행은 『동사강목』에서 귀띔을 받는다. "하나라 우 임금 18년에 도산(塗山)에서 제후의 조회를 받을 때 단군이 아들 해부루를 보내 조회하였다"는 기사가 보인다.

'도산 모임'은 황제가 제후를 불러서 접견하는 모임이다. 하나라 우 임금이 도산에서 제후를 불러모았을 때, 옥백을 가지고 참석한 나라가 만국이나 되었다는 이야기가 고사에서 나왔다. 우 임금은 중국에서 가장 오래된 왕조인 하나라의 시조다. 그는 홍수를 다스려 나라를 구한 공으로 순 임금에게서 천하를 물려받아 하나라를 세웠다고 전해진다. 선생은 우 임금의 '도산 예물'을 단군조선에 끌어다 넣었다. 중국의 가장 오랜 왕조와 우리의 역사를 대등하게 견주려는 선생의 생각이 엿보인다.

4행은 동부여의 왕 해부루 이야기다. 『동국문헌비고』(東國文獻備考)에서 해부루는 단군의 아들로 부여의 시조가 되었다고 하였다. 하지만 우리에게 잘 알려진 단군 하강설과 웅녀 이야기는 찾을 수 없어 좀 아쉬운 느낌이다.

위만조선 평양부

북상투를 튼 사람이 한고조 당년에 오니	魋結人來漢祖年
같은 시대라 그릇 조용천으로 여기었네	同時差擬趙龍川
한스럽구나 기준 왕[3]은 무분별하게도	箕王可恨無分別
올빼미 영웅놈을 박사로 임명하였다니	塤補梟雄博士員

---

3 "기준(箕準)이 나라를 잃고 남쪽으로 달아났으나 마한(馬韓)을 쳐서 나라를 다시 만들어 태사(太師, 기자를 가리킨다)의 제사가 끊어지지 않게 하였으니, 이것 역시 정통이 돌아가는 바이므로 촉한(蜀漢)의 예(『통감강목』)와 같이 썼다"(안정복, 『동사강목』).

위만을 받아들인 기준을 나무라는 내용이다. 1행의 "추결"(魋結)
은 북상투로, 오랑캐 복장으로 조선에 와서 왕이 되었다는 위만을
말한다. 조용천은 조타(趙佗)다. 조타는 한나라 남월 왕(南越王) 때
사람으로 스스로 무제(武帝)라고 칭하며 중국 변방을 침입하였다.
이에 여후(呂后)가 군대를 보내 토벌하였으나 실패하고 회군하였
는데, 문제(文帝) 때에 다시 육가(陸賈)를 사신으로 보내 수교를 맺
고는 자치를 허락하였다. 그러자 조타가 그때부터 황제라는 호칭
을 버리고 다시 남월 왕으로 처신하면서 중국 조정에 조회했던 고
사(『사기』 권113, 「남월열전」[南越列傳])가 있다. 선생은 위만을 "올빼미
영웅놈"이라 부르며 비하하고 있다.

고구려 평양부

고구려 시 5수는 다른 시들과 달리 고구려인들의 웅혼[4]한 기상을
노래하고 있다. 선생은 고구려사를 우리 역사 중 으뜸으로 여겼다.
아래는 2수와 3수다.

「2」

옛날 부여에서 활을 끼고 다니던 아이가	昔日夫餘挾彈兒
동명성왕 아들로 유리라고 이름하였네	東明王子號琉璃
두어 소리 꾀꼬리가 깊은 나무에서 울어대니	數聲黃鳥啼深樹
오히려 화희가 치희를 꾸짖는 것과 같다네	猶似禾姬罵雉姬

---

4 웅혼: 글이나 글씨 또는 기운 따위가 웅장하고 막힘이 없다.

활을 끼고 다니던 아이는 고주몽(동명성왕)의 아들인 유리다. 화희와 치희는 유리가 아끼는 두 여인으로 「황조가」 설화를 인용하였다. 이규보의 「동명왕편」에는 이런 기록이 나온다.

3년(기원전 17) 7월에 이궁을 골천(鶻川)에 지었다. 10월에 왕비 송씨가 죽었으므로 왕은 다시 두 여자를 계실로 얻었는데, 하나는 화희로 골천 사람의 딸이고, 하나는 치희로 한나라 사람의 딸이었는데, 두 여자가 왕의 사랑을 놓고 다투느라 서로 화목하게 지내지 못하였으므로, 왕은 양곡 동서에 두 궁을 짓고 각각 살게 하였다. 뒷날 왕은 기산에 사냥을 나가서 7일 동안 돌아오지 않았는데, 두 여자가 서로 다투어 화희가 치희를 꾸짖기를, "너는 한나라의 비첩으로서 어찌 무례함이 이렇게 심한가?" 하니 치희는 부끄러워하면서 원한을 품고 집으로 돌아가 버렸다. 왕은 이 말을 듣고 곧 말을 달려 그녀를 쫓아갔으나 치희는 노하여 돌아오지 아니하였다.

아마도 선생은 조선 여인인 화희가 한나라 여인인 치희를 쫓아낸 데 대한 통쾌함을 표현한 듯하다.

「3」
문경 계립산 앞에 전쟁 티끌이 불어나니　　　　　鷄立山前漲戰塵
붉은 깃발이 심원의 봄을 그리워하네[5]　　　　　丹旌依戀沁園春

5　"붉은 깃발"은 온달의 죽음을 "심원의 봄"은 공주의 정원이다. 심원은 본래 동한 명제의 딸 심수공주(沁水公主)가 소유한 전원으로 여기서는 온달공주를 은유한 표현

일평생 비분강개하던 바보 같은 온달이가　　　　　平生慷慨愚溫達

이로부터 못생겨서 우스운 사람이 되었다네　　　　自是龍鍾可笑人

　선생은 이 시에서 온달과 평강공주 설화를 그렸다. 계립산은 마
골산(麻骨山)이라고도 한다. 옛날에는 베바우산 혹은 한자로 포암산
(布巖山)이라고 하였다. 문경읍에서 갈평리를 지나 관음리로 접어들
어 하늘재를 보고 오르면 하늘을 가득 채우며 우뚝 솟은 산으로, 온
달이 신라군과 싸우다 전사한 곳이라고 한다.
　이외에 을지문덕과 연개소문을 작품 속에 등장시켰다.

백제 부여현

「2」

지는 해 부소산에 두어 점 봉화불이 타오르고　　　落日扶蘇數點烽

차가운 하늘 백마강엔 성난 파도가 흉흉하네　　　天寒白馬怒濤洶

어찌하여 의자왕은 성충 계책은 쓰지 않고　　　　奈何不用成忠策

다만 강물 가운데 있는 호국룡만을 믿었던고?　　　却恃江中護國龍

　선생은 백제에 대해서는 좀 애상적으로 읊었다. 부소산은 충청
남도 부여군 부여읍 백마강(白馬江, 금강) 기슭에 있는 산이다. 성충
(成忠, ?-656)은 의자왕 때의 충신으로 '정충'(淨忠)이라고도 한다.

이다. 죽은 온달이 평강공주를 그리워한다는 의미다.

656년 좌평(佐平)으로 있을 때 왕이 신라와의 싸움에서 연승하여 자만과 주색에 빠지자 국운이 위태로워짐을 극간[6]하다가 투옥되었다. 성충은 옥중에서 단식을 하다가 죽음에 임박하여 곧 전쟁이 일어날 거라며 왕에게 "적군이 쳐들어오면 육로로는 탄현(炭峴)을 넘지 못하게 하고, 수군은 기벌포(伎伐浦)에 못 들어오게 한 뒤, 험한 지형에 의지하여 싸우면 틀림없이 이길 것입니다" 하였다.

660년에 전쟁이 일어났으나 의자왕은 성충이 일러준 계책을 쓰지 않다. 결국 백제는 탄현을 넘어 수도 사비(泗沘)로 쳐들어온 신라군과 기벌포를 지나 사비성으로 침입해온 당나라 군대에 의해 멸망하였다.

호국룡은 백제 무왕으로, 죽어서 나라를 지키는 용이 되었다 한다.

미추홀 인천부

패수가에 슬픈 노래 소리 형제들 이별하는데	浿上悲歌別弟兄
삼각산에 오르니 강에 임하고 멱수 남쪽으로 가도다	登山臨水汨南征
삼한의 지세 좁으니 강굉의 이불 덮고서	三韓地劣姜肱被
우뚝 솟은 에분성은 쌓지 말 것을	休築崢嶸恚忿城

1, 2, 3행은 비류와 온조의 이야기다. 1행의 패수는 강가다. 비류(沸流)와 온조(溫祚) 두 형제가 한강가에서 헤어지는 장면이다. 2행

---

6 극간: 임금이나 웃어른에게 잘못된 일이나 행동을 고치도록 온 힘을 다하여 말함.

에서는 비류와 온조가 삼각산에 올랐다가 비류는 인천에 자리 잡아 미추홀을 건국했고, 온조는 한강 남쪽으로 내려가 위례성에 도읍을 정하고 백제를 건국하였다. 3행 "강굉의 이불"은 형제간의 우애다. 강굉은 후한(後漢) 사람이다. 두 아우인 중해(仲海)·계강(季江)과 우애가 지극하여 항상 한 이불을 덮고 함께 잤으므로 강굉공피(姜肱共被)라는 고사가 생겼다. 땅이 좁으니 비류와 온조가 우애로 뭉쳤어야 하는데 두 형제가 헤어졌다는 말이다. 4연의 에분성(恚忿城)은 해석하자면 '분통이 터지는 산'으로 인천 문학산(文鶴山)이다. 『신증동국여지승람』(新增東國輿地勝覽) 권9, "인천도호부 산천조"에 보면 비류가 문학산 위에 산성을 쌓고 왕 노릇 하다가 분통이 터져 죽었다는 이야기가 있다. 비류가 건국한 미추홀은 땅이 척박하고 물이 짜서 나라의 기틀을 세우기 어려웠다. 그러나 온조가 자리 잡은 위례성 지역은 토지가 기름지고 넓어 건국하기에 풍족한 조건이었다. 위례성을 돌아본 비류가 너무나 원통하고 분하여 죽고 말았다 해서 '성낼에'(恚) 자에 '분할 분'(忿) 자를 써서 '에분성'이라 불렀다는 이야기다.

선생은 4행에서 비류의 에분성 전설을 적어 두 형제의 우애를 아쉬워하고 있다.

신라 경주부

「1」

진한땅 육부에 가을 연기가 담담하게 피어나니　　　　辰韓六部澹秋烟
신라 서울 번화함을 상상하니 가히 어여쁘네　　　　徐菀繁華想可憐

만만파파 만파식적이라 관작을 내렸으니	萬萬波波加號笛
빗기 불면서 삼성이 돌려가며 일천 년을 누렸네	橫吹三姓一千年

진한 6부와 서라벌의 번성, 만파식적 설화를 그리는 시다. 서라
벌을 다른 말로 '서울'(徐菀)이라고도 일컬었다. "『삼국사』에 이르기
를, 신라가 국호를 서야벌이라 하니 후인들이 경도(京都)를 서벌(徐
伐)이라 칭하고 뒤에는 다시 변하여 서울이 되었다"는 기록이 『임하
필기』권11, 「문헌지장편」(文獻指掌編), "신라"(新羅) 항에 보인다.

　『삼국유사』에 의하면, 신라 신문왕 2년(682)에 왕이 용으로부터
영험한 대나무를 얻어 피리를 만들었는데, 이 피리를 불면 나라에
근심이 없어졌다고 한다. 신라 효소왕 2년(693) 6월 12일에 동방에
혜성이 나타나고 6월 17일에는 서방에 혜성이 나타났는데, 일관이
이 만파식적에 관작을 내리지 않았기 때문이라 하였다. 이에 신이
한 피리에게 만만파파식적이라는 호를 내렸다 한다.

　삼성(三姓)은 신라를 지배한 세 성씨―박(朴), 석(石), 김(金)―를
가리킨다.

명주 강릉부

계림의 진골로 대왕의 지친이지	雞林眞骨大王親
아홉 꿩을 하사받아 동해가에 봉해졌네	九雉分供左海濱
가장 잊지 못하는 것은 꽃 연못가의 여인	最憶如花池上女
물고기 편지 물려 멀리 떠난 님에게 보낸다네	魚書遠寄倦游人

명주(溟州)는 강릉이다. 1행의 "계림의 진골로 대왕의 지친"은 김주원(金周元)이다. 김주원은 신라 태종무열왕의 6세손으로 37대 선덕여왕 때 각간(角干)이었다. 선덕여왕이 후사가 없이 죽자 군신 회의에서 김주원을 국왕으로 추대키로 했다. 그러나 여기까지였다. 주원은 경주 왕궁에서 북쪽 20리 밖에 거주하고 있었다. 때마침 내리는 폭우로 경주 알천(閼川)이 불어 건너지 못하고 왕실 회의에도 참석지 못하였다. 군신들이 상대등(上大等) 김경신(金敬信)을 왕으로 추대하니, 이가 곧 38대왕 원성왕(元聖王)이다. 그 후 원성왕은 김주원에게 왕위에 오를 것을 권하지만 끝내 사양하고 어머니의 고향인 명주에 은거했다. 그러자 원성왕은 그의 겸손함에 더욱 감복하여 그를 명주군왕(溟州郡王)으로 봉하였다. 이에 김주원은 명주성을 쌓고 영동 일대를 통치했으며 그에 따라 후손들은 강릉을 본관으로 삼았다. 『삼국유사』 권2, "원성대왕조"에 보이는 내용이다.

2행의 "아홉 꿩을 하사받아"는 왕이 되었다는 말이다. 『동국문헌비고』에 "신라의 제도에 왕은 매일 쌀 세 말과 꿩 아홉 마리를 먹었다"는 기록이 보인다. 3, 4행은 "명주곡"(溟州曲)과 관련이 있다. "명주곡"의 대략적인 내용은 『고려사 악지』에 실려 있으니 이렇다.

한 선비가 명주(강릉)에 유학 왔다가 어떤 양가집의 아름다운 처녀를 보고 반해서는 시로 사랑을 고백했다. 이때 그 처녀는 선비가 급제한 다음 부모 허락을 받아 사랑을 이루자고 한다. 선비는 곧 서울인 평양으로 돌아와 과거 공부에 열중했다. 하지만 처녀 집에서는 다른 사람과 딸 혼사를 정해버렸다. 처녀는 평소 연못에서 물고기에게 먹이를 주곤 했다. 처녀는 "내가 너희들을 기른 지도 오래되었으니 내 뜻을 알겠지"라며 비단에 편지를 써서 던지니 큰 고기가 뛰어올라 편지를 물고 사라졌다. 선비가 하루는 저자에 나가 부모님 찬거리로 물고기를 사와서 배를 가르니, 그 속에서 비단에 쓴 처녀의 편지가 나왔다. 선비는 놀라 급히 그 편지를 부모에게 보이고, 곧장 강릉 처녀 집으로 달려가니 마침 새신랑이 대문에 들어서고 있었다. 선비가 이 편지를 처녀의 부모에게 보이고 노래를 지어 부르니 이것이 명주곡이다. 처녀의 부모는 "정성에 감동받는 것은 사람의 힘으로 어쩌지 못한다"며 이 선비를 사위로 맞았다.

내용상으로 보면 이 이야기와 딱 들어맞는다. 『고기』(古記)에는 "주원과 경신은 형제인데 어머니는 명주 사람으로 연화봉 밑에 살아 연화부인(蓮花夫人)이라 불렀다" 하는 기록도 있다. 문제는 이 선비가 김주원이 아니란 점이다. 하지만 허균(許筠, 1569-1618)의 『성소부부고』(惺所覆瓿藁) 권7, 문부 4, 기, 「별연사(鼈淵寺) 고적기(古迹記)」에서 이에 대한 이해를 찾을 수 있다. 허균은 이거인(李居仁)이 쓴 글에서 알았다며, 이 이야기의 선비가 왕의 동생인 무월랑(無月郎)이고 연화부인과 혼인하여 장남 주원과 차남 경신왕을 낳았다 한다. 아마도 선생은 이러한 글들을 되짚어 위의 시를 지어낸 듯하다.

감문 개녕현

감문국 장부인은 한 번 가고 들꽃만 향기로운데   獐姬一去野花香

묻혀 있는 낡은 비석은 옛날 고효왕 비석이네	埋沒殘碑古孝王
삼십 명 웅장한 군사를 일찍이 크게 징발하니	三十雄兵曾大發
달팽이 뿔 위에서 만국과 촉국이 천 번은 싸웠네	蝸牛角上鬪千場

감문국에 대한 시다. 감문국(甘文國)은 삼한 시대의 부족국가로, 현재의 김천시 감문면과 개령면 일원에 있었던 것으로 추정된다. 기원후 231년 신라 이찬(伊湌) 석우로(昔于老)에게 정벌되었고, 557년에 감문주로 개칭되었다. 경상북도 김천시 감문면 삼성리 오성마을 야산 입구에 금효왕릉(고효왕릉)이라 추정되는 무덤이 있다. 감문국 시조왕의 무덤이라는 설과, 김천 별호인 금릉(金陵)이 이 무덤으로부터 비롯되었다는 설 등이 전해져 내려온다. 『동국여지승람』은 "웅현리에 장릉이 있는데 세상에서 말하길 감문국 시대 장부인의 능이라고 한다"고 적고 있다. 일명 장부인릉이라고 하고 다른 말로는 장희릉(獐姬陵)이라고 한다. "장희는 감문국 때 어느 왕이 총애하던 후궁(寵姬)"이라는 기록도 보인다.

"삼십 명 웅장한 군사"는 "30인이 크게 발병(發兵)"했다는 『동사강목』의 설명과 일치한다. 선생은 단군조선에서 고려까지 도읍지를 회고하면서 감문·우산·탐라까지도 하나의 과거 국가로 인정하고 있다.

탐라 제주

삼을라가 쌓은 성에 모진 안개가 걷히고 나니	三乙那城瘴霧開
탐진강 강어귀에 높은 돛대를 단 배가 돌아왔네	耽津江口峭帆廻

애당초 태어난 곳 모흥 동굴이 있었는데   厥初還有毛興穴

하필이면 신라 임금 다리 밑을 기어갔나?   何必他人袴下來

제주도 삼성혈과 고후 설화다. 고을나(高乙那), 양을나(良乙那), 부을나(夫乙那) 3형제가 나온 구멍이 삼성혈인데, 일명 모흥혈(毛興穴)이라고 한다.『고려사』「지리지」에 따르면 고을나 15대손 고후(高厚), 고청(高淸)과 아우까지 3형제가 바다를 건너 탐진⁷에 조공을 바쳤다. 이때가 삼국통일 이후, 문무왕 재위 시절로 추정된다. 이에 신라는 맏아들에게 성주(星主), 둘째에게는 왕자(王子), 막내에게는 도내(都內)라는 작호를 주고 국호를 탐라라고 하였다.

선생은 이를 두고 "하필이면 신라 임금 다리 밑을 기어갔나" 하고 꾸짖는다. 선생의 자주정신을 엿볼 수 있는 결구다.

고려 개성부

「1」

황량한 고려조 스물여덟 임금 능침들은   荒凉二十八王陵

풍우 치는 해마다 칠등 같이 어둡도다   風雨年年暗漆燈

송악 진봉산 산중에 있는 한정 없는 두견화는   進鳳山中紅躑躅

봄이 오니 오히려 저절로 층층하게 피었다네   春來猶自發層層

---

⁷   탐진(耽津): 전남 강진의 옛 지명.

고려에 관해 읊은 시의 분량이 가장 많다(9수). 고려는 공양왕까지 34대인데 왕 능침은 28개라고 하였다. 선생이 28개라 한 것은 『동국문헌비고』에서 인용한 것이다.

「9」

가련하도다 푸른 나무에 용을 감추지 못하고	可憐靑木未藏龍
천년 곡령에는 쓸쓸하게 솔바람만 불어오네	蕭瑟千年鵠嶺松
동쪽을 향해 짖던 무쇠 개들 조용한데	鐵犬寥寥東向吠
흰 구름이 날아가자 삼각산 봉우리가 보이네	白雲飛盡見三峯

기구와 승구는 당나라 상인인 왕창근(王昌瑾)의 고사다. 이 말은 신라가 망하고 고려가 흥한다는 뜻이다. 이야기는 이렇다. 왕창근이 저잣거리에 갔는데 한 사람이 거울을 팔기에 사서 보니 거기에 "먼저 닭을 잡고 뒤에 오리를 잡는다"(先操雞後搏鴨)는 글이 새겨져 있었다. 이 말은 먼저 계림을 장악한 뒤에 영토를 압록강까지 넓힌다는 뜻이다. 이는 고려 왕건이 신라를 멸하고 새 왕조를 세우는 것을 예언한 것이라고 한다. 『조선사략』(朝鮮史略) 권4와 『어정전당시』(御定全唐詩) 권875 「고려경문」(高麗鏡文)에 실린 내용이다.

전, 결구는 고려가 망하고 조선이 건국되는 것을 말한다. 도선이 왕건을 도와 궁터를 정할 때의 일이었다. 흐린 날에 언뜻 보고 개성이 천년 도읍지라 생각했는데 추후에 날이 갠 날 다시 보니 동남쪽에 한양 삼각산이 개성을 엿보는 것이 아닌가. 이에 도선은 500년 뒤 삼각산 너머로 왕도를 빼앗길 것이라고 판단하고 왕도를 빼앗기지 않기 위한 비책으로, 쇠로 만든 개 12마리를 동남방에 늘어놓았다.

『이십일도회고시』는 각국 왕도를 통하여 시라는 매체로 우리의 역사, 즉 민족의 통시성을 보여주었다. 다시 말해 우리 것을 새롭게 인식하려고 하는 역사적 대응 방식을 명쾌하게 보여준 작품이다. 전체적으로 애상감이 흐르고 있지만 그 속에서 선생의 조국에 대한 마음결을 느껴서인지 곰살궂다.

『이십일도회고시』는 선생의 참신한 역사의식이 강렬한 시의식으로 변용되면서 형상화한 것이다. 이것은 역사의식만으로도, 시의식만으로도 안 된다. 역사와 문학을 아우르는 지식과 열정이 필요하다. 역사의 도읍지를 발품을 들여 찾고 이것을 시편으로 엮었다는 것은 내 것과 나를 찾으려고 하는 주체적 의식이다. 선생이 조선인으로서 지어낸 『발해고』는 이러한 면에서 『이십일도회고시』의 수편(首篇)인 셈이다. 『이십일도회고시』에는 역사적인 실재뿐만 아니라 설화가 사금파리처럼 빛난다. 옛 도읍이라는 한정된 공간과 그 왕조와 관련된 여러 사실과 설화를 융합, 수용함으로써 역사를 문예화한 '민족서사시'로서 승화시키고 있는 것이다.

『이십일도회고시』를 본 중국 학자 반정균은 선생에게 편지를 보내어 "죽지[8]와 영사,[9] 궁사[10] 등 여러 체의 장점을 겸비"하고 있다며

---

8   죽지(竹枝): 지방의 풍속과 정치, 인정 등을 통속적으로 노래한 시.
9   영사(詠史): 역사적 사실을 읊은 시.
10 궁사(宮詞): 궁정 생활의 잡된 일을 읊은 시.

감탄하고 칭찬하면서 "반드시 세상에 전해야 할 작품"(必傳之作)이라고까지 극찬하였다. 역시 청나라의 내로라하는 문인 이조원(李調元)은 선생의 문집인 『가상루집』(歌商樓集)에 실린 시를 보고 "진짜 조선 문학의 봉황"(此眞東國之文鳳也)이라고 극찬하였다. 한 번쯤 읽을 만하지 않은가.

12장

—

초정 박제가 『북학의』

우리나라 사람은
아교와 옻 같은 속된 꺼풀이 덮여 있어서
뚫지 못한다.
학문에는 속된 학문 꺼풀이 있고,
문장에는 속된 문장 꺼풀이 있다

박제가의 생애

이름 박제가(朴齊家)

별칭 자(字)는 차수(次修), 초명은 제운(齊雲), 호는 정유(貞蕤)[1]·초정(楚亭)·위항도인(葦杭道人)이다.

시대 1750(영조 26)–1805년(순조 5) 조선 후기

지역 서울

본관 밀양(密陽)

직업 실학자 겸 경제인

당파 남인

가족 승정원 우부승지를 지낸 박평(朴坪)이 부인이 사망하자 서얼인 김씨를 얻어 박제가를 낳았다. 키가 매우 작았는데 이를 박제가에게 물려주었다.

어린 시절 11세인 1760년 아버지가 사망하며 가세가 급격히 기울었다. 남산 아래 필동과 묵동을 전전하였다.[2]

---

1 '곧게 뙈리를 틀다'라는 뜻으로 소나무의 별칭이다. 선생의 집이 한때 서울 종로구 연건동의 동쪽, 이화동의 서쪽 사이에 있던 장경교 인근에 있었다. 그곳에 소나무 한 그루가 빼어나 가지가 굽어 뙈리를 틀었다. 정조가 이를 보고는 아끼어 '어애송'(御愛松, 임금님이 사랑하는 소나무)이란 이름이 붙었다. 선생은 자신을 아끼는 정조를 생각하며 이 정유를 호로 삼은 것이다. 「진랭원 어애송가」(眞冷園御愛松歌)라는 시도 있다.

2 남산에 사는 선비들을 헛가리 선비라고 하였다. 헛가리는 널빤지, 나뭇가지, 짚 등으로 얼기설기 엮은 형편없는 집이다. 남산골에 사는 선비들의 가난함을 이르는 말이다. 하지만 가난하여 신조차 없어서 마른날에도 나막신을 신는 딸깍발이들이었지만 지조만은 팔지 않았다. 박지원의 「양반전」에서 훈련대장 이완에게 칼을 들이대는 허생도 이곳에서 산다. 그래 이들의 기개가 조정까지 미치기에 "남산골 샌님 원(수

그 후 삶의 여정 29세인 1778년 사은사 채제공을 따라 이덕무와 함께 청나라에 가서 이조원·반정균 등 청나라 학자들과 교유하였다. 돌아온 뒤 청나라에서 보고 들은 것을 정리하여 『북학의』 내·외편을 저술하였다. 내편에서는 생활도구 개선을, 외편에서는 정치·사회 제도의 모순점과 개혁방안을 다루었다.

정조가 1777년에 서얼허통절목을 발표하고, 이듬해 1779년 규장각에 검서관직을 설치하여 선생을 비롯한 이덕무·유득공·서이수 등 서얼 출신 학자들을 초대 검서관으로 임명하였다. 이 넷은 사검서라 불렸다. 선생은 승문원 이문학관(承文院 吏文學官)을 겸임하였으며, 13년간 규장각 내·외직에 근무하면서 여기에 비장된 서적들을 읽고, 정조를 비롯한 국내 저명한 학자들과 깊이 사귀면서 왕명을 받아 많은 책을 교정하고 간행하였다. 박지원의 제자였던 선생은 문장과 서화에 뛰어났다.

1786년 왕명으로 당시 관리들의 시폐를 시정할 수 있는 「구폐책」을 상소로 올린다. 신분 차별을 타파하고 상공업을 장려하여 국가를 부강하게 하고 백성들의 생활을 향상시켜야 한다는 내용이었다. 이를 위해서는 청나라의 선진 문물을 받아들이는 게 급선무라고 주장하였다.

1790년 건륭제 팔순절에 정사 황인점을 따라 두 번째 연행길에 오른다. 돌아오는 길에 선생은 압록강에서 다시 왕명을 받아 연경에

령) 하나 못 내도 당상(堂上, 정3품 이상의 높은 벼슬아치) 목은 잘도 자른다"는 말까지 있었다.

파견되었다. 원자(뒷날 순조) 탄생을 축하한 청나라 황제의 호의에 보답하기 위해서였다. 정조가 한낱 검서관이었던 그를 정3품 군기시정에 임시로 임명하여 별자사절로서 보낸 것이다.

1792년 검서관을 사직하고 부여현감으로 부임한다.

1793년 정원에서 내각관문을 받고 「비옥희음송」이라는 비속한 문체를 쓰는 데 대한 자송문을 왕에게 지어 바쳤다.

1794년 춘당대무과[3]에 급제하여 정3품 가량 되는 벼슬인 오위장(五衛將)[4]이 된다.

1798년 선생은 『북학의』의 내용을 골자로 하는 「응지농정소」를 올렸다. 『소진본북학의』는 이때 작성되었다.

1801년(순조 1)에는 사은사 윤행임을 따라 이덕무와 함께 네 번째 연행길에 올랐으나 돌아오자마자 동남성문 흉서 사건의 주모자인 윤가기(尹可基)와 사돈이라는 이유로 이 일[5]에 연루된 혐의를 받고 종성에 유배되었다.

1805년 3월, 유배에서 풀려나 4월 25일, 56세로 세상을 떠났다

---

3 식년시 외에 비정규적으로 시행하는 문·무과의 하나로 나라에 경사가 있을 때 왕이 춘당대에 친림하여 시행된 과거다.

4 5위는 외소(外所)·남소(南所)·서소(西所)·동소(東所)·북소(北所)로 평상시에는 주로 입직(入直)과 행순(行巡, 도성 내외를 순찰하는 일), 시위(侍衛) 등의 임무를 수행하였다.

5 1801년(신유년)에 일어난 천주교인 박해사건, 곧 신유박해와 관련이 있다. 정조의 뒤를 이어 순조가 겨우 11세의 나이로 즉위하니 대왕대비 정순왕후의 섭정이 시작되었다. 왕대비는 원래 노론벽파에 속해 있었기에 집권과 동시에 천주교도들과 남인 시파를 일망타진하려 들었다. 순조의 장인은 안동 김씨 김조순(金祖淳, 1765-1832)이었다.

(연암의 사망 소식을 듣고 상심하여 곧 죽었다는 기록과 1815년 사망설은 거짓이다).

선생은 『정유각집』「소전」(小傳)에 자신을 이렇게 적어놓았다.

무소 같은 이마에 칼처럼 날카로운 눈썹, 검푸른 눈동자와 흰 귀를 가졌다. 고결한 사람을 가까이하고 부귀한 자를 멀리하여 뜻 맞는 사람이 적고 늘 가난하다. 어려서는 문장가의 글을 배웠고, 장성해서는 세상을 경영하는 학문을 좋아했다. 몇 달씩 집에 돌아가지 않고 학문에 전념하지만 알아주는 사람은 없다.

선생은 상업을 중시하였다

중농에서 중상으로의 패러다임을 재구조화한 인물로는 토정 이지함(1517-1578)을 들 수 있다. 토정은 관직에 나가서까지도 농업이 아닌 염업, 수공업 등을 통한 부민정책을 꾀했다. 그밖에도 이후 중농주의자이면서도 상업을 예사롭게 보지 않은 유수원(양반의 상업 종사 환영), 박지원(「허생전」을 통해 상업과 해외 통상 인정) 등이 있고 박제가가 대표적이다.

선생은 국내 상업과 외국 무역에 대한 이해가 깊었기에 그의 사상도 당시 신흥 세력으로 부상하고 있던 도시 상공인의 입장을 대변하는 중기 실학, 이용후생학파와 시기를 같이한다.

정인보의 『담헌서』「서」에는 선생의 스승과 학문에 관한 서술이 있다. 선생 주변 인물로 위로는 유형원에서 홍대용, 김원행, 이익, 박지원, 정철조, 그리고 정약용까지 보인다. 이들은 모두 근기 실학자들이다.[6]

담헌 홍대용은 이재 황윤석과 함께 미호 김원행을 스승으로 섬기었다. 이때 성호 이익이 아직 생존하고 있어 자손과 문하 제자들은 대부분 실

---

6 실학을 지역성으로 굳이 따지면 근기실학과 호남실학으로 나눌 수 있다. 근기 실학자로는 이 책에서 따라잡은 분들 대부분이 여기 속한다. 호남 실학자로는 유형원과 신경준(申景濬)·위백규(魏伯珪)·황윤석(黃胤錫)·양득중(梁得中, 1665-1742) 등을 들 수 있다. 특히 양득중은 『덕촌집』(德村集)을 지었는데 실사구시(實事求是, 사실에 의거하여 사물의 진리를 찾는다)를 주창하고 있다. '실사구시'라는 용어는 『한서』, 「하간헌왕전」(河間獻王傳)에 보인다.

(實)을 숭상하고 용(用)을 힘썼으므로, 많은 신진학자들이 와서 배웠다. 이에 비록 문호는 서로 통하지 않았으나 뜻은 서로 통하였다. 같은 사람끼리는 서로 호응하는 법이다. 그러므로 선생이 친하게 지낸 사람은 연암 박지원과 초정 박제가였는데, 이들은 모두 다 일찍이 이익의 『성호사설』을 읽었고, 석치(石癡) 정철조(鄭喆祚, 1730-1781)와 친하게 지낸 사람들이었다. 그리고 초정은 또 다산 정약용과 친하게 지냈다. 여기에서 선생의 학문이 안으로는 실로 성호에게 영향을 받았으며, 위로는 반계 유형원에까지 거슬러 올라갔음을 알 수가 있다.

이덕무의 『간본 아정유고』 권6, 문(文)-서(書), 「이낙서 서구에게 주는 편지」를 보면 선생의 성품을 알 수 있는데 자못 괴짜라 부를 만하였으니 "내가 단 것에 대해서는 마치 성성(狌狌)이가 술을 좋아하고 원숭이가 과일을 즐기는 것과 같으므로 내 친구들은 모두 단 것을 보면 나를 생각하고 단 게 있으면 나를 주곤 하는데 초정만은 그렇지 못하오. 그는 세 차례나 단 것을 먹게 되었는데, 나를 생각지 않고 주지 않을 뿐만 아니라 남이 나에게 먹으라고 준 것까지 수시로 훔쳐 먹곤 하오. 친구 간 의리에 있어 허물이 있으면 규계하는 법이니, 족하는 초정을 깊이 책망해주기 바라오"라는 구절이 있다.

물론 선생의 학문은 실학이었다. 선생은 신분제도에 반대하는 선진적인 실학사상을 전개하였다. 유형원과 이익 등의 토지경제사상을 지양하고 청의 선진 문물을 받아들여 상공업을 발전시켜야 한다고 주장하였다. 또 선생은 상공업의 발전을 위하여 국가는 수레를 쓸 수 있도록 길을 내어야 하고 화폐 사용을 활성화해야 한다는 중상주의적 국가관을 내세웠다.

『북학의』「서」에서는 다음과 같이 말했다.

> 대개 쓰임을 이롭게 하고 생을 두텁게 하는 데(利用厚生) 있어, 하나라도 빼놓는 게 있으면 위로는 올바른 덕(正德)을 해치게 된다. 그런 까닭에 공자는 "백성을 가르쳐야 한다"고 하였고, 관중은 "의식이 풍족해야 예절을 안다"고 하였다.

연암 그룹 거개가 그렇듯이 선생도 정조로부터 문체가 순정치 못하다고 견책을 받았다. 정조는 『홍재전서』 권165, 일득록(日得錄) 5, 「문학」 5에서 "이덕무·박제가 무리의 문체는 전적으로 패관[7]과 소품(小品)에서 나왔다. 이들을 내각에 두었다고 해서 내가 그 문장을 좋아하는 줄로 아는데, 이들이 남들과 처지가 다름을 스스로 드러내도록 하려는 것일 뿐이니, 나는 실로 이들을 배우로서 기른다"고 하였다. 안타깝게도 선생들에 대한 정조의 생각은 이 정도밖에 안 됐다.

7　패관(稗官): 중국 한나라 이후 민간에 떠도는 이야기를 모아 기록하는 일을 맡아 하던 임시 벼슬. 민간의 풍속과 정사를 살피기 위하여 이야기를 모으게 하였다.

『북학의』, 북학을 말하다

연암은 『북학의』(北學議)[8] 「서」에 이렇게 써놓았다. 그리고 자신의 저술인 『열하일기』와 『북학의』가 같은 내용을 담고 있다고 하였다.

> 내가 북경에서 돌아오니 재선(在先, 박제가)이 그가 지은 『북학의』 내편 과 외편을 보여주었다. 재선은 나보다 먼저 북경에 갔던 사람이다.
>
> 그는 농잠, 목축, 성곽, 궁실, 주거로부터 기와, 대자리, 붓, 자(尺) 등을 만드는 방식에 이르기까지 눈으로 헤아리고 마음으로 비교하지 않은 게 없었다. 눈으로 보지 못한 게 있으면 반드시 물어보았고, 마음으로 이해 하지 못한 게 있으면 반드시 배웠다. 시험 삼아 책을 한번 펼쳐 보니, 내 일록(日錄, 『열하일기』)과 더불어 조금도 어긋나는 게 없어 마치 한 사람 의 손에서 나온 것 같았다. 이러한 까닭에 그가 진실로 즐거운 마음으로 나에게 보여준 것이요, 나도 흐뭇이 여겨 3일 동안이나 읽어도 싫증이 나지 않았던 것이다.
>
> 아, 이게 어찌 우리 두 사람이 눈으로만 보고서 그렇게 된 것이겠는가. 진실로 비 뿌리고 눈 날리는 날에도 연구하고, 술이 거나하고 등잔불이 꺼질 때까지 토론해오던 것을 눈으로 한번 확인한 것뿐이다.

---

8   한편 『북학의』 내외편 가운데 3분의 1 정도 내용을 간추려 첨삭을 가하고 순서를 바 꾸어 올린 『진소본북학의』(進疏本北學議)가 있다. 이 책은 그가 1798년(정조 22)에 경기도 영평현령으로 있을 때 농서(農書)를 구하는 임금의 요청에 따라 응지 상소 (應旨上疏) 형식으로 바친 것이다. 따라서 그 논지는 『북학의』 내외편과 거의 같으나 분량이 현격히 다르므로 두 종류를 엄격하게 분간해야 한다.

'북학'이란 『맹자』에 나온 말이다. 『맹자』 「등문공 상」에 "진량(陳良)은 초나라에서 태어났지만, 주공(周公)과 중니(仲尼)의 도를 좋아한 나머지, 북쪽으로 중국에 와서 학문을 배웠다"(北學於中國)는 말이 나온다. 중국을 선진 문명국으로 인정하고 겸손하게 배운다는 뜻을 담고 있다.

선생은 『북학의』를 2권 1책으로 만들었다. 내외편이 각 1권으로 구성되었는데, 『북학의』 「자서」부터 읽고 그 내용을 대략 살피면 아래와 같다.

나는 어릴 때부터 최치원[9]과 조헌[10]의 인격을 존경하여 비록 세대는 다르지만 그분들의 뒤를 따르고 싶었다. ⋯그들은 모두 다른 사람을 통해 나를 깨우치고 훌륭한 것을 보면 직접 실천하려 했다. 또한 중국 제도를 이용하여 오랑캐 같은 풍습을 변화시키려고 애썼다. 압록강 동쪽에서 천여 년 동안 이어져 내려오는 동안, 이 조그마한 모퉁이를 변화시켜서 중국과 같은 문명에 이르게 하려던 사람은 오직 이 둘뿐이었다.

_무술년(1778년) 9월

비 오는 그믐날 통진 시골집에서 위항도인 박제가 씀

---

9 고운(孤雲) 최치원(崔致遠, 857-?)은 신라 말기의 대표적 지식인이다. 당나라 '황소 난' 때 지은 「토황소격문」은 명문으로 유명하다. 신라에 돌아와 개혁안인 「시무책」을 제시하였으나 실현되지 않은 데다 6두품이라는 신분의 한계에 좌절하여 은퇴했다.

10 중봉(重峰) 조헌(趙憲, 1544-1592)은 강직한 성품으로 직설적인 상소를 자주 올려 몇 차례 곤욕을 치렀다. 임진왜란 때는 의병 1,600명을 이끌고 청주성을 수복하였다. 그 후 금산 전투에서 의병 700명과 함께 왜군에 대항하다 전사했다. 현지에는 이를 기념한 700의총이 세워져 있다.

내편

거(車)·선(船)·성(城)·벽(科)·와(瓦)·옹(甕)·단(簞)·궁실(宮室)·창호(窓戶)·계체(階㙤)·도로(道路)·교량(橋梁)·축목(畜牧)·우(牛)·마(馬)·여(驢)·안(鞍)·조(槽)·시정(市井)·상고(商賈)·은(銀)·전(錢)·철(鐵)·재목(材木)·여복(女服)·장희(場戲)·한어(漢語)·역(譯)·약(藥)·장(醬)·인(印)·전(甎)·당보(塘報)·지(紙)·궁(弓)·총시(銃矢)·척(尺)·문방지구(文房之具)·고동서화(古董書怜) 등 30항목으로 구성되었다. 주로 일상생활에 필요한 모든 기구와 시설에 대한 개혁론을 제시해 현실 문화와 경제생활 전반을 개선하려 하였다. 간략하게 몇 항목만 예로 들겠다.

벽돌: 우리나라 사람들은 아침에 저녁 일을 걱정하지 않아서 수많은 기술이 황폐해지고 날마다 하는 일도 소란스럽기만 하다. 이 때문에 백성들에게는 정해진 뜻이 없고 나라에는 일정한 법이 없다. 그 원인은 모든 일을 임시방편으로 처리하는 데 있다. 그로 인해 생기는 해로움을 알지 못하면 백성이 궁핍해지고 재물도 고갈된다. 따라서 나라가 나라꼴이 되지 못할 뿐이다.

목축: 목축은 나라의 큰 정사다. 농사일은 소를 기르는 데 있고 군사일은 말을 훈련시키는 데 있으며 푸줏간 일은 돼지, 양, 거위, 오리를 치는 데 있다.

소: 우리나라에서는 날마다 소 500마리가 죽는다.

시정: 재물은 우물과 같다. 우물에서 물을 퍼내면 물이 가득 차지만 길어내지 않으면 물이 말라버린다. 마찬가지로 비단옷을 입지 않으므로 비

단을 짜는 사람이 없고 그 결과 여성 공업이 쇠퇴한다.

상고: 우리나라의 풍속은 겉치레만 알고 뒤돌아보며 꺼리는 일이 너무 많다. 사대부는 놀고먹으면서 하는 일이라곤 없다. 사대부인데 가난하다고 들에서 농사를 지으면 알아주는 자 없고, 짧은 바지를 입고 대나무 껍질로 만든 갓을 쓰고 시장에서 물건을 매매하거나 자와 먹통 또는 칼과 끌을 가지고 남의 집에 품팔이를 하면 그를 부끄러워하고 우습게 여기면서 혼삿길을 끊지 않는 사람이 드물다. 그러므로 집에 비록 돈 한 푼 없는 자라도 높다란 갓에 넓은 소매가 달린 옷으로 나라 안에서 어슬렁거리며 큰소리만 한다. 그러면 그들이 입는 옷이며 먹는 양식은 어디서 나오는가? 권력에 기대는 수밖에 없다. 이리하여 청탁하는 버릇이 생기고 요행을 바라는 문이 열렸으니 시장 장사치도 그들이 먹고 남은 음식을 더럽다 한다. 그러니 중국 사람이 장사하는 것보다 못함이 분명하다.

한어: 지금 본토 사람 말 중에는 신라 때 사투리가 많다. '서울', '임금'(尼師今) 따위 말이 그렇다. 왕씨가 원나라와 통한 뒤에는 가끔 몽고 말이 섞였는데, '불알'(卜兒, 불알), '불화'(不花, 송아지), '수라'(水剌, 임금의 진지) 따위가 그 예다.

고동서화: 꽃에서 생겨난 벌레는 날개나 더듬이도 향기롭지만, 거름더미에서 자란 놈은 더러운 것을 뒤집어쓴 채 꿈틀거린다. 사물이 본디 이러하듯 사람도 마찬가지다. 아름답고 찬란한 비단 속에서 나고 자란 사람은 더러운 먼지 구덩이에 빠져 사는 사람과는 분명히 다른 점이 있다. 나는 우리나라 사람들의 더듬이와 날개가 향기롭지 않을까 염려스럽다.

몇 항목만 추려보았다. 벽돌 같은 일상의 사물에서 목축과 소, 시정 및 한어, 고동서화까지 마구잡이로 기술한 듯하다. 언뜻 보면 자질구레한 일상을 적은 것 같지만 자세히 보면 각 항목이 당시의 문제점을 지적하거나 그 해결책을 제시한다는 사실을 새겨보아야 한다. 그만큼 선생은 시대상을 면밀히 주시하고 이를 책으로 엮었다.

'붉구나!' 한 자만 가지고	毋將一紅字
눈앞의 온갖 꽃 말 말게	泛稱滿眼花
꽃술엔 많고 적음이 있으니	花鬚有多少
꼼꼼히 하나씩 찾아보려믄	細心一看過

선생의 「위인부령화」(爲人賦嶺花)라는 시다. '붉구나!' 한 자만 가지고 어찌 눈앞에 흐드러지게 피어 있는 온갖 꽃을 다 말하겠는가. 선생은 꽃술의 많고 적음까지 꼼꼼히 살피며 '눈앞의 온갖 꽃 말 말게'라고 한다. 때로는 진리가 한 줌 어치도 안 되는 작은 것에 숨어 있다.

이제 '소'(牛) 항목만 좀 더 깊이 보자. 당시 날마다 소 500마리 정도를 도축한 듯하다. 선생은 다음의 이유로 이것이 문제 있다고 한다.

① 소는 열 달 만에 나서 세 살이 되어야 새끼를 배기에 날마다 500마리씩 죽는 것을 당해내지 못한다. 이러니 갈수록 소가 귀해지는 것은 당연하다.
② 농부들 대다수는 소가 없어 이웃에서 빌리는데 빌린 날짜대

로 품을 앗아야 하기 때문에 논갈이 때를 놓칠 수밖에 없다.
③ 소를 도축하지 않으면 시장에서 소고기가 없어져 백성들이
비로소 돼지와 양 등 다른 동물 축산에 힘쓸 것이다.

선생은 당시 돼지고기가 남아도는 이유도 사람들이 돼지고기
를 즐기지 않아서가 아니라 시중에 유통되는 쇠고기 물량이 많아서
라고 하였다. 소 도축을 줄이면 자연히 돼지와 양 등 다른 목축업이
성장하게 되고 소가 넉넉하면 농사를 짓는 데 때를 놓치지 않는다
는 게 선생의 견해다. 1970년대 초반까지 시골서 성장한 사람이라
면 선생의 저 말에 동의할 것이다.

외편

전(田)·분(糞)·상과(桑菓)·농잠총론(農蠶總論)·과거론(科擧論)·북학
변(北學辨)·관론(官論)·녹제(祿制)·재부론(財賦論)·통강남절강상박
의(通江南浙江商舶議)·병론(兵論)·장론(葬論)·존주론(尊周論)·오행
골진지의(五行汩陳之義)·번지허행(樊遲許行)·기천영명본어역농(祈
天永命本於力農)등 논설을 개진하였다.

선생은 상공업과 농경 생활에 관한 삶의 기초를 집중적으로 다
루었다. 내용은 주로 중국을 본받아서 상공업을 발전시켜야 한다는
주장과 놀고먹는 유식 양반과 서얼제도에 대한 지적이었다. 선생은
상공업에 대해 다른 실학자들보다 뚜렷이 앞선 인식을 가지고 있었
다. 굳이 설명을 따로 하지 않아도 되기에 몇 항목만 추려보자면 다
음과 같다.

거름: 중국에서는 거름을 금같이 아끼고 재를 길에 버리는 일이 없으며 말이 지나가면 삼태기를 들고 따라다닌다.···우리나라에서는 성안에서 나오는 분뇨를 다 수거하지 못해서 더러운 냄새가 길에 가득하며 냇가 다리 옆 석축에는 사람 똥이 더덕더덕하게 붙어서 큰 장마가 아니면 씻기지 않는다.

농잠총론: 우리나라 시골 백성들은 1년 내 무명옷 한 벌도 얻어 입기 힘들고 남자나 여자나 일생 침구를 구경하지 못한다. 짚자리를 이불 삼아 그 속에서 자식을 기른다. 아이들은 열 살 전후까지 겨울, 여름 할 것 없이 벌거숭이로 다니며 세상에 버선이나 신이 있는 줄 모르기가 예사다.

과거론1: 시골 고을에서 보이는 평범한 과시에도 답안을 바치는 자가 곧잘 천 명을 넘어서고, 서울 대동과(大同科, 왕이 친히 참관하는 시험)에서는 유생이 곧잘 수만 명까지 이른다.[11] 수만 명이나 되는 많은 응시자를 두고 반나절 사이에 합격자 방을 내걸어야 하므로 시험을 주관하는 자는 붓을 잡고 있기에 지쳐 눈을 감은 채 답안을 내버린다. 사정이 이 지경이므로 아무리 한유가 과거 시험을 주관하고 소식이 문장을 짓는다 해도 번개같이 답안지를 넘길 테니 소식의 글 솜씨를 알아차리기가 어려운 것이다. 아아! 당당한 선비를 선발하는 자리가 도리어 제비뽑기 놀이 재수보다도 못한 형편이니 인재를 취하는 방법은 정말 믿을 수 없다.···(과거장에) 유생이 물과 짐바리를 가지고 들어가는데 힘센

---

11 실례를 보면 정조 24년 1800년 3월에 치러진 경과정시에서 세 곳의 시험장에 입장한 사람이 111,838명이었고, 거두어들인 시권이 38,614장이었다. 총 응시 인원이 11만 명이나 된다.

무인도 들어가고 심부름하는 종도 들어가며 술장수도 들어가니 과장이 어찌 비좁지 않으며 어찌 난잡하지 않겠는가.…과거제도를 바꾸는 방법은 첫째는 문체이고, 둘째는 주관하는 고시관이고, 셋째는 과거장을 잠그는 것이다.

재부론: 재물을 잘 다스리는 자는 위로는 하늘의 때(天時)를 놓치지 않고, 아래로는 지형의 이로움(地利)을 잃지 않으며, 중간으로는 사람이 해야 할 일(人事)을 잃지 않아야 한다. 도구가 편리하지 못하여 남들이 하루에 하는 것을 나는 한 달이나 두 달 걸려 한다. 이는 바로 하늘이 준 기회를 잃게 되는 것이다. 또 밭을 갈고 씨앗 뿌리는 것을 계획 없이 대충하게 되어 비용만 많이 들어가고 수확이 적게 된다면 이는 지형의 이로움을 잃게 되는 것이다. 물자가 제대로 유통되지 못하고 놀고먹는 자가 나날이 많아지게 되면 이는 바로 인사를 잃는 것이다.

통강남절강상박의(강남, 절강과 통상하기를 제의하는 의론): 우리나라 사람은 의아심이 많고 두려움을 잘 타며 기질이 트릿(맺고 끊는 데가 없이 흐리터분하고 똑똑하지 않음)하고 견식이 미개하다.

북학변1: 하등 선비는 오곡을 보고는 중국에도 있는지 없는지를 묻는다. 중등 선비는 중국의 문장이 우리만 못하다고 하고, 상등 선비는 중국에 성리학이 없다고 한다.

북학변2: 지금 우리나라 사람은 아교와 옻 같은 속된 꺼풀이 덮여 있어서 뚫지 못한다. 학문에는 속된 학문 꺼풀이 있고, 문장에는 속된 문장 꺼풀이 있다.

큰 것은 우선 두고라도 수레를 말하면 곧, "산천이 험하고 깊어서 사용할 수 없다"는 말과 "산해관에 걸린 현판은 이사 글씨인데 십리 밖에서도 보인다"는 말이라든가 "오랑캐는 머리를 땋으면서 부모가 있고 없음에 따라 한 가닥 혹은 두 가닥으로 하여, 예전 다방 머리 제도와 같게 한다"는 따위의 엉터리 말은 낱낱이 거론할 수 없다. 나와 친한 사람이라도 내 말을 믿지 않고, 저런 말을 곧이듣는다.

나를 잘 안다는 자가 평소에는 나를 떠받들다가 한 번 나를 나무라는 당치도 않은 말을 전해 듣고는 평생에 믿던 바를 크게 의심하여 끝내 그 말을 믿는 것과 똑같다. 그들이 내 말을 믿지 않고 저런 엉터리 말을 곧이듣는 이유를 알 수 있다. 지금 우리나라 사람은 호(胡)라는 한 글자로 중국 천하를 뭉개버리려 한다. 내가 "중국 풍속이 이와 같이 좋다" 하여, 그들이 평소에 생각하던 것과 크게 다른 까닭이다.

사람들에게 시험 삼아 "만주 사람은 말소리가 개 짖는 듯하며, 그들의 음식은 냄새가 고약하여 가까이 할 수 없다. 뱀을 시루에 쪄서 썰어 먹고 황제의 누이동생은 역졸과 몰래 통하여 가끔은 가남풍[12] 같은 일이 있기도 하다" 하면 그 사람들은 크게 기뻐하며 말을 옮기노라 분주하다.

장론: 오직 풍수지설은 부처나 노장 사상보다 폐해가 심하다. 사대부들 사이에 고루한 풍습이 되어 개장[13]을 효로 삼으니 치산[14]을 일로 삼는

---

12 진나라 가충의 딸로 황후가 되었다. 황음 방자했고 투기가 몹시 심한 데다 음탕했다고 한다. 10년 동안 권력을 휘두르며 여러 사람을 죽였다. 후일 살해당했는데 '빈계화'(牝鷄禍), 즉 암탉이 울면 집안이 망한다는 식으로 중국사에서 가혹하게 평가되었다. 하지만 진나라 황실을 수호하려던 여걸로 평가되기도 한다.

13 개장(改葬): 다시 장사지냄. 혹은 묘를 옮김.

14 치산(治山): 산소를 매만져서 다듬음.

다. 백성들도 이를 본받아 지관[15]이 수없이 많다.

선생의 『북학의』 내외편 중 가장 탁견을 꼽으라면 '장론'이 아닐까 한다. 지금도 대통령 국장에 지관이 등장하는가 하면 청와대 비서관 건물을 짓는 데도 풍수지리가 우선시된다. 일반인들도 마찬가지다. 매장할 때는 지관을 먼저 찾고 풍수지리 인테리어니, 풍수지리 가구 배치니 운운하는 실정이다. 현재의 습속이 이러한데 당시는 어떠했겠는가? 그야말로 선생 말대로 풍수설(風水說)이 낳는 폐해가 당시 이단으로 취급받아 배척되던 부처나 노장 사상보다도 심할 때라 '방내지리지설'[16]이란 말이 돌았다. 지금도 일의 실상은 잘 모르면서 이론만으로 아는 체하는 사람을 '방안풍수'라 한다. 이 고루한 습속은 주거 터뿐만 아니라 조상의 묘 개장 문제까지 확대되며 전국 각지에서 산송[17]이 일어났다. 선생은 전라도에서는 열 중 여덟아홉 명은 지관이라고 꼬집기도 한다.

이어지는 다음 글을 보자. 선생은 매장 문화가 아닌 물에 시체를 넣는 수장, 불에 태우는 화장, 새에게 쪼아 먹히게 하는 조장, 심지어 시체를 높은 곳에 매달아놓는 장례법 현장을 제언한다. 21세기 들어서야 비로소 우리 장례 문화는 매장에서 화장 중심으로 바뀌고 있다. 3세기 전, 장례 문화 다양화를 주장한 선생의 말이 이 시대

---

15 지관(地官): 풍수설에 따라 집터나 묏자리 따위의 좋고 나쁨을 가려내는 사람.
16 방내지리지설(房內地理之說): 방 안에 앉아서 풍수지리를 본다는 뜻으로, 비현실적이고 비실제인 언행을 비유하는 말.
17 산송(山訟): 묘지 문제로 생기는 송사.

를 사는 우리에게 시사하는 바가 적지 않다. 선생이 이런 제언을 할수 있었던 이유는 '길흉화복이 풍수와 무관'하다는 실학적 사고에서 나왔음을 알 수 있다. 그래서 선생은 각 고을에서 산을 하나 정해주고 한 집안의 묘를 이 산에만 쓰자고 한다. 요즘에야 각 집안별로 납골당을 만드니 선생의 '장론'이야말로 우리 장례 문화가 나아갈 방향이다. 북망산은 중국 허난성 뤄양시 북쪽에 있는 작은 산 이름이다. 뤄양은 주나라와 후한(後漢)을 비롯한 서진(西晉)·북위(北魏)·후당(後唐) 등 여러 나라의 도읍지였다. 이곳에서 죽은 귀인·명사들은 대개 북망산에 묻혔다.

> 대체로 수장(水葬)·화장(火葬)·조장(鳥葬)·현장(懸葬)을 하는 나라에도 사람이 있고 임금과 신하가 있다.…식당자[18]는 마땅히 그러한 잡서를 불사르고 그 술수를 금하여 백성으로 하여금 길흉화복이 풍수와 무관함을 분명히 알게 하여야 한다. 그러한 연후에 고을마다 각각 산을 하나 정하여 그 씨족을 밝히고 북망산(北邙山) 제도같이 일족이 한곳에 묘지를 쓰도록 한다.

아래 글에는 사대부에 대한 선생의 감정이 적나라하게 드러난다. 선생은 놀고먹는 양반들을 좀벌레(蠹)에 비유하였다. 그러고는 사족에게 장사하고 무역을 하게 하라고 한다. 지금이야 "돈이 제갈량"이라는 속담처럼 물질주의가 판을 치지만, 저 시절에 양반들은

---

18 식당자(識堂者): 중요한 지위나 직분에 있는 사람.

상행위를 가장 속된 모욕으로 여겼으니 사족에게 장사를 시키라는 발언을 하는 것은 섶을 지고 불구덩이로 들어가는 것만큼 위험한 행위였다. 더욱이 아래 글은 임금 앞에서 한 말이란 점을 염두에 두고 살펴본다면 의미가 지대하다.

> 병오년 정월 22일 조회에 참석했을 때 전설서 별제(典設署別提) 박제가가 느낀 생각: 신이 들으니 중국 흠천감(欽天監, 중국의 천문대)에서 책력을 만드는 서양인들은 모두 기하학에 밝으며, 이용후생의 방법에도 능하다고 합니다. 나라에서 관상감에 쓰는 비용을 들여 그들을 초빙하여 대우하고 나라의 젊은이들에게 지구·달·별들의 움직임, 각종 도량형, 농업과 상업, 의약, 가뭄과 홍수에 대비하는 방법, 건조와 누습의 적절함, 벽돌을 만들어 궁실이나 성곽·교량을 만드는 방법, 구리나 옥을 캐고 유리를 굽는 방법, 외적 방어를 위한 화포의 설치 방법 등을 배우게 한다면 몇 해가 못 되어서 세상을 다스리는 데에 알맞게 쓸 수 있는 인재가 될 것입니다.

선생의 탁견이 그대로 보인다. 홍대용도 중국에 가서 저 흠천관을 찾아 관리로 근무하는 유송령과 포우관 두 독일인을 만나고 왔다. 선생은 기술이 앞선 이러한 서양인들을 초빙하자고 한다. 사실 지금도 외국인을 공무원으로 채용하는 것은 어려운 일이다. 그런데 저 시절 선생은 이러한 주장을 정조 임금 앞에서 설파하였다. 선생이 설파하는 흠천감 이하, 다양한 방법들을 조정에서 받아들였다면, 아마도 우리의 역사는 지금과는 완연 달라졌을 것이라는 생각이 필자의 억측만은 아닐 듯하다.

3부 인간이란 무엇인가?

선생의 도도한 연설은 아래와 같이 이어진다.

저 놀고먹는 자들은 나라의 큰 좀벌레입니다. 날이 갈수록 날로 먹는 자가 불어나는 이유는 사족(士族)이 날로 번성하는 데 있습니다. 그들을 처리할 방법이 반드시 따로 마련되어야 합니다. 신은 수륙 교통요지에서 장사하고 무역하는 일을 사족에게 허락하여 입적하라고 요청합니다. 밑천을 마련하여 빌려주기도 하고, 점포를 설치하여 장사하게 하고, 그중에서 인재를 발탁함으로써 그들을 권장합니다. 그들이 날마다 이익을 추구하게 하여 점차 놀고먹는 추세를 줄입니다. 이게 현재 사태를 줄이는 데 일조할 것입니다.

위 글은 선생이 주장한 '사기삼폐설'(四欺三弊說) 중 사대부의 기만이다. '사기'는 자기를 속이는 네 가지 행위고 '삼폐'는 세 가지 폐단이다. 자기를 속이는 네 가지 행위는 다음과 같다. ① 인재를 배양하고 재물을 쓸 생각은 않고 후세로 갈수록 세상이 침강되어 백성이 가난해진다고 하는 '나라의 기만', ② 지위가 높을수록 여러 일을 천시하여 아랫사람에게 맡겨버리는 '사대부의 기만', ③ 글의 속뜻도 모르면서 과거시험만을 위한 문장에 정신을 소모하며 천하에 볼 만한 서적이 없다 하는 '공령(功令, 과거공부)의 기만', ④ 서얼이라 하여 아버지를 아버지라 부르지 못하게 하고 친척인데도 노예처럼 대하면서 천하를 오랑캐라 여기고 스스로 예의니 중화니 하는 '습속의 기만'이다.

또한 세 가지 폐단은 다음과 같다. ① 국가가 등용시킨 사대부에게 국가가 만든 법률을 적용하지 않는 '국가의 폐단', ② 인재 등용의 관문인 과거제도가 오히려 인재 등용의 길을 무너뜨리는 '과거의 폐단', ③ 유학자를 존숭한다며 세운 서원이 병역을 기피하고 금하는 술이나 빚는 '서원의 폐단'이다.

아래는 위 글에 이어지는 내용으로 서얼로서의 괴로움을 적어놓은 '습속의 기만' 부분이다. '불치인류'[19]요 '세세지색'[20]이었다. 서얼 세습은 조선조 500년 동안 지속된 악의 연대기였다. 아래 글은 천한 서얼로 태어난 선생의 삶 그대로다. 선생이 호를 초정(楚亭)으로 삼은 데는 서얼로서의 슬픔이 담겨 있다. 선생은 『정유각시집』권5에 실린 「기족종질」이라는 시에서 이렇게 말했다. "내가 어려서 초나라 굴원의 「이소경」(離騷經)을 애독해서 호를 초정이라고 하였다. 그 시는 대개 우울하고 감개한 음이 많았다."[21] 「이소경」 외에도 초나라 시들은 대부분 비애미가 흐르고 우울하다. 선생이 초정을 호로 삼은 이유를 살펴보면 서얼의 삶을 이해할 수 있다.

아버지를 아버지라 부르지 못하는 자가 있고, 형을 형이라 부르지 못하는 자가 있습니다. 사촌 간에 서로 종으로 부리는 자가 있고, 머리가 누렇고 등이 굽은 노인을 쌍상투 머리를 땋은 아이의 아랫자리에 앉게 하는 자가 있으며 할아버지, 아버지 항렬이건마는 절하지 아니하며 손자

---

19 불치인류(不齒人類): 사람 축에 들지 못함.
20 세세지색(世世枳塞): 대대로 벼슬길에 나가지 못함.
21 余弱冠 愛讀楚騷 號曰楚亭 其詩大抵多幽憂感慨之音.

뻘, 조카뻘 되는 자가 어른을 꾸지람하는 자도 있습니다. 이 버릇이 점점 교만하게 되면서 천하를 오랑캐라 무시하며 자기야말로 예의를 지켜 중화 문화를 간직하고 있다고 자부합니다. 이것은 우리 풍속이 자기를 기만하는 행위입니다.

선생의 말은 아래와 같이 이어진다. 선생은 실학자들마저도 천편일률적이었던 사치를 배격하는 금사론(禁奢論)을 통박하였다. 사치를 배격하는 것은 조선인의 보편적 사고였다. 재물(財物)은 악의 근원인 재물(災物, 재앙을 부르는 물건)이었다. 임금부터 백성까지 호호백발 노인에서 어린아이까지 조선의 국정교과서로 일거수일투족의 삶을 통제한 『소학』 「외편」에서 그렇게 배웠다. "어질면서 재물이 많으면 그 뜻을 손상하고 어리석으면서 재물이 많으면 그 허물을 더할 뿐"[22]이라고. 어질거나 어리석거나 재물은 당치 않은 물건이었다. 똑같은 문장이 『명심보감』 「성심편」(省心篇) '상'에도 보인다. 지금도 아이들조차 외우는 고려 최영(崔瑩, 1316-1388) 장군의 "황금 보기를 돌같이 하라"(見金如石)는 금언은, 꼬장꼬장한 선비라면 누구나 내세우는 재물관이었다. 이는 청빈사상[23]으로 굳어졌다. 성호 이익조차도 『성호사설』 「치속」(侈俗)에서 "옛날에는 사치가 욕심에서 생겼는데, 후세에는 사치가 풍속에서 생기고 욕심이 사치에서 생긴다"고 할 정도였다. 후일 근대적 개혁운

---

22 賢而多財則損其志 愚而多財則益其過.
23 청빈사상(淸貧思想): 재물에 대한 욕심이 없어 맑은 가난.

동인 갑신정변을 이끈 김옥균(金玉均, 1851-1894)조차도 「치도약론」
(治道略論)이란 글에서 오늘날 힘써야 할 일을 말하라고 하면 첫째,
인재를 쓰는 일 다음에 '재물 쓰기를 절약하고 사치를 억제하는 일'
이라고 할 정도였다. 지금도 재물과 사치를 배격하는 '금사론'이 삶
의 바른 자세라고 생각하는 사람이 많은 게 사실이다.

그러나 선생은 우물물을 쓸수록 물이 맑게 솟는다는 우물론인
용사론(容奢論)을 주장하였다. 선생은 수요억제·절검이 경제 안정
에 필요하다는 통념을 물리쳤다. 오히려 생산 확충에 따른 충분한
공급이 유통 질서를 원활하게 한다는 경제관이었다. 가히 혁명적인
주장이었다.

현재 국사를 논하는 사람들 중에는 사치가 날로 심해진다고 말하지 않는
자가 없습니다. 신의 관점으로 보기에 그들은 근본을 모르는 자들입니
다. 우리나라는 반드시 검소함으로 인해 쇠퇴하게 될 것입니다. 왜 그렇
겠습니까? 화려한 비단옷을 입지 않으므로 나라에는 비단을 짜는 베틀
이 존재하지 않습니다. 그렇다 보니 여인의 기능이 피폐해졌습니다. 노
래하고 악기 연주하는 것을 숭상하지 않기 때문에 오음과 육률이 화음을
이루지 못합니다. 부서져 물이 새는 배를 타고, 목욕을 시키지 않은 말을
타며, 이지러진 그릇에 밥을 담아 먹고, 진흙방에 그대로 살기 때문에 공
장(工匠)과 목축과 도공 기술이 끊어졌습니다. 농업은 황폐해져 농사짓
는 방법이 형편없고 상업을 박대하므로 상업 자체가 실종되었습니다.

이런 실정을 고치려고 생각하지는 못할망정 도리어 민간 백성들이 대
문을 높이 세우는 것이나 헐뜯고 시정에서 가죽신을 신는 백성이나 잡으

려 하고, 말을 돌보는 병졸이 귀덮개를 하는 행위나 걱정하고 있습니다. 이게 지엽적인 것이나 건드리는 게 아닙니까?

선생이 살던 시대는 명나라를 숭상하고 청나라를 배격하는 숭명배청 시대였다. 연암을 위시한 일군의 학자들이 제아무리 뜻을 같이했다 하여도 힘없는 학자들 모임에 지나지 않았다. 대부분 양반들은 조선 후기의 냉엄한 현실 속에서도 숭명(崇明)을 당위적 명분론으로 내걸었고, 글쓰기도 임금에 대한 충성이나 자연 예찬, 혹은 이기니 심성만을 소재로 삼았다. 더욱이 선생은 일개 서얼에 지나지 않았다. 그러나 선생은 서얼로서 사대부 양반들이 그렇게 혐오하는 청나라로부터 배우자는 논리를 당당히 폈다. 책 이름까지 『북학의』라고 지을 정도였다.

당시 학자들은 전연 딴 생각을 갖고 있었다. 선생은 "북학변"에 당대 학자들의 어리석음을 이렇게 지적했다. "북학변"은 '북학'하는 것을 못 마땅히 여기는 당대 학자들을 향한 선생의 변론이다.

> **북학변**: 하등 선비는 오곡을 보고는 중국에도 있는지 없는지를 묻는다. 중등 선비는 중국의 문장이 우리만 못하다고 하고, 상등 선비는 중국에 성리학이 없다고 한다. 이들의 말이 사실이라면 중국에는 한 가지도 볼 만한 게 없고 내가 말하는 "중국에서 배울 만한 게 있다"고 하는 것도 있을 리 없다.

하등에서 상등까지 조선의 양반이라는 사대부 혹은 유학자들은 청나라를 저런 시선으로 보았다. 선생은 지식이나 수단 등 실학은 없이 오직 격물치지니 정심성의[24]만 주장하는 주자의 성리학만을 숭상하는 당대 식자들에게 다음과 같이 일침을 가한다.

우리나라에서는 사람마다 정자와 주자의 학설을 말할 뿐, 나라 안에 이단이 없다. 사대부는 감히 강서(江西)·여요(餘姚, 절강성)의 학설을 논하지 못한다. 어찌 도가 한 가지에서 나왔겠는가? 과거라는 것으로 몰아치고 풍속으로 구속하여 이와 같이 하지 않으면 몸을 용납할 곳이 없고 자손마저 보존하지 못한다.

"강서·여요의 학설"은 왕수인(王守仁, 1368-1661)의 양명학(陽明學)을 말한다. 왕수인이 여요 지방에 살고 강서 지방에서 벼슬을 해서다. 선생이 말한 대로 양명학은 당시의 대표적인 '이단'으로 배척 대상이었다. 양명학은 조선 유학자들이 신봉하는 주자학과 달랐다. 양명학은 세상의 이치를 직접 궁구하기보다 먼저 자신의 마음을 성찰하고 바로잡음으로써 그곳에서 이치를 밝혀내는 방식이다. 왕수인은 이것을 '심즉리'(心卽理), 즉 마음이 곧 이치라고 하였다. 따라서 사물의 이치를 끝까지 파고들어 알아내는 격물치지(格物致知)를 내세우며 모든 것을 이치(理)로 파악하는 주자학은 근본적으로 잘못되었다고 하였다. 윤휴(尹鑴, 1617-1680)는 주자의 『중용장구』 주석을 무시하고 새 주석을 냈다는 이유로 송시열 등에게 사문난적[25]

---

24 정심성의(正心誠意): 마음을 바르게 가다듬고 뜻을 정성스럽게 함.

3부 인간이란 무엇인가?

이라 지탄받았다. 이러한 시절에 선생은 모두가 사악시하는 이단 학설인 양명학을 배우자고 한다.

하지만 당시 소위 '유교의 도를 편다' 하는 학자들은 "오랑캐 편을 든다"고 선생을 멸시하였다. 이런 유자들에게 선생은 위 글의 말미에 "아아! 나를 찾아왔던 모든 이가 장차 유도(儒道, 유교의 도리)를 밝히고 이 백성을 다스릴 사람들인데 그 고루함이 이와 같으니 오늘날 우리 풍속이 진흥하지 못하는 것이 당연하다"고 개탄하고 만다.

저런 시대에 선생은 무슨 심정으로 『북학의』를 썼을까? 선생의 말대로 몸을 용납할 곳도 없고 자손마저 보존하지 못하는 시절 아닌가. 그야말로 '문자(文字)의 옥(獄)'이 날을 세우던 시절이기에 선생의 글을 예사로 볼 게 아니다. 그래서일까? 선생은 「백화보서」(百花譜序)에 "벽(癖)이 없는 사람은 버림받은 자다. '벽'이란 글자는 질병과 치우침으로 이루어져 편벽된 병을 앓는다는 뜻이다. 벽은 편벽된 병을 의미하지만, 고독하게 새로운 세계를 개척하고 전문적 기예를 익히는 자는 왕왕 벽을 가진 사람만이 가능하다"고 적바림해 놓았다. 선생 말대로 몸을 용납할 곳도 없고 자손마저 보존하지 못하는 시절이다. 그야말로 '문자(文字)의 옥(獄)'이 날을 세우던 시절이기에 정녕 벽이 없고서야 『북학의』를 써낼 수 없었을 것이다.

『북학의』를 읽으며 한 번쯤은 옷깃을 여미고 선생의 이런 마음을 조심스럽게 짚었으면 한다. 「시선서」 마지막 구절에 이런 말이

---

25 사문난적(斯文亂賊): 성리학에서 교리를 어지럽히고 사상에 어긋나는 언행을 하는 사람을 이르는 말.

있다.

　어떤 사람이 "물은 무슨 맛이냐?"라고 물었다.
　나는 대답했다.
　"물은 제일 맛없지. 허나 갈증이 날 때 마시면 천하에 그보다 더 맛있는 것이 없을 걸세. 지금 자네는 갈증을 느끼지 않으니 어찌 물의 맛을 알겠는가."

　『예기』「학기」편에도 "딴은 제아무리 맛있는 음식이 있으면 뭘 하겠는가. 먹지 않으면 그 맛을 모르는 것을"(雖有嘉肴 不食 不知其味也)이라는 말이 보인다. 이 시절 『북학의』를 읽는 내 갈증부터 챙겨 보아야 한다.
　안타까운 점은 영명한 군주 정조가 선생을 '견줄 자가 없는 선비'라는 뜻의 무쌍사(無雙士)라 부르고 송나라의 개혁 정치가인 왕안석(王安石)에 비겼으며 검서관으로도 발탁하였으나 거기까지가 한계였다는 것이다. 선생이 주장한 이러한 북학을, 조정에서는 느린 달팽이 걸음만큼도 활용치 못하였다.

13장

—

척재 이서구 『척재집』

솔뿌리 위에 앉아 책을 읽으니
책 위로 솔방울이 떨어지누나

이서구의 생애

이름 이서구(李書九)

별칭 자는 낙서(洛瑞), 호는 척재(惕齋)·강산(薑山)·소완정(素玩亭)[1]·
석모산인(席帽山人)

시대 1754(영조 30)-1825년(순조 25) 조선 후기

지역 서울

본관 전주(全州)

직업 실학자 겸 정치인

당파 노론

가족 아버지는 대광보국숭록대부 의정부영의정을 증직받은 이원(李
遠)이며, 어머니는 정경부인이 된 평산 신씨(平山申氏)로 부사 신사관
(申思觀)의 딸이다.

어린 시절 서울 서부 반석방 외가에서 태어났다. 5세인 1758년(영조
34)에 어머니를 여의었고, 외할머니 댁에서 자라며 외숙으로부터 당
시(唐詩)·『사기』·『통감』(通鑑) 등을 배웠다. 외가에서 7년을 지내고
12세가 되던 1765년 아버지에게로 돌아와 경전(經典)을 읽기 시작
했다.

그 후 삶의 여정 15세인 1768년 평산 신씨 신경한(申景翰)의 딸과 혼인

---

1   소완(素玩): '소'(素)는 흰 바탕의 편지지나 책을 의미한다. 선생은 책들을 완상(玩賞)
한다는 뜻으로 이 당호를 지었다. 또한 '소'에는 텅 비었다는 뜻도 있는데 연암은 이
뜻을 취하여 허심(虛心)으로 완상하라고 충고한 「소완정기」라는 글을 쓰기도 했다.

했다. 같은 해 연암 박지원을 스승으로 섬겼고, 5살 때부터 선생을 길러준 외조모 임숙인(林淑人)이 상을 당했다.

1770년(영조 46)에는 귀양에서 돌아온 아버지를 잃었고, 20세가 되던 1773년 첫아들 이건길이 태어났으나 이듬해에 죽었다.

21세인 1774년(영조 50) 가을에 정시(庭試) 병과에 제16인으로 뽑혔다. 10월에 섭기주(攝記注)로 첫 벼슬을 받았다.

22세 때인 1775년(영조 51)부터는 약 6년간 오로지 학문에만 뜻을 두었다. 특히 역사책을 깊이 공부했다. 그 해에 이덕무 등과 함께 『한객건연집』에 참가함으로써 사가시인이라는 칭호를 얻었다.

24세인 1777년 차남 이아농이 태어났으나 이듬해에 죽었다. 유득공 숙부인 유탄소(柳彈素)가 『한객건연집』을 중국에 가지고 가 간행했는데 이때 세 사람의 나이가 각각 이서구(24살)·박제가(28살)·유득공(30살)·이덕무(37살) 순이었다.

27세인 1780년 삼남 이증뢰가 태어났으나 이듬해 죽었다. 「상아광지」(殤兒壙志)를 지었다.

1785년(정조 9)에 시강원사서, 1786년(정조 10)에 홍문관교리를 거쳐 한성부판윤·평안도관찰사·형조판서·판중추부사 등 벼슬을 역임하며 임금의 총애를 받았다.

1799년 호조 참판이 되었다가 곧이어 승지, 이조 참판, 예조 참판, 공조 참판이 되었다. 이 해에 이조 참판에 제수된 게 7번, 승지에 제수된 게 7번이었다.

47세인 1800년 사직 상소 문구가 불온하다는 죄로 절도(絶島)에 정배(定配) 명이 내렸으나, 대신들의 구원으로 곧 용서받아 복직

되었다.

1820년 전라도관찰사가 되었다.

72세인 1825년 영평(永平) 양문(梁文)에서 졸하였다. 장사는 춘천 박의리 홍천강 가에 지냈다.

벼슬한 일을 평생 애석하게 여겼다

선생은 연암학파에서는 유일하게 입신양명을 이룬 정통 양반 사대부였다. 우리 것을 있는 그대로 그리고자 하였으나 다른 실학자들과는 글결이 다른 이유가 여기에 있다. 선생이 실학자로서 행한 문학적인 실천이라면 우리 것을 그대로 그려내려는 진실 추구 정신이다.

어려서 어머니를 잃어서인지 외로움은 선생의 삶에 큰 영향을 미쳤다. 선생은 벼슬보다는 은거(隱居)에 미련을 가졌다. 또 아들 없이 늙어가는 것과 벼슬한 일을 평생 애석하게 여겼다. 선생은 다른 실학자들과는 달리 한 번도 중국을 가보지 못했다. 하지만 연암 일파와 교류를 하며 자연히 독창과 개성, 현실문제, 조선 역사와 자연에 대한 관심을 가졌고 이를 문학적으로 표현하였다.

선생의 시는 개인적 성향 때문인지 혁신적이고 지나치게 현실적이기보다는 온화하고 부드러우며 인정이 두텁고 사색적이다. 사물을 관조하는 자세로 담백하고 높은 정신세계를 표현하고 있는 작품이 많다. 고요하고 아름다운 자연과 고귀한 내면을 아울러 그려냄으로써 시의 격조를 높였다.

선생은 연암에게 문장을 배웠으며, 백탑파에 속한다. 『연암집』 권7, 별집『종북소선』「녹천관집서」(綠天館集序)에는 선생과 연암 간의 사제관계가 잘 나타난다.

이 씨 자제인 낙서(洛瑞, 이서구)는 나이가 16세로 나를 따라 글을 배운

지 이미 여러 해가 되었는데 심령이 일찍 트이고 혜식(慧識, 총명함과 지식)이 구슬과 같았다. 그는 일찍이 『녹천관집』을 가지고 와서 나에게 질문하였다.

"아, 제가 글을 지은 지 겨우 몇 해밖에 되지 않았으나 남들의 노여움을 산 적이 많았습니다. 한마디라도 조금 새롭거나 한 글자라도 기이한 게 나오면 그때마다 사람들은 '옛글에도 이런 게 있었느냐?'고 묻습니다. '그렇지 않다'고 대답하면 발끈 화를 내며 '어찌 감히 그런 글을 짓느냐!'고 나무랍니다. 아, 옛글에 이런 게 있었다면 제가 어찌 다시 쓸 필요가 있겠습니까. 선생님께서 판정해주십시오."

그의 말을 듣고 나는 손을 모아 이마에 얹고 세 번 절한 다음 꿇어앉아 말하였다.

"네 말이 매우 올바르구나. 가히 끊어진 학문을 일으킬 만하다. 창힐(蒼頡)이 글자를 만들 때 어떤 옛것에서 모방하였다는 말을 듣지 못하였고, 안연(顔淵)이 배우기를 좋아했지만 유독 저서가 없었다. 만약 옛것을 좋아하는 사람이 창힐이 글자를 만들 때를 생각하고, 안연이 표현하지 못한 취지를 저술한다면 비로소 올바른 글을 쓰게 될 것이다. 너는 아직 나이가 어리니, 남들이 노여워하면 공경하는 태도로 '널리 배우지 못하여 옛글을 상고해보지 못하였습니다'라고 사과하거라. 그래도 힐문이 그치지 않고 노여움이 풀리지 않거든, 조심스러운 태도로 '은고(殷誥)와 주아(周雅)는 하·은·주 삼대 당시에 유행하던 문장이요, 승상 이사(李斯)와 우군(右軍) 왕희지(王羲之)의 글씨는 진(秦) 나라와 진(晉) 나라에서 유행하던 속필(俗筆)이었습니다'라고 대답하거라."

선생은 사가시인 중 한 사람으로서 문자학(文字學)과 전고(典故)에 조예가 깊고 글씨에도 뛰어났다. 1774년 과거에 합격한 후 전라도 관찰사, 우의정 등을 지냈다. 시는 왕사정(王士禎, 1634-1711)[2] 같은 당풍에 깊이 매료되었다. 나름대로 고해 같은 세상을 그리고 있다는 게 선생 시의 특징이고 이게 실학적 사고와 잇닿아 있다.

물론 『녹앵무경』(綠鸚鵡經) 같은 경우는 더욱 삶과 밀접한 글이다. 『녹앵무경』은 선생이 북경에서 수입된 푸른 앵무새를 접하고는 영조 46년(1770)에 앵무새에 관한 각종 문헌 기록들을 모아 편찬한 책이다.

선생은 『청장관전서』 권34, 『청비록』 3, 「왕완정」(王阮亭)에서 이렇게 말하였다.

우리나라 사람은 마음이 거칠고 안목이 좁아서 시를 제대로 알지 못한다. 청나라에 대해 인격 현부와 시품 고하는 불문하고서 덮어놓고 오랑캐라는 구실로 말살하려 든다. 과연 이런 식이라면 조맹부(趙孟頫)·오사도(吳師道)·양재(楊載) 같은 이들도 중국 풍아(風雅)의 우두머리가 될 수 없고 끝내는 몽고·여진 출신을 면치 못한다. 그러면 지역적인 거리가 겨우 한 옷과 띠 사이에 있으면서도 이상(貽上, 왕사정의 호) 같은 이를 지금까지 어떤 사람인지조차 모른다. 가령 이상이 만주 출신으로 팔기[3] 계통

---

2 신운설(神韻說)의 주창자다. 신운이라 함은 평담(平淡, 고요하고 깨끗하여 산뜻)한 상태에서 완곡하고 청명한 묘사 가운데 무한 정서에 의탁하여 고담(枯淡)의 경지에 이르는 것을 뜻한다.
3 팔기(八旗): 청나라 태조가 군대를 여덟 가지 빛깔의 단위로 나눈 편제.

에 소속되었다 하더라도 시를 잘 한다면 그 시만 좋아하면 그만이지 무엇 때문에 굳이 오랑캐라는 이유로 배척하면서 시까지 무시해야 하는가?

『척재집』, 조선의 역사와 현실문제에 관심을 갖다

『척재집』(惕齋集)은 원집 16권과 연보를 합하여 8책으로 구성되어 있다. 권1은 오륙언절구(21)와 칠언절구(84)이고, 권2는 오언고시(63)다. 권3에는 칠언고시(24), 오언율시(111), 칠언율시(81)가 수록되었다.

선생은 20대에 이미 청 문인들에게서 "오언고시에 뛰어나다"는 평가를 받을 정도의 실력을 갖추었다. 박지원·이덕무·박제가 등과 교유하며 다수의 시를 지었는데, 그중에서도 이덕무에 관한 시가 많다. 「무관 입연 우절축 문사」는 이덕무가 연경에 다녀온 후 그곳에서 만났던 청 문인들에 대해 담소를 나눈 내용을 읊은 것이고, 「송 이무관수 초재 심장념조 입연」은 중국에 가는 이덕무를 전송하며 지은 시다.

권4-6은 소계(81)와 주의(6)다. 소계의 대부분이 사직 상소다. 그중 「사지평 변 이보온 무욕 소」는 1783년 8년간의 은거 생활을 끝내고 조정에 다시 출사한 후, 8년 전 부정한 방법으로 과거에 급제했다고 자신을 탄핵한 이보온(李普溫, 1728-?)이 올린 상소에 대해 해명한 글이다. 「논 이가환 사사 우승지 소」는 1793년 이가환(李家煥, 1742-1801)이 그의 종조 이잠(李潛)의 신원을 청한 일에 대해 반대하는 저자의 입장을 밝히고, 우승지를 사직하는 상소다.

권7은 대책(3)이다. 대책에는 「천문책」, 「문체책」, 「문자책」이 있다. 이 중 「문체책」은 선생이 지닌 실학자로서의 면모를 알 수 있는 유용한 자료다. 선생은 문체의 변화는 세도(世道)의 쇠퇴와 융성에 달려 있다고 한다. 그래서 현재 당면 과제는 문체를 순정(醇正)하게 하는 게 아니라 세도를 부양하기 위해 성학(聖學)에 더욱 힘써야 한다는 것이다.

권8은 명(2), 찬(2), 서(25), 변(2), 서(3), 기(1), 제(3), 발(3), 잡지(1)이다. 「집현전 한림 박공 찬」은 고구려의 왕산악, 신라의 우륵과 함께 한국 3대 악성으로 추앙받는 조선 전기의 문신이자 음률가 박연(朴堧)의 셋째 아들인 박계우(朴季愚)에 대한 찬이다.

권9는 제문(24), 행장(1), 묘표(1), 묘지(9), 묘갈(2), 전(1), 잡저(2)다. 제문은 대부분 친척에 대한 것으로, 어려서부터 저자를 양육한 외숙모 이씨에 대한 「제 구모 이숙인 문」, 장모 남씨에 대한 「제 외고 공인 의령 남씨 문」이 있고, 이 밖에 유언호·강감찬·명나라 장수인 양호 등에 대한 제문이 있다. 묘지명에는 아내 신씨, 아들 이증뢰에 대한 것과 벗인 이덕무·서미수(徐美修)에 대한 것 등이 있다.

권10-15는 『상서강의』다. 권15에는 특히 선생이 정조와 『상서』를 강독하면서 문답한 것을 기록하였다.

권16은 『시강의』·『중용강의』·『논어강의』다. 『상서강의』와 마찬가지로 정조와 문답한 것을 기록하였다.

마지막에 양자인 아들 이시영(李蓍永)이 쓴 연보가 있다. 선생은 일찍이 아들 셋을 잃고 49살에 이시영을 양자로 들였다. 이 해에 서자(庶子)인 희연(然喜)이 태어났고, 이후 회영(誨永), 보영(輔永)이 태어났다. 그러나 이들은 서얼일 뿐이었다. 서얼에 대한 선생의 한계성이 보인다.

선생의 문집은 조선 정통 유학자들의 문집과 다를 바 없다. 하지만 선생의 많은 글에서 다른 유학자와 완연히 다른 부분을 찾아낼 수 있다. 그것은 실학자들이 즐겨 글 소재로 삼는 일상과 역사의식이다.

선생의 역사의식이 담긴 시 두어 편부터 보겠다. 우선 「남부여를 회고, 족손 진사 이청을 보내며 칠수」(南扶餘懷古送進士族叔靑七首)를 본다. 부여를 회고하는 시로 7수인데, 그중 3수다.

찬 물결 오열하니 물가 꽃이 짙붉은데	寒波鳴咽渚花紅
옛 부여의 바람 안개가 꿈속에 놀라워라	古國風煙噩夢中
적막만 흐르는 부소산 자락 아랫길을	寂寞扶蘇山下路
지나가는 사람들 의자왕궁터라 가리키네[4]	行人指點義慈宮

설명이 필요 없는 시다. 부여에 있는 백제의 의자왕궁터를 바라보는 추연한 마음을 담은 시다. 시 7수는 모두 의자왕의 3천 궁녀, 백제의 도성인 사자성(泗泚城), 백마강, 낙화암 등 백제의 사적지를 거닐며 읊었다. 백제의 흥망성쇠를 되짚는 선생의 마음에서 조국의 역사에 대한 인식을 볼 수 있다.

---

4 이 시는 『석모산인미정초』(席帽山人未定艸) 권3, 43장에 실려 있다. 남재철, 『강산 이서구의 삶과 문학세계』(소명출판, 2005)에서 재인용.

아래의 시는 『척재집』 권3, 「시」, "칠언율시"에서 뽑았다.

탄금대 아래로 물은 맑게 흐르는데	彈琴臺下水粼粼
지난 일 처량히 몇 번이나 봄을 맞나	往事凄涼閱幾春
한 스민 강물 소리 흘러도 다 못 푸니	恨入江聲流不盡
풀빛에 맺힌 혼 푸르름은 끝이 없어라	魂迷岬色碧無垠
기병이 물리친단 헛된 말에 적을 가벼이 여겨	空聞突騎能輕敵
괴이한 한신이라도 사람을 그르칠지니	却怪兵仙解誤人
평화로운 시절에도 난세를 잊지 말아야 하니	聖代不忘陰雨戒
말 말라 좋은 계책 교린에만 있는 게 아니라네	莫言長策在交隣

임진왜란 시절 충청북도 충주 탄금대 전투를 회고하는 시다. 신립(申砬) 장군은 충청도의 병력을 단월역에 주둔시키고 종사관 김여물(金汝吻) 등을 이끌고 조령으로 진출했다. 김여물이 조선군의 수가 열세이므로 협곡을 이용한 기습작전을 권했다. 그러나 신립은 기병을 이용하면 이길 수 있다는 말에 따라 탄금대 낮은 저습지에 배수진을 쳤다. 늪지대에서 신립은 기병들과 함께 치열한 접전을 벌였으나 대패했다. 선생은 말한다. 제아무리 괴이한 병선[5]이라도 그르칠 수 있다고. 그렇기에 평화로운 시절에도 항상 난세를 잊지 말아야 한다는 경계를 주는 시다.

---

5 병선(兵仙): '병법의 신선'으로 한 고조의 장수 한신(韓信)이다. 한신은 배수진을 쳐 조왕과의 전투에서 승리했다. 그러나 한신도 후일 유방에게 죽임을 당하고 만다.

마지막으로 「통영 세병관에서 이충무공을 그리며」(統營洗兵舘懷李忠武公) 중 1수다. 이 시는 『척재집』 권3, 「시」, "오언율시"에 2수로 되어 있다.

난세에 영웅이 난다 하지만	世亂英才出
공만큼 다시 뛰어난 이 날까	如公更逸群
칠 년 동안 나라를 지키다가	七年成保障
한 번 죽어 임금 은혜 갚았네	一死報明君
큰 칼에는 별빛이 모여들고	碪釖收星彩
장수 기에는 바다구름 번쩍이고	靈旗閃海雲
사당에서 영송곡을 부르나니	遺祠迎送曲
겸하여서 등장군도 조문하노라	重吊鄧將軍

　　선생이 임진왜란에서 나라를 구한 이순신(李舜臣) 장군을 모시는 사당인 통영의 충렬사(忠烈祠)를 찾아 쓴 시다. 설명이 필요 없고 지면도 한정되기에 이 시에 대한 설명은 독자에게 맡긴다. 마지막 구의 등장군은 임진왜란 때 명나라 총병으로 온 등자룡(鄧子龍)이다. 등자룡은 노량해전에서 이순신 장군과 함께 전사하였다.

　　다음은 현실 문제를 담은 시들이다.

솔뿌리 위에 앉아 책을 읽으니	讀書松根上
책 위로 솔방울이 떨어지누나	卷中松子落
지팡이 짚고서 돌아가려 하니	支筇欲歸去

산중턱에는 구름이 뭉게뭉게　　　　半嶺雲氣作

　　선생과 벗인 이덕무의 『청장관전서』 권35, 『청비록』 4, 「강산」(薑山)에 실린 시다. 이를 두고 중국의 반정균은 "신묘하기가 망천(輞川) 왕유(王維, 699-759)와 같다"고 평하였다. 반정균은 홍대용과 의형제까지 맺은 청나라의 문사로서 이덕무·박제가·유득공과도 친분이 있었다. 이 반정균이 선생의 시를 왕유에 비기었다. 왕유는 당나라 시인이며 화가다. 그는 '시불'(詩佛)이라는 칭호를 얻은 자연 시인으로서 전원 풍경과 한적한 정취, 자연스러운 애정을 노래했다. 특히 소동파(蘇軾)는 왕유의 시와 그림을 칭하여 "시 속에 그림이 있고, 그림 속에 시가 있다"(詩中有畵 畵中有詩)고 평가하였다. 즉 그림이 시 같고 시가 그림 같다는 말인데 그만큼 왕유는 그림에 개인적인 감정을 듬뿍 담았다. 위 시를 읽노라면 반정균의 평처럼 앞으로는 뭉게구름이 걸린 산을 두고 소나무 아래에 앉아 책을 보는 선생의 모습이 눈에 선연하다.
　　다음 시 역시 이덕무의 같은 책에 보인다.

밝은 풀 위엔 나비 날고　　　　　　　　草光明去蝶

성한 숲 사이엔 새가 앉았네　　　　　　林翠膩棲禽

새는 넓은 강 위에 높이 날고　　　　　　高鳥滄江闊

외로운 배는 종일토록 한가하네　　　　　孤帆盡日閒

청산을 지나는 말 더디 가고　　　　　　青山遲去馬

방초 위서 돌아오는 배 바라보네　　　　芳草望回舟

부평이 무성하니 선 백로 다리 짧고	萍深停鷺短
연꽃이 떨어지니 노는 고기 향기롭네	蓮落游魚香
배에서 묵으니 한기가 스며들고	水宿寒相聚
인가에는 냉기 아직 덜 가셨네	人煙冷未收
나뭇잎 피니 엷은 그림자 생기고	樹妍生薄影
꽃이 담박하니 쌀쌀함 없어지네	花澹了輕寒

- 중략 -

은하수는 잠자리로 드리우고	明河垂枕席
밝은 달은 책장을 비춰주네	涼月鑑圖書
가을 산가엔 방아소리 들리고	寒山聞夕杵
나무 끝에는 성긴 연기 보이네	木末見疏煙
정향은 꽃망울 맺혔는데 숲 경치 더디고	丁香結綬林光晩
제비는 새끼 길들이는데 정원에 해 기네	乙鳥馴雛院日遲
겨울 숲엔 지는 해 빨리 넘어가고	寒林易送殘陽下
기러기 떼는 달밤에 많이 나는구나	連雁多從夜月飛
글 읽는 조용한 창가엔 봄새 지저귀고	書窓畫寂春禽語
차 달이는 연기 자욱하니 가랑비 내리네	茶竈煙深細雨飛
한 떨기 약초 꽃은 뜰 밑에 숨었는데	微紅藥草藏階足
희디흰 배꽃은 지붕 위로 솟았네	廻白梨花表屋頭
정원에 핀 작약 누구에게 주며	園抽芍藥云誰贈
언덕에 자라는 궁궁이 예부터 수심일세	岸長蘼蕪自古愁
꾀꼬리는 쌍쌍으로 때없이 오가는데	兩籬黃鳥無時到
조그만 모란꽃은 태반이 시들었네	小牧丹花太半零

가을 되니 필연까지 벌레 소리 미치고	秋來筆硯虫聲徹
서리 오자 의관에도 국화 향기 스며드네	霜後衣冠菊氣濃
짝 잃은 기러기는 석양녘에 날고	失次賓鴻經夕到
붉게 물든 단풍잎은 바람에 나부끼네	儵紅晩葉側風飛
춘초가 무성하니 사람이 보이지 않고	春草方深人不見
강리가 자랐는데 나는 어디로 돌아가리	江蘺初長我安歸
청산 그림자는 달리는 배 따라가고	靑山影逐帆三轉
푸른 버들 그늘 집 한 부분 덮었네	翠柳陰藏屋一分
나그네는 배에 올라 고향을 그리는데	行人峭帆望煙樹
노는 이는 누에 올라 물새 소리 듣네	遊子登樓啼水禽
버들 옆에서 그물 치는 노망이고	柳外罟師眞魯望
구름 덮인 산에서 나무하는 선평일세	雲端樵客是宣平
초사의 신나무는 시야가 어지럽고	楚些靑楓紛極目
진풍의 백로는 내 간장 녹여주네	秦風白露黯銷魂

- 하락 -

이 시를 옮겨놓으며 이덕무는 "강산의 문장 솜씨는 왕어양(王漁洋) 같고, 박식함은 주죽타(朱竹垞) 같으니 강산에 대해서는 간연[6] 할 수 없다"고 하였다. 그러면서 "비유하자면 코끼리의 몸에서는 모든 짐승의 고기맛이 나지만 오직 그 코만이 코끼리고기 본래의 맛

---

6 간연(間然): 결점을 지적하여 비난함.

을 가지고 있는 것과 같다"[7]는 비평글을 써놓았다. 풀이하자면 "진정한 코끼리고기 맛"(象之本肉之味)을 느끼려면 코를 맛보아야 한다는 말로 선생 시의 핵심을 찾으라는 말이다. 이덕무는 그 진정한 맛을 '기실'(記實), 즉 사실을 기록했다는 데서 찾았다. 이제 『척재집』에 실린 시들을 보겠다. 아래 3수는 『척재집』권1, 「시」, "칠언절구"에서 뽑았다.

「산행」

가시덤불 을씨년스레 돌무더기 쌓여 있고	數棘荒寒堆亂石
저녁 햇볕은 묵은 밭머리에 거의 기울고	斜陽欲盡廢田頭
산호 알인 양 조롱조롱 열매 달린 찔레나무엔	野棠結子珊瑚顆
어디서 날아왔나 산비둘기 한 마리	何處飛來黃褐侯

선생이 산길을 걸으며 본 것을 그대로 옮겨놓았다. 가시덤불, 저물녘의 묵은 밭머리, 찔레나무와 그 위에 저녁노을이 내려앉는 하늘가를 어디선가 날아온 산비둘기가 날아간다. 선생이 눈에 보이는 대로 실경을 담아낸 시다.

「하일잡흥」

느즈막 높은 곳 논에 모포기 꽂아놓고	晚向高田揷翠秧
몇 집 사내와 부인네 김매기 바쁘지만	數家男婦把鋤忙

---

7 譬諸象之一身 各具衆獸之肉味 而其鼻獨專象之本肉之味焉.

그저 물이나 흔해 뿌리 잎 잘 자라서	但教活水滋根葉
가을 되어 하나같이 누렇게 농사나 잘되었으면	及到秋來一例黃

어느 여름날 선생이 흥이 돌아 길을 나섰나 보다. 산비탈 논다랑치에서 사내와 아낙네들이 김을 매고 있다. 선생이 이것을 보고는 저 농부들 마음을 넌지시 짚어본다. '그저 가뭄이나 들지 말고 물이나 넉넉하여 벼가 잘 자랐으면, 그래 농사가 잘되었으면' 아마도 이런 생각이 들었나 보다. 선생의 시에서는 이렇게 사대부 양반으로서 정형화된 권위 의식도 또 내면의 성찰이니, 정신세계니 하는 고답적인 시어들도 보이지 않는다.

「추일전원」

사립문 밖 묵밭 새로 일궈냈으니	柴門新拓數弓荒
종남산 기슭 옛 터전이로구나	眞是終南舊草堂
청려장 꽂아놓고 물꼬를 보고	藜杖閒聽田水響
대바구니 들고 나가니 벼꽃 향내가	筍輿時過稻花香
통발에 한밤 불 밝히고 찬비 맞아 돌아오니	魚梁夜火歸寒雨
게 굴에 가을연무 된서리로 바뀌었네	蟹窟秋煙拾早霜
비로소 시골 재미를 좋아하게 되었으니	始信鄕園風味好
내 평생 욕심은 농사나 지으며 늙으려오	百年吾欲老耕桑

가을의 들녘과 사람 사는 이야기다. 가을 들녘에는 따비 일은 묵밭도 보이고 물꼬도 보인다. 가을로 들어서는지 벼가 패니 벼꽃 향

내가 난다. 한밤중에는 불을 밝히고 구럭으로 게도 잡아본다. 어느새 가을의 엷은 안개는 된서리가 되어 을씨년스럽게 한다. 선생은 중얼거린다. "내 평생 욕심은 농사나 지으며 늙는 거라오"라고. 선생이 실지로 농사를 지었는지, 안 지었는지는 알 수 없다. 하지만 선생이 평생 벼슬길을 살아간 정치인이라는 점을 상기한다면 이러한 마음을 적극적으로 이해해야 하지 않을까 한다.

선생의 시 가운데 이덕무의 『호서시권』(湖西詩卷)에 비평을 한 「제이무관 덕무 호서시권」(題李懋官 德懋 湖西詩卷)이라는 시 2수가 있다. 이 시들도 『척재집』 권1, 「시」, "칠언절구"에 실려 있다.

묵은 장을 신기하게 바꾸었으니	要將腐臭化新奇
호서 지방 여러 선비 스승을 얻었구려	南渡諸家自得師
성재와 합해서 후진을 채워주니	合與誠齋充後進
눈앞 경물이 모두 시 되어 살아나네	眼前景物摠成詩

1행의 "묵은 장"(腐臭)은 우리가 늘 보는 경물이다. 이덕무가 늘 보는 경물을 새롭게 바꾸었다는 의미다. 늘 보는 경물은 '모두 눈앞에서 실제 벌어지는 일'(卽事)이다. 사람들은 늘 보던 것이라 대수롭게 여기지 않는다. 그러나 늘 보는 이 경물이 바로 사람이 살아가는 인정물태,⁸ 즉 사람 사는 세상이다. 연암을 위시한 실학자들은 이

---

8   인정물태(人情物態): 사람의 마음과 사물의 모습.

방법을 즐겨 썼다.[9] 글은 시대를 상심하고 시속을 안타까워해야 한다고 여겼기 때문이다. 4행에서 "눈앞 경물이 모두 시 되어 살아난다"는 것은 그러한 이유에서다.

3행에서 "성재"(誠齋)는 송나라 양만리(楊萬里)[10]의 호다. 그의 시는 대부분 자연 경물을 그렸고 애국적인 관점에서 민간의 고통을 적나라하게 묘사했다는 평을 듣는다. 2수는 이렇다.

참된 경지 그려내면 시어가 오히려 기이하니	摹來眞境語還奇
시골 노래, 농부 노랫가락 또한 배울 만해	里曲田歌亦可師
누가 나서 호서 지방 풍토기를 짓는다면	誰著湖西風土記

---

9 연암은 이를 '환기수경'(換器殊境)이라 하였다. 즉 '묵은 간장도 그릇을 바꾸면 입맛이 돌고, 예사롭던 감정도 환경이 달라지면 느끼고 보는 것이 바뀐다'는 의미다.

한번은 소천암(小川菴)이란 사람이 우리나라의 속요, 민속, 방언, 속된 기술 따위, 한마디로 오만 잡스러운 것을 적어놓은 책을 갖고 와서는 연암에게 말한다. 사람들이 겉치레만 화려(外美)한 속빈 강정(粔籹)을 좋아하고 열매 좋은(實美) 개암, 밤, 메벼 등을 더럽고 천하게 여기니 이게 어찌된 셈이냐고 하면서 연암에게 '글 짓는 방법'(文章之道)을 알려 달라는 것이다. 소천암은 '인정물태', 즉 사람 사는 세상을 썼다. 그런데 격식에 젖은 중세의 사람들이 이를 그대로 받아들일 리가 없다. 그래 연암 선생은 이해해줄 것이라 생각하여 가지고 온 것인 듯하다.

그러자 연암은 이렇게 말한다. "지금 자네가 비속하고 통속적인 데서 말을 찾고 천박하고 비루한 곳에서 사건을 주워 모았네. 어리석은 남자, 무식한 여인이 천박하게 웃고 일상적으로 하는 말은 모두 눈앞에서 실제 벌어지는 일(卽事)이 아닌 것이 없으니 눈이 시리도록 보고 귀가 아프게 들어서 제아무리 무식한 자들이라도 정말 신기할 게 없는 것이 당연한 것일세"라며 이렇게 답을 만들어준다. "비록 그렇지만 묵은 간장도 그릇을 바꾸면 입맛이 새로 돌고 일상의 예사롭던 감정도 환경이 달라지면 느끼고 보는 것이 모두 바뀐다네"(雖然宿醬換器 口齒生新 恒情殊境 心目俱遷).

연암의 「순패서」(旬稗序)라는 글에 나오는 내용이다.

10 양만리는 육유(陸遊), 우무(尤袤), 범성대(範成大)와 더불어 '남송사대가'(南宋四大家), '중흥사대시인'(中興四大詩人)으로 일컬어진다.

요즈음 지은 당신의 시 몇 편을 수록하리   收君今日幾篇詩

　시인들은 늘 기이한 말, 참신한 시어, 참된 경지를 찾는다. 하지만 기이하고 참신함은 특별한 곳에 있는 게 아니다. 기이한 말, 참신한 시어, 참된 경지를 담고 있는 글감은 도처에 널려 있다. 보려는 마음이 없으니 못 보는 것뿐이다. 선생은 그러한 글감을 양반들이 쳐다보지 않는 촌구석에서 찾았다. 응당 호서 지방을 있는 그대로 그려낸 이덕무의 시는 호서 지방 풍토기가 되는 것이 당연하다.

　'글은 곧 그 사람'(文如其人)이다. 글을 보면 그 사람이 어떠한 사람인지 알 수 있다. 글은 우리네 삶의 언어이기 때문이다. 선생의 성품과 학문의 실용성은 그의 모든 시에 이렇게 담겨 있다.

　그렇기에 선생이 이런 해학시를 지었다는 말도 떠돈다. 좋게 말하면 한자를 쪼갠 파자시(破字詩) 혹은 해학시라 부르지만 사실 한자와 한글을 이용하여 지은 언문풍월에 가깝다. 삿갓 하나 눌러쓰고 세상을 떠도는 김삿갓 같은 이면 모르겠거니와 선생과는 영 어울리지 않는 듯싶다. 여하간 시는 이렇다.

내가 세상사람(人)을 보니   我觀世人
화복이 자기(己)에게 있던데   禍福有己
만약 입(口)을 잘 닦지 않으면   若不修口
끝내는 디귿(ㄷ) 자에 점을 찍으리   終當点ㄷ

시옷(ㅅ)→사람 인(人)으로, 리을(ㄹ)→자기(己)로, 미음(ㅁ)→입구(口)로, 마지막 디귿(ㄷ) 자에 점을 찍는다 하였으니 망할 '망'(亡)이 된다. 결국 화복은 입에 달렸으니 주의하지 않으면 망한다는 의미인데 과연 선생이 이런 시를 지었을지 의심스럽다. 일설에 의하면 이 시가 지어진 연유는 이렇다.

선생이 전라도관찰사로 부임하는데 허름한 차림을 하고 있었나 보다. 전주 한벽당(寒碧堂)을 지나는데 한 무리의 선비들이 흥청망청 놀다 선생이 지나가는 것을 보고 "행색이 초라해도 양반은 양반인가 보니 시 한 수 지으면 말석에서 술 한 잔 주겠다"고 했나 보다. 그래서 그 말에 선생이 이런 '파자시'를 지었다 한다.

설령 선생이 이 시를 짓지 않았다 해도 백성들과 어울리는 친화력을 갖추었음을 알 수 있다. 지금도 전라도에 가면 선생과 관련된 꽤 많은 일화가 전해온다. 선생의 외연은 조선 명문가 자제로서 부귀공명의 길을 걸은 최고 양반이지만(물론 귀양 간 적도 있지만) 내면에는 백성들과 함께 인정물태 세상을 거닐었다.

그래서 선생은 늘 사람을 간절히 그렸는지도 모른다. 특히 이덕무와는 열세 살이라는 나이 터울과 서얼이라는 신분 차이에도 불구하고 가깝게 지냈다. 이덕무가 죽고 나서 그를 위해 지은 「묘지명」에는 벗을 잃은 슬픔이 절절히 나타난다.

아, 무관이 가니 나는 이 세상에 벗이 없어졌다. 참으로 벗이 없는 게 아니라, 우리 무관처럼 청렴 개결하고 박식 단아한 선비를 얻어 벗하고자 하되 그와 같은 사람이 없다는 말이다. 내가 약관 때부터 무관과 한 마을에 살았으나, 나는 성품이 졸렬하여 남과 교유를 좋아하지 않고 항상 문을 닫고 들어앉아 혼자 글 읽기를 즐겼다. 그러나 무관의 사람됨은 외면으로 보아 쌀쌀한 것 같으나 마음이 너그러우며 널리 배우고 옛것을 즐기며 문장을 잘 말하기 때문에 나는 유독 그와 사귀기를 몹시 좋아하게 되었다. 그는 며칠 간격으로 반드시 내 처소를 한 번씩 들렀으며, 그때마다 경사(經史)를 펼쳐 쉼 없이 같고 다름을 연구하고 얻고 잃음을 변론하였다. 술을 마셔 약간 취기가 돌면 문득 뜻에 맞는 고인의 시문을 취하여 서로 번갈아 낭독하다가 해가 져야 가곤 하였다. 이상한 책이라도 한 권 얻게 되면 즉시 서로 알려가며 나누어 베끼곤 하였는데, 이와 같이 한 지가 10년이 되었다.

다음은 명나라 섭자기(葉子奇)의 시로, 중국은 물론 우리나라에서도 꽤 알려진 시다. 연암 박지원도 『피서록』에서 열하의 유하정(流霞亭)에서 이 시를 보았다고 적어놓았을 정도다. 선생의 또 다른 벗인 유득공은 『고운당필기』에서 이 시를 두고 "지금 세상에 시를 알기로는 두 사람만 한 이가 없는데 그 두 사람의 해석이 이렇게 다르다"고 썼다. 여기서 두 사람은 선생과 이덕무를 말한다.

공명부귀 다 잃어버렸으니	功名富貴兩忘羊
살아생전 술 한 잔이나 더 먹세	且盡生前酒一觴
가지가지 어여쁜 꽃 삼백 그루가	多種好花三百本
얕은 울밑 비바람에 네 계절 향긋	短籬風雨四時香

유득공에 따르면 이서구는 어여쁜 꽃 삼백 그루를 보고 "삼백이

란 숫자는 사시사철에 맞춘 것"이라 하였고, 이덕무는 "강산의 해석법이 고루하다"며 "삼백이란 대체적인 숫자"라 하였다.

선생은 삼백을 사시사철로 이해하였다. 결국에 네 계절이 분명히 보이기 때문이다. 사실을 중시하는 선생의 성격을 엿볼 수 있다. 반면 이덕무는 『청장관전서』 권35, 『청비록』 4, 「사시화」(四時花)에서도 이 시를 쓴 후 "나는 광달한 경지가 좋다"(余喜其曠達)고 하였다. '광달'이란 마음이 활달하여 구애받지 않는다는 뜻이다. 이덕무는 삼백이라는 숫자가 아주 많다는 의미로 쓰였다고 풀이하였다.

유감스럽게도 나는 선생과 이덕무의 평에 대해 운운할 만한 실력이 못 되지만 굳이 한 마디 하자면 이덕무의 손을 들어주고 싶다. 부부 싸움으로 비유하면 이렇게 되지 않을까 한다. 선생은 '부부가 심하게 싸운다'고 직설적으로, 이덕무는 '부부가 의견을 조율 중이다'라고 에둘러 이야기하는 듯하다. 어찌 되었든 선생의 시가 아웅다웅 살아가는 삶을 관조하는 듯한 실학적 자세를 담고 있는 것만은 틀림없다.

선생의 마지막은 세도 정치와의 투쟁이었다. 1825년, 선생은 20년을 은거하던 경기도 양평에서 죽음을 맞기 직전 순조에게 마지막 「유소」(遺疏)를 올렸다. 선생은 「유소」에서 네 가지를 순조에게 당부하였다.

첫째, 뜻을 굳게 갖고 분발하여 정치에 더욱 분발해주소서.

둘째, 어진 선비를 널리 선발하시어 왕세자를 바르게 이끌어가소서.

셋째, 궁실과 정부의 기강을 바로 세워 재정을 절제하셔서 백성들의 부담을 덜어주소서.

넷째, 서울과 지방을 하나로 살피셔서 인재들을 두루 등용하여 민심을
수습해주소서.

지금 대한민국을 이끄는 통치권자도 마다하지 말고 새겨들어야
할 지침들이다.

글쓰기란 무엇인가?

인간의 존재 의의, 사실적 글쓰기

─────── 4부 ───────

4부에서 만날 이옥과 김려는 필화'를 당하였다. 이옥은 성균관 유생으로 있던 1795년, 소설체를 구사한다고 정조에게 견책을 받고는 귀양을 가 평생 야인의 길을 걸었다. 김려는 1799년에 유배지에서 필화를 당했으며, 그의 저서는 대부분 불태워졌다.

정조는 조선을 위협하는 두 축으로 서학(西學, 천주학)과 소품문(小品文, 자질구레한 일상사를 쓴 글)을 들었다. 정조 문집인『홍재전서』권164,『일득록』4,「문학」에서 그는 "서양 학문은 학문의 길이 그릇되었고 소품문은 문장의 길이 그릇되었다"²고 분명히 적시하였다. 소품문에는 가벼운 명말소품체나 패사소품체도 속한다. 정조는 이들의 글이 촉급(促急, 촉박하여 매우 급함), 경박, 비리(鄙俚, 속되고 거침), 초쇄(噍殺, 슬프고도 낮음)하고 불순한 문체로 문풍을 해치고 나아가 자신의 왕조에까지 못된 영향을 줄 것이라고 염려하였다. 1792년, 정조는 당시 유행하는 불순한 문체의 주범으로 연암 박지원과 그의 저작인『열하일기』를 지목하였다. 정조는 순정고문을 탕평책을 펴기 위한 고육지책이라 말하면서도 속으로는 글을 통해 정국을 끌고 가려 했다. 자신이 문을 직접 통제하여 세상 도리를 밝히는 글을 자기 치하에 두려 한 것이다. 문풍(文風)이 세도와 관계된다고 여겼기 때문이다.³ 정조가 원하는 글은 순정고문(醇正古文)이었다.

---

1 필화(筆禍): 글이 법률적으로나 사회적으로 문제를 일으켜 제재를 받는 일.
2 西洋之學 學而差者也 小品之文 文而差者也.
3 이를 두고 통칭 '문체반정'(文體反正)이라 하는데 이는 고교형(高橋亨, 일제강점기 조선총독부 관리·한국 사상 연구가인 일본인 타카하시 토오루)의 연구 이래 붙여진 명칭이다. 따라서 원래대로 '비변문체'(丕變文體), '문체지교정'(文體之矯正), '귀정'(歸正) 등으로 부르는 게 마땅하다.

정조 치세에 지식인은 긴고아[4]를 착용하였다. 긴고아는 제아무리 발버둥쳐도 벗겨내지 못한다. 벗어낸다는 것 자체가 죽음이기 때문이다. 삼장법사가 긴고주(緊箍呪)라는 주문만 외우면 이 긴고아는 오그라든다. 긴고아를 조이는 주문인 긴고주가 정조 시대에는 순정고문이었다. 삼장법사가 긴고주를 외기만 하면 손오공이 머리를 부여잡고 신음을 토해내듯 정조가 순정고문을 말하면 선생들은 귀양길에 올랐다. 정조가 강요한 순정고문은 만세 공론이었고 이를 거역하면 그동안 누려온 안온한 삶을 포기해야 했다. 눈먼 자들의 세상에서 눈을 뜬다는 것은 매우 괴로운 진실을 마주하는 일이었다.

하지만 순정고문은 모두 중국에서 비롯되었다. 정조의 순정고문 요구는 조선중화주의를 더욱 심화시켰다. 순정고문은 "문필은 진나라와 한나라를, 시는 성당을 본받자"(文必秦漢 詩必盛唐)는 주장이었다. 이러한 글들은 모두 임금에 대한 충성을 말했고 이백과 두보는 짝패가 되어 조선 문인들 고유의 정신을 박탈하였다. 이는 모방주의와 형식주의에 얽매인 의양호로[5] 문체만을 복기할 뿐이었다. 문을 무보다 높이는 우문정치(右文政治)를 강조하는 조정 정책과도 어깃장이다. 순정고문은 조선을 중국의 정신적 속국으로 만드는 조선중화주의의 강화제일 뿐이었다. 하지만 조선 문인 대다수는 저 순정고문에 자발적으로 복종하겠다는 맹세를 서슴지 않았다.

선생들은 이를 분명히 인지하고 있었고 괴롭지만 진실을 찾으

---

4   긴고아(緊箍兒): 손오공의 머리에 씌워진 쫄테.
5   의양호로(依樣葫蘆): 독창적인 면은 조금도 없이 남의 것을 모방함.

아! 나는 조선인이다

려 했다. 연암을 위시한 이옥과 김려는 마땅히 조선의 글에는 조선의 정신이 들어 있어야 한다고 생각했다. 선생들의 글에는 조선의 인정물태가 넘쳤다. 글 속에 조선이 있고 백성들의 날숨소리가 살아났다.

더욱이 글은 개개인의 것이다. 하지만 정조는 이러한 문장들을 매우 불결하게 여겼다. 글이란 순정한 도덕관이나 이성 혹은 충성과 국가관 등 이른바 세상을 올바르게 다스리는 세도(世道)만 담아야 한다는 게 그의 흔들림 없는 신념이었다. 정조는 끈질기게 정치에 글을 고집스레 동여매고 순정문만을 고집하며 자유로운 생각을 담아내는 패사소품체에 재갈을 물렸다. 시시콜콜한 것까지도 놓치지 않고 인정물태를 그린 선생들의 글은 필화를 당할 수밖에 없었다.

표현의 자유가 생살여탈권을 쥔 왕에게 있던 시절이다. 명백한 위험을 감지하고도 그 글을 쓸 수 있을까? 지금도 필화는 고약하지만 저 시절에는 자기 글을 쓰려면 그야말로 삶을 내놓아야만 했다. 하지만 선생들은 그것이 곧 자신의 부고장이 될 줄 알면서도 글을 썼고 필화(筆禍)를 당했건마는 하나같이 필화(筆花)[6]였다. 선생들에게 글은 삶의 수단이 아닌 목적이었다.

선생들의 붓끝에서 피어난 꽃인 글들은 하나같이 당대의 삶을 이 시절까지 전해주고 있다. 선생들의 식솔은 굶주렸고 곳간은 텅 비었다. 선생들의 글은 하나같이 누더기 옷과 찢어진 갓을 쓰고 찬바람이 드는 방 또는 귀향길 주막집에서 쓰였다. 그래서 글 속에는

---

6 필화(筆花): 붓끝에 피는 꽃이라는 뜻으로, 아주 잘 지은 글을 이르는 말.

삶의 비의(悲意)도 있지만 문학사에서는 난만한 꽃 시절을 보여주었으니 아이러니다. 물론 이 모든 것은 뚜렷한 자의식에서 비롯된 찰기 있는 글들로 이 시절 물질에 대한 욕망과 삶의 투쟁만이 만연한 우리의 심성을 정화시켜준다.

아! 나는 조선인이다

14장

—

문무자 이옥 『이언』

누가 알았겠는가.

남들이 능하지 못한 것에 능한 자가 되려

남들이 능한 것에 능하지 못하고,

남들이 가지지 못한 것을 가진 자가

홀로 남들이 가진 것을 가지지 못함을

이옥의 생애

이름 이옥(李鈺)

별칭 자는 기상(其相), 호는 문무자(文無子)·매사(梅史)·매암(梅庵)·경
금자(絅錦子)·화석자(花石子)·청화외사(靑華外史)·매화외사(梅花外
史)·도화유수관주인(桃花流水館主人)

시대 1760(영조 36)−1815년(순조 15) 조선 후기

지역 경기도 남양

본관 전주[1]

직업 실학자 겸 작가

당파 남인

가족 태종의 둘째 아들 효령대군 후손이다. 선생 가문은 5대조 이경유
(李慶裕, 1562-1620)와 그의 형 이경록(李慶祿)이 무과에 급제하면서
문관에서 무관으로 전신한 집안이다. 이경유가 본처와의 사이에 아
들을 두지 못해 서자 이기축(李起築, 1589-1645)이 대를 이었으며, 기
축 역시 무과에 급제하고 기축의 아들로 이옥의 증조부가 되는 만림
(萬林)도 무과에 합격하였다. 이옥의 가문은 왕족 피가 흐르고 있기
는 하지만 무반으로 전신한 데다가 기축이 서자라는 사실과, 집안 당
색 또한 북인 일파인 소북 계열이었기 때문에 노론 세가 막강했던 조
선 후기에 소북 출신이라는 배경은 조선 사회에서 주변부로 밀려날

---

[1] 장지연의 『해동시선』에는 전주로 되어 있고 『예림잡패』에는 연안(延安)으로 되어
있으나 현재 전해지는 필사본 『예림잡패』는 후대 누군가의 것이다.

수밖에 없었다. 부친은 이상오(李常五)로 1754년 집안 인물 가운데는 처음으로 진사시에 급제하였다. 첫 번째 부인 남양 홍씨[2]와 두 아들을 낳고 사별한 후 재혼하여 다시 두 아들을 두었는데, 이옥은 이 둘째 부인에게서 태어났다.

어린 시절 1764년, 본가는 경기도 남양 매화동으로 바닷가에는 집안 어장이 있었고 밭으로 일구는 땅도 있었으며 집안에는 수백 권 장서가 있어 선생은 5~6세에 이미 글을 배우기 시작했다.

그 후 삶의 여정 16세인 1775년 최종(崔宗)의 딸과 혼인했다.

31세인 1790년에 생원시에 급제하여 성균관 유생이 되었다.

1792년(정조 16)에 선생은 성균관 유생으로 있으면서 김응일(金應一)의 사랑에서 김려와 함께 공령문(과거시험 문체)을 연습했다.

36세인 1795년 소설 문체를 썼다 하여 정조의 견책을 받았다. 정조는 문체를 개혁한 뒤에 과거에 나아가도록 명했다. 이때 선생은 충청도 정산현에 충군(充軍)되었으나 그해 9월에 다시 서울로 와서 과거를 봤다. 반성문 글을 하루에 50수씩 지어 문체를 뜯어 고친 연후에야 과거에 응시할 수 있는 벌을 받은 이후에도 정조로부터 문체가 이상하다 하여 과거에 응시하지 못하게 하는 벌인 '정거'(停擧)를 당한 것이다.

1796년(정조 20)에 다시 시험을 보아 별시 초시(初試)에 방수(榜首, 1등)를 차지했으나, 이때에도 역시 문체가 문제되어 방말(榜末, 합격자 중 꼴찌)에 붙여진다.

---

2 홍이석(洪以錫)의 셋째 딸이고 첫째 딸은 유득공의 어머니다.

40세인 1799년(정조 23)에 삼가현[3]에 소환당하여 넉 달 동안 머물면서 『봉성문여』(鳳城文餘)[4]를 짓는다.

1800년 사면령이 내려 서울로 돌아와서는 본가가 있는 경기도 남양으로 내려가 전원생활을 하면서 저작 활동을 했다.

1815년 56세(족보 근거)를 일기로 한 많은 삶을 마친다.

---

3 삼가현(三嘉縣): 경상남도 합천군 삼가면·쌍백면·가회면·대병면 일대에 있었던 옛 고을.

4 선생은 1799년 음력 9월 13일 서울을 출발하여, 10월 18일 귀양지인 삼가에 도착한다. 그리고 1800년 2월 18일까지 읍성 서문 밖(금리 하금마을) 박대성(朴大成) 점사(店舍, 주막)에 방을 얻어 120여 일을 기거하면서 밥을 사 먹으며 지냈다. 『봉성문여』는 이때 삼가에 머물면서 보고 느낀 기록이다. 이 책은 총 64항목으로 역사·유적·토속·민속놀이·무속·야담·필기·방언·은어 등에 관한 내용이 실려 있다. 이에는 전통문화에 대한 저자의 자존의식과 도덕관 등이 두루 드러나 있다.

한편 토속·민속놀이·무속에 관한 기록들은 당시 이 지방의 민속학 연구에 새로운 자료로 활용될 수 있다. 또한, 이 지방 방언과 도적들이 쓰는 은어에 관한 내용은 양이 얼마 되지는 않지만 희귀한 자료다. 야담·필기류에서 관찰할 수 있는 그의 도덕관은 특이하다. 지배층의 부도덕한 행위에 대해서는 철저하게 비판적인 반면, 하층민에 대해서는 관심과 흥미를 나타내고 있다. 이 같은 생생한 세태 묘사 문체는 패사소품(稗史小品)으로서 특징을 잘 반영하고 있다. 이 책의 서문에서 선생은 자신의 글쓰기를 "근심의 전이 행위"라 하였다.

선생은 정조의 비변문체란 그물에 걸린 희생물이었다

선생이 남긴 산문과 시에서는 조선 후기 문학 중 주체적이고 개별적인 일상의 삶을 최대한 많이 그리려 애쓴 노력이 보인다. 선생의 글로는 친구인 김려가 교정하여 『담정총서』 안에 수록한 산문 11권과 『예림잡패』가 전해진다.

『담정총서』 안에 수록한 산문 11권은 다음과 같다. 「문무자문초」(文無子文鈔)·「매화외사」(梅花外史)·「화석자문초」(花石子文鈔)·「중흥유기」(重興遊記)·「도화유수관소고」(桃花流水館小稿)·「경금소부」(絅錦小賦)·「석호별고」(石湖別稿)·「매사첨언」(梅史添言)·「봉성문여」(鳳城文餘)·「묵토향초본」(墨吐香草本)·「경금부초」(絅錦賦草) 등이다. 이 가운데에는 전(傳) 23편을 비롯하여 문학사적인 의의를 지닌 글이 상당수 포함되었다.

선생이 특히 산문(散文)을 많이 지었다는 데 유의할 필요가 있다. 산문은 율격과 같은 외형적 규범에 얽매이지 않고 자유로운 문장으로 흩어놓은 글이기 때문이다. 그렇기에 더 의미 있는, 즉 꽤 무거운 사상 같은 것을 담고자 하였다. 따라서 글은 형식적이고 건조하였다.

하지만 선생의 산문은 이와 달랐다. 글은 다정다감하고 일상을 소재로 하였으며 형식에 전혀 얽매이지 않았다. 일상을 그려냈다는 앞 문장은 선생의 글이 우리 주위에서 보이는 흔한 것을 양반들이나 장악하고 부귀를 위해 운용하는 고귀한 한자로 써냈다는 말이다.

선생은 그렇게 양반들이 장악한 한자를 백성들과 공유하였다.

우리 사회의 갑질이 유구한 전통이라면 문자(한자)는 저들에게 부역하며 숙주 역할을 했다. 지금도 부패의 재생산에 문자(영어)가 숙주인 것처럼 말이다. 그렇게 그 시절에는 양반들의 완강한 벽에 막힌 비속한 글이었지만, 이 시절에는 선생이 그렇게 썼기에 귀한 글이 되었다. 귀한 것은 흔한 데 있다는 사실을 다시금 생각하게 만든다. 이 글을 쓰다 말고 주위를 둘러본다. 휴휴헌 창으로 들어오는 손바닥만 한 햇빛도, 책상도, 연필도, 의자도, 이렇게 글을 쓰는 것도, 삼라만상, 두두물물(頭頭物物), 그리고 오늘이란 날도 귀하고 귀하다.

『예림잡패』에는 「이언인」(俚諺引)이란 시 창작론과 『이언』(俚諺) 65수, 「백가시화초」(百家詩話抄)가 소개되었다. 「이언인」은 '3난'(難)으로 나누어 시를 창작하는 이론을 설명한다. 『이언』 65수는 4조(調)로 나누어 각 조에 10여 편씩 민요풍 정서를 담은 이언시다. 이언시는 속어를 사용하여 남녀 사이의 달콤한 애정 또는 시집살이의 고달픔 등을 그려낸다. 「백가시화초」에는 시론과 시를 함께 정리하였다. 이밖에 가람본 『청구야담』에서는 「동상기」(東廂記)를 선생이 지었다고 했다.

선생의 사상적 기반은 유교 합리주의였다. 불교의 신비 체험적 원리를 철저히 부정하고 도교의 핵심인 오행(五行) 상생설(相生說) 이론에 대해서도 부당함을 설파했다. 선생은 본능에 충실한 글, 허위와 위선, 가식의 껍질을 벗은 현실을 쓰려 하였다.

그러나 문체파동을 겪고 현실에서 소외되고 나서부터는 전반기에 보였던 현실주의적 세계관이 많이 사라지고 허무주의적인 의식을 보였다. 이러한 그의 인식 변화는 신비 체험에 관한 글 등에서 확인된다. 종종 선생의 글 중에 별을 바라보고 걷다가 실족하는 이 상향을 볼 수 있는 것은 이 때문이다.

『이언』, 글쓰기는 근심의 전이 행위다

이옥의 글은 종로 육의전 거리 여기저기에 벌여놓은 난전(亂廛) 같다. 그만큼 여기저기 요모조모 뜯어볼수록 감칠맛이 돈다. 그 글은 지극히 천한 분양초개(糞壤草芥)와 같은 사물을 주제로 하였지만, 그 속에서 사금파리처럼 반짝이는 뜻을 찾아보아야 한다.

「백가시화초」에서는 시론과 시를 정리하기 전에 독서 요령을 적바림했다. 그러면서 독서란 "대개 만 권 서적을 독파하여 그 정신을 취하여야 한다. 그 자질구레한 것에 어물어물해서는 안 된다. 누에는 뽕잎을 먹지만 토해놓은 것은 실이지 뽕잎이 아니다. 벌이 꽃을 따지만 빚은 것은 꿀이지 꽃이 아니다. 독서도 이렇게 먹는 것과 같아야 하니"[5]라고 하였다. 글자가 아닌 그 뜻을 읽을 것을 강조한 것이다. 그래 선생은 같은 글에서 "시는 뜻을 주로 삼고, 사채[6]는 노비를 삼아야 한다"[7]고 하였다. 문자에 얽매이지 말고 그 속에 담긴 뜻을 잘 새겨볼 일이다.

『이언』에는 「이언인」이 있다. 선생은 이 글에서 자문자답으로

5　蓋讀破萬卷取其神 非囫圇用其糟粕也 蚕食桑 而所吐者絲非桑 蜂採花 而所釀者蜜非花也 讀書如喫飯.

6　사채(辭采): 시문의 문채.

7　詩以意爲主 辭采爲奴婢.

자신의 문학론을 펼친다.

시인이란 어떤 존재인가?

선생은 「이언인」 첫째 글 일난(一難)에서 "시인은 천지만물의 통역관"이라고 정의한다.

> 글을 짓는 자가 글을 짓는 까닭은 글을 짓게 하기 때문이니 글을 짓게 하는 자는 누구인가? 천지만물이다(所以爲作之者之 所作者作之矣 是誰也 天地萬物 是已也).

선생은 천하만물을 글로 풀어낸 것이 시라 한다. 천지만물이 시인을 통하여 자신의 모습을 드러내는 게 시라고 이해했다. 그러니 시인은 천지만물의 의미를 마음으로 번역하여 글로 내놓아야 한다. 당연히 시인은 천지만물의 참된 모습을 잘 그려내야 할 임무를 지닌다.

그렇다면 천지만물이란 어떤 존재인가? 성리학적 세계관으로는 결코 천지만물을 볼 수 없다. 당대의 지배적 세계관인 성리학은 이일분수[8] 혹은 만수귀일[9]이란 관념이다. 즉 성리학적 세계 인식은 모든 것을 하나로 꿴다. 성리학자들은 이일분수, 만수귀일이란 관

---

8   이일분수(理一分殊): 모든 사물의 개별적인 이(理)는 보편적인 하나의 이와 동일하다는 이론.
9   만수귀일(萬殊歸一): 만 가지 서로 다른 현상들이 그 근원에서는 하나로 모인다는 이론.

념을 이해하려 '격물치지'라는 논리적 학문 자세로 임했다. 하지만 이일분수, 만수귀일, 격물치지 모두 간과한 게 있다. 천지만물은 하나가 아니라 셀 수 없이 많은 개별적인 존재라는 개별성이다.

그러나 당대 성리학자들은 이 개별성을 무시하였다. 오직 우주만물을 포괄하는 총체적인 '이'(理)만으로 보려 하였다. 선생은 달랐다. 선생은 만물이란 다 달라서 하나도 같은 게 없다고 생각하였다. 즉 만물이란 만 가지 물건이니 진실로 하나로 할 수 없거니와 같은 하늘이라 해도 하루도 서로 같은 하늘이 없고, 땅이라 해도 한 곳도 서로 같은 땅이 없다. 마치 천만 사람이 각자 천만 가지 이름을 가졌고, 삼백 일에는 또한 스스로 삼백 가지 하는 일이 있다는 이해였다. 이러한 이해는 오늘날에 더욱 필요해 보인다. 「북관기야곡론」(北關妓夜哭論)의 아래 글줄은 이러한 선생의 개별성을 잘 보여준다.

> 누가 알았겠는가. 남들이 능하지 못한 것에 능한 자가 되려 남들이 능한 것에 능하지 못하고, 남들이 가지지 못한 것을 가진 자가 홀로 남들이 가진 것을 가지지 못함을(誰知? 能人之所未能者, 反不能人之所能, 有人之所無有者, 獨不有人之所有).

당연히 선생에겐 천지만물 모두가 글감이었다. 다음은 「중흥유기총론」(重興遊記總論)이란 글이다.

> 아침에도 멋지고 저녁에도 멋지다. 날이 맑아도 멋지고 날이 흐려도 멋지다. 산도 멋지고 물도 멋지다. 단풍도 멋지고 바위도 멋지다.…어디를

가든 멋지지 않은 것이 없고 어디를 함께하여도 멋지지 않은 것이 없다.

멋진 것이 이렇게 많도다!(朝亦佳 暮亦佳 晴亦佳 陰亦佳 山亦佳 水亦佳 楓亦

佳 石亦佳…無往不佳 無與不佳 佳若是其多乎哉)

　선생의 산문이다. '멋지다'(佳)는 단순한 어휘의 나열이지만 녹록치 않다. 상대적인 사물을 반복하여 문장을 이어가지만 정말 멋진 문장 아닌가. 흔히 글쓰기를 할 때, 한 문장에 동일한 어휘를 쓰지 말라 한다. 그러나 이렇듯 반복도 잘만 쓰면 훌륭한 문장이 된다. 좋은 글은 형식에 얽매이지 않는 개별성에서 나온다.

　어느 책에서 하버드 대학교 교육 철학의 핵심이 '서로의 차이를 인정하는 것'임을 보았다. 18세기 조선 왕조에서 다름을 인정하고 개별성을 본다는 것은 그래서 매우 흥미로운 일이다.

시의 소재가 모두 '남녀지정'인가?

이난(二難)에서는 "어째서 그대는 시 소재가 모두 '남녀지정'(男女之情)에 국한되어 있는가?" 하며 소재론적 차원의 비판이 제기된다. 이에 대해 선생은 "천지만물 가운데 가장 귀한 게 사람이고, 사람에게는 정(情)이 있는데, 정을 보니까 사람의 정이란 기쁘지 않으면서도 기쁜 것처럼 하고, 슬프지 않은데도 슬픈 것처럼 하고, 화가 난 게 아니면서도 화난 체하는 등 어느 게 진실이고 어느 게 가식인지 알 수 없지만, 유독 남녀의 정이야말로 진실되기 때문"이라고 답변한다.

　『이언』은 바로 이러한 남녀 간 정을 읊은 작품이다. 당대 남녀의

정을 양반의 문자인 한자로 기술한다는 것은 여간 담대한 마음을 먹어야 되는 일이 아니었다. 겨우 연암 박지원의 「열녀함양박씨전 병서」 정도에서나 찾을 수 있다.

「열녀함양박씨전 병서」는 연암이 안의현에 부임했을 때 들은 열녀 이야기를 모티브로 쓴 소설이다. 겉으로는 비단결 같은 마음 씨를 지닌 여인인 함양 박씨를 기리는 내용으로 되어 있으나 조금 만 살피면 곧 연암과 조선 후기 과부의 내밀한 소통으로 열녀문(烈 女門)의 허실을 폭로하였음을 알 수 있다. 그러니 소설 이면에는 비 장감이 흐른다. 연암은 이 소설에서 조선사회 제도에 의해 암매장 된 '과부'를 양지로 끌고 나와 볕에 말린다.[10]

선생과 연암이 교류했음을 알 수 있는 문헌은 아직 찾을 수 없 다. 하지만 선생의 글들은 인정물태를 그려냈다는 점에서 연암의 글과 상동성을 보인다.

---

10 이 소설은 크게 서두, 제1소설, 제2소설 세 부분으로 나누어볼 수 있다. 서두에서는 과부의 개가 금지에 대한 연암 자신의 생각을 직접적으로 밝히는 데 그치고, 이어 전개되는 제1소설격인 이야기가 이 소설 양금이 된다. 제1소설에는 인생 황혼기에 들어선 과부 여인이 엽전을 굴리며 쓸쓸한 밤을 혼자 보내는 방안 정경이 생생하게 그려져 있다.

"혈기가 때로 왕성해지면 과부라 하여서 어찌 정욕이 없겠느냐? 가물가물한 등 잔불이 내 그림자를 조문이라도 하듯, 고독한 밤에는 새벽도 더디 오더구나. 처마 끝에 빗방울이 똑똑 떨어질 때, 창가에 비치는 달이 흰빛을 흘리는 밤 나뭇잎 하 나가 뜰에 흩날릴 때나, 외기러기가 먼 하늘에서 우는 밤, 멀리서 닭 우는 소리도 없고 어린 종년은 코를 깊이 골고, 가물가물 졸음도 오지 않는 그런 깊은 밤에 내 가 누구에게 이 괴로운 심정을 하소연하겠느냐?"

빗방울 소리, 나뭇잎 소리, 외기러기 소리, 종년 코고는 소리에 치마끈을 동여매 는 과부의 정욕이 그대로 드러난다. 지금이야 세밀화로 그려낸 과부 방안 정경이 지만 저 시절로 보면 참 고약하기 짝이 없는 매우 불결한 글이다.

시어 선택이 왜 조선식인가?

삼난(三難)에서는 표현론적 차원에서 "그대는 왜 시어로 관습적인 중국식 명칭을 선택하지 않고, 일상어와 향명(鄕名), 이어(俚語) 등을 사용하는 것인가?" 하는 비판이 제기된다. 이에 대해 선생은 "우리가 '붓', '종이'라고 부르는 이름도, 닥나무와 털의 본래 부모가 준 이름도, 또한 그 본래의 이름이 아니다. 그 물건을 이름하지만 그것이 본래의 이름이 아닌 것은 똑같다. 중국은 중국이 부르는 이름을 쓰고 우리는 우리가 부르는 이름을 쓴다. 그런데 왜 우리가 우리 이름을 버리고 저들이 부르는 이름을 좇아야 한단 말인가?" 하고 반문한다. 시인으로서 자신은 조선인이기에 조선시를 쓴다는 민족적 주체의식을 드러낸 것이다. 선생은 글의 뒤를 이렇게 맺는다. "뒷날 중국에서 널리 글을 모으는 사람이 있다면 내가 물건에 붙인 이름을 실으면서 말하기를 '이것은 조선의 경금자[11] 이옥이라는 사람이 말한 것이다'(朝鮮 絅錦子之 所之云者乎)는 설명을 붙이지 않겠는가?" 이름이 없는 사물에 얼마든지 이름을 붙일 수 있다는 놀라운 언어 인식이다. 선생은 또 시골말도 서울말과 다를 바 없다고 하였다.

「백가시화초」에서 선생은 말보다는 뜻을 더 챙기라 하였지만 『이언』 65수 어휘에는 간과할 수 없는 독서의 재미가 있다. '이언'

---

11 선생은 이 '경금자'란 호를 즐겨 사용했다. '경금'은 문채가 드러남을 싫어한다는 뜻이다. 『중용장구』 33장에 "『시경』에 말하기를 '비단옷을 입고 홑옷을 걸친다' 하였으니 그 문채가 드러남을 싫어한 것이다"(衣錦尙絅 惡其文之著也)에서 취하였다. 선생은 자신의 문체가 당시와 맞지 않음을 이렇게 호로써 인정하였다.

이 '상말'이기 때문이다. 실상 이 『이언』 한편에는 생생한 표정을 지닌 다양한 여성이 등장한다. 그니(그녀)들은 때론 희망을, 때론 원망을 토로한다. 등장인물도 다양하다. 신혼의 단꿈에 젖은 새색시, 외입하는 남편을 닦달하는 아내, 노골적으로 남성을 유혹하는 기녀도 등장한다. 장면도 혼인을 올리는 것에서부터 책을 읽으며 바느질하는 모습, 밥상을 집어 던지는 부부싸움 장면에다 친정에 가면 늦잠을 잘 거라는 넋두리까지 18세기 백성들의 보편적 삶과 희로애락이 그대로 재현되었다. 조선 말(이언)이 아니면 담아낼 수 없는 조선 풍경이다.

『이언』은 「아조」(雅調) 17수, 「염조」(艶調) 18수, 「탕조」(宕調) 15수, 「비조」(悱調) 15수 등 4부로 구성되었다. 「아조」는 도덕적이고 일상적인 감정을, 「염조」는 사랑을, 「비조」는 원망을, 「탕조」는 일탈을 노래하였다.

『이언』은 여성의 삶을 일인칭 여성 화자의 시점에서 풀어내고 있다. 지금이야 그렇지만 저 시절 남성 한문학 작가가 작품 속에 여성 화자를 내세운다는 것은 여간해선 어려운 일이었다. 어투부터 여성으로 고쳐야 하기 때문이다. 이것은 미문을 쓴다는 것과는 다른 문제다. 그래서인지 선생은 토속적인 말과 대화체를 적극 수용하였고 구체적이고 사실적인 표현을 썼다.

이제 각 조에서 몇 편씩을 읽어보겠다. (첨언: 읽으면 느끼는 것이기에 필자의 설명은 오히려 사족이 될까 저어하여 붙이지 않는다. 독자들이 읽고 느낀 '그것'이 바로 선생이 이 시를 지은 '그 뜻'일 것이다. 해석은 이 첨언과 각주 몇으로 대신한다.)

아조

혼례청에 선 신부의 엄숙하면서도 낙관적인 기원을 통해 부부 간의 정, 출산과 장수라는 낙관적 소망 등을 그렸다.

아(雅)는 떳떳함이요, 올바름이라. 조(調)는 곡조이다. 무릇 부인이 그 부모를 섬기고, 그 남편을 공경하며, 그 집에서 검소하며, 그 일에 근면함은 모두 천성이 떳떳함이고 또한 사람 도리가 올바름이라. 그러므로 이 모든 작품은 어버이를 사랑하며 남편을 공경하고 근면하여 검소한 일을 일컫는다.

「1」

서방님은 나무 기러기 잡으시고	郎執木雕鴈
첩은 말린 꿩을 받들었지요	妾捧合乾雉
그 꿩이 울고 기러기 높이 날도록	雉鳴雁高飛
서방님과 제 정은 그치지 않을 테지요	兩情猶未已

「4」

친정은 광통교 다리께고요	兒家廣通橋
시댁은 수진방 골목인데도	夫家壽進坊
언제나 가마에 오를 때에는	每當登轎時
눈물이 치맛자락 적신답니다	猶自淚沾裳

「5」

하나로 결합하였으니 검은 머리가	一結靑絲髮

파뿌리 될 때까지 함께하기로 약속했지요   相期到葱根

부끄럼 타지 않는데도 너무나 부끄러워   無羞猶自羞

서방님과 석 달 동안 말도 못했어요   三月不共言

「6」

어려서 궁체를 배워서   早習宮體書

이응에 살짝 뿔이 났지요[12]   異凝微有角

시부모 보고 기뻐하신 말   舅姑見書喜

"언문 여제학 났구나"   諺文女提學

「7」

새벽 두 시쯤 일어나 머리 빗고   四更起掃頭

네 시에 어른들께 문안드렸지요   五更候公姥

친정집에 가기만 하면   誓將歸家後

아무것도 먹지 않고 대낮까지 늦잠 잘 거예요   不食眠日午

「9」

임 위해 납의를 꿰매다가   爲郎縫衲衣

---

12 한글 이응(異凝)을 말한다. 우리 '옛이응'(ㆁ)은 약간 뿔처럼 솟았다. 궁체(宮體)는 궁녀들이 쓰던 아담한 서체다. 이응을 그렇게 썼다고 여제학(女提學)이 났다고 한다. 예문관과 홍문관의 최고 책임자인 대제학(大提學)을 여제학으로 슬며시 바꾼 것이다. 선생의 글쓰기는 이렇게 의뭉하고 능치며 천연스럽다. 선생은 '이응'처럼 우리 말을 한자로 바꾸기를 즐겼다. 족두리(簇頭里), 아가씨(阿哥氏), 가리마(加里麻), 사나이(似羅海) 등을 시어로 즐겨 활용하였으니 우리말에서만 맛볼 수 있는 멋이다.

꽃향기 나른하게 만들면	花氣惱憪倦
바늘 돌려 옷깃에 꼽고	回針揷襟前
앉아서 숙향전 읽습니다	坐讀淑[13]香傳

「11」

친정 집 계집종이 창 틈에 와서	小婢窓隙來
가만히 "아가씨" 하고 불렀어요	細喚阿哥氏
시댁에서 허락만 해주시면	媤家如不禁
내일 아침 가마를 보내신대요	明日送轎子

「12」

초록빛 상사비단을 잘라서는	草綠相思緞
쌍침질해 귀주머니 만들었죠	雙針作耳囊
정성스레 주머니 입 세모 주름 잡아서	親結三層堞
예쁜 손으로 낭군께 드려요	倩手捧阿郎

「14」

햇살 무늬 보자기에 싸서는	包以日紋褓
대나무 상자에 넣었지요	貯之皮竹箱
손수 서방님 옷을 마름질했으니	手剪阿郎衣
손의 향내도 옷에 배어나겠지요	手香衣亦香

---

13 원문에는 '叔'으로 되어 있어 수정하였다.

4부 글쓰기란 무엇인가?

염조

교만, 사치, 부랑, 경박, 지나친 꾸밈을 읊었다.

이 편에서 말하는 바는 거의 교만, 사치, 부랑, 경박, 지나친 꾸밈이라 비록 위로는 아(雅)에 미치지 못하지만 아래로는 질탕함(宕)에 이르지 않는 고로 이름하기를 염(艶)으로써 한다.

「1」

울릉도 복숭아는 심지를 마세요	莫種鬱陵桃
내가 새로 화장한 것에 미치지 못하니까요	不及儂新粧
위성[14] 버드나무일랑은 꺾지 마세요	莫折渭城柳
내 눈썹 길이에 미치지 못하니까요	不及儂眉長

「2」

술집에서 온 것이라며 즐겁게 말하지만	歡言自家酒
창가에서 온 것이라고 저는 말할래요	儂言自娼家
어찌하여 땀 배인 저고리 위에	如何汗衫上
연지 기름이 물들어 꽃이 만들어졌나요	臙脂染作花

---

14 섬서성 함양현 동쪽 진(秦) 서울이었던 함양을 말하는데, 장안 사람들은 서쪽으로 떠나는 사람들을 위수 기슭에서 송별하면서 강가 버들가지를 꺾어 건네주었다.

「4」

머리 위에 있는 게 무어냐고요?　　　　頭上何所有

나비 날아가는 두 갈래 비녀랍니다　　　蝶飛雙節釵

발 아래 있는 게 무어냐고요?　　　　　足下何所有

꽃 피고 금풀로 수놓은 가죽신이랍니다　花開金草鞋

「7」

동쪽 이웃 할미와 약속하고　　　　　　且約東隣嫗

내일 아침 노량을 건너가서는　　　　　明朝涉鷺梁

올해는 아들을 낳을지 모르니　　　　　今年生子未

무당에게 직접 물어봐야지[15]　　　　親問帝釋傍

「15」

은어 같은 귀밑머리 고이 쓰다듬고　　　細梳銀魚鬢

수백 번 거울 속 들여다보지요　　　　　千回石鏡裏

이빨 너무 흰 것 도리어 싫어　　　　　還嫌齒太白

재빨리 묽은 먹물 머금어보지요　　　　忙嗽淡墨水

「16」

잠깐 신랑 꾸지람 듣고는　　　　　　　蹔被阿郎罵

삼 일 동안 아무것도 먹지를 않았지요　三日不肯殮

———

15　당시 노량진에 무당들이 많이 살았다.

내가 청강도를 차고 있는데　　　　　　　　　　儂佩靑玒刀

누가 다시 내게 삼가라고 말하겠나요　　　　　誰復愼儂言

「17」

복숭아꽃은 오히려 천박해 보이고　　　　　　桃花猶是賤

배꽃은 서리처럼 너무 차갑지요　　　　　　　梨花太如霜

연지와 분 고르게 발라　　　　　　　　　　　停勻脂與粉

살구꽃 화장으로 내 얼굴 꾸며보아요　　　　儂作杏化粧

탕조

이 편은 창기에 관한 시다.

탕은 흐트러져서 가히 금할 수 없음을 이름이라. 이 편이 말하는 바는 모두 창기 일이다. 사람 도리가 이에 이르면 또한 질탕한지라, 가히 제어할 수 없음이라. 그러므로 이름하기를 질탕(宕)으로써 하니 또한 시경에는 정풍과 위풍이 있음이라.

「1」

서방님 내 머리에 대지 말아요　　　　　　　歡莫當儂髻

동백기름이 옷에 묻는 답니다　　　　　　　衣沾冬柏油

서방님 내 입술에 대지 말아요　　　　　　　歡莫近儂脣

붉은 연지 흘러들어요　　　　　　　　　　　紅脂軟欲流

「2」

임은 담배를 피우며 오는데	歡吸煙草來
손에는 동래죽을 쥐었네	手持東萊竹
앉기도 전에 먼저 뺏어 감춤은	未坐先奪藏
내가 은수복[16] 사랑하기 때문이라네	儂愛銀壽福

「6」

단오선을 탁탁 치며	拍碎端午扇
나직이 계면조로 부르니	低唱界面調
일시에 나를 아는 이들	一時知我者
하나같이 '묘하다! 묘하다!' 하네	齊稱妙妙妙

「9」

손님 이름자도 알지 못하는데	不知郎名字
어찌 직함을 욀 수 있으리오	何由誦職啣
좁은 소매 차림은 다 포교들이요	狹袖皆捕校
붉은 옷 차림은 정히 별감이라네	紅衣定別監

---

16 손님이 물고 온 동래에서 나는 대나무로 만든 담뱃대를 빼앗고는 은수복을 사랑해서 그렇다고 한다. 아마도 담뱃대에 '은수복'(銀壽福)이라는 석 자가 새겨 있었나 보다. 은수복 석 자를 사랑해서가 아니라 기생의 눈에 그 담뱃대가 꽤 값나가는 물건이었던 듯하다. 당시는 남녀노소 할 것 없이 담배를 물고 다니던 시절이었다. 정조 임금이 어떻게 하면 전 백성에게 담배를 피우게 할지, 선비들에게 그 방책을 묻는 글을 지어 올리라고 할 때였다. 선생이 기생의 영악스러운 모습을 포착한 장면이다.

「11」

함경도 머리 묶음 예쁘다지요[17]　　　　　　六鎭好月矣

머리마다 윤기 나게 주사를 찍었고요　　　　頭頭點朱砂

검고 푸른 공단(貢緞)으로는　　　　　　　　貢緞鴉靑色

새로이 가리마(加里麻)[18]를 했답니다　　　　新着加里麻

「14」

내가 부른 사당가에　　　　　　　　　　　儂作社堂歌

시주하는 이 모두 스님들이네　　　　　　　施主盡居士

노랫소리 절정을 넘어갈 때　　　　　　　　唱到聲轉處

스님들 나무아미타불![19] 외네　　　　　　　那無我愛美

「15」

상위엔 탕평채[20] 쌓여 있고　　　　　　　盤堆蕩平菜

자리엔 방문주[21] 흥건하지만　　　　　　　席醉方文酒

17　원문에는 육진(六鎭)이라 했다. 육진은 두만강 하류 지역에 설치한 여섯 진으로 종
　　성, 온성, 회령, 경원, 경흥, 부령으로 함경도 방면이다. 원문의 '월애'(月矣)는 다리,
　　또는 다래라고 불리던 머리 장식으로 여자가 머리를 꾸밀 때 덧대어 얹는 머리카락
　　묶음이다.
18　여자의 큰머리 앞뒤에 덮는 배접한 검은 헝겊 조각이다.
19　'나무아미타불' 한자를 해석하면 "어찌 내가 미인을 사랑치 않으리오"로 일종의 언
　　어유희다.
20　녹두묵을 만들어 잘게 썰고 돼지고기, 미나리, 김을 섞고 초장으로 무쳐 서늘한 봄
　　날 저녁에 먹을 수 있도록 만든 음식이다. 묵청포라고도 한다.
21　'방문(方文)대로 빚는 술', 곧 '술 빚는 방법대로 빚는 술'이란 뜻이다.

수많은 가난한 선비 아내들	幾處貧士妻
누룽지 밥조차 입에 넣지 못하겠지	鐺飯不入口

비조

생명 세계로 향하던 여성의 낙관적인 소망은 비조편 마지막 부분에서 처참하게 떨어진다. 시집올 때 입고 온 치마마저 남편의 노름빚을 갚기 위해 팔아버린다. 이승을 떠나 저승 가는 길, 자신이 입고 갈 수의를 만들려는 치마였다.

시경에서 말하는 아(雅)는 원망이 있어도 슬퍼서 말문이 막힐 정도는 아님이라. 비(誹)란 원망스러운데도 크게 깊은 것을 이름이라. 무릇 세상 인정은 아(雅)에서 하나를 잃으면 곧 염(艶)에 이르고 염하면 곧 그 형세가 반드시 탕(宕)으로 흐른다. 세상이 이미 탕함이 있으면 또한 반드시 원망함이 있고, 진실로 원망을 하면 반드시 매우 심해질 것이다. 이게 비(誹)를 짓는 까닭인데, 비탄은 그 방탕함을 슬퍼하는 까닭이다. 이 또한 어지러움이 극한 데서 다스림을 생각함이니 도리어 아(雅)의 뜻에서 구하자는 것이다.

「1」

차라리 가난한 집 여종이 될지언정	寧爲寒家婢
아전의 여편네는 되지를 마소	莫作吏胥婦
순라 시작할 무렵 겨우 돌아왔다가	纔歸巡邏頭
파루 치자 되돌아간다네	旋去罷漏後

「5」

차라리 장사꾼 아내 될지언정　　　　　寧爲商賈妻

난봉꾼 아내는 되지 마소　　　　　　　莫作蕩子婦

밤마다 어딜 가는지　　　　　　　　　夜每何處去

아침에 돌아와 또 술주정이라네　　　　朝歸又使酒

「6」

당신을 사나이라고 일컫기에　　　　　謂君似羅海

여자인 이 몸을 맡겼는데　　　　　　　女子是托身

방자하니 나를 가엾게 여기지 않고　　　縱不可憐我

어쩌자고 나를 자주 학대하는 건가요　　如何虐我頻

「9」

밥상 국과 밥을 마구 잡아서는　　　　　亂提羹與飯

내 얼굴에 보이고는 문간으로 던졌지요　照我面門擲

이로부터 서방님 입맛이 달라졌지　　　自是郎變味

내 솜씨가 어찌 옛날과 다르겠나요　　　妾手豈異昔

「12」

일찍이 자식 없어 오래도록 한이었는데　早恨無子久

자식 없는 게 도리어 기쁜 일이로다　　無子反喜事

자식이 만약 제 애비를 닮았다고 한다면　子若渠父肖

남은 인생 또 이렇게 눈물 흘렸겠지　　殘年又此淚

「16」

시집올 때 입었던 예쁜 붉은 치마는	嫁時倩紅裙
남겨두었다 수의를 만들려고 했지요	留欲作壽衣
신랑의 노름빚을 갚아야 해서	爲郞鬪牋債
오늘 아침에 눈물 흘리며 팔고 왔다오	今朝淚賣歸

　　선생의 시는 이렇듯 당대의 삶과 인정물태 등 천지만물을 담아
내려 애썼다. 「독주문」(讀朱文)이란 선생의 글을 보고 논의를 잇자.

　　주자의 글은 이학가가 읽으면 담론을 잘할 수 있고, 벼슬아치가 읽으면
상소문에 능숙할 수 있고, 과거시험 보는 자가 읽으면 대책문에 뛰어날
수 있고, 시골 마을 사람이 읽으면 편지를 잘 쓸 수 있고, 서리가 읽으면
장부 정리에 익숙할 수 있다. 천하의 글은 이것으로 족하다.

　　「독주문」이란 주자의 글을 읽는다는 의미다. 주자(朱子, 1130-
1200)가 누구인가. 주자학을 집대성한 이로 조선 500년간 그토
록 숭앙해 마지않았던 송대의 유학자다. 그의 말은 조선 유학자들
의 교리였다. 자칫 그의 심기라도 거슬리면 역린(逆鱗)이라도 되
는 양, 교리를 어지럽히고 사상에 어긋나는 언행을 했다고 사문
난적으로 몰렸다. 앞에서도 언급한 윤휴뿐 아니라 박세당(朴世堂,
1629-1703), 최석정(崔錫鼎, 1646-1715) 등이 모두 주자의 견해를 따
르지 않았다 하여 사문난적이라 질타당했다.
　　선생은 이런 주자의 글을 두고 담론이나 잘하고, 상소문이나 잘

짓고, 대책문에 뛰어날 수 있다고 말하는 것도 일종의 폄하인데, 나아가 시골 사람은 편지를 잘 쓸 수 있고, 서리가 장부 정리에 익숙해질 수 있다고까지 한다. 유교의 도리로 조심성 있게 모실 주자의 글을 일상적 유용함에 갖다 붙였다.[22] 모욕도 이만저만이 아니다.

선생은 이렇게 당시 전범적 문장 일체, 성리학적 세계에, 삶을 걸고 결연히 맞섰다. 선생에게 글쓰기는 오직 천지만물을 보고 이를 진솔하게 그려내려는 것뿐이었다. 요즈음 글쓰기 책들을 보면 마치 공학도에게 기술을 연마시키듯 글쓰기 기술을 습득하란다. 아니다! 글쓰기는 선생처럼 저런 마음으로 임해야 한다. 글쓰기는 기술이 아닌 마음이 선손을 걸어야 한다.

선생은 「제문신문」(祭文神文)에서 다음과 같이 시인으로서 소회를 풀어냈다.

오늘은 세모라. 내 감회가 많이 생겨 붓꽃을 안주 삼아 들고 벼루 샘물을

---

22 유수원은 『우서』 권10, 「논변통규제이해」(論變通規制利害)에서 문답으로 당시 주자를 신봉하는 학자들의 병통을 다루고 있다. 간단하게 정리하면 이렇다.
"(문) 우리나라 선비들이 전적으로 주자를 스승으로 삼았으니 이들에게 정치를 맡기면 어떠냐? (답) 스스로 주자를 배웠다고 말하지만 이들에게 나라를 맡기면 망연하게 조치하는 것이 없다. 무엇을 실행하려면 그때마다 중국의 전설적인 이상국인 하·은·주 삼대만 끌어와 때에 맞지 않는다. 급한 것은 오직 『소학』이니 과거 시험, 향약뿐이다. 이러니 아래로는 간신들을 다스리지 못하고 세속의 사람들에게 유자들은 실용성이 없다고 비방을 받는다."
이러며 유수원은 "슬프다! 이들이 과연 주자를 잘 배운 사람들이라고 하겠는가?" 하고 반문한다. 마을의 도덕규범인 향약(鄕約) 같은 경우는 그 폐단이 어찌나 심했는지 다산 정약용조차 "향약의 폐단은 도적보다도 더 심하다"는 말을 남길 정도였다. 당시 유자들에 대한 유수원의 글과 선생의 질타는 한 치의 어그러짐도 없다.

술 삼아 길어 올리니 마음 향기 한 글자가 실낱같이 가늘고 희게 타오르는구나. 글을 잡고 신에게 고하니 신령은 와서 흠향하소서.

선생의 글들은 조선에서 보고 들은 것들에 대한 감회에서 나왔음을 알 수 있다. 선생이 그려낸 글들은 그래서 조선의 마음이었고 조선의 향기가 난다. 선생의 마음을 읽고 조선의 향기를 맡고 못 맡고는 이제 글을 읽는 이의 몫이다.

이 글을 마칠 때쯤 오규원 시인의 『날이미지와 시』(문학과지성사, 2005)라는 책을 보았다. 오 시인은 문학상을 여러 차례 받은 교수로, 한국 현대 시사에서 시적 방법론에 대해 첨예한 자의식을 지닌 시인 중 한 분이다. 그는 특히 '시의 언어와 구조' 문제를 누구보다 치열하게 탐구했다. 그 결과, '사변화되거나 개념화되기 전의 현상 자체가 된 언어'를 '날이미지'라 하고 이러한 시를 '날이미지 시'라고 명명하였다.

이옥 선생의 「시장」(市記)이 대뜸 떠올랐다. 200년 전 이옥 선생의 「시장」과 오 시인이 '사실적 날이미지'로만 이루어졌다는 시 한 편을 함께 놓는다. 읽어보시라. 그리고 고전문학과 현대문학의 거리를 느껴보셨으면 한다. 언젠가부터 글쓰기라면 현대문학을 든다. 소설도 시도 현대문학이 고전문학에 비하여 우위를 점하고 있다고들 여긴다. 더구나 그 차이는 왕청스럽기까지 하다. 하지만 내가 손으로 재보니 서너 뼘은 더 옛글에서 배워야 하지 않을까 하는 생각마저 든다.

「시장」, 이옥, 1760–1815

내가 머물고 있는 집은 저잣거리와 가깝다. 매양 2일과 7일이면 저잣거리에서 들려오는 소리가 왁자지껄하였다. 저잣거리 북쪽은 곧 내가 거처하는 남쪽 벽 아래이다. 벽은 본래 창이 없는데 내가 햇빛을 받아들이기 위해 구멍을 뚫고 종이창을 만들었다. 종이창 밖, 채 열 걸음도 되지 않는 곳에 낮은 둑이 있다. 시장 거리에 가기 위해 드나드는 곳이다. 종이창에 구멍을 내었다. 겨우 한쪽 눈으로 내다볼 만했다.

12월 27일 장날이다. 나는 무료하기 짝이 없어 종이창 구멍을 통해서 밖을 엿보았다. 때는 금방이라도 눈이 내릴 것 같고 구름 그늘이 짙어 분변할 수 없었다. 대략 정오를 넘긴 듯했다.

소와 송아지를 몰고 오는 사람, 소 두 마리를 몰고 오는 사람, 닭을 안고 오는 사람, 팔초어(문어)를 들고 오는 사람, 돼지의 네 다리를 묶어 짊어지고 오는 사람, 청어를 묶어 들고 오는 사람, 청어를 엮어 주렁주렁 드리운 채 오는 사람, 북어를 안고 오는 사람, 대구를 가지고 오는 사람, 북어를 안고 대구나 문어를 가지고 오는 사람, 담배 풀을 끼고 오는 사람, 미역을 끌고 오는 사람, 섶과 땔나무를 메고 오는 사람, 누룩을 지거나 이고 오는 사람, 쌀자루를 짊어지고 오는 사람, 곶감을 안고 오는 사람, 종이 한 권을 끼고 오는 사람, 짚신을 들고 오는 사람, 미투리를 가지고 오는 사람, 큰 노끈을 끌고 오는 사람, 목면포를 묶어서 휘두르며 오는 사람, 사기그릇을 끌어안고 오는 사람, 동이와 시루를 짊어지고 오는 사람, 돗자리를 끼고 오는 사람, 나뭇가지에 돼지고기를 꿰어 오는 사람, 강정과 떡을 들고 먹는 어린애를 업고 오는 사람, 병 주둥이를 묶어 차고 오는 사람, 짚으로 물건을 묶어 끌고 오는 사람, 버드나무 광주리를 지고 오는 사람, 소쿠리를 이고 오는 사람, 바가지에 두부를 담아 오는 사람, 사발에 술과 국을 담아 조심스럽게 오는 사람, 머리에 인 채 등짐을 지고 오는 여자, 어깨에 짐을 메고 어린애를 목덜미에 얹고 오는 남자, 어린애를 목덜미에 얹고 다시 왼쪽에 물건을 낀 남자, 치마에 물건을 담아 옷섶을 여미고 오는 여자, 서로 만나 허리를 굽혀 인사하는 사람, 서로 이야기를 나누는 사람, 서로 화를 내며 싸우는 사람, 손을 잡아 끌면서 장난치는 남녀, 갔다가 다시 오는 사람, 왔다가 다시 가는 사람, 갔다가 또 다시 바삐 돌아오는 사람, 넓은 소매에 자락이 긴 옷을 입은 사람, 솜 도포를 위에 입고 치마를 입은 사람, 좁은 소매에 자락이 긴 옷을 입은 사람, 소매가 좁고 짧으며 자락이 없는 옷을 입은 사람, 방갓을 쓰고 상복을 입은 사람, 중 옷에 중 갓을 쓴 중, 패랭이를 쓴 사람 등이 보인다.

여자들은 모두 흰 치마를 입었는데, 혹 푸른 치마를 입은 자도 있었다. 어린애를 업고 띠를 두른 자도 있었다. 남자가 머리에 쓴 것 중에는 자주빛 휘향(방한모)을 착용한 자가 열에 여덟아홉이며, 목도리를 두른 자도 열에 두셋이었다. 패도(칼집이 있는 작은 칼)는 어린애들도 차고 있었다. 서른 살 이상 된 여자는 모두 조바위를 썼는데, 흰 조바위를 쓴 이는 상중에 있는 사람이다. 늙은이는 지팡이를 짚었고 어린애는 어른들의 손을 잡고 갔다. 행인 중에 술 취한 자가 많았는데 가다가 엎어지기도 하였다. 급한 자는 달음박질쳤다. 아직 다 구경을 하지 못했는데, 나무 한 짐을 짊어진 사람이 종이창 밖에서 담장을 정면으로 향한 채 쉬고 있었다. 나도 역시 책상에 엇비슷이 기대고 누웠다. 세모인 터라 저잣거리가 더욱 붐비고 있다.

「지는 해」, 오규원, 1941-2007

그때 나는 강변의 간이주점 근처에 있었다. 해가 지고 있었다. 주점 근처
에는 사람들이 각각 서 있었다. 한 사내의 머리로 해가 지고 있었다. 두
손으로 가방을 움켜쥔 여학생이 지는 해를 보고 있었다. 젊은 남녀 한 쌍
이 손을 잡고 지는 해를 보고 있었다. 주점의 뒷문으로도 지는 해가 보였
다. 한 사내가 지는 해를 보다가 무엇이라고 중얼거렸다. 가방을 고쳐 쥐
며 여학생이 몸을 한번 비틀었다. 젊은 남녀가 잠깐 서로 쳐다보며 아득
하게 웃었다. 나는 옷 밖으로 쑥 나와 있는 내 목덜미를 만졌다. 한 사내
가 좌측에서 주춤주춤 시야 밖으로 나갔다. 해가 지고 있었다.

15장
—
담정 김려 『담정유고』

연희가 타이르던 말, 글짓기 조심하소
세상이 어지러워 화 당하기 쉬우리다

김려의 생애

이름 김려(金鑢)

별칭 자는 사정(士精), 호는 담정(薄庭)

시대 1766(영조 42)-1821년(순조 22) 조선 후기

지역 서울 가회방

본관 연안(延安, 현재의 황해도 연백)

직업 실학자 겸 작가

당파 남인

가족 할아버지는 김희(金憙), 아버지는 김재칠(金載七)이다. 노론계의
당쟁으로 인한 화를 많이 당했다.

삶의 여정 1780년(정조 4) 15세에 성균관에 들어갔다.

16세부터 당시에 유행하던 패사소품체 문장을 익혔다.

22세인 1787년 강이천(姜彛天, 1768-1801),[1] 이옥과 함께 성균

---

[1] 본관은 진주(晉州). 자는 성륜(聖倫), 호는 중암(重菴). 북인(北人) 명가 출생으로 소
북(小北)을 대표하는 집안이었다. 아버지는 완이고, 조부가 단원 김홍도의 스승인
표암 강세황이다. 강세황은 시서화 삼절로 유명하다. 1779년(정조 3) 12세 되던 해
부터 임금의 총애를 받고 궁궐에 출입하면서 응제시(應製詩)를 지어 올렸다. 일찍이
진사시에 합격하여 성균관에 입학하였으며, 이기설을 토대로 하는 당시 보편적 학
문 성향을 탈피하고 고증학적인 연구를 통하여 새로운 사실들을 구명하는 데 전념
하였다. 특히 그가 서울 풍물을 읊은 「한경사」(漢京詞)는 106수 장편시로 서민의 삶
을 생생하게 묘사하였다.
　그러나 1797년 돈녕부도정 김정국(金鼎國)에 의하여, 주문모와 접촉하면서 천주
교 교리를 배우며 요망한 말로 민심을 혼란시킨다고 보고되어, 형조 탄핵을 받아 그
해 11월에 제주도로 유배되었다. 이어 1801년(순조 1) 신유박해 때 옥사하여 주문
모와 함께 효수되었다. 저서로는 고증적 자료가 다수 수록된 『중암고』 8권 4책이 있

관에서 수학했다.

1791년 생원이 되었고 촉망받는 인재로 인정을 받았다.

27세인 1792년 김조순(金祖淳)과 『우초속지』(虞初續志)라는 패사소품집을 냈다. 이옥 등과 활발한 교유를 하면서 소품체 문장의 대표적 인물로 주목받았다.

28세인 1793년 정조에게 강이천과 함께 비변문체로 지목을 당했다.

32세인 1797년에 강이천 비어사건[2]에 연좌되어 부령으로 유배되었다. 유배지에서 부사와는 반목하고 가난한 농어민과 친밀하게 지냈기에 그의 문학은 고통받는 사람들에 대한 이해와 애정이 큰 비중을 차지하였다. 그곳에서 관기인 연희(蓮姬)·노심홍(盧沁紅)·관옥(關玉)·영산옥(審山玉) 등과 어울리며 그들의 처지를 이해하고 그들을 위한 시를 지어 필화(筆禍)까지 입었다. 이때 선생은 지방 자제들을 가르치면서 그들이 화려하고 속이 빈 벌열[3]보다 더 우수한 인재라고 강조하고 그들에게 벌열들에 대한 비판 의식을 키웠다. 이로 인해 1799년에 유배지에서 필화를 당했으며, 그의 저서는 이때 대부분 불에 탔다.

36세인 1801년(순조 1)에 강이천 사건을 재조사하여 의금부에 끌려가 모진 고문을 당한다. 선생은 결국 천주교도와 교분을 맺은

다. 강이천에 대해서는 백승종의 『정조와 불량선비 강이천』(푸른역사, 2011)을 참조하라.

2 비어사건(飛語事件): 근거 없이 떠도는 말이 원인이 되어 일어난 일.

3 벌열(閥閱): 나라에 공이 많고 벼슬 경력이 많은 집안.

혐의로 진해에 유배되었다. 그곳에서 어민들과 친해져서 우리나라 최초의 어보인『우해이어보』를 지었다.

41세인 1806년 아들이 올린 상소로 10년간의 유배생활이 끝났다.

1812년에 의금부를 시작으로 벼슬길에 올라 정릉참봉, 종6품인 경기전 전령을 거쳐 52세인 1817년에는 연산현감이 되었다.

1818년부터 1821년까지『담정총서』17권을 편집하였고, 연산을 떠난 뒤부터 몸이 약해졌다.

1820년에 함양군수로 부임하여 1821년 56세로 임지에서 일생을 마쳤다. 이 해에 손자인 고령현감 김겸수(金謙秀)가 활자로『담정유고』(潭庭遺藁) 12권 6책을 만들었다.

때론 가장 보편적인 곳에 가장 진실한 이야기가 숨어 있다

선생은 이옥과 함께 '지금 여기'에 존재하는 천지만물을 글로 표현해내는 것을 문학적 사명으로 삼았다. 인간을 다루더라도 남들이 돌보지 않는 소외된 인간에 주목하고, 세계를 다루더라도 관념적 자연이 아니라 구체적 사물에 주목했다. 인정물태에 대한 곡진한 묘사는 선생이 추구한 글쓰기의 요체였다.

당대 한문을 쓰는 지식인들 대다수는 성리학에서 벗어나지 못하였다. 성리학적 세계야말로 인간 최고의 학문이요, 진실이라 여겼다. 인정물태는 이 성리학적 세계 밖에 존재하는 그저 그러한 일상이었다.

선생이 다룬 인물은 성리학적 세계 밖에 존재하는 보편적인 일상을 살았다. 그가 쓴 글의 중심인물은 포수, 의원, 거지, 도둑, 장사꾼, 병졸, 기생과 같은 미천한 삶들이었다. 선생의 붓끝은 개구리, 벌레, 물고기, 봉선화, 거미, 벼룩, 나비, 나귀와 같은 미물까지도 써냈다.

이런 자질구레한 것을 소재로 삼아 글을 쓴다는 것은 어떤 의미일까? 선생은 소재 면에서 이미 탈중심적인 글쓰기를 지향하였다. 이는 앞에서 본 이옥의 개별성과 맥이 통한다. 그래서인가 「제 도화유수관소고 권후」(題桃花流水館小稿卷後)에서 선생은 벗 이옥의 문체를 이렇게 꽃 감상으로 비평하였다.

글이란 마치 꽃을 감상하는 것과 같다. 모란·작약이 부하고 풍성한 아름다움이 있다 하여 패랭이꽃·수구화(繡毬花, 수국)를 내버리며, 국화와 매화가 꾸밈이 없는 담담함이 있다 하여 붉은 복사꽃·붉은 살구꽃을 미워한다면 어찌 꽃을 안다고 말하겠는가?(文如看花 以牡丹芍藥之富艷而棄石竹繡毬 以秋菊冬梅之枯淡而惡緋桃紅杏 是可謂知花者乎)

선생은 각각의 글 나름대로의 다양성을 옹호하고 있다. 글을 꽃에 비유하여 설명하는 것이 여간 흥미롭지 않다. 그러니 독자들이여! 여담 한마디 하자. 이 책을 소태 같은 글, 설경거리는 글이라, 건건한 국물만 많고 건더기는 없는 멀건 월천국이라고 타박하지만 마시라. 잘만 읽어보면 가래떡을 어슷썰기로 맵시 있게 썰어, 맑은 장국에 넣고 끓여내서는, 빨간 실고추, 알고명, 야린 쇠고기 살짝 얹은 위에, 후춧가루 살살 뿌려 낸 떡국 같은 글이 보일지도 모르기 때문이다.

선생의 글은 중세사회의 유교중심주의를 벗어났기에 당시의 글과는 주제, 격식, 문체, 어휘가 달라질 수밖에 없다. 그것은 백성들의 일상생활을 그려낸 인간적인 글이었고 우리네 주변에 늘 있는 생생한 사물을 돌아보는 생태적인 글이었다. 선생의 고민거리는 자신이 선택한 소재를 얼마나 진실하게 잘 그려낼 수 있는지였다. 그리고 이게 바로 선생의 글쓰기로서 실학사상이요, 우리가 선생의 글에 공명하는 이유이기도 하다.

『담정유고』, 백정 딸의 인생역정을 그리다

권1은 『귀현관시초』(歸玄觀詩草)로 시 92수, 권2는 『간성춘예집』(艮城春囈集)으로 황성리곡(黃城俚曲) 229수, 권3은 『의당별고』(擬唐別藁)로 시 84수, 권4는 『만선와잉고』(萬蟬窩賸藁)로 시 101수, 권5-6은 『사유악부』(思牖樂府) 상·하로, 상은 147수, 하는 143수, 권7은 『감담일기』(坎窞日記), 권8은 『우해이어보』(牛海異魚譜),⁴ 권9는 『단량패사』(丹良稗史)로 전(傳) 8편, 권10은 『총서제후』(叢書題後)로 발문 39편, 권11은 『창가루외사』(倉可樓外史)로 야사 7편 및 한고관외사제후(寒皐觀外史題後) 61편, 권12는 『보유집』(補遺集)으로 시 20수, 서(書) 4편, 서(序) 1편, 기 2편, 발 1편, 상량문 1편, 봉안문 1편, 기우문(祈雨文) 6편 등과 유사 1편으로 구성되었다.

선생의 글을 읽으면 구수한 된장 맛이 난다. 세련된 기교는 없고 투박한 글 속에 삶의 무게가 진하게 배어 있다. 이제 위의 문집에서 몇 편을 선별하여 읽어보겠다.

---

4 1801년(순조 1) 우해는 진해다. 선생이 진해로 귀양 갔을 때, 그곳에 분포·서식하고 있는 특이한 어류 72종의 이름·형상·습성·산지 등을 구체적으로 조사해놓은 책이다.

『귀현관시초』

「주막집 할멈 이씨를 애도하며」

흰 빛깔 깁저고리 옥색 치마 받쳐 입고	白羅衫子縹羅裳
구름 같은 트레머리 석황까지 물리고서	六鎭雲鬟壓石黃
연하게 그려놓은 여덟 팔 자 고운 눈썹	淡掃蛾眉成八字
이씨의 차림새를 모두들 부러워했지	衆人都羨李家粧

봄 석 달 좋은 시절 생각하니 꿈만 같아	九十東皇夢一番
덧없는 건 세월이라 어이 그리 쉬이 가나	韶光容易任摧翻
금꽂개 금비녀 지금은 어데 갔나	鈿蟬金鴈今安在
낙엽만 무두룩이 사립문에 쌓였구나	黃葉堆中掩岧門

덧없는 세월이라 잠깐 사이 인연 맺고	世事風燈只暫因
서러운 눈물 부질없이 옷깃을 다 적셨네	那堪涕淚漫霑巾
지난날 주막 앞을 오고 가던 젊은이들	當時墟上靑衫客
지금은 이 세상 백발노인 되었으리	今日天涯白髮人

누구나 겪는 덧없는 삶을 그리고 있다. 선생은 주막집 할멈에게 눈길을 주었고 이를 붓끝으로 그려냈다. 주막집 할멈이 꽃 같은 시절, 흰 빛깔 깁저고리에 옥색 치마 곱게 받쳐 입고 구름 같은 트레머리를 올렸다. 여덟 팔 자 고운 눈썹에 사내들은 눈길을 주었고 여인들은 시샘의 눈길을 보냈다. 하지만 이제는 금으로 만든 꽃개도

없고 금비녀도 없고 꽁지머리는 막대 비녀조차 이기지 못한다. 문
간이 닳도록 드나들던 젊은이들도 백발노인이 되었으니 낙엽이 쌓
여도 문간을 쓸 일이 없다.

　선생은 이렇게 주막집 할멈을 사실적으로 그려내었다. 그러나
이 모든 글줄은 선생이 상상 속에서 그려낸 것이다. 혹 할멈에게 들
어 썼다 하여도 직접 본 것은 아니다. 그런데도 이렇게 사실적으로
그려낸 데서 선생의 마음을 알 수 있다. 선생의 마음은 바로 주막집
할멈을 시 주제로 선택했다는 데서 읽을 수 있다. 하잘것없는 주막
집 할멈에게 먼저 손을 내밀지 않으면 쓸 수 없는 글이기 때문이다.

『간성춘예집』

「석왕사 중」

석왕사 중놈들 모두들 돌중이라　　　　　釋王寺衆總頑禪

불공은 마음에 없고 돈벌이만 궁리하네　　不論淨業只論錢

삼백 냥 시줏돈을 무슨 일로 모았던가　　底事酉台三百貫

극락세계 보낸다는 거짓말 퍼뜨렸겠지　　西天極樂募虛緣

「용알 건지기」

여염집 아가씨들 초록색 깁저고리 입고　　閭閻閣氏綠紬衣

사립 밖에 모여 서서 소곤소곤 이르는 말　細語噥噥集竹扉

우리 함께 동이 이고 시냇가에 달려가서　約伴携甄溪上去

용알을 한가득 떠가지고 돌아오지요　　手撈龍卵滿擎歸

—대보름날 저녁에 여인들이 무리를 지어 동이를 들고 시냇가에 나가 물에 어린 달을 건지듯 물을 길어 가지고 돌아온다. 이를 '용알 건지기'라 한다 (是夕 女子輩約伴提瓮汲月而歸 名曰撈龍卵).

「석왕사 중」은 염불보다는 잿밥에만 마음이 있는 물질화된 중들에 대한 비판이다. 하기야 지금이나 그제나 사람들은 '돈이 제갈량'이요, '돈이 있으면 개도 멍첨지'라는 속담을 버젓이 입에 달고 다닌다. 저 중들에게도 그렇게 돈은 부처님과 동의어였다.

「용알 건지기」는 명절놀이를 기록한 한시다. 대보름날 저녁에 여인들은 무리를 지어 동이를 들고 시냇가로 달려간다. 휘영청 뜬 달이 물에 어린 것을 두고 하늘에서 용이 내려와 우물에 알을 낳는다고 믿었다. 그래서 이 달을 건지듯 물을 길어 가지고 돌아오면 한 해 복을 받는다는 놀이다. 모두 당대 한시를 쓰는 이들에게는 익숙하지 않은 문장들이다. '부부싸움'도 '부부상의'로 고쳐야만 용납할 법한 고상한 문체로 표현하는 한시에 선생은 이런 여인네들 놀이를 기록하였다.

「용알 건지기」 아래의 주석은 선생이 달아놓은 것이다. 지금이야 이런 것에 관심을 두는 시인 층이 두터워졌지만 저 시절에는 그렇지 않았다. 그러니 더더욱 선생에게 관심을 두지 않을 수 없다.

『만선와잉고』

「시금치」

다복다복 자라난 생신한 저 시금치	芃芃菠蔆蔬
머나먼 서쪽에서 들어온 것이라네	遠系西戎國
가사를 입은 중 씨앗을 가져다가	雲衲抱子至
심어서 가꾼 게 온 세상에 퍼져 갔고	中葉炳九域
그게 마침내는 이 땅에도 전해져서	遂令左海俗
남새밭에 심어 가꿔 번성하게 되었다네	圃藝滋蕃殖

부드러운 어린 싹은 활촉처럼 뾰족하고	柔牙尖似鏃
신선한 잎사귀는 짜인 천인가 빼곡도 해라	鮮莢密如織

설설 끓는 가마 안에 얼른 잠깐 데쳐내면	瓦罐薄言湘
윤기 도는 파란 빛깔 유리인 양 깨끗한데	靑潤玻瓈色
부드럽기는 잇꽃싹만 못지않고	輭滑紅藍苗
향긋한 그 냄새는 비위를 돋운다네	芳氣觸鼻息

잘사는 양반집들 먹기에 알맞으나	端宜貴家饌
시골 농사꾼은 먹기가 면구하네	深愧野農食
씨앗은 딴딴하여 갑옷으로 둘렀으니	渾質圍鐵鎧
얼음 얼고 눈이 온들 무엇이 두려우랴	肯畏氷雪偪

네 이름 '니파라'(尼婆羅)라 지어 불러오니	命爾尼婆羅
생김새와 그 이름 틀림이 없는가 보다	名實庶不忒
늘그막에 시금치와 친교 맺었으니	屛翁托晚契
알뜰한 정 그지없이 길이 주고받으리	永歎情無極

『만선와잉고』에는 일상 양태가 세세히 그려져 있다. 선생이 집 주변에 심어놓고 즐긴 꽃들, 남새밭에서 길러 먹었던 채소들과 과실들, 일상생활에 필요한 각종 생활용품들이 시 주제이다. 더욱이 위의 『간성춘예집』처럼 친절하게 대상물과 관련한 실용적인 정보들을 주석으로 달아놓기까지 하였다. 예를 들어 우리가 즐겨 먹는 무에 대해서 "무를 나복(蘿蔔), 토소로복(土酥 蘆菔)이라고도 한다. 제갈량이 무를 좋아하여 이름을 제갈채(諸葛菜)라고도 하며 우리나라 말로는 무후(武侯)이다"는 설명을 붙였다. 마치 백과전서식 한시다. 이런 일상을 시로서 기록하는 것은 당시로서는 매우 익숙지 않은 창발적 시상이다.

『사유악부』

「붉은 앵두」

우물가 붉은 앵두 많이도 열렸지	井上朱櫻千萬顆
긴 가지 짧은 가지 휘늘어졌었지	壓重長朶復短朶
연희가 손수 따 대바구니 담으면	蓮姬手摘盛筠籠
수정처럼 동글동글 영롱히 빛났지	水晶均圓光玲瓏

한 알 집어 향기로운 입에 깨물며 　　　　　自持一箇箝香口

입술이 붉나요 아님 앵두가 붉나요 　　　　問道脣紅與櫻紅

「연희가 타이르던 말」

연희가 타이르던 말, 글짓기 조심하소 　　　蓮姬戒我作文字

세상이 어지러워 화 당하기 쉬우리다 　　　人世紛紜易觸忌

긴긴밤 잠 안 자고 찬 이불 끼고 앉아 　　　長宵不眠擁寒衾

고금 일 이야기하며 함께 눈물 흘렸지 　　　評古談今共霑襟

그날 마침 눈이 멎고 바람이 세찼어라 　　是時雪霽風力緊

푸른 하늘 물빛 같고 밝은 달 교교한데 　　碧天如水月色深

뜰 앞에서 들려오는 마른 잎 지는 소리에 　忽聞庭前枯葉墜

장차 이별할 생각 쓸쓸히도 나더니 　　　凄然却生離合意

남북으로 멀리 한 끝 아득히 깔렸구나 　　北燕南鴻天一角

마음속 애달픈 일 그 누구와 의논할꼬 　　與誰更論傷心事

　　연희는 선생이 유배지에서 만난 관기(官妓)다. 관기이지만 선생
은 연희를 참 맑게 그려내었다. 연희가 우물가에 수정처럼 동글동
글 영롱히 맺힌 앵두를 따는 모습이 선연히 보이는 사실적인 시다.
연희가 앵두 한 알을 집어 조그마한 입으로 깨물며 "입술이 붉나요
아님 앵두가 붉나요"라며 까르르 웃는 웃음이 들리는 듯하다. 선생
이 무어라 답했는지는 알 수 없지만 이 시를 읽는 이로 하여금 맑은
미소가 돌게 하는 시임에는 틀림없다.

이 연희가 선생에게 화 당하기 쉬우니 글쓰기를 조심하라고 한다. 실상 선생은 부령고을 사또에게 필화를 당하였다.

「황장목 사또」

부령 땅 젊은 여인 그의 성은 육씨러니	富春兒女身姓陸
밤마다 강가에서 하늘 향해 통곡하누나	夜夜叫天臨江哭
남편은 지난가을 황장목을 나르다가	夫婿前秋運黃腸
홍원 앞바다에서 배가 깨져 죽었다네	船破湋死洪原洋
그렇지만 고을 사또 도망쳤다 꾸며대어	本官猶言在逃禍
늙으신 시부모를 열 달 동안 고문했네	十朔拷掠爺與孃
듣자니 그 물건은 대궐에서 쓰지 않고	傳聞內需無公務
고을 사또 위조하여 제 배 채운 것이라네	本官矯旨私營度
하늘이여! 하늘이여! 아시나요! 모르시나요!	天乎天乎知道否
어찌하여 유 사또에게 벼락도 안 치십니까!	那不震殺柳都護

위 시의 황장목 사또는 바로 유상량(柳相亮, 1764-?)이다. 그래서 위 시 아래에 "유상량은 나라의 명령이라고 하면서 황장목 천여 그루를 베어 배로 실어 나르게 하였는데 홍원에 이르러 배가 파괴되었다. 그런데 도리어 배를 부리던 군사들의 집에서 그 값을 짜내려 하였다. 그래서 사람들이 '황장목 사또'라 불렀다"[5]는 주까지 달아놓았다. 그러나 하늘은 선생 말대로 저 유상량에게 벼락을 때리지

않았다. 오히려 유상량은 이후 벼슬이 올라 좌·우포도대장, 평안도 절도사 등을 역임하고 종2품 금위대장에까지 이르렀다.

18세기 조선은 만성관료피로증에 시달렸다. 꽃가마를 타고 관리가 된 양반들은 백성들에겐 저승길을 안내하는 상여 위 저승사자였다. 선생이 적바림한 관료들은 황장목 사또처럼 음흉했고 곳곳에서 백성들에게 심술궂게 몽니를 부려댔다. 지역 사또는 제왕적 권한을 폭압적으로 휘둘렀고 아전들은 그 권력으로 호가호위하며 탐욕스럽게 백성들 삶을 노렸다. 글쓰기 하나도 고뇌에 고뇌를 거듭해야만 했다.

> 무릇 생각이란 즐거워도 생각하고 슬퍼도 생각하니 내 생각은 어디에 있는가? 서서도 생각하고 앉아서도 생각하고 걷거나 누워서도 생각하고 혹은 잠시 생각하고 혹은 오래도록 생각하고 혹은 생각을 더욱 오래하면 오래도록 잊히지 않는다. 그러한즉 내 생각은 어디에 있는가?(夫思有樂而思 有哀而思 余思也何居 立亦思坐亦思 步臥亦思 或暫思或久思 或思之愈久而愈不忘 然則余思也何居)

「사유악부서」(思牖樂府序)에 보이는 글귀다. 그야말로 생각에 생각이 꼬리를 문다. 선생은 "그러한즉 내 생각은 어디에 있는가?" 찾는다. 나를 찾지 못하면 나도 글쓰기도 없어서다.

『감담일기』는 강이천 사건에 연루되어 함경도 부령으로 유배되

---

5   相亮矯旨 斬黃腸千餘部 船運至洪原而破 反誅求船夫家 民號黃腸令公.

어 가는 과정을 쓴 일기체 기행문이다. 1797년 11월 12일에 "나는 강이천 옥사에 걸려들어 형조에 끌려갔다"로 시작해서 부령에 가기까지 27일간의 기록이다. 선생은 귀향 가는 이의 고충과 길에서 본 동해 지대의 자연 및 생활 실태를 진실하게 재현해놓았다.

「12월 10일(을사). 눈이 몹시 내렸다」

눈을 무릅쓰고 길을 떠나 이른 저녁에 부령부에 이르러서 김명세 집에 들어가 머물렀다. 내가 귀향길을 떠나 스무이레 만에 부령에 이르렀다. 그 노정이 험난했던 것이나 눈바람이 사나웠던 일, 고을 관장들이 구박하던 일이며 관가 하인들이 행패질하던 사실은 차마 붓으로, 말로 이루 다 옮길 수 없다.…피가 끓어오를 때면 마치 가슴속에서 무슨 벌레가 날아오르거나 날짐승이 날아다니는 것 같아 후닥후닥 가슴이 뛰고 부글부글 피가 끓어올라 병에서 물을 쏟는 소리가 나곤 하였다. 그게 밀물처럼 치밀어 올라 목구멍까지 와서 멎으면 비린내가 코를 찌르고 한 사발이나 되는 피를 토해놓고 그 자리에 쓰러져 정신을 못 차리었다.

『우해이어보』

『우해이어보』는 1801년에 만들어진 우리나라 최초의 어보다. 1814년 저술한 정약전(丁若銓, 1758-1816)의 『자산어보』(玆山魚譜)와 함께 우리나라 어보의 쌍벽을 이룬다. 『우해이어보』는 진해, 『자산어보』는 흑산도 연해의 물고기를 취급했다.

선생은 1801년(순조 1) 신유사옥에 연루되어 경원·부령·진해 등지에서 10여 년간 유배생활을 하며 여러 가지 저술을 남겼다. 그

중 대부분을 부령 사또에게 빼앗겼으나 이 어보만은 광주리에 숨겼다가 그의 조카 학연(鶴淵)이 정서하여 전해왔다고 한다. 「바다망둥이」(文鱝魚)에서 「소라」(螺)까지 33어종이 보인다. 그중 두 편만 보면 이렇다.

「원앙고기」

포구집 젊은 여인 연붉게 단장하고	浦家少婦淡紅粧
푸른색 모시 치마에 흰 모시 적삼 입었네	白苧單衫縹苧裳
비녀 꽂고 남몰래 고깃배로 달려가서	密地携釵漁艇去
원앙고기 한 쌍을 남 먼저 팔았다오	先頭擲賣海鴛鴦

선생은 이 「원앙고기」에 자세한 설명을 덧붙였다. 원앙고기는 일명 바다의 원앙이라 한다. 생김새가 망둥이 비슷한데 언제나 한 쌍이 함께 다닌다. 수놈이 헤엄쳐가면 암놈은 수놈 꼬리를 물고 따라가는데 죽어서까지도 떨어지지 않는다. 그러므로 낚시질을 하면 두 마리를 함께 잡을 수 있다. 옛날 바닷가 사람들이 말하기를, 이 고기 눈을 말려 암놈 눈은 남자가 간수하고 수놈 눈은 여자가 간수하면 일생 동안 부부가 화목하게 지낼 수 있다고 한다.

「볼락」

바다 위에 달이 지자 갈가마귀 울어옌다	月落烏嘶海色昏
밤늦게 밀물 불어나 사립문 두드리네	亥潮初漲打柴門
알겠구나 멀리서 배에 볼락 싣고 돌아와서	遙知蕘嫠商船到

거제 사공이 물가에서 흥정하리라　　　巨濟沙工水際喧

거제도에서 볼락을 잡아가지고 온 사공과 사려는 이의 흥정소리가 들리는 듯하다. 「볼락」에도 자세한 설명이 되어 있다. 볼락은 길이가 한 뼘 남짓하고 모양이 방추형인 물고기다. 거제도에서 잡히는데 맛이 아주 좋아 해마다 거제도 사람들은 볼락을 잡아 뭍에 나와 팔아가지고 천이나 실로 바꾸어 돌아간다고 하였다.

『단량패사』

『단량패사』에 수록된 전 8편은 「이안민전」(李安民傳)·「포수이사룡전」(砲手李士龍傳)·「안황중전」(安黃中傳)·「가수재전」(賈秀才傳)·「유구왕세자외전」(琉球王世子外傳)·「삭낭자전」(索嚢子傳)·「장생전」(蔣生傳)·「한숙원전」(韓淑媛傳)이다.

　입전 대상의 신분은 거지·포수 같은 하층민으로부터 궁녀, 외국 왕자에 이르기까지 다양하다. 이것은 신분에 구애되지 않고 행적이 특이한 인물을 입전하였기 때문이다. 선생은 이런 전들을 모아 '패사'(稗史)라 하였고, 8편 전은 패사에서 본 것을 소재로 하였다고 술회하고 있다.

『보유집』

「장원경 아내 심씨를 위해 지은 고시」(古詩爲張遠卿妻沈氏作)는 미완성 작품으로 남아 있다. 선생이 1801년 경상남도 진해에서 유배 생활을 할 때 지은 것으로, 뒷부분이 결락되어 있는데도 자수만

3,520자나 되는 장편 서사시다. 내용은 열서너 살쯤 되는 천민 백정의 딸 방주와, 몰락하였지만 양반으로 종4품 무관 벼슬인 파총(把摠)을 지내는 이의 아들과의 혼인을 다루고 있다. 그런데 백정의 딸인 이 방주(蚌珠, 진주)가 보통 여성이 아니다. 시 내용을 보면 지성과 미모를 아울러 갖추었으며, 겨우 여덟 살에 「사씨남정기」를 낭랑하게 읊을 정도로 영특했다. 그 몇 장면만 옮기면 이렇다.

- 상략 -

방주네 집 찾기는 어렵지 않네	君家誠易識
어릴 때는 호남에서 살았지	幼少住湖南
호남 땅 쉰 고을 중에서	湖南五十州
장성 고을 물맛이 제일 달았네	長豯味最甘
조상은 대대로 백정이어서	祖世楊水尺
강가 버들을 사랑했거니	慣愛浦邊柳
버들이 잘 자라면 살림 펴이고	柳豐令人肥
버들이 못 자라면 사람도 찌들었지	柳歎令人瘦

- 중략 -

일곱 살엔 우리 글자 통달했네	七歲通諺書
여덟 살에 방주는 큰아이들처럼	八歲髮點漆
까만 머리 제 손으로 빗을 줄 알고	學姊能自梳
때때로 등잔불 마주 앉아서는	時向華燈下
『사씨남정기』 낭랑히 읽을 때에는	朗吟謝氏傳
바람타고 울려오는 고운 목소리	微風送逸響

구슬을 굴리는 듯 낭랑도 했지	琮琤破玉片
- 중략 -	
우리 같은 백정이 제일 천해서	先頭數白丁
남의 집 종만도 못한 이 신세	人奴尙不如
광대들이 오히려 영화롭다오	倡優反爲榮
양반 상놈 차이란 하늘땅 차이	霄壤未足比
혼사란 말이 어찌 합당하리까?	議論豈敢期
- 중략 -	
가난한가 부유한가 물을 것 없고	貧富本不問
양반이다 상민이다 따질 것 없소	地閥誰敢論
잘되는가 못 되는가 앞날 일은	將來窮與達
저희들 팔자에 매인 것이지	八字所關係

흔들리지 않고 피는 꽃이 어디 있으랴. 하지만 선생의 삶은 갈 길이 보이지 않는 엄혹한 삶이다. 하루하루를 보내는 것조차 버겁다. 선생은 방주가 백정 딸임에도 파총으로 하여금 며느리로 맞게 한다. 천민인 백정 딸 방주에게 내일이란 희망을 주려는 의도이다. 이 시의 끝이 결락되었기에 방주가 파총 아들과 행복한 삶을 살았는지 명확지 않지만 선생 글줄기로 보아 그럴 것이라는 희망이 더 많아 보인다.

지금까지 살펴본 것처럼 선생에게 삶은 고통이었고 글쓰기는 행복이었다. 글쓰기는 간간이 선생에게 그 고통과 고통 사이의 공간을 채워주지 않았을까?

선생이 말년에 기연(夔淵)과 여연(慮淵) 두 아들에게 준 시다. 유배에서 돌아와 호구지책으로 관직에 나가기 전 자신의 삶을 토로한 「세밑에 여릉의 두 아들에게 보낸다」(歲晚懷廬陵舊居 示夔慮二子)라는 시다. 『담정유고』 권3, 의당별고에 실려 있다. 선생이 그리는 세상은 입신출세가 아니라 가족들과의 평온한 삶이다. 우리 모두가 그렇듯이.

여릉의 고향집이 그립구나	我思廬陵曲
시냇가 언덕에 집을 엮었지	結屋山水縫
빼어난 소나무 고개 위에 솟고	秀松對嶺直
울 옆에는 밤나무 둘렀지	喬栗傍籬壅
집안사람 힘 합쳐 묵은 밭 일구고	斸畬臧獲竝
이웃들과 함께 우물도 팠지	鑿泉隣里共
대청에서 바둑 두고 거문고 타고	開軒整琴奕
글 짓고 시도 읊었어라	散袠理雅頌
병든 아내 비오는 날 길쌈을 하고	瘦妻雨中織
어린 아들 달 밝은 밤에 글 읽어	稚子月下誦
온갖 시름 잊으니 마음은 상쾌하고	愜心忘懰蔽
생각이 가는 대로 마음껏 즐기네	馳情樂放縱
나라를 경영하는 재주가 없으니	亮乏經濟術

세상에 크게 쓰이긴 틀렸어라   難爲時世重

조롱박처럼 매달려 있는 게 당연하지   匏瓜宜自繫

떡갈나무 옹이 많으니 어찌 재목되리   樗櫟詎能用

얽힌 몸이니 세밑이 슬프기만 하고   淹蹇悲歲暮

남의 뒤 붙좇는 벼슬길이 부끄럽다   隨行慙月俸

어찌하면 당당히 고향으로 돌아가   安得浩然歸

너희들과 농사지으며 살게 되려나   與爾勤耕種

'운전무이'(運轉亡已)라는 말이 있다. 우주 만물은 늘 운행 변전하여 잠시도 그치지 않는다는 뜻이다. 변치 않는 것은 없다. 저 시절, 눈길 받지 못했던 문헌들이 지금은 우리에게 미래를 보여준다. 저이들의 글을 읽으며 이 시절 '문화창조융합' 운운의 용어를 떠올리니 말이다.

혹 누군가 '우리나라 문화를 세계에 알리려 한다'거나 '우리가 누구인가'라는 정체성을 깨닫고 싶다면 저이들의 글을 찬찬히 읽어보면 좋겠다. 정치, 경제, 사회, 문화, 심지어 국방이나 산업, 수출까지, 그야말로 전방위에 걸쳐 도움을 줄 수 있기 때문이다. 부처님 살찌우고 안 찌우고는 석수장이 손에 달렸지 않든가. 이 책의 모든 내용은 이제 오롯이 독자의 손에 달렸다. 책의 최종 저자는 독자이기 때문이다.

이 책은 저이들 글 피륙에 한 땀 정도일 뿐이다. 시원한 바람이 부는 넓은 대청마루에서, 혹은 뜨끈한 온돌방에 몸을 맡기고 쓴 글들이 아니다. 저이들 글은 하나같이 찌는 듯한 여름엔 홑적삼 바람으로, 살을 에는 겨울에는 누더기 옷으로 싸매고, 때론 귀향길 허름한 주막집에서 때론 길가에서 폐포파립 차림으로 철골(徹骨)로 먹을 갈고 마음을 도스르고 붓을 잡아 육필(肉筆)로 한 땀 한 땀 써 내려갔다. 그것은 괴물 같은 시대와의 힘겨루기였다. 그래서 저이들의 글결은 서슬 퍼렇게 날이 살아 있다. 그렇게 저이들이 써놓은 글 피륙은 이 조선을 덮고 세계와 우주까지 언급하고 있다. 모쪼록 이 글이 18세기를 보는 한 창이 되었으면 한다. 그러려면 저이들처럼, '나는 한국인이다'라는 확고한 신념이 필요하다. 핵심은 그저 사는 게 아니라 '내 길을 내가 사는 것'이다.

우리는 살기 위해 끊임없이 질문을 던진다. 하지만 그 질문은 이 미 대부분 사회와 학교가 정한 것을 복습하는 것일 뿐이다. 선택지 는 옳다, 그르다 둘 중 하나거나 많아야 5개에 지나지 않는다. 부자 냐 가난하냐? 맞냐 틀리냐? 잘 사냐 못 사냐? 성공이냐 실패냐? 우 리는 지금까지 이런 질문에 답하는 공부를 학문이라 생각했다. 이 제는 질문이 옳은지 그른지부터 생각해보아야 한다. 나는 과연 존 엄한 인간으로서 정중한 대접을 받는가? 내 삶은 도덕적이며 정의 로운가? 이 사회와 세계를 위하여 나는 무엇을 해야 하는가?

옛것이라는 진부한 논리와 선진문물에 대한 사대적 권위와 관 습화하고 규격화된 학문의 올무와 차꼬를 벗어나 마음을 열고 저이 들의 글을 보라. 저이들의 글은 건전지가 닳은 시곗바늘도, 지우개 똥으로 남은 지우개도 아니다. 저 시절과 이 시절은 시간상으로는 거리가 확연하지만 저 시절에 쓰인 글은 이 시절에도 충분히 공감 할 수 있다. 적대적 공생관계라 한들 한 치도 어그러짐이 없다. 연극 의 금언 중, "진짜처럼 연기하지 말고 진짜가 되라"는 말이 있다. 저 이들의 삶은 곧 저이들의 글이었다. 저이들이 써놓은 글에서 혹 숨 결을 느낀다면 이 시대를 사는 우리가 나아갈 길을 확연히 볼 수 있 을 것이다.

추신 글을 쓰는 중, 여러 사람에게 왜 다산 정약용을 넣지 않았느냐는 질문을 받았기에 첨언한다. 다산 선생이 500여 권 이상의 저작들을 출간하였는데 왜 넣지 않았느냐는 뜻이다. 선생의 저서는 대부분 40세 되던 해인 1801년(순조 1)부터 18년간 계속된 강진 유배 중에 쓰였다.

또 한 가지 이유가 더 있다. 이 책의 후속작으로 "아! 19세기"를 준비 중인데 19세기에 선생이 없다면 문학사가 너무 앙상할 것 같아서다.

마지막으로 이 책을 만드는 데 영감을 준 이문회우 이윤호 선생님의 쾌차를 빌고 새물결플러스 출판사와 글자 한 땀 한 땀을 기워준 편집자와 디자이너, 그리고 열다섯 분의 전각을 마음으로 발라 숨결을 넣어주신 김내혜 선생님께 정중히 감사의 말씀을 드린다. 또한 이 책에서 인용한 글들을 번역해놓으신 모든 선후배, 동학 제현께 일일이 찾아뵙고 감사를 표하지 못함을 송구하게 생각한다. 당신들께서 이 책을 만든 참 저자들이시다. 뵐 때마다 감사의 말씀을 드리겠다.

열다섯 분의 글을 읽고 이 글을 쓰는 내내 저이들은 내 가슴을 뛰게 했다. '내일도 심장과 가까운 삶이었으면' 하는 생각을 하며 휴휴헌 창을 닫는다.

아! 나는 조선인이다

1부 국가란 무엇인가? 성호학파, 중농주의

1장 ─ 성호 이익, 『곽우록』

『곽우록』(한국민족문화대백과사전, 한국학중앙연구원).

『성호전서』(한국고전종합DB).

『소남문집』(한국고전종합DB).

『순암집』(한국고전종합DB).

『정산잡저』(한국고전종합DB).

성호문화제(한국향토문화전자대전, 한국학중앙연구원).

윤사순, 『한국유학논구』(현암사, 1980).

이삼환, 허호구 옮김, 『성호선생언행록』(단국대학교출판부, 2013).

이이, 이익성 옮김, 『곽우록』(한길사, 1992).

정석종, 「이익의 성호사설」, 『실학연구입문』(일조각, 1973).

한우근, 『성호이익연구』(서울대학교출판문화원, 1997).

_____, 『이조후기의 사회와 사상』(을유문화사, 1961).

2장 ─ 취석실 우하영, 『천일록』

[네이버 지식백과] 우하영(한국민족문화대백과사전, 한국학중앙연구원).

『국역 우서』 I·II(민족문화추진회, 1982).

『순조실록』(한국고전종합DB).

『역주 천일록: 화성시역사자료총서 8』(화성문화원, 2015).

『일성록』(한국고전종합DB).

정창렬, 「우하영의 천일록」, 『실학연구입문』(역사학회, 1973).

최홍규, 『우하영의 실학사상연구』(일지사, 1995).

_____, 「우하영의 〈천일록〉 연구」(중앙대학교박사학위논문, 1990).

_____, 「화성출신 우하영의 삶과 실학사상」, 『과거를 상상하고 미래를 기억
한다: 화성문화원50년사』(화성문화원, 2014).

2부 우리는 누구인가? 국가의 존재 의의, 역사, 지리

3장 – 청담 이중환, 『택리지』

배우성 등저, 「지리학과 실학」, 『다시, 실학이란 무엇인가』(푸른역사, 2007).

육당전집편찬위원회, 『육당 최남선 전집』10(현암사, 1974).

이문종, 『이중환과 택리지』(아라, 2014).

이중환, 노도양 옮김, 『택리지』(대양서적, 1972).

_____, 이익성 옮김, 『택리지』(을유문화사, 1971).

재레드 다이아몬드, 김진준 옮김, 『총, 균, 쇠』(문학사상, 1998).

4장 – 순암 안정복, 『동사강목』

[네이버 지식백과] 안정복(한국민족문화대백과사전, 한국학중앙연구원).

『성호문집』(한국고전종합DB).

『순암문집』(한국고전종합DB).

『정조실록』(한국고전종합DB).

강세구, 『동사강목 연구』(민족문화사, 1994).

_____, 『순암 안정복의 학문과 사상 연구』(혜안, 1996).

오항녕, 『조선 역사학의 저력』(한국고전번역원, 2015).

이우성 해제, 이민수 옮김, 「동사강목」, 『한국의 역사사상』(삼성출판사, 1981).

전남대 호남문화연구소 편집, 『실학논총: 이을호 박사 정년기념』(전남대학교
　　출판부, 1975).

황원구 등저, 「안정복」, 『조선 실학의 개척자 10인』(신구문화사, 1974).

5장 – 완산 이긍익, 『연려실기술』

[네이버 지식백과] 이긍익(한국민족문화대백과사전, 한국학중앙연구원).

『국역 연려실기술』(한국고전번역원, 1968).

『영조실록』(한국고전종합DB).

김용덕 해제, 남성만 옮김, 「연려실기술」, 『한국의 역사사상』(삼성출판사,
　　1981).

이긍익, 서지원 엮음, 『연려실기술』 상·하(금성출판사, 1984).

이존희 등역, 「연려실기술 외」, 『진단학보』 61(진단학회, 1986).

이존희, 「연려실기술 분석적 고찰: 이긍익의 역사의식을 중심으로」, 『한국학
　　보』 24(일지사, 1981).

이진선, 『강화학파의 서예가 이광사』(한길사, 2011).

조희웅, 『고전소설연구보정』(박이정, 2006).

6장 – 옥유당 한치윤, 『해동역사』

『국역 해동역사』(민족문화추진회, 1996).

김문식, 『조선후기 지식인의 대외인식』(새문사, 2009).

이기백·차하순 편집, 『역사란 무엇인가』(문학과지성사, 1976).

황원구 등저, 「한치윤」, 『실학논총: 이을호 박사 정년기념』(전남대학교출판
　　부, 1975).

황원구 해제, 이민수 옮김, 「해동역사」, 『한국의 역사사상』(삼성출판사, 1981).

3부 인간이란 무엇인가?
연암학파와 인간주의, 이용후생 정덕, 정의와 양심

7장 – 담헌 홍대용, 『의산문답』

『국역 담헌서』(민족문화추진회, 1974).

김문용 등저, 「홍대용의 실학적 학문관과 그 탈성리학적 성격」, 『실학사상과 근대성』(예문서원, 1998).

박성순, 『조선유학과 서양과학의 만남』(고즈윈, 2005).

유원동, 『한국실학개론』(정음문화사, 1983).

임형택, 『실사구시의 한국학』(창비, 2000).

자산 안확, 송강호 역주, 『조선문명사』(우리역사연구재단, 2015).

천관우 등저, 「홍대용」, 『조선 실학의 개척자 10인』(신구문화사, 1974).

홍대용, 조일문 엮음, 『임하경륜·의산문답』(건국대학교출판부, 1975).

8장 – 연암 박지원, 『연암집』

간호윤, 『개를 키우지 마라: 연암소설 산책』(경인문화사, 2005).

_____, 『연암 박지원 소설집』(새물결플러스, 2016).

_____, 『종로를 메운 게 모조리 황충일세: 연암 박지원 소설집』(일송미디어, 2006).

_____, 『한국 고소설 비평연구』(경인문화사, 2002).

강영주, 『통일시대의 〈임꺽정〉 연구』(사계절, 2015).

김도련, 「연암 문학에 대한 소고: 고문론을 중심으로」, 『한국학논총』 4호(국민대학교 한국학연구소, 1981).

_____, 『한국 고문의 이론과 전개』(태학사, 1998).

김명호, 『박지원 문학 연구』(성균관대학교출판부, 2001).

_____,『환재 박규수 연구』(창비, 2008).

김택영,「박연암선생전」,『소호당집』전.

김하명,『연암 박지원』(북한: 국립출판사평양시, 1955).

박종채, 박희병 옮김,『나의 아버지 박지원』(돌베개, 1998).

박지원,『연암집』(경인문화사, 1982).

_____, 신호열·김명호 옮김,『국역 연암집』(민족문화추진회, 2005).

이가원,『연암소설연구』(을유문화사, 1984).

이덕무, 박희병 등역,『종북소선』(돌베개, 2010).

이인로·이규보 등저, 이철화·류수 등역,『우리나라 고전 작가들의 미학견해
　　자료집』(북한: 조선문학예술총동맹출판사, 1964).

이종주,『북학파의 인식과 문학』(태학사, 2001).

임형택,「박지원의 주체의식과 세계인식」,『실사구시의 한국학』(창비, 2000).

홍기문 옮김,『박지원작품선집1』(북한: 국립문학예술서적출판사, 1960).

9장 ─ 청장관 이덕무,『청장관전서』

『국역 청장관전서』(민족문화추진회, 솔출판사, 1978).

류재일,『이덕무의 시문학연구』(태학사, 1998).

박희병,『연암과 선귤당의 대화』(돌베개, 2010).

이화형,『이덕무의 문학연구』(집문당, 1994).

10장 ─ 야뇌 백동수,『무예도보통지』

간호윤,『당신, 연암』(푸른역사, 2012).

김영호,『조선의 협객 백동수』(푸른역사, 2002).

박종채, 김윤조 옮김,『역주 과정록』(태학사, 1997).

백동수,『무예도보통지: (부)언해』(국립중앙도서관 소장).

임동규 주해, 『무예도보통지』(학민사, 1996).

11장 — 영재 유득공, 『이십일도회고시』

『영재집』(한국고전종합DB).

경기문화재단실학박물관, 『실학자들 한국 고대사 인식』(경인문화사, 2012).

송준호, 『유득공의 시문학 연구』(태학사, 1985).

신현규, 『고려사 악지』(학고방, 2011).

유득공, 이민홍 옮김, 『유득공의 21도 회고시』(새미, 2008).

허균, 『성소부부고』(한국고전종합DB).

12장 — 초정 박제가, 『북학의』

김옥균, 『치도약론』(규장각 한국학연구원 소장).

김용덕, 『조선 후기 사상사 연구』(을유문화사, 1987).

박제가, 김용덕 해제·역, 『북학의』, 『한국의 실학사상』(삼성출판사, 1981).

_____, 이석호 옮김, 『북학의』(대양서적, 1972).

유형원 등저, 강만길 등역, 『한국의 실학사상』(삼성출판사, 1977).

이을호 등저, 「북학의에 담은 경륜」, 『조선 실학의 개척자 10인』(신구문화사, 1974).

13장 — 척재 이서구, 『척재집』

『척재집』(한국고전종합DB).

간호윤, 『다산처럼 읽고 연암처럼 써라』(조율, 2012).

남재철, 『강산 이서구의 삶과 문학세계』(소명출판, 2005).

송준호, 「조선조 후기 사가시에 있어서 실학사상의 검토」, 최철 등편, 『조선조 후기문학과 실학사상』(정음사, 1987).

유금, 박종훈 옮김,『한객건연집』(문진, 2011).

유봉학,『개혁과 갈등의 시대』(신구문화사, 2009).

이덕무,『국역 청장관전서』(민족문화추진회, 1980).

4부 글쓰기란 무엇인가? 인간의 존재 의의, 사실적 글쓰기

14장 ― 문무자 이옥,『이언』

『예림잡패』(국립중앙도서관 소장).

간호윤,『다산처럼 읽고 연암처럼 써라』(조율, 2012).

강혜선·류준경 등저,「18세기 정감의 풍속화」,『한국의 고전을 읽는다 3』 (휴머니스트, 2006).

박준원,『담정총서 연구』(성균관대학교대학원 박사논문, 1995).

심경호,『한문산문의 내면 풍경』(소명출판, 2001).

이옥, 김균태 옮김,『이옥 문집』(지만지, 2011).

_____ , 실시학사 고전문학연구회 편역,『완역 이옥 전집』(전5권, 휴머니스트, 2009).

_____ , 심경호 옮김,『선생, 세상의 그물을 조심하시오』(태학사, 2006).

_____ , 허경진 편역,『문무자 이옥시집』(평민사, 2010).

15장 ― 담정 김려,『담정유고』

김려, 오희복 옮김,『글짓기 조심하소』(보리, 2006).

_____ ,『김려작품집』(북한: 문예출판사, 1990).

박준원,『담정총서 연구』(성균관대학교대학원 박사논문, 1995).

백승종,『정조와 불량선비 강이천』(푸른역사, 2004).

기타

『논어』·『서경』·『대학』·『시경』·『사기』·『예기』

『성종실록』(한국고전종합DB).

국립중앙도서관(http://www.nl.go.kr/nl/).

금장태,『유학사상의 이해』(집문당, 1996).

김길환,『조선조 유학사상 연구』(일지사, 1980).

김문식,『조선후기 지식인의 대외인식』(새문사, 2009).

김태길,『한국인의 가치관 연구』(문음사, 1987).

성대중,『청성잡기』(국립도서관 소장).

신병주,『조선 중·후기 지성사 연구』(새문사, 2007).

_____,『조선후기를 움직인 사건들』(새문사, 2013).

실학박물관,『실학박물관』(통천문화사, 2010).

안대회,『고전 산문 산책』(휴머니스트, 2008).

이은순,『조선후기 당쟁사 연구』(일조각, 1988).

정성철,『실학파의 철학사상과 사회정치적 견해』(북한: 사회과학출판사,
        1974).

정옥자 등저,『정조시대의 사상과 문화』(돌베개, 1999).

정옥자,『조선후기 문학사상사』(서울대학교출판부, 1990).

최철 등편,『조선조 후기문학과 실학사상』(정음사, 1987).

한국고전번역원(http://www.itkc.or.kr).

한국사상사연구회,『인성물성론』(한길사, 1994).

_____,『조선 유학의 학파들』(예문서원, 1997).

한국역대인물종합정보시스템(http://people.aks.ac.kr/index.aks).

한국학연구소 편집, 『18세기 조선지식인의 문화의식』(한양대학교출판부,
　　2001).

한영우 등저, 『다시 실학이란 무엇인가』(푸른역사, 2007).

현상윤, 『조선유학사』(현암사, 1982).

홍원식, 『실학사상과 근대성』(예문서원, 1998).

이외에도 여러 문헌과 인터넷 매체,

그리고 많은 분들의 도움을 받았음을 밝힌다.

아! 나는 조선인이다

18세기 실학자들의 삶과 사상

Copyright ⓒ 간호윤 2017

1쇄발행_ 2017년 9월 8일

지은이_ 간호윤
펴낸이_ 김요한
펴낸곳_ 새물결플러스
편 집_ 왕희광·정인철·최율리·박규준·노재현·한바울·신준호·정혜인·김태윤
디자인_ 김민영·이지훈·이재희·박슬기
마케팅_ 임성배·박성민
총 무_ 김명화·이성순
영 상_ 최정호·조용석·곽상원

아카데미_ 유영성·최경환·이윤범

홈페이지 www.hwpbooks.com
이메일 hwpbooks@hwpbooks.com
출판등록 2008년 8월 21일 제2008-24호
주소 (우) 07214 서울특별시 영등포구 양평로11, 4층(당산동5가)
전화 02) 2652-3161
팩스 02) 2652-3191

ISBN 979-11-6129-030-0   03810

이 도서의 국립중앙도서관 출판예정도서목록(CIP)은 서지정보유통지원시스
템 홈페이지(http://seoji.nl.go.kr)와 국가자료공동목록시스템(http://www.
nl.go.kr/kolisnet)에서 이용하실 수 있습니다(CIP제어번호: CIP2017020665).